LE FANTÔME DU VICAIRE

Le Bureau des affaires occultes

Après un doctorat en pharmacie puis un autre en droit, Éric Fouassier s'est spécialisé dans l'histoire de la médecine et de la pharmacie, qu'il enseigne à l'université. Passionné d'énigmes et de codes secrets, il est l'auteur de plusieurs romans historiques, dont la trilogie *La Saga d'Héloïse*, *L'Apothicaire* et *Le Bureau des affaires occultes*, qui a été récompensé, entre autres, du prix Maison de la Presse 2021 et du prix Griffe Noire du meilleur polar historique de l'année 2021.

Paru au Livre de Poche :

LE BUREAU DES AFFAIRES OCCULTES

1. Le Bureau des affaires occultes

LA SAGA D'HÉLOÏSE, APOTHICAIRE

1. Bayard et le crime d'Amboise

2. Le Piège de verre

3. Le Disparu de l'Hôtel-Dieu

ÉRIC FOUASSIER

Le Fantôme du Vicaire

Le Bureau des affaires occultes, 2

ROMAN

ALBIN MICHEL

ISBN : 978-2-253-24402-8 – 1re publication LGF

À Maman.

« Il pleut, il pleut sans cesse, il pleut de l'horreur, il pleut du vice, il pleut du crime, il pleut de la nuit ; il faut explorer cette obscurité pourtant, et nous y entrons, et la pensée essaye dans ce sombre orage un pénible vol d'oiseau mouillé. »

Victor HUGO, *Les Fleurs*

Prologue

Le vent s'était levé à l'approche du crépuscule. À présent, des nuages échevelés défilaient dans le ciel, projetant à terre leurs ombres mouvantes. Les branches des arbres poussaient des gémissements lugubres sous les rafales et leurs feuilles peuplaient la nuit de mille rumeurs inquiétantes.

— On m'ôtera pas du crâne que c'est un fichu coin pour nous filer randève[1]. T'es bien sûr au moins qu'y a pas gourance sur l'endroit ?

— Arrête de ronchonner. J'lui ai fait répéter deux fois ses instructions. Le bonhomme est prudent, voilà tout ! Il voulait prendre livraison du colis dans un lieu discret.

— N'empêche ! Ce jardin devient sinistre la nuit venue. Je serai rassuré qu'une fois notre affaire réglée.

Ils étaient deux hommes à progresser lentement dans l'obscurité. Deux silhouettes furtives qui suivaient une allée dont la terre, sous les rayons contrariés de la lune, prenait l'apparence de la cendre. Tous deux se faufilaient dans l'ombre des buissons, évitant soigneusement de se risquer à découvert.

1. Rendez-vous, dans l'argot de l'époque.

Le plus grand des deux, un véritable colosse, était celui que cette équipée nocturne rendait particulièrement nerveux. Il arborait une casquette d'ouvrier et un paletot informe dont les manches trop courtes lui remontaient jusqu'en haut des poignets. Ses mains blanches, aux doigts anormalement allongés et aux articulations noueuses, semblaient douées d'une vie propre. À intervalles irréguliers, elles remontaient à hauteur de ses yeux et il les fixait d'un air incrédule, comme étonné que de pareilles mains d'étrangleur puissent lui appartenir. Ses sourcils broussailleux se rejoignaient pour former une barre d'inquiétude sous son front obtus. La peau de son visage frémissait sans arrêt sous l'effet de tics nerveux. Dans les bas-fonds, on le connaissait sous le surnom de la Tocasse. Il s'était taillé une fameuse réputation comme videur dans une maison pour hommes de la rue Duphot. Une âme simple que la perspective d'une bonne empoignade suffisait à mettre en joie, mais à qui les combines trop tortueuses faisaient bouillir le cerveau.

Son compagnon était d'une tout autre trempe. Sortant de la même fange, il affectait une élégance canaille, portait une redingote à larges revers, un foulard écarlate et un chapeau boule au ruban orné d'une boucle dorée. Étroit d'épaules, mais compensant sa relative faiblesse physique par un esprit hargneux et retors, c'était un sournois, bourré de vices, prêt à vendre père et mère à l'idée d'un possible gain. Un museau de fouine, des manières sinueuses. Le genre à vous faire des sourires par-devant et à vous pousser dans une chausse-trappe à la première occasion. Ses amis l'appelaient Bordelais. Juste parce qu'il se prétendait natif de cette ville. Bordelais tout court. Pas de nom, pas d'autre sobriquet. Quant aux quidams qui croisaient sa route sans le connaître, pour peu qu'ils sentent son regard avide s'attarder un peu trop longtemps sur leur épingle de cravate ou leur chaîne de montre, ceux-là préféraient ne pas avoir à le nommer et prenaient rapidement leurs distances.

— Dis donc, Bordelais, tu crois pas que notre homme va se méfier quand il s'apercevra qu'on a pas le gamin avec nous ?

Le petit maigre en redingote qui ouvrait la marche se figea sur place. Il poussa un soupir et tourna vers son acolyte un regard agacé.

— Cesse de t'faire des nœuds aux méninges, la Tocasse. C'est pourtant pas faute de t'avoir déjà tout expliqué. Alors, ouvre bien tes esgourdes parce que c'est la dernière fois que j'répète. On n'peut pas s'en prendre à lui dans l'jardin. Trop aléatoire. Si un gardien s'pointe, ça risquerait de faire du vilain. Le truc, c'est de le rassurer et de le persuader de nous accompagner jusqu'à la voiture. Là, j'lui ouvre la portière, soi-disant pour lui montrer la marchandise. Et quand il s'penche pour voir, tu l'estourbis d'un coup d'gourdin sur l'carafon.

Tout en parlant, le dénommé Bordelais avait désigné d'un coup de menton la canne à pommeau plombé que son comparse dissimulait sous son paletot.

— Mais s'il se doute de qué'que chose et qu'il refuse de nous suivre, insista le grand type en joignant ses mains pour en faire craquer les articulations, on s'ra bien obligé d'lui régler tout d'suite son compte.

— Sûrement pas ! Le commanditaire a bien insisté pour qu'on le lui livre vivant. Nous n'aurons la totalité d'la récompense qu'à cette condition. Il faudra s'montrer suffisamment persuasif, voilà tout. Mais t'fais pas d'mouron pour ça, t'auras qu'à m'laisser parler.

Les deux hommes reprirent leur marche silencieuse. Cependant, ils n'avaient pas fait dix pas qu'un soudain froufroutement sur leur droite, immédiatement suivi d'une série de cris perçants, leur fit dresser les cheveux sur la tête. Ce fut Bordelais qui reprit le premier ses esprits et pointa du doigt une construction tout en longueur dont le treillis métallique brillait sous la lune. On distinguait vaguement, derrière les mailles, une agitation confuse et des battements rapides qui fouettaient l'espace sur toute la hauteur de l'édifice.

— La peste soit de ces maudits volatiles ! gronda l'individu à la redingote. Nous sommes passés trop près de la cage aux oiseaux de proie. Éloignons-nous dare-dare ou ces saloperies de charognards vont rameuter tous les gardiens par ici.

Abandonnant toute précaution superflue, les deux visiteurs nocturnes remontèrent l'allée au pas de course, traversèrent la pelouse la plus proche pour gagner un bosquet où ils s'agenouillèrent et attendirent à l'abri des arbres, le cœur battant, que le raffut des rapaces s'apaise. Lorsque le calme fut enfin revenu, la Tocasse chuchota à l'oreille de son compagnon :

— On l'a échappé belle ! Manquerait plus qu'notre homme ait les foies et n'vienne pas au rendez-vous !

— T'inquiète pas pour ça, ricana Bordelais. Ce genre de loustic est incapable de résister à l'appel de la chair fraîche. J'lui ai fait miroiter une marchandise de premier choix. Un blondinet de moins de dix ans et intact, qu'a encore jamais servi. Si tu l'avais vu, c'vieux vicelard ! Il en salivait à l'avance. Il viendra, crois-moi !

— Justement ! C'est encore loin l'endroit où on doit l'retrouver ?

Le petit homme malingre ôta son chapeau pour essuyer la sueur sur son front, puis il écarta une branche et désigna un grand bâtiment dont la masse sombre, en forme d'étoile, se dressait à une centaine de pas. Au passage intermittent des nuages, les rayons de la lune accrochaient de pâles reflets à ses fenêtres.

— Tu vois la rotonde là-bas ? Il suffit d'la contourner et nous devrions trouver une sorte de cabane en rondins et en torchis juste derrière. C'est là qu'notre homme nous a demandé d'le retrouver.

Les deux acolytes patientèrent encore quelques minutes en silence pour être certains que la voie était libre. Lorsqu'il fut tout à fait rassuré, Bordelais frappa l'épaule de son compagnon et se redressa.

— Allons-y ! Ce serait trop bête de l'manquer. Car dis-toi bien qu'dans quelques minutes nous allons décrocher un fameux pactole, toi et moi !

Le duo quitta le couvert des arbres et progressa rapidement en direction de l'ombre dense de la rotonde. À mesure qu'ils s'en approchaient, les gémissements du vent dans les branches se doublaient de sourds grognements et de piétinements étouffés. La nuit semblait brusquement comme habitée par une multitude de créatures invisibles. Jamais on ne se serait cru au cœur d'une grande ville. Tout laissait penser au contraire qu'on s'aventurait dans des territoires d'incertitudes et de vieilles terreurs nocturnes. Ces lieux qu'on ne fréquente d'ordinaire que durant son sommeil, quand tout un peuple de cauchemar se glisse sous vos paupières et cherche à vous arracher à la tiédeur des draps.

— Qu'est-ce que c'est encore que ça ? grogna la Tocasse en roulant de gros yeux exorbités et en s'efforçant de fouiller les ténèbres du regard. On dirait que quelque chose rôde là, tout près.

— Ce sont les bêtes hébergées dans la rotonde, fit son compère en haussant les épaules. Le boucan qu'ont fait les oiseaux tout à l'heure a dû en réveiller certaines. Elles vont pas tarder à s'rendormir. Cesse donc de faire ta chiffe molle et boucle-la à présent. Tu vas finir par nous faire repérer.

Le grand type baissa la tête, tel un gamin pris en défaut.

Il avait beau mesurer près d'une toise[1] de haut et ne jamais laisser sa part aux chiens lorsqu'il s'agissait de jouer des poings, la peur du noir ne l'avait pas quitté depuis sa plus tendre enfance. Il aurait pu affronter trois ou quatre adversaires à mains nues sans trembler, mais la seule perspective de dormir sans veilleuse l'angoissait, le ravalait au rang de nourrisson apeuré. Pour rien au monde il ne l'aurait avoué, de crainte de passer pour une mauviette, mais l'obscurité lui faisait perdre une bonne partie de ses moyens. Il glissa un regard par en dessous vers son compagnon. L'autre ne semblait pas avoir pris l'exacte mesure de son trouble. Il était déjà

1. Environ deux mètres.

reparti de l'avant et, d'une main pressante, lui faisait signe de ne pas lambiner.

La Tocasse traînait dans le sillage de Bordelais depuis un peu plus d'une année, mais il ne l'appréciait guère. Quand il y réfléchissait, il y avait même chez son comparse un fond de mépris et de pure méchanceté qui le mettait profondément mal à l'aise. Mais l'autre était en même temps fortiche pour dénicher les meilleures combines. Comme pour ce soir. Un boulot pas trop compliqué, avec une jolie récompense à la clé. Bordelais ne lui avait pas donné tous les détails, mais il savait l'essentiel. Un type était prêt à leur allonger une coquette somme s'ils parvenaient à capturer pour lui une vieille tante qui donnait dans le petit garçon. Bordelais s'était chargé de dénicher puis d'appâter leur cible. Comment s'y était-il pris ? Mystère. C'était ce genre de prouesse qui rendait la demi-portion si précieuse. Il flairait les bonnes affaires et n'avait pas son pareil pour monter une entourloupe ou un mauvais coup. Pourtant, la Tocasse restait méfiant à son égard. Il avait beau passer pour un lourdaud, tout juste bon à aplatir des trognes, il n'était pas dépourvu d'intuition. Tout au fond de lui, il savait qu'un jour ou l'autre ce serait le cou décharné de son vilain compère qu'il lui faudrait serrer dans ses grosses pognes… juste avant que Bordelais ne cherche à lui planter un couteau dans le dos. Mais ce moment n'était pas encore venu.

En grommelant, il emboîta le pas à la frêle silhouette qui entamait déjà le contournement de la rotonde.

Conformément aux indications reçues, la bicoque en rondins se dressait derrière, dans la partie du jardin qui jouxtait les plantations de l'école de botanique. Un abri d'ailleurs, plus qu'une cabane. Des murs couverts de torchis et sans fenêtres, un toit de chaume. Plus loin, en avant, à travers les arbres, les verrières d'une orangerie reflétaient le ciel tourmenté et semblaient jouer à cache-cache avec l'astre nocturne.

— Nous y sommes, chuchota Bordelais en se hissant sur la pointe des pieds pour atteindre l'oreille de son compagnon et se faire entendre en dépit des mugissements du vent qui avait encore forci. À partir de maintenant, plus un mot. Tu m'laisses mener les opérations. Mais si jamais tu vois qu'ça tourne vinaigre, alors là, pas d'hésitation : tu tombes sur notre type à bras raccourcis.

La Tocasse approuva du chef en grimaçant un sourire. Aussitôt qu'on parlait bagarre et force brute, il se sentait dans son élément.

Sans plus attendre, l'un derrière l'autre, les deux mauvais garçons franchirent le seuil de la cabane. Aussitôt, l'odeur les assaillit. Lourde, musquée, sauvage. Elle imprégnait tout l'espace et était tellement présente qu'elle semblait presque palpable. Les nouveaux arrivants furent si surpris qu'il leur fallut quelques secondes pour s'habituer et commencer à examiner les lieux.

Ils se trouvaient dans un local exigu et dépourvu de meubles, mis à part une petite table bancale remisée dans un coin. Des seaux, des balais et des râteaux s'entassaient en désordre contre un mur. Parmi cette panoplie triviale figurait aussi un objet singulier : une longue perche au bout de laquelle s'enroulait une boucle en fil de fer. Cela faisait penser à une sorte de collet, mais de taille démesurée. À l'opposé de tout ce fatras, une trappe s'ouvrait dans le plancher. Son panneau relevé laissait entrevoir l'amorce d'un escalier. Une lampe quinquet était pendue à un crochet. Sa flamme dansait et charbonnait dans le courant d'air qui s'engouffrait par la porte demeurée entrouverte.

Bordelais décrocha le lumignon, s'agenouilla et tendit le bras par l'ouverture pour éclairer les recoins ombreux. La volée de marches aboutissait à une porte en bois massif, renforcée par des traverses métalliques. Un solide cadenas devait d'ordinaire en défendre l'accès mais il pendait, ouvert, à un anneau scellé dans le mur.

Le petit homme en redingote se redressa, un rictus mauvais au coin des lèvres. Il posa son index sur sa bouche et fit de nouveau signe à son acolyte de le suivre. Les deux hommes s'engouffrèrent dans l'étroite ouverture et descendirent prudemment les marches de pierre. L'odeur les avait accompagnés sous terre. Elle était même encore plus présente, presque suffocante. Un remugle bestial qui faisait penser à l'haleine d'un chien après qu'il a rongé une charogne. Sans pouvoir réprimer un frisson de dégoût, Bordelais poussa la lourde porte et eut la surprise de se retrouver à l'air libre.

Sa première impression fut presque agréable. La puanteur se diluait. Il s'y mêlait le parfum printanier de l'herbe humide et des arbres aux feuilles naissantes. Avec la Tocasse à ses côtés, il avança de quelques pas sur un sol de terre battue et tourna sur lui-même pour se repérer. Le tandem se trouvait au centre d'un espace ceint de hauts murs. Une dizaine de mètres de long sur quatre de large. Quelques rochers et un arbre mort en occupaient le centre. C'était tout. À part les nouveaux arrivants, il n'y avait pas âme qui vive.

— Bizarre, lâcha Bordelais entre ses dents serrées. Il devrait déjà être là.

— Où qu'on est exactement ? demanda son compagnon tout bas. (Un étrange malaise s'emparait de lui à la vue de l'enceinte qui les entourait de toutes parts.) On dirait… oui, on dirait une sorte de fosse.

Bordelais ne répondit pas. Ses petits yeux scrutateurs venaient de repérer une ouverture basse dans le mur opposé à l'entrée. On aurait dit le début d'un tunnel. Un orifice ténébreux, à la fois insolite et vaguement inquiétant.

Il s'apprêtait à s'en rapprocher pour mieux voir, lorsqu'un claquement sec les fit soudain se retourner tous deux en même temps. La lourde porte aux renforts de métal venait de se refermer brutalement. Bordelais se montra le plus réactif. Il poussa un juron et se précipita à toutes jambes pour tenter de faire pivoter à nouveau le battant. Peine perdue ! L'accès à l'escalier était désormais interdit. Quelqu'un venait à l'évidence de boucler le cadenas de l'autre côté.

La Tocasse avait mis un peu plus de temps à comprendre ce qu'il se passait. Toutefois, quand il prit conscience qu'ils se retrouvaient tous les deux bloqués au fond de cette fosse inhospitalière, il courut à son tour pour prêter main-forte à son comparse. Avec des ahans de bûcheron, il tira de toutes ses forces sur la porte, puis chercha à l'ébranler dans tous les sens pour la déloger de ses gonds. Mais ses efforts s'avérèrent inutiles. L'appareil demeurait bien en place et semblait tout spécialement conçu pour résister à une force encore plus colossale.

Tandis que la brute s'escrimait ainsi vainement, Bordelais s'était détourné. De la sueur perlait à son front barré par une ride soucieuse. Son esprit retors moulinait à toute vitesse. De nouveau, son regard perçant vint se fixer sur le trou noir, de l'autre côté de la fosse. Il se sentait attiré irrésistiblement par celui-ci et en même temps une angoisse sourde montait en lui. Ce n'était plus seulement une sensation de crainte irraisonnée. L'ouverture évoquait désormais à ses yeux une bouche d'ombre béante, avide et monstrueuse, toute prête à les dévorer.

Et tout à coup, il comprit.

Un frisson glacé lui courut le long de la moelle épinière. Il eut l'horrible impression que tous ses os se liquéfiaient. En un éclair, tout fit sens : ce lieu de rendez-vous insolite, l'absence de celui qu'ils étaient venus rencontrer et cette odeur carnassière qui lui agressait les narines.

— Pute borgne ! hurla-t-il d'une voix de fausset déformée par la peur. Laisse tomber cette foutue porte, la Tocasse ! Ramène-toi au pied du mur, vite !

Le grand type aux mains d'étrangleur se retourna, interloqué. Il n'eut même pas le temps de se demander quelle mouche avait piqué son partenaire. La seule vision de ses traits déformés par la peur suffit à le mettre en mouvement. Il le rejoignit en quelques foulées.

— Plaque-toi contre la paroi et fais-moi la courte échelle ! ordonna sèchement Bordelais. Faut qu'on sorte de ce trou à rat au plus vite !

La Tocasse s'apprêtait à s'exécuter sans poser de questions, lorsqu'un rugissement impressionnant retentit dans le dos des deux hommes. Il faisait beaucoup trop sombre au fond de la fosse pour distinguer autre chose que des ombres confuses à plus de quelques pas. Cependant, à l'instant même où Bordelais posait son pied dans les mains entrelacées du colosse, il ne put résister à la tentation de jeter un bref regard par-dessus son épaule. Il eut la nette sensation que le trou d'ombre venait de cracher quelque chose dans leur direction. Une masse indistincte plus dense que la nuit, qui fonçait droit sur eux en grondant.

Le sang de Bordelais se figea dans ses veines. Il cessa de respirer, le souffle bloqué, oppressé par une terreur inconnue.

Avec l'énergie du désespoir, il se hissa en prenant appui sur les épaules de son comparse et lança ses mains à l'aveugle vers le haut. Ses doigts crochèrent le faîte du mur, à l'instant même où un choc brutal se répercutait le long de ses jambes. Son point d'appui se déroba brusquement et il se balança dans le vide, mobilisant toute son énergie pour ne pas lâcher prise. Du sol montait jusqu'à lui une cacophonie effrayante : grognements, plaintes, coups, déchirements. Puis, dominant tous les autres sons, un affreux hurlement d'agonie.

Au bout de quelques secondes, Bordelais parvint à se stabiliser. Son corps cessa son mouvement de balancier et il put incliner la tête pour regarder ce qui se passait sous ses pieds. La lampe s'était renversée mais sa mèche brûlait encore et une vision d'horreur s'offrit à ses yeux.

Le corps disloqué de la Tocasse gisait dans une mare

écarlate, sa canne-assommoir brisée à ses côtés. Son visage avait gardé l'expression d'une frayeur abominable, ses yeux, injectés de sang, semblaient vouloir jaillir de leurs orbites. Sa langue, bleuie et gonflée, dépassait de ses lèvres. Une plaie impressionnante s'ouvrait au niveau de son bas-ventre, par laquelle ses intestins se répandaient sur la terre battue.

Un ours brun à la carrure monstrueuse lui tournait lentement autour. L'animal assénait de temps à autre de rapides coups de griffes au cadavre, comme s'il cherchait à s'assurer que sa proie avait bien cessé de vivre. Sa gueule hérissée d'énormes dents jaunes et toute maculée de sang laissait encore échapper de sourds grondements.

En dépit de sa posture délicate, Bordelais poussa un soupir de soulagement. Il l'avait échappé belle. À quelques secondes près, il aurait pu subir le même sort que ce gros balourd. Dire que cet imbécile se croyait invulnérable avec ses muscles saillants et sa petite tête ! Et voilà qu'il n'était plus maintenant qu'un misérable pantin désarticulé ! Il n'avait sans doute même pas eu le temps de comprendre ce qui lui arrivait.

La petite crapule ricana nerveusement. Dieu merci, lui pouvait compter sur sa bonne étoile. Il n'avait plus qu'à se hisser à la force des bras. Rien de surhumain pour un poids plume comme lui. Dans un instant, il serait tiré d'affaire.

— Que voilà une situation des plus inconfortables ! Il ne faudrait pas attendre bien longtemps avant que les muscles ne tétanisent. Oui, vraiment, une bien fâcheuse situation !

La voix douce, faussement apitoyée, précéda l'apparition de l'homme au bord de la fosse. De sa position en contrebas, Bordelais ne distinguait qu'une silhouette aveugle. Juste un torse et un crâne qui dépassaient du parapet et se découpaient mal sur le ciel en guenilles. Malgré cela, il ne nourrissait pas le moindre doute sur l'identité de celui qui se tenait là, tranquille, affectant un détachement teinté d'ironie. La colère se mêla presque instantanément en lui à la terreur.

— Putain d'enfant de Marie ! pesta-t-il, les mâchoires crispées. Tu es la pire ordure que je connaisse !

— Tssst ! Tssst ! Tssst ! enchaîna la voix suave. Ne vous a-t-on jamais appris, mon fils, qu'il était malséant de jurer ? Je ne crois pas que Notre-Seigneur vous pardonne de mêler le nom de sa mère à vos ridicules vociférations. Je suis même tout à fait certain du contraire. Et il se trouve que je suis son très humble et très obéissant serviteur… le docile exécutant de sa sainte volonté.

Tout en parlant, l'apparition avait levé les mains derrière sa nuque et détaché la croix dorée qui ornait sa poitrine. Puis elle se mit à psalmodier une prière en latin, empoigna le crucifix dans sa main droite et s'en servit comme d'une masse pour marteler méthodiquement les doigts du misérable suspendu au-dessus de la fosse.

1

Un singulier duo

— À la tendresse ! À la verderesse !

Une accorte maraîchère descendait le quai des Orfèvres en poussant sa charrette à bras. Celle-ci était remplie à ras bord de salades, poireaux, choux et raves douces que la donzelle s'apprêtait à vendre à son emplacement habituel de la place Dauphine.

— À la tendresse ! À la verderesse ! Ils sont beaux mes légumes ! À la tendresse ! À la…

La marchande interrompit net ses appels et fit un écart pour ranger son encombrant chargement le long des façades. Ses yeux pervenche semblaient deux billes de porcelaine enchâssées dans sa face rougie par le labeur au grand air. Ils venaient de se fixer sur l'agréable silhouette d'un jeune homme qui remontait la chaussée en sens inverse. C'était pour lui céder le passage que la maraîchère avait dévié de sa trajectoire initiale, ce qui n'était guère dans ses habitudes. D'ordinaire, surtout par temps de pluie, elle prenait même plutôt un malin plaisir à raser les bourgeois bedonnants, histoire de leur éclabousser le bas du pantalon et de crotter leurs chaussures vernies. Mais ce matin-là, il faisait un soleil radieux et le particulier qui s'apprêtait à la croiser n'avait rien d'un parvenu ventripotent.

Il s'agissait tout au contraire d'un sémillant dandy dont la redingote de belle coupe soulignait les épaules larges et la taille fine. Un haut-de-forme confectionné par Bandoni, un gilet de soie brodée, des gants de cuir gris perle et une canne à pommeau d'argent de chez Thomassin complétaient cette tenue raffinée. Mais davantage que sa mise élégante, ce qui retenait irrésistiblement l'attention chez l'inconnu, c'était son visage empreint de noblesse, dont la beauté déroutante, presque trop parfaite, se teintait d'une poignante mélancolie. Et puis il y avait aussi ce regard ardent, passant selon la lumière du gris au vert, qui venait démentir la douceur angélique des traits et laissait entrevoir une âme trempée dans l'acier dont on fait les lames les plus redoutables.

La marchande de légumes en fut tellement saisie qu'elle ne songea pas à détourner les yeux alors que l'homme se rapprochait rapidement. Comme fascinée par une céleste apparition, elle le regarda venir à elle, bouche bée et les paupières écarquillées, avant de prendre soudain conscience du ridicule de sa posture extatique. Rouge de confusion, elle se mit alors à farfouiller dans ses légumes, histoire de se donner meilleure contenance, mais se sentit encore plus bête lorsqu'elle constata que l'inconnu ne l'avait pas remarquée. Le front soucieux, il la frôla sans ralentir l'allure, ni même lui accorder l'aumône d'une brève œillade.

Troublée, elle demeura un long moment immobile à le regarder s'éloigner de son pas résolu et fut quelque peu décontenancée de le voir tourner dans la rue de Jérusalem et s'engouffrer sous le porche de l'ancien hôtel des présidents du Parlement de Paris. L'immeuble abritait désormais les bureaux de la préfecture de police et la simple pensée que son bel indifférent ait pu avoir affaire aux forces de l'ordre la chagrinait. C'était idiot, mais, tout en s'attelant de nouveau à sa charge, elle ne put s'empêcher de formuler une prière pour que ce jeune homme si séduisant ne soit pas en butte à quelque tracasserie policière.

Il ne lui serait pas venu un instant à l'esprit que ce particulier si distingué puisse être lui-même un employé de la préfecture, un simple fonctionnaire aux ordres. Pourtant, aussitôt qu'il eut pénétré dans les locaux officiels, le beau ténébreux eut droit à un impeccable salut réglementaire de la part des deux plantons en uniforme de sergent de ville qui tenaient lieu de comité d'accueil.

Plongé dans ses sombres pensées, il faillit les ignorer eux aussi. Toutefois, il se reprit à l'instant de les dépasser et leur répondit négligemment, se contentant de porter le pommeau de sa canne au rebord de son chapeau. Les deux gardes échangèrent un regard entendu qui en disait long sur leur façon de penser. Le plus vindicatif ne put s'empêcher de grommeler dans sa barbe :

— C'est sapé comme un prince et ça se croit au-dessus des autres ! Rien à faire parmi nous, celui-là !

Mais le nouvel arrivant ne risquait pas de l'entendre, car il avait déjà entrepris de gravir les marches quatre à quatre pour gagner le dernier palier.

À ce niveau, quelques pièces en soupente, qui servaient jadis à la domesticité, avaient été reconverties en salles des archives. Contrairement aux étages inférieurs qui fourmillaient d'activité, c'était là le royaume de la poussière et des toiles d'araignée. Seules les deux premières chambres récemment transformées en bureaux faisaient exception. Leurs portes dont la peinture aurait mérité quelques bons coups de pinceau s'ornaient chacune d'un écriteau portant la même inscription sibylline : « bureau des affaires occultes ».

Le nouvel arrivant pénétra dans la seconde pièce sans frapper. Un vasistas à la vitre moussue la plongeait dans un jour d'aquarium. Une odeur de tabac aux fragrances d'épices et de miel flottait dans l'air et contrastait, par son luxe capiteux, avec l'exiguïté des lieux et leur ameublement des plus sommaires.

Le jeune homme abandonna son chapeau et sa redingote à un portemanteau bancal puis se glissa derrière un bureau dont même le plus roué des brocanteurs n'eût pas réussi à tirer dix liards[1]. Sur celui-ci l'attendait une copie du rapport quotidien dressé par les proches collaborateurs du préfet. On pouvait y lire l'état de la capitale et le bilan journalier de l'action des différents services de police : arrestations effectuées, délivrance des passeports, surveillance de l'esprit public, approvisionnement des halles et des marchés, relevé du prix des principales denrées…

Le jeune homme parcourut cette prose administrative d'un œil distrait avant de porter une attention plus soutenue aux journaux également déposés à son intention. Il commença par *Le National*, organe favorable aux

1. Menue monnaie de cuivre valant un quart de sou.

idées républicaines, dont les rédacteurs ne cessaient de déplorer, au fil des pages, l'inertie du pouvoir. Huit mois après la révolution de Juillet[1] et l'accession au trône de Louis-Philippe, ils faisaient grief au président du Conseil, le banquier Laffitte, pourtant partisan d'une évolution démocratique du régime, de n'avoir pas su imposer les réformes nécessaires. « Tergiversations » et « faiblesses » étaient les deux mots qui revenaient le plus souvent sous leur plume pour disqualifier la politique gouvernementale.

La Gazette de France, quant à elle, affichait encore plus nettement son hostilité au nouveau roi des Français. Fer de lance de la presse légitimiste demeurée fidèle à la branche aînée des Bourbons, le quotidien revenait sur les émeutes anticléricales qui avaient embrasé la capitale un mois plus tôt. À la mi-février, un service célébré pour l'anniversaire de la mort du duc de Berry[2] avait déclenché la fureur de certains Parisiens. L'accès de fièvre avait conduit à la mise à sac de Saint-Germain-l'Auxerrois, de l'archevêché et du trésor de l'église métropolitaine. Les journalistes de *La Gazette* continuaient de dénoncer des actes manifestement hostiles à la religion et voulaient voir dans ces débordements la preuve que la nouvelle dynastie était incapable d'apporter la paix et la prospérité au royaume. Ils reprochaient

---

1. Les fameuses Trois Glorieuses de juillet 1830 qui contraignirent le roi Charles X à l'abdication puis à l'exil.

2. Il s'agit de Charles-Ferdinand d'Artois, fils cadet de Charles X mais considéré comme le membre le plus prometteur de la famille royale, qui fut poignardé par un ouvrier bonapartiste le 13 février 1820.

surtout à Louis-Philippe d'avoir trop facilement cédé à la violence populaire en consentant à supprimer, à la suite de ces funestes événements et dans un vain souci d'apaisement, les fleurs de lys de l'écusson royal et du sceau de l'État.

Le troisième quotidien par lequel l'occupant du bureau acheva sa revue de presse était *Le Journal des débats* des frères Bertin. Il se contenta, cette fois, d'en parcourir les titres. Il y était question des tensions provoquées à l'étranger par les répercussions des Trois Glorieuses. L'indépendance de la Belgique et l'insurrection de Varsovie contre le tsar continuaient de soulever les passions et divisaient l'opinion. Les nostalgiques de 1792 et de la croisade émancipatrice des armées révolutionnaires plaidaient pour une assistance aux peuples amis, tandis que leurs adversaires dénonçaient le risque de guerre généralisée en Europe en cas de rupture des équilibres établis à la chute de Napoléon. Mais c'était surtout la situation intérieure et le climat insurrectionnel régnant à Paris qui fournissaient matière au plus grand nombre d'articles. Leurs auteurs supputaient les chances de voir Louis-Philippe dissoudre prochainement la Chambre ou bien pousser son principal ministre Laffitte à la démission. L'un d'eux rappelait les récentes attaques du député Guizot à la tribune et reproduisait la conclusion du discours de celui-ci en forme de constat d'échec : « La France demande à être gouvernée, et elle sent qu'elle ne l'est pas. » Tout cela donnait une fâcheuse impression de confusion, de nervosité, et semblait préjuger assez mal de l'avenir.

En lâchant un soupir de lassitude, l'homme au visage

de jeune dieu grec repoussa son fauteuil en arrière, étendit les jambes et se frotta longuement les paupières.

À presque vingt-quatre ans, Valentin Verne, inspecteur de police de son état, occupait une situation pour le moins originale au sein de la préfecture. Il assumait en effet les fonctions de chef du bureau des affaires occultes, un service sans véritable existence officielle, mis sur pied en novembre 1830 pour démêler les crimes impossibles ou apparemment teintés de surnaturel, et pour traquer des truands d'un genre nouveau qui exploitaient la crédulité du peuple et les progrès encore méconnus de la science afin de perpétrer leurs forfaits. À ce titre, le jeune enquêteur n'avait de comptes à rendre qu'au préfet de police lui-même, dont il dépendait directement. C'était une position privilégiée mais aussi terriblement précaire. Les moyens mis à sa disposition étaient limités et l'existence même du bureau ne tenait qu'à un fil. En fonction des soubresauts politiques, celui-ci pouvait être supprimé d'un simple trait de plume.

D'ailleurs, à plusieurs reprises, Valentin avait senti passer le vent du boulet. À vrai dire dès qu'un nouveau locataire s'était installé rue de Jérusalem, ce qui arrivait fréquemment en ces temps de grande instabilité politique. Depuis qu'il avait pris ses fonctions, c'est-à-dire en l'espace de quatre mois, l'inspecteur avait déjà eu affaire à trois préfets de police différents. Chaque nouvel arrivant s'était étonné de découvrir ce service qui, somme toute, n'en était pas vraiment un dans la mesure où il se réduisait à la seule et unique personne de l'inspecteur Verne. Pourtant, les succès obtenus par ce dernier avaient eu raison à chaque fois des premières réticences de ses supérieurs. La mise hors d'état de nuire de l'étrangleur automate et la résolution du mystère de l'araignée chantante avaient même incité le nouveau préfet, Alexandre-François Vivien, à doubler les effectifs du bureau. Au début de ce mois de mars, Valentin s'était vu en effet adjoindre un auxiliaire de vingt ans pour le seconder dans ses investigations.

Laissant derrière lui sa Picardie natale, Isidore Lebrac avait gagné la capitale au lendemain des journées révolutionnaires de juillet, nanti pour seul viatique d'un juvénile enthousiasme. Bien décidé à ne pas demeurer plus longtemps à l'écart de l'Histoire en marche, il avait résolu d'intégrer la Garde nationale de Paris, favorablement impressionné par la personnalité de son chef, le charismatique La Fayette. Hélas pour lui ! Il s'était heurté dans ses démarches à l'implacable inertie d'une administration en pleine restructuration. Contraint de patienter et dégringolant, jour après jour, l'échelle qui menait des hôtels fréquentables aux pires garnis du quartier Sainte-Avoye, Lebrac avait appris à ronger son frein, tout en regardant fondre ses maigres économies.

Quand sa demande avait fini par être rejetée du fait de son absence de domicile fixe, La Fayette avait déjà été poussé à la démission et les espoirs suscités par le grand soulèvement de l'été s'étaient effilochés avec les premiers brouillards de l'automne. En lieu et place du bel uniforme dont il avait rêvé, le naïf provincial s'était vu offrir des manches de lustrine et une place de commis aux écritures, rue de Jérusalem.

« Faute de grives, on mange des merles ! » avait-il tenté de se consoler, avant de déchanter à nouveau. Roux de poils et de cheveux, le visage disgracieux, plutôt chétif, il n'avait pas fallu longtemps pour que le frêle Lebrac serve de cible privilégiée aux lourdes plaisanteries de la faune des mouchards et des policiers qui hantait les couloirs. C'étaient pourtant cette laideur exquise et ce rôle de tête de Turc qui l'avaient fait remarquer de Valentin. Lorsque le préfet avait laissé à celui-ci le libre choix de son futur collaborateur, l'inspecteur n'avait pas hésité une seconde et avait jeté son dévolu sur l'insignifiant gratte-papier. Deux raisons principales avaient présidé à cette décision pour le moins étonnante. D'abord, Valentin avait su discerner un esprit vif sous l'apparente placidité du souffre-douleur. Ensuite, il préférait s'attacher les services d'un subordonné docile et encore inexpérimenté qu'il aurait tout loisir de former selon ses propres vues.

Au sein des autres brigades, la création d'un service spécial dédié à la résolution d'affaires obscures ou ésotériques avait déjà fait pas mal jaser, mais la constitution de cet improbable tandem d'enquêteurs avait transformé cette défiance initiale en une sourde hostilité. Verne était un solitaire ombrageux que sa beauté d'archange et sa fortune personnelle plaçaient en marge de ses congénères. Quant à Lebrac, sa promotion avait déplu à tous ceux – et ils étaient nombreux ! – qui se demandaient sur qui dorénavant ils pourraient bien passer leurs nerfs. En conséquence de quoi, ces deux jeunes gens si dissemblables focalisaient sur leur tête toute la rancœur et la jalousie dont leurs collègues étaient capables.

Maussade, Valentin était en train de ruminer tout cela lorsqu'on frappa à la porte.

2

Une femme en détresse et une chevalière

L'inspecteur se redressa, le cœur battant soudain plus vite, et rajusta son gilet. Il était rare qu'on le dérange à une heure aussi matinale. Lebrac avait vite compris qu'en arrivant au bureau son chef avait besoin d'une période de calme pour rassembler ses idées et endosser ce costume de policier qui lui était si peu naturel. En bon chien de garde, il défendait sa porte contre toute irruption intempestive et laissait toujours s'écouler une bonne heure avant de pointer le bout de son museau.

Pourquoi en allait-il différemment aujourd'hui ? Était-ce en rapport avec l'affaire qui, en secret, préoccupait tant Valentin ? Lui apportait-on enfin la nouvelle qu'il attendait impatiemment depuis l'avant-veille ? Il pria pour qu'il en soit ainsi. La traque durait depuis trop longtemps déjà. Il fallait qu'elle prenne fin.

À son invitation, un Isidore Lebrac à la tignasse en broussaille franchit le seuil du bureau. Il paraissait dans ses petits souliers. Après avoir salué son chef, il lui tendit d'un geste emprunté un cartel imprimé.

Madame Ferdinand d'Orval
Domaine de la Hêtraie
Saint-Cloud

Le « Madame » avait été ajouté à l'encre et à la plume.

— Je lui ai proposé de la recevoir, se justifia Lebrac, mais elle a insisté pour vous parler personnellement. Elle prétend qu'elle n'abusera pas de votre temps, mais qu'elle ne voit pas vers qui d'autre se tourner. Vous êtes, a-t-elle dit, son seul espoir.

— De quoi a-t-elle l'air ?

— C'est une femme distinguée, avec un je ne sais quoi de vulnérable dans l'apparence. Mais elle est tout à fait charmante.

Valentin lui fit signe de l'introduire dans la pièce. C'était, en effet, la plus délicieuse jeune femme qu'on puisse imaginer, pâle et menue, le visage finement dessiné sous des boucles auburn, avec une ombre autour des paupières et des gestes lents qui lui donnaient l'air d'une convalescente osant une première sortie après une longue et pénible maladie.

Valentin se leva pour l'accueillir et lui offrir un siège. Elle s'assit avec grâce et inclina joliment la tête pour mieux le dévisager. Un sourire très doux et un peu triste étirait ses lèvres.

— Je vous suis reconnaissante de m'accorder un peu de votre temps. (Sa voix était posée et étonnamment ferme, quoique légèrement voilée.) Bien sûr, vous ne me connaissez pas, mais moi je sais qui vous êtes. J'ai suivi dans les journaux le déroulement de vos récentes enquêtes.

— Vous lisez donc la presse ?

— Cela vous étonne, n'est-ce pas ? Une femme appartenant à la bonne société n'est pas censée se livrer à de telles activités. Elle doit plutôt se consacrer à ses bonnes œuvres, tenir sa maison, veiller au bien-être de ses proches et, en tout premier lieu, de son mari. Mais c'est précisément ce qui m'amène devant vous aujourd'hui.

Valentin s'efforçait de faire le vide dans sa tête pour mieux se concentrer. Il avait toutefois du mal à détacher son esprit des pensées inquiètes qui l'assaillaient depuis la veille. Quand il reprit la parole, ce fut de façon machinale.

— Je vous écoute.

— Je m'appelle Mélanie d'Orval. Je ne pense pas que mon nom soit particulièrement évocateur pour vous. Voilà environ trois ans déjà que mon époux s'est retiré des affaires et a quitté son hôtel parisien pour un petit domaine familial qu'il possède sur les hauteurs de Saint-Cloud. Le pauvre venait d'être rudement éprouvé par la mort de sa première épouse. Lorsque nous nous sommes rencontrés, à cette même époque, il avait perdu le goût de vivre. Seule la présence de sa fille unique, Blanche, encore adolescente, l'a empêché alors de commettre l'irréparable. De cela, je suis absolument convaincue. C'est d'ailleurs cette profonde détresse qui m'a d'abord attirée chez lui. Tout ce que je souhaitais, c'était ramener un peu de joie dans ce regard éteint, arracher cet homme bon et aimable à l'attraction du néant. Et je crois pouvoir affirmer que j'y suis parvenue. Du moins, jusqu'à ce drame épouvantable survenu l'année dernière…

Sa fille unique… encore adolescente… Valentin examina avec davantage d'attention la jeune femme assise en face de lui. Ses vêtements et son chapeau sombres, d'un raffinement distingué, avaient tendance à la vieillir. Mais à bien la regarder, il ne lui donnait pas plus de la trentaine. Cela signifiait que son époux devait avoir au moins dix à quinze ans de plus qu'elle. La pensée qu'elle le sollicitait pour une vulgaire affaire passionnelle lui effleura l'esprit. Cela le contraria. Si tel était le cas, il allait devoir l'éconduire. Or, sa beauté fragile, alliée à son regard douloureux, donnait plutôt envie de prendre soin d'elle. Tout homme normalement constitué devait nourrir le désir de la placer sous son aile.

— Un drame ? interrogea-t-il pour dissiper le silence qui menaçait de devenir gênant. Que s'est-il passé exactement ?

— Un drame, oui. C'est hélas le seul terme qui convienne. Il y a six mois, la malheureuse Blanche a fait une violente crise de convulsions. Elle avait eu une précédente attaque une semaine auparavant, sans que notre médecin de famille parvienne à en déterminer la cause. Mais cette récidive lui a été fatale. Nous l'avons retrouvée au petit matin morte au pied de son lit. Mon pauvre Ferdinand ! Ce nouveau coup du sort a définitivement brisé quelque chose en lui. Aucun père ne devrait avoir à vivre une épreuve comme celle-là.

Le front de Valentin se plissa.

— Vous dites que cette disparition soudaine remonte déjà à six mois. Pourquoi avez-vous attendu aussi longtemps pour vous rendre à la police ?

Le regard de la visiteuse vacilla. Puis ses pupilles

se dilatèrent. Elle porta la main à sa poitrine, avant de secouer la tête avec une certaine véhémence. Pourtant, quand elle reprit la parole, ce fut toujours de la même voix maîtrisée qui cherchait à capter toute l'attention de son interlocuteur.

— Je crois comprendre que vous vous méprenez, monsieur l'inspecteur. Ce n'est pas la mort de ma belle-fille qui m'a conduite jusqu'ici. Ou du moins pas directement. Pour être tragique, son décès n'en est pas moins dû à une cause naturelle. Mais comme je vous l'ai dit, mon époux a très mal supporté cette nouvelle épreuve.

« Son refus d'accepter la perte de son enfant l'a incité à consulter une sorte de médium. Un individu au comportement plus que douteux qui est devenu, en l'espace de quelques semaines, un familier de la maison. Ce triste sire, un dénommé Paul Oblanoff, a persuadé mon pauvre Ferdinand qu'il était capable d'entrer en contact avec l'esprit de la disparue. Je crains qu'il ne cherche tout simplement à profiter de la détresse de mon mari pour abuser de sa confiance.

— Qu'est-ce qui vous fait penser cela ?

— À vrai dire, jusqu'à la semaine dernière, je n'étais pas réellement inquiète. Je me disais que la lubie de Ferdinand finirait par passer. Tôt ou tard, il se rendrait compte que ce Slave de pacotille ne possède aucun pouvoir particulier. Et puis, coup sur coup, deux incidents ont éveillé mes soupçons et mes craintes. Depuis, j'en ai perdu l'appétit et le sommeil.

— Racontez-moi cela.

— Le premier événement s'est déroulé il y a exactement sept jours. Il faut vous dire que nous recevons cet Oblanoff à dîner plusieurs fois dans la semaine et qu'il est hébergé au domaine tous les samedis et les dimanches. Est-il utile de préciser que mon époux n'a pas pris la peine de me consulter avant d'instituer ces odieuses invitations ?

« Je vous disais donc que, samedi dernier, j'ai surpris ce détestable personnage dans le bureau de Ferdinand. Il a prétexté qu'il cherchait le maître de maison, mais son trouble était visible. Je suis absolument certaine qu'il mentait et qu'il en avait après l'armoire forte dans laquelle sont conservés mes bijoux ainsi qu'une somme assez conséquente en pièces d'or. D'ailleurs, j'ai interrogé, depuis, les domestiques et ils m'ont confirmé que cet escroc avait tenté à plusieurs reprises d'obtenir d'eux des renseignements sur notre train de vie et notre fortune.

« Passons à présent au second incident. C'est surtout cela qui m'a décidée à faire appel à votre aide. La chose s'est déroulée mercredi soir, il y a donc trois jours. Oblanoff a convaincu Ferdinand de se prêter à une expérience de spiritualisme[1] pour entrer en communication avec Blanche. À la fin du dîner, nous nous sommes installés autour d'une table, dans la semi-obscurité. J'ai bien dit une table, reposant sur quatre pieds solides, et non un simple guéridon. Il y avait là cinq personnes : Oblanoff, Ferdinand, moi-même, et un couple d'amis

1. Au milieu du XIXe siècle on parlait de « spiritualisme moderne » ou de « phénomènes magnétiques » pour désigner la pratique du spiritisme, ce dernier terme n'ayant été inventé qu'en 1857 par Allan Kardec.

de longue date, le baron de Launay et sa moitié. Nous formions un cercle et nos mains s'effleuraient juste au-dessus de la table. Oblanoff a murmuré de vagues incantations, puis sa voix s'est élevée pour invoquer Blanche. Plusieurs minutes se sont écoulées sans qu'il obtienne de réponse. Puis, brusquement, un coup très net a ébranlé la table. Pas une simple secousse, non ! Un véritable coup qui a quasiment soulevé le meuble. Un dialogue s'est alors instauré. Oblanoff posait les questions et l'"esprit" de Blanche répondait. Un coup pour oui et deux coups pour non. Cela a bien duré une dizaine de minutes.

— Cet Oblanoff n'aurait-il pas pu tout simplement ébranler la table avec ses genoux ?

— Impossible ! Il se tenait entre mon mari et moi et je l'avais à l'œil. S'il avait bougé les jambes, je l'aurais forcément remarqué. Qui plus est, je doute qu'il lui aurait été possible de donner une telle impulsion à la table en procédant de cette manière. Pourtant, je suis certaine qu'il s'agit d'une mystification et que si personne n'y met le holà cette histoire s'achèvera de funeste façon.

Elle ne forçait pas sur les effets dramatiques pour dire cela. Au contraire, elle conservait son sourire touchant, comme si cela pouvait estomper un peu la noirceur de ses prémonitions.

— Avez-vous fait part de vos craintes à votre époux ?

— Vous n'y songez pas ! Depuis qu'il a succombé aux charmes vénéneux de ce soi-disant mage, Ferdinand a comme un voile devant les yeux. Il ne consentira à le renvoyer que si quelqu'un peut lui apporter la preuve que tout cela n'est qu'une farce, qu'il est le jouet d'un misérable dont le seul but est d'exploiter son chagrin pour le dépouiller de ses biens. Je vous en prie, vous êtes mon seul recours !

— Qu'attendez-vous exactement de moi ?

— Je vous l'ai dit : j'ai lu ce que les journalistes ont écrit à votre sujet. Je suis certaine qu'il vous suffirait d'assister à l'une de ces fameuses séances de spiritualisme pour révéler l'imposture. Vous pourriez venir dîner à la maison, mercredi prochain par exemple. Je vous présenterai comme un lointain cousin. Les Launay ont été tellement impressionnés par ce qu'ils ont vu la dernière fois qu'ils ont insisté pour que nous recommencions dès leur prochaine visite.

Comme chaque fois qu'il était contrarié, Valentin sentit poindre un picotement derrière son oreille gauche. Il se retint de se gratter et secoua la tête d'un air désolé.

— La chose m'est malheureusement impossible. Je suis actuellement accaparé par une autre affaire dont le dénouement proche réclame tout mon temps et toute mon attention.

À ces mots, une moue poignante déforma le visage de papier mâché de Mélanie d'Orval. Sa déception faisait peine à voir. Touché plus qu'il ne l'aurait cru possible, l'inspecteur baissa aussitôt pavillon et désigna le petit Lebrac qui était demeuré en retrait, attentif, debout près de la porte.

— Cependant mon adjoint pourra me remplacer avantageusement. Ses capacités d'observation sont aussi aiguisées que les miennes. Aucun détail n'échappera à sa vigilance et il me fera un compte rendu complet à son retour. En fonction de son rapport, j'aviserai de la conduite à adopter.

Un sourire radieux accueillit ces dernières paroles. La visiteuse semblait prête à battre des mains tellement elle était soulagée. Pour le coup, elle faisait maintenant beaucoup plus jeune qu'à son arrivée.

— C'est merveilleux ! s'exclama-t-elle. J'avais tellement peur que vous ne me preniez pour une folle ! Mais me voilà désormais tout à fait rassurée. Quand vous aurez démasqué ce charlatan, je ne doute pas que Ferdinand le chassera sans le moindre état d'âme.

Valentin tendit les mains paumes en avant, donnant l'impression de vouloir contenir cette manifestation de joie spontanée. Puis il se leva comme pour signifier que l'entrevue était terminée, avant de paraître se souvenir d'un détail sans importance.

— Une dernière chose avant que vous ne partiez, ajouta-t-il d'un ton égal. Pourriez-vous me décrire la chevalière de ce mystérieux médium ?

Mélanie d'Orval ouvrit de grands yeux étonnés et marqua un temps d'hésitation. L'inspecteur la sentit sur le point de manifester oralement sa surprise, mais elle se maîtrisa et son visage redevint lisse et impénétrable.

— Maintenant que vous m'y faites penser, réponditelle, les sourcils légèrement froncés, c'est vrai que ce bijou est assez remarquable. Une grosse bague qu'il arbore au majeur de la main gauche, avec d'étranges signes gravés. Sept cercles entrelacés, formant trois paires autour d'une rosace centrale unique.

— Il s'agit là, sans le moindre doute, de symboles alchimiques, commenta doctement Valentin. Si je ne m'abuse, ces cercles et cette rosace représentent les sept métaux planétaires. Au centre, le Soleil qui marque l'or. Tout autour, le vif-argent de Mercure en quoi se transmue aisément l'étain de Jupiter. Au plus haut, Saturne du plomb s'oppose à la Lune de l'argent mais lui correspond tout aussi bien. Comme se correspondent Mars du fer et Vénus de l'airain.

— Vous m'impressionnez, murmura la jeune femme dont les traits, à présent, marquaient de nouveau une forme d'indécision. Mais tout cela dépasse mon entendement. Est-ce vraiment si important ?

Valentin ne répondit pas tout de suite. Il contourna lentement son bureau pour raccompagner sa visiteuse jusqu'à la porte. Au moment où il posait la main sur la poignée, il laissa tomber en détachant nettement chaque syllabe :

— Je suis presque certain que cette chevalière est la clé de tout. Allons ! Vous pouvez partir tranquille. Si j'ai vu juste, cette petite affaire devrait être réglée rapidement à votre entière satisfaction. Je vous en donne ma parole.

3

Le Panier des princes

— Comment avez-vous fait cela, monsieur ?

— Quoi donc, Isidore ?

— Je parle de la bague bien sûr ! Comment avez-vous pu deviner ? C'est tout bonnement stupéfiant !

L'écho des pas de Mélanie d'Orval ne s'était pas encore éteint dans la cage d'escalier que le petit Lebrac laissait éclater son enthousiasme et pressait son supérieur de questions. Valentin haussa les épaules d'un air faussement modeste.

— Je ne vois pas ce qu'il y a là de si extraordinaire, dit-il.

— Vous ne voyez pas ! Vraiment ? insista son jeune adjoint avec ironie. Allons ! Vous plaisantez, inspecteur ! Comment ? Voilà une femme qui vous fait part de ses soupçons quant à un parfait inconnu dont elle ne vous donne que le nom, et vous lui parlez d'emblée de sa chevalière. Elle vous livre de l'objet une description des plus succinctes et vous en déchiffrez immédiatement la symbolique. Et pour couronner le tout, vous affirmez tranquillement que ce bijou est l'instrument qui va vous permettre d'apporter une solution à son problème. À sa place, ne vous connaissant pas, j'aurais cru que vous vous moquiez de moi.

Valentin posa une main amicale sur l'épaule du rouquin.

— Et tu aurais eu grand tort, mon cher Isidore. À l'écoute du récit de cette charmante Mme d'Orval, j'ai simplement hasardé une hypothèse qui s'est révélée exacte.

— Attendez ! le coupa Lebrac avec excitation. Ne dites rien, laissez-moi deviner ! Vous connaissiez cette bague ou vous en aviez déjà vu une semblable auparavant. Voyons, voyons… Ça pourrait être un signe de reconnaissance, la marque de l'appartenance de ce Paul Oblanoff à une bande de vauriens à laquelle vous avez déjà eu affaire. Soyez chic, chef : dites-moi si je m'approche de la vérité !

L'inspecteur ne répondit pas tout de suite. Il attrapa sur son bureau une boîte joliment incrustée de nacre, l'ouvrit et la présenta à son vis-à-vis. Elle contenait de minces et coûteux cigares dont le délicat parfum poivré chatouillait agréablement les narines.

— Prends-en un, Isidore. Cela te fera le plus grand bien. D'aucuns prétendent que fumer décuple l'activité des cellules de notre cerveau et stimule l'imagination. L'affirmation me paraît reposer sur des bases physiologiques quelque peu incertaines, mais qui sait ? Dans le doute…

— Ouais, autrement dit, je patauge dans le potage…

Valentin alluma leurs deux cigares, puis regagna sa chaise d'où il contempla avec intérêt une volute de fumée montant vers le plafond.

— Je ne l'aurais pas exprimé en des termes aussi triviaux, mais force est de reconnaître que tu es loin du compte.

— Nous voilà donc revenus à ma première question, insista Lebrac en se retenant de tousser après avoir tiré maladroitement sur son cigare. Comment avez-vous fait cela ?

— Je viens de te le dire : une simple supposition qui a fait mouche. Suis un peu mon raisonnement. Point n'est besoin d'être grand expert en médecine pour savoir que les morts ne se relèvent pas de leur tombe et ne font pas la causette aux vivants. Le spiritualisme, si à la mode ces temps-ci chez les Anglo-Saxons, est une bouffonnerie. Par conséquent, notre Oblanoff est forcément un charlatan comme tous ses semblables. La séance qui a tant impressionné notre visiteuse était nécessairement truquée.

— Mais elle nous a assuré elle-même qu'elle était sur le qui-vive, remarqua naïvement Lebrac. Elle prétend n'avoir pas quitté Oblanoff des yeux.

— Sauf que son attention s'est portée au mauvais endroit. Elle s'est focalisée sous la table, alors que tout se passait au-dessus. C'est un truc employé par certains initiés en Amérique, une méthode infaillible pour faire « parler » les esprits et mouvoir les tables. Bien plus efficace et impressionnante que le banal coup de genou par-dessous. Il suffit de fixer dans le bois du plateau une petite vis pliée en équerre. À condition que le trou soit percé à l'avance, cela peut être fait en quelques secondes et passer totalement inaperçu dans la semi-obscurité imposée par le soi-disant mage pour favoriser sa concentration. Lorsque l'assistance pose ses mains à plat sur la table, il suffit d'enfiler la partie horizontale de la vis dans une bague que l'on porte au doigt. Cela assure une prise discrète et excellente. Le reste relève d'un simple jeu d'acteur. Vous faites semblant de chercher à maîtriser les écarts de la table alors qu'en réalité vous les provoquez.

Un sourire béat s'épanouit sur le visage de Lebrac.

— Stupéfiant ! Donc quand vous avez parlé d'une chevalière…

— Je n'ai fait que lancer un hameçon au hasard. Et la réponse de Mélanie d'Orval a confirmé que j'avais probablement vu juste.

— Mais le chaton de la bague ? Comment avez-vous pu le déchiffrer aussi rapidement ?

— De la simple logique, Isidore. Un individu qui se prétend détenteur de pouvoirs surnaturels s'intéresse forcément aux sciences occultes. Et en tout premier lieu, à l'astrologie et à l'alchimie qui entretiennent des rapports fort étroits. Moi-même, je possède quelques rudiments dans ces domaines. La figure des sept cercles représentant métaux et planètes est loin d'être rare. Tu pourras en contempler une fameuse représentation à quelques pas d'ici, sur le portail de la Vierge de la cathédrale Notre-Dame. Les cercles apparaissent sur un sarcophage, au niveau de la corniche médiane.

Isidore hocha la tête, visiblement impressionné par les facultés de déduction et les connaissances de son chef. Toutefois, un détail le tracassait encore.

— Il y a quelque chose qui m'échappe, dit-il. De nous deux, comme vous venez d'en faire la brillante démonstration, vous êtes le plus à même de révéler la supercherie d'Oblanoff. Alors pourquoi m'envoyer, moi, chez les d'Orval ? Pourquoi inventer une affaire en cours qui n'existe pas et ne pas cueillir des lauriers que vous seul aurez mérités ?

L'espace d'un instant, un voile ternit le regard de Valentin et ses mâchoires se crispèrent de façon imperceptible. Il songea à la quête secrète qui occupait toutes ses pensées ces derniers jours. Naturellement, il n'en avait rien dit à son subordonné. C'était une affaire personnelle, qu'il entendait régler à sa façon, sans s'embarrasser de contraintes réglementaires. Pour atteindre son but, il était prêt à sortir des sentiers battus, et même à évoluer en marge de la légalité. Toutes choses qu'un garçon simple et droit comme Lebrac ne pouvait pas comprendre.

— Il faut bien que tu t'aguerrisses, Isidore, répondit-il enfin. Sur place, tu pourras affûter ton sens de l'observation. Cette soirée dans le beau monde promet d'être agrémentée d'un soupçon de mystère et – qui sait ? – d'une pincée de danger. Ce sera l'occasion de faire taire une fois pour toutes ces imbéciles qui prétendent que tu n'as pas la carrure d'un véritable policier. (Il marqua un temps et son sourire se fit ironique.) Et puis, j'ai cru deviner que tu n'étais pas insensible au charme fragile de la petite Mme d'Orval. Dans le rôle du chevalier volant au secours de la belle dame en détresse, tu seras absolument parfait !

Lebrac rougit jusqu'à la racine des cheveux et s'empressa de sortir en balbutiant quelques paroles confuses. Valentin, qui ne visait pas d'autre but en le provoquant, ne put s'empêcher de sourire. Toutefois, il ne tarda pas à retrouver son humeur soucieuse et consulta sa montre de gousset. Les aiguilles ne marquaient pas encore dix heures. Il porta l'objet à son oreille comme pour s'assurer que le mécanisme n'était pas arrêté. Si on ne lui apportait pas rapidement la nouvelle qu'il attendait, les prochaines heures risquaient d'être particulièrement éprouvantes.

Tel fut malheureusement le cas.

Lorsque, après avoir déjeuné sur le pouce, l'inspecteur se décida à quitter la préfecture de police, il avait épuisé ses ultimes réserves de patience. Tant pis pour la discrétion ! Il ne pouvait plus demeurer ainsi dans l'incertitude, sans savoir ce qui avait bien pu arriver à la Tocasse et Bordelais. Cela faisait déjà deux nuits et une journée entière qu'il se torturait l'esprit à se demander pourquoi les deux affreux ne lui avaient pas donné signe de vie. Il s'était forcément passé quelque chose d'imprévu. Il lui fallait découvrir ce que c'était. Et il devait le faire immédiatement ! La prudence n'était plus de mise !

Tout à ses pensées, il traversa le Pont-Neuf sans prêter attention aux autres passants, et gagna la rive gauche dans l'intention de faire un rapide saut à son domicile pour y récupérer une arme. Il habitait un luxueux appartement au troisième étage d'un immeuble bourgeois de la rue du Cherche-Midi. Le genre de logement auquel un simple fonctionnaire de police ne peut pas normalement prétendre. Cependant, depuis le décès brutal de son père adoptif, survenu cinq ans plus tôt, Valentin se trouvait à la tête d'une assez jolie fortune. De judicieux placements en Bourse lui assuraient une coquette rente annuelle qui l'aurait dispensé – si tel avait été son souhait – d'avoir à travailler pour vivre. Mais son engagement dans la police répondait à une tout autre nécessité.

S'il avait interrompu ses études scientifiques et renoncé à son projet d'intégrer l'École polytechnique pour faire son droit et décrocher un emploi d'inspecteur, c'était afin de poursuivre l'œuvre de son bienfaiteur. Valentin se souvenait encore avec émotion de la stupeur qui avait été la sienne lorsqu'en classant les papiers du défunt il avait découvert la traque à laquelle Hyacinthe Verne avait consacré les dernières années de sa vie. Brutalement, tout un pan de son propre passé avait émergé des brumes de l'oubli.

Ce passé correspondait à un lieu bien précis. Un pavillon isolé dans le Paris en haillons des faubourgs. Une cave sordide avec d'épais murs de moellons, un soupirail occulté par des planches et une porte massive, renforcée par des ferrures. Il y avait là une vulgaire planche de bois en guise de bat-flanc et une cage rivée au sol de terre battue. Une cage qui était à peine plus grande qu'une niche et constituée de larges barreaux d'acier. Tout cela baignait en permanence dans la pénombre et dans une affreuse puanteur d'humus et de moisi. Un remugle de sépulcre. C'était un lieu où l'on pouvait se perdre à jamais, se dissoudre dans l'attente et la terreur. En dehors de toute humanité.

Ce passé avait aussi un visage. Celui du Vicaire. Un criminel abject que son père avait pisté durant sept longues années dans les quartiers les plus infâmes de la capitale. Un monstre qui semait des cadavres d'enfants dans son sillage, pareil à l'ogre des contes. Un être pervers et cruel qui avait marqué au fer rouge Hyacinthe Verne et son fils, qui les avait contraints à fixer le Mal droit dans les yeux pour mieux le combattre.

Le Vicaire… De longues mains blanches aux veines comme des serpents, un visage en lame de couteau qui hantait encore les nuits du jeune inspecteur, avec son crâne luisant, ses yeux vicieux, profondément enfoncés dans leurs orbites. C'était pour mettre fin aux agissements de ce démon en soutane que Valentin avait embrassé une carrière de policier. Et sa détermination s'était encore renforcée l'automne précédent, lorsqu'il avait découvert que cette canaille avait commandité le meurtre de son père, une mort que tout le monde, jusque-là, avait crue accidentelle[1].

Ce même automne, grâce aux informations fournies par Vidocq, l'ancien chef de la Sûreté, Valentin avait été à deux doigts de mettre enfin la main sur son ennemi. Il avait investi son dernier repaire connu, au fond d'une ruelle putride du quartier Saint-Merri. Hélas ! Une fois de plus, l'oiseau s'était envolé juste à temps et la cage ne contenait plus que le cadavre profané d'une nouvelle victime innocente.

Après cet épisode douloureux, le Vicaire avait replongé dans l'obscurité : englouti dans le Paris des nécessiteux comme un rat dans la fange des égouts. Valentin avait toujours su qu'il finirait par refaire surface. Ses pulsions et ses appétits de prédateur l'emporteraient tôt ou tard sur toute prudence. L'inspecteur avait donc fait passer le mot à tous ses indicateurs et promis

---

1. Voir, du même auteur, *Le Bureau des affaires occultes*.

une belle récompense, prise sur ses deniers personnels, à qui pourrait lui livrer le misérable ou tout au moins apporter une contribution décisive à son arrestation. Quatre jours plus tôt, il avait cru toucher enfin au but, lorsque le dénommé Bordelais était venu le trouver pour lui annoncer la prochaine capture du Vicaire par ses soins et ceux de son comparse, la Tocasse. Mais depuis : plus rien ! Les deux ruffians auxquels il avait accordé sa confiance lui avaient fait faux bond et il demeurait sans nouvelles d'eux.

S'arrachant à ses réflexions, Valentin s'avisa qu'il avait déjà atteint le carrefour de la Croix-Rouge. À cette heure avancée du samedi, l'endroit était un lieu de passage fort fréquenté. Les équipages d'une noblesse calfeutrée depuis la Révolution dans ses hôtels du faubourg Saint-Germain y convergeaient pour gagner ensuite le Champ-de-Mars, les jardins des Tuileries ou les Champs-Élysées. L'espace résonnait du fracas des sabots des chevaux et des roues ferrées sur les pavés. Un peu plus loin, un rémouleur ajoutait le crissement de sa meule et ses appels stridents au vacarme ambiant. Tout en continuant à avancer, l'inspecteur le regardait aiguiser avec dextérité une hachette lorsqu'une voix familière le héla :

— Hé, Jérusalem ! Un peu d'soleil sur vos bottines ?

Valentin tourna la tête dans la direction d'où venait l'appel. Un petit cireur de chaussures, une casquette trop large vissée de travers sur le crâne, agitait sa main en une invite explicite. Le policier lui adressa un sourire et se rapprocha, tout en fouillant ses poches à la recherche de menue monnaie.

— Comment vont les affaires, Foutriquet ? Pas encore millionnaire ?

D'une nature renfermée, peu enclin à se lier à ses semblables, le jeune policier ne nourrissait pas du tout les mêmes préventions envers les enfants. Tout au contraire ! Il appréciait leur compagnie et trouvait toujours spontanément les mots qu'il fallait pour s'attirer leur sympathie. Il avait ainsi pris sous son aile ce gamin mal fagoté qui traînait ses brosses et ses boîtes à cirage dans les environs immédiats de son domicile. L'orphelin d'une dizaine d'années était plutôt d'une nature farouche et il avait fallu déployer des trésors de patience pour l'apprivoiser. En définitive, afin de pouvoir lui venir en aide tout en ménageant sa fierté, Valentin l'avait recruté comme mouchard et le mioche en tirait une certaine fierté.

— C'est pas avec le peu d'picaillons[1] qu'vous m'refilez que j'm'en vais bâtir des châteaux en Espagne ! C'est bien connu : les bourges, z'ont des oursins dans les poches !

— Tu n'as qu'à ouvrir en grand tes esgourdes et tes mirettes. J'ai connu beaucoup de mouches qui bourdonnaient un peu mieux que toi.

Le mioche haussa les épaules.

— Qu'est-ce que j'y peux, moi, si vot' fichu vicaire s'est évaporé dans la nature ? En attendant, j'peux toujours faire reluire vos grolles.

— Une autre fois, Foutriquet, fit Valentin en glissant une pièce dans la paume du gosse. J'ai à faire ailleurs.

1. Synonyme vieilli pour « argent ».

— Bien l'bonjour chez vous alors, Jérusalem ! Et soyez pas trop vachard avec le tout-venant d'la racaille. Quand ceux d'en haut s'remplissent les poches, il faut bien qu'ceux d'en bas jouent d'la pogne pour les alléger un peu. Tant qu'y a pas mort d'homme !

Le cireur de chaussures lui lança un clin d'œil espiègle et s'éloigna en sifflotant. Valentin était plutôt content d'avoir croisé son chemin. La bonne humeur du môme l'avait distrait de ses préoccupations. Il fit un saut rapide à son appartement où il échangea sa canne d'apparat contre un modèle autrement redoutable qui servait de fourreau à une lame en acier. Puis il empocha un court pistolet poivrière Mariette à cinq canons tournants, le genre d'arme très efficace à courte portée et pour faire face à plusieurs adversaires dans un lieu fermé. Ainsi paré contre toute éventualité, il sortit à nouveau, héla un fiacre dans la rue de Grenelle et se fit conduire devant l'église royale de la Madeleine encore en chantier. De là, il gagna le boulevard et s'engagea dans la rue Duphot qui marquait, avec la rue Neuve-de-Luxembourg, les limites d'un territoire propice aux rencontres masculines.

En cette fin d'après-midi, l'endroit était encore peu fréquenté. Mais à la tombée du jour, dès que les ombres entameraient leur lente reptation le long des façades, un ballet bien réglé se mettrait en place. Des silhouettes lascives et ondulantes prendraient possession du pavé. Décochant force œillades, allant d'un réverbère à l'autre, tels des papillons de nuit, les corvettes[1] se met-

1. Jeunes prostitués masculins.

traient en quête du client. C'était là, dans ce haut lieu de la prostitution masculine à Paris, qu'officiaient les deux affreux avec qui Valentin s'était acoquiné.

L'inspecteur avisa l'enseigne modeste qui ornait l'un des immeubles de la rue. Un simple panneau de bois sur lequel une main malhabile avait peint une corbeille de fleurs surmontée d'une couronne. À ce détail près, *Le Panier des princes* affichait une discrétion de bon aloi et ne se distinguait en rien des immeubles d'habitation. Contrairement aux maisons de tolérance soumises à contrôle et contraintes de maintenir leur intérieur éclairé de la chute du jour jusqu'au matin, les bordels pour hommes n'obéissaient à aucune réglementation. Qu'ils soient clandestins dans les quartiers sordides ou bénéficient d'une coupable indulgence car fréquentés par la meilleure société comme *Le Panier*, ces établissements n'avaient aucune existence officielle. Les autorités civiles préféraient se voiler la face et nier leur réalité, tandis que les services de police, même quand ils connaissaient leur emplacement et les soumettaient à une discrète surveillance, se gardaient bien d'établir le moindre rapport à leur sujet.

Au premier son de cloche, un domestique silencieux vint ouvrir la double porte capitonnée et introduisit Valentin dans un vestibule tendu de velours cramoisi. Dans toute la maison régnait une atmosphère feutrée que contribuaient à créer les tapis moelleux, les lourdes tentures et les nombreuses portes dérobées. Ayant fait état de sa qualité de policier, Valentin fut conduit par son guide à travers une enfilade de petits salons encore déserts. Les statues d'éphèbes, les imposants lustres de cristal, le parfum capiteux des fleurs disposées un peu partout et les glaces à profusion qui lui renvoyaient son reflet multiplié en une vertigineuse mise en abyme donnaient la nausée à l'inspecteur. Mais ce n'était rien encore comparé au sourire mielleusement hypocrite que lui adressa le maître des lieux, un moustachu à l'œil charbonneux revêtu d'une coûteuse veste d'intérieur en soie.

Quand il appartenait encore au service des mœurs, Valentin avait eu affaire une ou deux fois à l'homme connu de l'état civil sous le nom de Joachim Ferrand, mais que la plupart des habitués du *Panier* désignaient sous le sobriquet de Tata Belle-Cuisse. Il ne l'appréciait guère. Ses manières, à la fois cauteleuses et fuyantes, lui faisaient songer à une anguille. On ne pouvait pas l'interroger sans éprouver la désagréable sensation de remuer de la vase à pleines mains.

Cette fois-là encore, l'individu se montra détestable, n'acceptant de répondre aux questions que du bout des lèvres. S'il savait où l'on pouvait trouver Bordelais et la Tocasse ? Non, il n'en avait pas la moindre idée. Le second ne faisait-il pas partie des employés de la maison ? Effectivement, la Tocasse servait d'homme à tout faire et veillait également à ce qu'aucun esclandre ne vienne entacher la réputation de l'établissement. Cependant voilà deux jours qu'il n'avait plus montré le bout de son nez. Et cela sans le moindre petit début d'explication. Était-il coutumier du fait ? Il aurait fait beau voir ! Le personnel du *Panier des princes* était trié sur le volet. D'ailleurs, si ce lourdaud ne réapparaissait pas rapidement, Tata Belle-Cuisse se réservait le droit de balancer ses cliques et ses claques sur le pavé. L'homme logeait donc sur place ? Pouvait-on jeter un coup d'œil à sa chambre ?

Ces deux nouvelles questions eurent le don d'agacer Ferrand. Son visage se ferma et son vernis de politesse onctueuse se craquela.

— Il n'en est pas question ! trancha-t-il sèchement. À moins que vous n'ayez un document officiel vous autorisant à fouiller la maison. Mais je doute que ce soit le cas. Tout le monde sait que vous n'appartenez plus au service des mœurs. Et la réputation dont jouit notre établissement s'oppose à ce que nous laissions le premier venu se promener ici à sa guise.

En temps ordinaire, Valentin n'aurait pas toléré ce ton méprisant sans réagir. Il ne détestait rien tant que la canaille qui croit pouvoir se hausser du col. Cependant, il se laissa reconduire à la porte sans protester. Cette courte visite avait suffi à confirmer ses pires craintes. Les choses avaient mal tourné et la Tocasse et Bordelais avaient sans doute payé les pots cassés. Le sort des deux compères lui était somme toute indifférent. Mais si ces deux-là avaient déserté la scène, cela ne pouvait signifier qu'une chose : une nouvelle fois, la bête immonde lui avait échappé.

Et cette seule pensée suffit à lui faire remonter un goût de cendre à travers la gorge.

4

Où il est question des femmes et de leurs aspirations

S'il en avait eu la possibilité, Valentin aurait commencé dès le lendemain matin à enquêter sur la mystérieuse disparition de la Tocasse et de Bordelais. Cependant il avait promis de consacrer une partie de son dimanche à Aglaé Marceau.

Depuis qu'ils avaient affronté ensemble les pires périls et que Valentin avait dévoilé son passé d'enfant martyr à la jolie actrice[1], leurs rapports avaient pris la forme d'une relation ambiguë d'amour-amitié où, de peur de froisser l'autre, chacun évitait tout geste qui puisse passer pour une avance un peu trop manifeste. La jeune femme continuait d'exercer ses talents de comédienne boulevard du Crime, sur les planches du théâtre de Mme Saqui, où elle excellait dans les mélodrames sanglants alors si en vogue. Régulièrement, Valentin venait l'applaudir et lui offrait ensuite à souper dans un des meilleurs établissements de la capitale. Cependant,

1. Voir, du même auteur, *Le Bureau des affaires occultes*.

les jeunes gens en restaient là et, malgré une attirance mutuelle évidente, ils prenaient grand soin de ne pas partager de moments trop intimes, misant vaguement sur le temps pour dissiper la gêne que chacun croyait percevoir chez l'autre.

Aglaé, en particulier, craignait de brusquer Valentin et de gâcher l'image qu'il lui avait laissé entrevoir : celle d'un homme séduisant à qui elle aurait pu s'offrir s'il avait été capable d'aimer une femme, un homme hanté par son enfance volée, en proie à ses démons intérieurs, un homme empli de culpabilité et de colère, parfois capable d'accès de violence, mais sensible aussi, et prêt à donner sa vie pour lutter contre le mal et protéger les faibles. Elle ne savait pas s'il parviendrait un jour à trouver une forme d'apaisement mais si cela arrivait, elle voulait se tenir à ses côtés. Peut-être saurait-elle alors le convaincre qu'elle était la seule personne à pouvoir l'aider à panser définitivement ses plaies.

Elle avait beaucoup insisté pour que Valentin l'accompagne, ce dimanche-là, dans une salle de la rue Taitbout afin d'assister à une conférence donnée par plusieurs personnalités se réclamant de l'héritage saint-simonien[1]. L'inspecteur n'avait pas fait montre d'un grand enthousiasme. La proposition lui paraissait bien trop austère pour occuper une matinée printanière et il avait suggéré de prendre plutôt le coche d'eau pour gagner Auteuil et ses paysages champêtres. Mais Aglaé

---

1. Courant de pensée alors à son apogée prônant une industrialisation morale et une société fraternelle, et dont le fondateur, Claude-Henri de Rouvroy de Saint-Simon, était décédé en 1825.

avait tenu bon. Elle souhaitait lui présenter plusieurs de ses nouvelles amies. *Des femmes fascinantes ! Vous verrez, je suis sûre que vous serez conquis par le combat qu'elles mènent pour raviver l'esprit des Lumières et libérer la femme du carcan que lui impose la société !*

Lorsqu'il vint la chercher en milieu de matinée, Valentin ne sembla pas remarquer qu'elle s'était mise en frais de toilette pour lui. Elle portait pourtant une toute nouvelle robe confectionnée par une couturière à façon qui avait accepté de voir son travail rémunéré par des entrées gratuites au théâtre pour elle et son galant. Le vêtement, taillé à ses mesures dans un léger tissu imprimé et agrémenté de linon au décolleté, mettait plaisamment en valeur ses courbes charmantes. Quant à sa belle chevelure brune, elle l'avait roulée en anglaises qui dansaient avec grâce sur sa nuque.

Cependant, au grand dam de la jeune actrice, Valentin ne songea pas à lui adresser le moindre compliment et l'incita même à couvrir ses épaules nues d'un châle en crêpe de Chine pour se prémunir de la fraîcheur matinale.

En lui prenant la main pour monter dans le fiacre qu'il avait réservé, Aglaé ne put s'empêcher d'exprimer son désappointement à demi-mot :

— Savez-vous, monsieur mon ami, qu'il serait grand temps qu'une femme prenne un peu soin de vous ? Sinon vous allez devenir infréquentable comme tant de vieux garçons que la solitude finit par rancir horriblement.

— C'est drôle que vous disiez cela, répliqua Valentin sans paraître percevoir le ton boudeur de sa compagne, car j'ai justement décidé il y a peu de recruter une gouvernante pour s'occuper de mon intérieur.

— Une gouvernante, vraiment ? répéta Aglaé avec un petit air pincé.

— Mais oui ! J'aurais même dû y songer beaucoup plus tôt. J'ai besoin de quelqu'un pour tenir mon linge propre, faire le ménage et m'obliger à respecter des horaires de repas réguliers. Bref, j'ai sollicité le bureau de placement et l'on doit m'envoyer des candidates demain matin. Je me disais que vous accepteriez peut-être de m'épauler en cette occasion. À vrai dire, je n'ai pas la moindre idée des questions à poser ni des critères à retenir pour être certain de distinguer l'employée idéale.

Aglaé poussa un soupir mi-déçu mi-résigné.

— Eh bien, soit ! S'il n'y a que cela pour vous faire plaisir…

— Ma chère, on peut dire que vous m'ôtez une belle épine du pied. En ce moment, j'ai bien trop de choses en tête pour m'embarrasser de soucis domestiques.

Et comme pour confirmer ses dires, Valentin s'absorba dans ses pensées et ne prononça plus un seul mot du trajet.

Aglaé l'observait du coin de l'œil. Elle ne put s'empêcher de noter qu'une ride soucieuse barrait son front et que son iris prenait cette teinte grise qui, chez lui, était en général annonciatrice d'orage.

Lorsque la voiture les déposa rue Taitbout, la salle qui accueillait la réunion était déjà comble. L'assistance se distinguait à la fois par sa mixité sociale – l'ouvrier en tricot y côtoyant le bourgeois en redingote – et par le nombre important de femmes venues seules ou en groupes entendre la bonne parole. Entraînant Valentin par la main, Aglaé fendit cette foule bigarrée et joyeusement bruyante pour se rapprocher de l'estrade où se tenaient les orateurs. Elle lui désigna un homme d'environ trente-cinq ans, debout derrière un pupitre, qui achevait un discours exalté.

— Voilà Prosper Enfantin, le père suprême du mouvement saint-simonien, lui souffla la jeune actrice, les yeux brillants d'excitation. Dommage que nous arrivions à la fin de son intervention ! C'est un esprit tellement remarquable !

Piqué malgré lui par le ton enthousiaste d'Aglaé, Valentin détailla le conférencier avec davantage d'attention. L'homme, il est vrai, ne manquait pas de charme : une haute stature, un air intelligent, des cheveux joliment ondulés. Il y avait toutefois quelque chose de fiévreux dans son regard qui déplut à l'inspecteur[1].

Soucieux de ne pas heurter de front sa compagne, celui-ci feignit de n'avoir remarqué que la curieuse tenue du tribun.

— Quelle étrange tunique ! observa-t-il. On dirait une assemblée de banquiers hallucinés à qui l'on aurait passé la camisole pour les empêcher de brûler tous les billets de leurs clients.

Il est vrai que tous les hommes assis sur l'estrade portaient la même vareuse grisâtre par-dessus leurs beaux

---

1. En 1831, Prosper Enfantin, convaincu d'être le descendant de saint Paul, avait amorcé le virage mystique du saint-simonisme. Recrutant de nouveaux adeptes après la révolution de 1830, il avait entrepris de structurer l'ordre en imposant à tous règles et rites de plus en plus nombreux.

habits du dimanche. Aglaé lui en fournit l'explication d'une voix rendue toujours aussi vibrante par l'ivresse du moment.

— Depuis que le mouvement s'est découvert un rôle religieux sous l'impulsion d'Enfantin, tous les disciples portent ces vestes qui se boutonnent dans le dos. C'est un symbole de fraternité, un moyen de souligner que chacun dépend de l'autre.

— Il faut admettre que cela a le mérite de l'originalité. Mais vous reconnaîtrez que c'est tout sauf pratique.

Toute à sa ferveur, Aglaé ne releva pas l'ironie du jeune homme. Elle lui désigna plutôt du doigt un petit bout de femme qui venait de faire son apparition sur l'estrade.

— Et voilà Claire Démar ! C'est surtout pour l'entendre, elle, que je vous ai entraîné ici ce matin. Elle est… elle est tout bonnement extraordinaire. Sa force de conviction est sans égale. D'ailleurs, vous allez voir comment elle s'y prend pour enflammer une foule.

Valentin ne put réprimer une moue dubitative. Contrairement à Enfantin, la nouvelle arrivante ne payait guère de mine. La trentaine, brune, frêle, les traits réguliers mais un peu durs. Elle aussi attirait en premier lieu le regard par l'excentricité de ses vêtements. Ceux-ci consistaient en un béret rouge, une jupe de même couleur, un gros ceinturon de cuir croisé sur le devant, et la même jaquette grise que ses congénères masculins, à cette différence près que la sienne portait son nom patronymique brodé en gros caractères. On aurait dit quelque figure de comédie échappée de la parade d'un spectacle ambulant. Cependant l'inspecteur ne s'arrêta pas à cette fâcheuse impression. Son œil aiguisé perçut très vite chez la conférencière une détermination peu commune. Toute sa physionomie, à commencer par la flamme dans son regard, révélait un caractère passionné à l'excès.

Lorsqu'elle prononça ses premiers mots, Valentin en eut tout de suite la confirmation. Son discours était rude et heurté, mais son accent de sincérité captait immédiatement l'attention. Le brouhaha de fond qui parcourait la nombreuse assistance se calma aussitôt et la petite femme brune aimanta tous les regards.

— Je veux parler au peuple, au peuple, entendez-vous ? C'est-à-dire aux femmes comme aux hommes, car il est assez d'usage qu'on oublie de mentionner les femmes même alors qu'on parle du peuple, du peuple dont elles composent la plus grande partie, du peuple dont elles soignent l'enfance et consolent la vieillesse après avoir toutefois servi de jouet et de pâture à sa puberté turbulente ou glaciale[1].

De toutes les personnes présentes rue Taitbout ce matin-là, Valentin fut toutefois celle qui écouta Claire Démar de l'oreille la plus distraite. Sa concentration était grandement perturbée par le spectacle qu'offrait Aglaé à ses côtés. La comédienne, elle, ne perdait pas une syllabe du discours embrasé de son égérie. Tout son

---

1. Les fragments du discours de Claire Démar sont tirés de la brochure publiée en 1833 et intitulée *Appel d'une femme au peuple sur l'affranchissement de la femme*, où elle réclamait notamment l'application à la femme de la Déclaration des droits de l'homme et du citoyen.

corps frémissait à l'unisson et, aux passages les plus marquants, elle ne pouvait s'empêcher de presser le bras de son compagnon avec fièvre. Celui-ci fut surtout frappé par la troublante fascination qui se lisait dans ses grands yeux couleur de châtaigne dorée. Cela le ramena plusieurs mois en arrière, lorsque la jeune femme l'avait secouru alors qu'il était traqué par la police pour un crime qu'il n'avait pas commis. Il était bien placé pour le savoir : quand elle affichait cette expression-là, Aglaé était prête à commettre les pires folies.

Pendant ce temps-là, Claire Démar poursuivait son discours en haussant le ton :

— L'individu social, ce n'est pas l'homme seulement ni la femme seulement. L'individu social complet, c'est l'homme et la femme. Cependant, nous sommes les esclaves des hommes, dont nous sommes les mères, les sœurs et les épouses, mais dont nous ne voulons plus être les très humbles servantes.

Valentin délaissa un moment Aglaé pour reporter son attention sur l'estrade. Il nota que certains des disciples masculins entourant Enfantin tiquaient aux propos les plus incisifs de l'oratrice. De même, parmi les travées, quelques rumeurs de désapprobation pointaient sous les applaudissements nourris et les encouragements émanant en majorité de la gent féminine.

Apparemment indifférente aux réactions de la salle, Claire Démar continua de marteler sa harangue avec la même conviction jusqu'à sa conclusion en forme de point d'orgue :

— Avis aux véritables ennemis de l'exploitation tyrannique exercée au profit des hommes sur les femmes. Les vrais républicains sont ceux qui ne veulent l'oppression d'aucun membre de la société. Il est nécessaire, indispensable, sacré de faire assister les femmes à la rédaction de toute loi. Il est indispensable et sacré de ne pas considérer leur faiblesse comme un obstacle à ce sujet, mais de la considérer bien plutôt comme une preuve que toute loi concernant la femme qui sera faite et pesée par des hommes sera toujours ou trop lourde ou trop abusive.

Aglaé se dressa d'un bond pour applaudir à tout rompre. Elle trépignait littéralement sur place.

— Ne vous avais-je pas dit qu'elle était formidable ? s'exclama-t-elle en tournant vers Valentin un visage rouge d'excitation. Venez ! Je vais vous la présenter. Allons, venez donc !

Sans laisser à son partenaire le temps de répliquer, elle l'attrapa par le bras et se faufila jusqu'à l'escalier donnant accès à la scène. Au pied de celui-ci, Claire Démar recevait déjà les chaleureuses félicitations de deux de ses admiratrices. L'une était aussi blonde que l'autre était brune, mais toutes deux avaient en commun leurs vêtements simples d'ouvrière et leur extrême jeunesse. Valentin leur donnait à peine une vingtaine d'années à chacune. Un large sourire éclaira le visage de la fille aux cheveux clairs lorsqu'elle aperçut le couple qui jouait des coudes pour les rejoindre.

— Ça par exemple ! s'exclama-t-elle en leur adressant une œillade impertinente. Tu étais là toi aussi, Aglaé ! Et je suppose que ce bel oiseau que tu traînes dans ton sillage est ce fameux Valentin dont tu nous rebats les oreilles depuis des semaines. À la bonne heure ! À force d'en entendre parler sans jamais le voir, nous finissions par croire qu'il sortait tout droit de ton imagination.

Aglaé se chargea de faire les présentations. La blonde effrontée s'appelait Marie-Reine Guindorf et travaillait comme ouvrière lingère du côté de la place Royale. Sa compagne, plus réservée et qui paraissait légèrement plus âgée, se nommait Désirée Véret et exerçait le métier de couturière dans un atelier de la plaine d'Ivry. Toutes deux avaient récemment décidé, conquises par le charisme de Claire Démar, d'épouser son combat en faveur de l'émancipation des femmes. Elles fréquentaient épisodiquement la maison d'Enfantin, rue de Monsigny, quartier général des saint-simoniens où les leaders du mouvement avaient constitué une petite communauté dont le mode de vie se voulait un véritable défi à la morale bourgeoise de l'époque. L'endroit s'apparentait à une ruche ouverte à tous les vents, où les idées allaient et venaient aussi librement que les individus. Lorsqu'il travaillait encore aux Mœurs, l'inspecteur se souvenait d'avoir vu passer des rapports mentionnant de vagues plaintes du voisinage. Plus que la liberté de pensée prônée par les disciples d'Enfantin, c'était le relâchement de leurs mœurs qui suscitait une sourde hostilité.

Bien qu'il ait été séduit par l'esprit frondeur d'Aglaé tout autant que par son physique avantageux, Valentin fut contrarié d'apprendre que l'actrice s'était déjà rendue sur place à plusieurs reprises. C'était d'ailleurs là qu'elle avait fait la connaissance des trois autres femmes, dont les plus jeunes étaient devenues, selon ses propres dires, ses plus chères amies.

— Nous comptons sur l'essor du saint-simonisme

pour libérer la femme de sa servitude domestique, expliqua-t-elle à son compagnon tout en semblant quêter du regard l'approbation de Claire Démar.

— Quand nous aurons rallié suffisamment d'esprits à notre cause, renchérit Marie-Reine avec davantage d'aplomb, nous exigerons la réforme du mariage, le rétablissement du divorce, l'égalité des époux et des parents, et le droit pour la femme de recevoir un enseignement conforme à ses facultés intellectuelles.

— Mais tout cela sera encore insuffisant, intervint sèchement la petite femme au béret rouge. Le but ultime est d'obtenir l'égalité civile et politique. Il nous faudra réclamer pour les femmes l'ouverture des professions libérales et obtenir que le sexe prétendument faible puisse siéger dans les jurys et les assemblées politiques à côté du sexe fort.

Valentin était impressionné malgré lui par l'énergie ardente qui se dégageait d'une personne d'apparence si frêle. Toutefois, la pointe de jalousie qui venait de lui titiller le cerveau, alliée à sa défiance naturelle envers toute forme d'embrigadement, le poussa à jouer les provocateurs.

— Le chemin s'annonce encore long et difficile, persifla-t-il. Du moins, si j'en juge d'après l'auguste aréopage qui trône sur cette estrade. On y distingue force barbes et moustaches, mais point de jupons…

Claire Démar vrilla ses prunelles de feu sur le beau visage de l'inspecteur. Ce dernier eut la désagréable impression qu'elle lisait en lui comme en un livre ouvert et qu'elle avait perçu la véritable raison de son ironie.

— Que voulez-vous, les hommes ont tendance à se

méfier des femmes intelligentes. Ils ne les apprécient guère. La plupart des femmes non plus d'ailleurs.

— Tiens donc ? Et pourquoi cela ?

— Les uns comme les autres craignent au fond de voir ébranler un mode de société qui leur convient. Des siècles de patriarcat ont transformé chaque homme en un tyran potentiel et de nombreuses femmes en esclaves consentantes.

Elle porta son regard sur Aglaé tout en prononçant ces dernières paroles. Puis elle mit un terme abrupt à la conversation :

— À présent, je vous prie de m'excuser, mais j'interviens cet après-midi dans une autre réunion et il me faut préparer les grandes lignes de mon discours.

Comme si elles avaient capté un mystérieux signal, Marie-Reine et Désirée prirent congé à leur tour, plantant là Aglaé et son compagnon. La jeune actrice était rouge de confusion.

— Quelle mouche vous a donc piqué ? s'insurgea-t-elle en foudroyant Valentin du regard. Je vous présente la femme probablement la plus captivante de tout Paris et vous ne trouvez rien de mieux à faire que de lui adresser une remarque désobligeante.

— Je n'ai fait qu'exposer un simple constat.

— Ne faites pas l'innocent ! Vous auriez voulu discréditer les propos de mes amies que vous ne vous y seriez pas pris autrement. Je ne sais pas ce que vous avez depuis quelques jours, mais on dirait que vous prenez un malin plaisir à vous montrer déplaisant.

Au fond de lui, l'inspecteur savait qu'Aglaé disait vrai. Elle se faisait une joie de lui présenter ses nouvelles amies et il avait bêtement gâché ce moment. Et parce qu'il s'en voulait d'avoir mal agi, il saisit le seul moyen à sa disposition pour échapper à ses reproches et se résolut à lui confier ce qu'il avait gardé uniquement pour lui jusque-là.

— Il est revenu.

À l'expression soudain modifiée de son visage, à la main qu'elle porta aussitôt à sa bouche, il sut qu'il n'aurait pas besoin d'en dire plus. Elle avait compris. La colère céda instantanément la place à la peur dans son regard.

— Vous voulez dire… lui ? Le Vicaire ?

5

Les menaces de la rue

Après s'être efforcé – sans grand succès – de rassurer Aglaé, Valentin la raccompagna chez elle et se rendit en début d'après-midi quai du Marché-Neuf, sur l'île de la Cité. C'était là, au milieu d'un infâme réseau de taudis et de garnis douteux, que se dressait l'un des endroits les plus abominables de la capitale. La morgue de Paris recueillait les cadavres de tous les trépassés ramassés dans les rues ou repêchés dans la Seine. Même s'il n'y avait qu'une chance infime d'y retrouver la Tocasse ou Bordelais, celle-ci méritait d'être tentée. L'inspecteur passa ainsi plus d'une heure dans une salle empestant le phénol et la chair avariée, à examiner la moisson des deux jours précédents que des employés peu motivés roulaient jusqu'à lui sur des chariots brinquebalants. Et cela, hélas, en vain. Aucune des misérables dépouilles qu'on lui présenta ne correspondait au signalement des hommes qu'il recherchait.

Sur le chemin du retour, Valentin essaya de mettre de l'ordre dans ses idées. Cinq jours plus tôt, le fameux

Bordelais s'était présenté rue de Jérusalem. Il avait eu vent de la récompense promise par l'inspecteur pour la capture du Vicaire. À l'entendre, la Bête était sortie de sa tanière pour se mettre en chasse et il était possible de lui tendre un guet-apens. Valentin connaissait Bordelais de réputation. Une ordure capable du pire, mais que l'on pouvait tenir à sa main grâce à l'appât du gain. Il avait décidé de lui faire confiance. Toutefois, quand il avait cherché à en savoir plus et émis quelques doutes sur la capacité de son visiteur à se mesurer au Vicaire, la canaille s'était refermée comme une huître. Impossible de lui tirer la moindre information sur la façon dont il comptait s'y prendre pour attirer sa proie dans ses filets. Tout juste avait-il consenti à révéler, afin de rassurer le policier, qu'il n'agirait pas seul mais se ferait seconder par la Tocasse.

Deux jours plus tard, Valentin avait reçu le signal convenu. Par souci de discrétion, la livraison devait se faire à la nuit tombée, non dans les locaux de la préfecture de police mais à son domicile de la rue du Cherche-Midi. Sauf que Valentin avait veillé pour rien. Nul ne s'était présenté à son appartement. Et le fait que la Tocasse n'ait pas reparu, depuis, au *Panier des princes* laissait malheureusement présager le pire. Les deux arsouilles avaient dû sous-estimer leur adversaire et les choses avaient probablement mal tourné pour elles. La question qui taraudait l'esprit de Valentin était désormais la suivante : comment retrouver la trace du Vicaire alors que celui-ci devait être plus que jamais sur ses gardes ? Pour la première fois depuis qu'il avait entamé la traque, la peur de l'échec lui nouait les tripes.

Car ce n'était pas seulement son propre tortionnaire qu'il s'agissait de punir, mais aussi et surtout l'assassin d'un père bien-aimé.

Alors qu'il longeait l'église Saint-Germain, Valentin fut distrait de ses réflexions moroses par l'animation inhabituelle qui régnait dans les rues. Des attroupements se formaient aux portes des immeubles. Les gens discutaient entre eux, l'air accablé ou frappés de stupeur. Des femmes se penchaient à leur fenêtre pour rappeler leur progéniture. Place Saint-Sulpice, il croisa une escouade de la Garde nationale qui se dirigeait, fusil sur l'épaule et au petit trot, en direction du palais des pairs. Il y avait de l'électricité dans l'air et l'on sentait que le moindre incident était susceptible de déclencher des manifestations, voire une émeute.

Comme un groupe de plusieurs jeunes gens le dépassait au pas de course, Valentin en crocha un au passage en l'attrapant par la manche. L'inconnu, un étudiant au visage grêlé par la petite vérole, laissa échapper un juron et vrilla dans sa direction un regard hostile.

— Du calme, l'ami, ordonna le jeune homme en exhibant sa médaille d'inspecteur. Juste deux mots et je te laisse aller. À quoi rime toute cette agitation ?

— On veut faire taire définitivement la rue ! Voilà ce qui se passe ! Et si même vous, dans la police, vous n'êtes pas au courant, c'est bien la preuve que le nouveau pouvoir se moque des institutions !

L'individu semblait sous le coup d'une vive émotion. Il hoquetait et postillonnait, tout en cherchant vainement à reprendre son souffle. Valentin le secoua dans un mouvement d'impatience.

— Quoi donc ? Que veux-tu dire ? Parleras-tu, animal ?

— Le roi vient de contraindre son ministre Laffitte à la démission. Il a appelé Casimir Perier à former un nouveau gouvernement. C'est la révolution de Juillet qu'on nous confisque une seconde fois. On ne peut pas laisser faire ça !

Cueilli à froid par cette annonce, Valentin desserra son emprise et laissa l'étudiant rejoindre ses camarades. Le banquier Jacques Laffitte incarnait le courant du mouvement, partisan des réformes et favorable à une politique de soutien aux peuples d'Europe luttant pour reconquérir leur indépendance. Au contraire, son homologue Casimir Perier était un conservateur, chef du parti de la résistance, qui prônait le retour à l'ordre et une politique pacifique en Europe, respectueuse des équilibres établis à la chute de l'Empire. Comme le prouvaient les propos de l'étudiant que le policier venait d'interroger, un tel changement à la tête du gouvernement signifiait que Louis-Philippe tournait résolument le dos aux idéaux républicains. Cela ne ferait que conforter ceux qui, dans l'opposition, ne cessaient de clamer que le nouveau roi des Français n'avait appelé Laffitte au pouvoir que pour le discréditer plus facilement. Au mieux, le désordre allait s'accroître dans les rues de Paris, au pire le mécontentement pouvait tourner à l'insurrection pour peu que les libéraux parviennent à soulever le peuple. Mais surtout, pour Valentin, cela voulait dire qu'une période de grande instabilité risquait de s'ouvrir, peu propice à mener des investigations. En cas de nouveau changement à la tête de la préfecture de police, c'était l'existence même du bureau des affaires occultes qui pouvait se trouver remise en cause une nouvelle fois.

Préoccupé, le jeune inspecteur pressa le pas et se fraya un chemin à travers les groupes de contestataires qui ne cessaient d'augmenter dans les rues. Le grondement des voix s'élevait plus fort lui aussi. Valentin saisit au passage quelques mots qui ne présageaient rien de bon : « trahison », « tyran », « manifestation », « barricade »…

De retour dans son appartement, il tourna en rond un moment, se demandant si son devoir de policier ne lui imposait pas de gagner au plus vite la préfecture. Mais quelque chose le retint. La conviction que son combat était tout autre et qu'il n'avait rien à gagner à se mettre en avant dans la période troublée qui menaçait de s'ouvrir. Attendre de voir quel cours les événements allaient suivre lui parut un choix plus judicieux.

Afin de tromper son attente, il se rendit dans sa bibliothèque et inclina vers l'avant un exemplaire des *Essais* de Montaigne. Tout un pan de rayonnages pivota en couinant, démasquant l'accès à une pièce secrète. C'était dans cet antre que Valentin aimait à se réfugier, là qu'il s'installait d'ordinaire pour apaiser ses accès de mélancolie. Aux murs se trouvaient accrochés les portraits de son père adoptif, Hyacinthe Verne, et de la jeune épouse de celui-ci, Clarisse, morte en couches très jeune et qu'il n'avait pas connue. C'était aussi dans cette pièce aveugle qu'il avait relégué tout un pan de son passé : les objets qui témoignaient de cette période révolue où il s'imaginait intégrer l'École polytechnique et mener une carrière de chercheur sous la férule du professeur Pelletier, grand ami de son père.

Le regard de Valentin balaya ces vestiges d'un temps à jamais enfui : des herbiers, des collections d'insectes et de minéraux, des bocaux de verre où baignaient dans le formol d'inquiétantes formes carnées ou gélatineuses, ainsi que tout un matériel de chimiste, bassines et casseroles de cuivre, serpentins de verre, cornues et tubes à essai.

Il avait abandonné sa prime ambition de faire progresser la science, mais il lui arrivait encore, de temps à autre, de se livrer à certaines expériences dans le cadre de ses enquêtes. La toxicologie et la chimie étaient devenues de précieuses alliées pour lutter contre le crime. Et puis, manipuler ses éprouvettes et ses creusets représentait aussi pour lui une excellente façon de se vider l'esprit. Quand il travaillait dans son laboratoire, Valentin avait tendance à oublier tout le reste. Le monde extérieur n'existait plus.

Le jeune homme s'installa donc à la longue table au bois rongé par les acides et entreprit de placer un récipient de métal au bain-marie. Son ami Vidocq lui avait demandé de soumettre le papier infalsifiable qu'il venait d'inventer à toute une batterie de tests pour prouver son efficacité. Il pensait en avoir pour deux bonnes heures en s'appliquant à faire les choses selon les règles de l'art. Et c'était exactement ce genre de répit dont il avait besoin pour retrouver un semblant de calme intérieur.

Ce labeur minutieux qui le ramenait à ses années d'insouciance remplit d'ailleurs parfaitement son rôle. Quand il reposa enfin ses instruments et ses réactifs,

Valentin se sentait beaucoup mieux. Il entreprit de griffonner un court billet à destination de Vidocq pour lui confirmer tout le bien qu'il pensait de son invention. Ce diable d'homme ne manquait décidément pas de ressources. Ancien forçat évadé à de multiples reprises des bagnes de Brest et de Toulon, il était parvenu à se rendre indispensable aux autorités sous l'Empire, d'abord comme mouchard puis comme chef de la brigade de sûreté. Ce tout nouveau service composé exclusivement d'anciens condamnés avait fait des merveilles pour infiltrer le milieu et procéder à un nombre incalculable d'arrestations. Gracié par Louis XVIII, Vidocq avait été victime ensuite de la politique d'assainissement des services de police. Il avait été sèchement remercié en 1822, mais avait su rebondir en créant une petite usine de papier et en embauchant plusieurs écrivaillons pour l'aider à rédiger et à publier ses *Mémoires*. L'ouvrage, pour une large part romancé, avait connu un succès retentissant. Même si Valentin n'avait jamais apprécié ses façons canailles, il était fasciné par la faculté de Vidocq à toujours retomber sur ses pattes. Comme les chats, celui-ci semblait posséder sept vies. Et puis l'ancien bagnard avait conservé nombre de contacts chez les truands comme au sein des différents services de la police. C'était une précieuse source de renseignements.

Quand Valentin quitta enfin sa pièce secrète, une belle lumière dorée nimbait la bibliothèque. La pendulette en bronze et bois précieux, sur la cheminée, sonna six coups. L'inspecteur se dirigea vers la fenêtre pour évaluer la situation au-dehors. À son grand soulagement, la fièvre semblait retombée. Quelques groupes épars s'attardaient encore sur le pavé, mais personne ne manifestait plus de réel signe de colère ou d'hostilité. Il s'agissait plutôt d'individus sortis aux nouvelles. Même dans le lointain, on n'entendait plus la moindre rumeur menaçante. La plupart des gens devaient être rentrés chez eux. Paris donnait l'impression de retenir sa respiration en attendant les premières décisions du nouveau gouvernement.

S'il avait scruté la rue avec davantage d'attention, Valentin aurait peut-être fini par y déceler tout de même une menace. Elle aurait pris la forme d'une haute silhouette réfugiée sous un porche, de l'autre côté de la chaussée. Un visage acéré, un crâne chauve, mais surtout un regard mauvais fixé sur les fenêtres de son propre appartement. Oui, s'il avait pu percer l'ombre naissante, il n'aurait pas manqué d'être saisi par la cruauté de ces petits yeux luisants, et son sang se serait figé dans ses veines.

Car, toutes les nuits, ces yeux peuplaient encore chacun de ses cauchemars. Ils appartenaient au Mal absolu. Et ce Mal portait un nom…

Le Vicaire.

6

Eugénie

— Vous recevrez notre réponse d'ici quelques jours par l'intermédiaire de l'agence de placement. Il nous faut d'abord rencontrer les autres postulantes.

Tout en parlant, Aglaé raccompagna à la porte du bureau la jeune Bretonne au teint hâlé et à l'opulente poitrine qu'elle et Valentin venaient de recevoir. Puis, la porte à peine refermée, elle se tourna vers lui :

— Alors ? Qu'avez-vous pensé de celle-ci ?

— Ma foi, je ne sais pas trop. Il me semble qu'elle pourrait faire l'affaire. Au moins, contrairement à la première, elle possède déjà de l'expérience en tant qu'employée de maison.

— Eh bien ! Il est heureux que vous m'ayez demandé de vous prêter main-forte. Avez-vous bien lu ses lettres de recommandation ? Elle n'a été placée jusqu'ici que comme nourrice ou garde d'enfant. Donc, à moins que vous ne souhaitiez vous nourrir de bouillie matin, midi et soir…

En se réveillant ce matin-là, le jeune homme avait été saisi de deux craintes. D'abord que les tensions de la veille ne se soient exacerbées durant la nuit et n'aient dégénéré en échauffourées. Mais il avait été assez vite rassuré de ce côté-là. Les rues présentaient l'animation habituelle d'un début de semaine. Tout juste avait-il remarqué, en effectuant une rapide sortie dans le quartier, une présence accrue de sergents de ville et de gardes nationaux aux principales intersections. Sa seconde appréhension tenait à l'état d'esprit d'Aglaé à son égard. Il s'en voulait encore de la façon dont il s'était comporté avec elle dans la salle de la rue Taitbout. Il n'avait tout simplement pas supporté l'idée que son amie fréquente de trop près cet Enfantin et ses disciples qui prônaient, entre autres, l'amour libre et l'égalité charnelle entre les sexes. Ce sentiment absurde de jalousie l'avait poussé à se montrer inutilement provocateur et à prononcer des mots qu'il avait tout de suite regrettés. Mais, pire encore, sa culpabilité d'avoir blessé la jeune femme avait été si aiguë sur le coup qu'il lui avait lancé le nom du Vicaire au visage comme pour faire écran de fumée. Il n'avait tout simplement pas anticipé la frayeur que cette annonce susciterait. Le remède s'était révélé pire que le mal.

Pourtant, lorsque l'actrice avait sonné à sa porte à l'heure convenue, il était impossible de déceler la moindre trace de leurs échanges de la veille. Aglaé présentait son visage habituel et arborait notamment cette expression mutine qui avait tant plu à Valentin dès leur première rencontre. À la vérité, la jeune femme était encore accablée par la terrible annonce de la veille mais elle avait décidé de prendre sur elle pour ne pas perturber avec ses propres angoisses celui qu'elle aimait sans oser se déclarer. Si Valentin s'apprêtait à reprendre la lutte contre son vieil ennemi et à affronter les démons du passé, il n'avait certes pas besoin de s'inquiéter pour elle. Elle devait au contraire tout faire pour lui masquer ses craintes et le soutenir dans son combat.

De son côté, l'inspecteur était loin d'imaginer ce qui se tramait dans la tête de son amie. Il était seulement soulagé de constater que leur accrochage semblait déjà oublié. Il allait ainsi pouvoir s'appuyer sur Aglaé pour auditionner la demi-douzaine de candidates au poste de domestique qui patientaient déjà dans l'appartement.

— Dois-je faire entrer la suivante ? interrogea justement la jeune femme avec une moue amusée devant la perplexité qu'avait suscitée sa dernière remarque chez son compagnon.

Valentin s'ébroua et lui adressa un signe d'assentiment.

— Si vous estimez que c'est nécessaire, je me range à votre jugement. Cependant, j'ai bien peur qu'à ce rythme nous y passions tout le reste de la matinée.

Aglaé haussa les épaules. *Voilà bien une réflexion typiquement masculine ! Comme si recruter sa future domestique n'avait pas plus d'importance que de choisir une paire de gants ou un nouveau chapeau !*

Elle passa dans le vestibule et gagna le seuil du salon où des chaises avaient été disposées pour accueillir les candidates. Là, une surprise de taille l'attendait. Au lieu des cinq ou six personnes sagement assises en rang d'oignons qui se trouvaient là dix minutes plus tôt, la pièce ne contenait plus qu'une seule occupante. Il s'agissait d'une vieille femme corpulente, apparemment âgée d'une soixantaine d'années, engoncée dans une robe de nankin qui la boudinait affreusement. Ses lèvres minces ne reflétaient guère sa physionomie générale, car elle avait un nez épaté à son extrémité, des bajoues de rongeur ayant accumulé suffisamment de réserves dans sa bouche pour affronter tout l'hiver, des épaules rondes, des bras épais. Ses cheveux gris, d'apparence filasse, étaient relevés en un empilement improbable de chignons et de torsades qui n'était pas sans évoquer quelque monstrueux gâteau sorti tout droit de l'imagination d'un pâtissier halluciné. Enfin, ses petits yeux, bien que rouges et larmoyants, semblaient continuellement à l'affût et révélaient un esprit plus alerte qu'il n'y paraissait au premier regard.

— Ça par exemple ! s'étonna Aglaé. Mais où sont donc passées toutes les autres ?

La candidate rescapée au poste de gouvernante interrompit le délicat travail de broderie qu'elle avait entrepris afin de tromper son attente. Elle promena un bref regard autour d'elle avant d'adresser un sourire de fausse candeur à Aglaé.

— Ma foi, il me semble que ça se voit, non ? Elles sont parties.

Sa voix sonnait bizarrement. À la fois nasillarde et haut perchée. Presque trop fluette pour une personne de son gabarit.

— Parties ? Mais comment ça, parties ?

— Elles ont renoncé à la place, si vous préférez.

— Toutes ? Mais comment est-ce possible ?

La dame aux allures de mastodonte se leva de sa chaise, ce qui permit à Aglaé de constater qu'elle était au moins aussi grande que large, et prit le temps de ranger tranquillement son canevas, sa pelote de fil et son aiguille dans un cabas informe posé à ses pieds. Quand elle daigna enfin se redresser avec un gros soupir, elle se mordait la lèvre inférieure et affichait une moue, aussi cocasse qu'inattendue, de gamine prise en faute.

— Je ferais preuve d'une bien grande duplicité si je vous disais que je n'en sais rien, minauda-t-elle. Et outre que ma regrettée mère m'a inculqué une sainte horreur du mensonge, j'estime que les rigueurs du temps et la rareté des bonnes places justifient bien des expédients. Je suis la première à le déplorer, vous pouvez m'en croire. Mais comme l'affirme la sagesse populaire, en bien des occasions la fin justifie les moyens. Bref, en un mot comme en cent, c'est moi qui les ai incitées à prendre la poudre d'escampette.

Aglaé crut, un instant, avoir mal entendu. Son interlocutrice inclinait la tête, paupières baissées, dans une attitude de contrition affectée qui collait mal avec sa silhouette pachydermique. C'était à la fois si grotesque et si surprenant que la jeune femme hésitait entre se fâcher et éclater carrément de rire. Au bout de plusieurs secondes qui lui parurent durer une éternité, elle finit par se reprendre et chercha à en savoir davantage :

— Mais comment diantre vous y êtes-vous prise pour les faire toutes décamper ?

Une lueur de malice s'alluma dans les petits yeux profondément enfoncés. La grosse dame se dandina sur place, ses bourrelets de chair ondulant sous la robe.

— Au bureau de placement, ils m'ont dit que celui qui recrutait était un homme jeune et du meilleur monde.

Alors quand j'ai vu toutes ces donzelles peu farouches arrivées avant moi et à qui je rendais bien vingt années au minimum, je me suis dit que mes chances de décrocher cet emploi étaient à peu près aussi grandes que de voir un jour une femme médecin ou avocat. Sauf, bien sûr, si je parvenais à tourner mon handicap en avantage.

— Comment cela ?

— J'ai joué la fausse attristée et j'ai déclaré à toutes ces pécores qu'on vivait décidément une époque bien terrible pour le petit peuple et qu'elles devaient se trouver dans un état de grande nécessité pour oser postuler céans, rapport que le propriétaire était bien connu pour trousser le moindre jupon passant à sa portée. Moi au moins, que je leur ai dit, je risquais pas qu'il me colle un polichinelle dans le tiroir, contrairement aux deux dernières servantes qu'il avait fichues à la porte après les avoir honteusement engrossées. Sitôt qu'elles ont entendu ça, ni une ni deux, elles ont toutes levé le camp sans demander leur reste. Et je vous assure bien que je n'en tire nulle fierté. Je trouve plutôt ça malheureux qu'une femme aussi honnête que moi soit tenue d'en arriver là, juste pour obtenir la possibilité de travailler et de ne pas crever de faim dans la rue !

Aglaé n'en croyait pas ses oreilles. Pareil aplomb ne se rencontrait pas tous les jours. En même temps, elle ne parvenait pas à se départir d'un certain sentiment de connivence envers cette inconnue au caractère tout aussi hors normes que son physique. Son allusion à l'impossible accès des femmes à certains emplois civils ne pouvait, en outre, que lui plaire.

— Comment vous appelez-vous ? demanda-t-elle.

La grosse femme s'inclina dans un simulacre de révérence.

— Je me nomme Eugénie Poupard. Mlle Poupard, crut-elle bon de préciser en redressant le col, comme si elle mettait quelque fierté dans cette qualité de vieille fille crânement assumée.

Puis elle ajouta d'un ton plus modeste :

— Mais tous mes précédents employeurs avaient coutume de m'appeler simplement Eugénie.

— Eh bien, Eugénie, dit Aglaé en faisant signe à la demoiselle Poupard de lui emboîter le pas, je ne crois pas trop m'avancer en vous assurant que la place vous est acquise. Une petite recommandation toutefois : évitez dorénavant les affabulations et les faux-semblants. Votre nouvel employeur, M. Verne, travaille à la préfecture de police. Il voue un véritable culte à la vérité. À défaut de trousser les jupons, il la vénère comme d'autres se dédient corps et âme à leur maîtresse.

Un sourire espiègle se dessina sur le visage bouffi de la sexagénaire.

— Merci pour le conseil. Je me garderai de l'oublier. Toutefois, je tiens de ma regrettée mère qu'une excellente cuisinière peut s'attacher un homme bien plus durablement que la plus experte des amantes et je me targue de savoir m'y prendre devant un fourneau. Aussi vrai que je me prénomme Eugénie, votre M. Verne n'aura qu'à se louer de mes services !

7

Un Grondin qui gronde

Plus tard, quand l'inspecteur Verne s'efforça de reconstituer le déroulé des événements et de déterminer le moment précis où le cauchemar avait commencé, ses cogitations le ramenèrent inévitablement à cet après-midi du lundi 14 mars. La journée avait pourtant débuté sous les meilleurs auspices. Aglaé ne lui tenait nulle rigueur de son comportement de la veille. La jeune femme lui avait même permis de recruter la crème des domestiques, en la personne de la fantasque et éléphantesque Eugénie Poupard. Aussitôt engagée, celle-ci leur avait d'ailleurs concocté à tous deux le plus succulent des déjeuners. Une pure merveille ! C'est donc l'estomac bien rempli et d'humeur ragaillardie que Valentin, après avoir commandé un fiacre pour Aglaé, avait gagné à pied la préfecture de police.

De nombreux nuages s'étaient accumulés dans le ciel durant la matinée et une pluie printanière accompagna le policier tout le long du chemin. Une bruine pas vraiment déplaisante d'ailleurs, légère comme un voile, qui imprégnait l'atmosphère de senteurs campagnardes. Sur les quais de Seine, l'odeur des tilleuls en fleur se mêlait agréablement à celle du crottin mouillé. Un calme presque provincial régnait là, en plein cœur de la capitale, et le brusque accès de fièvre qui s'était emparé des Parisiens le soir précédent ne paraissait plus qu'un lointain souvenir.

Rue de Jérusalem, au contraire, les locaux de la préfecture de police bruissaient d'une animation inaccoutumée. D'un bureau à l'autre, les conversations allaient bon train et des petits groupes se formaient dans la cour. Nul besoin d'être grand clerc pour deviner que chacun supputait les éventuelles conséquences du récent changement de gouvernement sur les services de police. Certains engageaient probablement même des paris sur le sursis qui serait accordé au préfet Vivien avant son remplacement. Après tout, l'homme était déjà le cinquième juriste ou conseiller d'État à occuper le poste depuis l'avènement de Louis-Philippe, huit mois plus tôt, et tout laissait supposer que la valse des fonctionnaires n'était pas près de s'interrompre.

Sous les toits, le frêle Isidore Lebrac attendait son supérieur avec une impatience non dissimulée. Mais sa fébrilité n'avait rien à voir avec les derniers soubresauts politiques. Particulièrement flatté de s'être vu confier le cas d'Orval, il avait passé son dimanche à glaner le maximum d'informations sur les différents protagonistes de l'affaire et brûlait de communiquer à Valentin le fruit de ses recherches. À la vérité, l'inspecteur ne songeait déjà plus à leur visiteuse du samedi, mais il fit semblant de prêter toute son attention à l'exposé de son subordonné pour ne pas refroidir ses ardeurs.

— Le plus simple, commença Isidore en compulsant

ses notes, a été de recueillir des renseignements sur les d'Orval eux-mêmes. Vieille famille originaire du Berry, petite noblesse de robe acquise sous le règne de Louis XV. L'époux, Ferdinand, est âgé de quarante-six ans. Excellente réputation. A hérité de la fortune paternelle gagnée dans le commerce des farines. Il possédait deux minoteries proches de Bourges et un hôtel particulier à Paris, faubourg Saint-Germain. Mais l'homme a tout vendu à l'automne 1827, après la mort de sa première épouse, prénommée Hortense. Une lointaine cousine à ce que j'ai cru comprendre.

— La cause du décès ?

— Une pneumonie contractée l'hiver précédent et dont la pauvre femme ne s'est jamais vraiment remise. Devenu veuf et sans doute profondément affecté, Ferdinand d'Orval a préféré se retirer des affaires et s'isoler dans son domaine de la Hêtraie, à Saint-Cloud, propriété qui lui vient de sa mère. Je m'y suis rendu hier. Les habitants des environs qui ont bien voulu se confier à moi m'ont dit qu'à l'époque le malheureux faisait peine à voir. Un solitaire accablé par le chagrin et qui ne vivait plus que pour choyer sa fille unique, Blanche. Elle était alors le seul rayon de soleil capable de réchauffer son cœur meurtri. Du moins, jusqu'à l'apparition de la nouvelle Mme d'Orval.

— La délicieuse jeune femme qui nous a honorés de sa visite avant-hier, c'est bien ça ? Si je ne m'abuse, sa beauté fragile ne t'a pas laissé indifférent.

Valentin avait accompagné ces paroles d'un clin d'œil provocateur et il sourit intérieurement en voyant le rouge monter aux joues de son adjoint.

— Il s'agit bien d'elle en effet, approuva Isidore en farfouillant dans ses feuilles pour masquer sa confusion. Mélanie d'Orval, née Passegrain il y a vingt-huit ans à Angers. Son grand-père s'était enrichi dans le commerce négrier avec les Amériques et possédait des parts dans un comptoir en Afrique. Mais la famille a tout perdu sous la Révolution. Après être montée à Paris, Mélanie est entrée au service de son futur mari peu de temps après l'installation de celui-ci à la Hêtraie. Ferdinand l'aurait recrutée comme préceptrice de sa fille. Sans doute aussi pour lui tenir lieu de dame de compagnie. La petite avait alors quatorze ans et son père devait prendre conscience qu'il ne pouvait lui imposer de vivre cloîtrée, comme lui, dans le souvenir de sa défunte mère.

— Sauf que cette nouvelle présence féminine n'a pas profité uniquement à Blanche. Le charme de Mélanie n'a pas tardé à faire aussi son effet sur notre veuf éploré. Et, ma foi, c'est bien compréhensible.

— Effectivement. Un an environ après son arrivée à Saint-Cloud, Mélanie devenait la nouvelle Mme d'Orval. Les voisins décrivent un couple parfaitement accordé en dépit de la différence d'âge. Il semble en outre que Blanche se réjouissait du bonheur retrouvé de son père. Sa jeune belle-mère et elle avaient très vite sympathisé et le nouvel état de Mélanie n'avait rien changé à leur complicité. Tout semblait donc aller de nouveau pour le mieux et une réinstallation à Paris était même envisagée. Il a fallu la mort brutale de l'adolescente, en septembre de l'année dernière, pour replonger les d'Orval dans le malheur.

Valentin hocha pensivement la tête et saisit une plume sur son bureau pour la faire rouler entre ses doigts.

— Mélanie d'Orval a parlé de crises de convulsions. As-tu pu en apprendre davantage à ce sujet ?

— Le médecin de la famille habite Sèvres. Il m'a d'abord proposé de prendre rendez-vous à son cabinet et de me recevoir en semaine, entre deux consultations. Puis, comme j'insistais, il a accepté que j'entre un moment chez lui. Il connaît très bien les d'Orval. Son propre père était déjà le médecin attitré du père et même du grand-père de Ferdinand. J'ai cru comprendre qu'il vivait comme un échec personnel la mort brutale de Blanche. Les symptômes qu'il a pu observer chez sa patiente, notamment à l'issue de la première crise, et leur apparition soudaine alors que la jeune fille n'avait jamais présenté le moindre signe de grave maladie, lui ont fait évoquer un épisode de mal comitial[1]. Selon lui, il n'est pas rare que cette affection se manifeste brusquement à l'adolescence. En tout cas, à l'entendre, cette disparition si brutale a considérablement altéré le caractère de Ferdinand d'Orval.

Valentin ne put s'empêcher de songer à l'abattement qui avait été le sien lorsqu'il avait perdu coup sur coup son père adoptif, Hyacinthe Verne, et Ernestine, la servante de celui-ci, qui l'avait en partie élevé.

— Quoi de plus normal ? fit-il en laissant échapper la plume qu'il tenait en main. Perdre en l'espace de quelques années deux êtres qui vous sont chers a de quoi terrasser le plus vigoureux des hommes.

---

1. Autre nom – plus usité à l'époque – de l'épilepsie.

Isidore approuva de la tête.

— Le praticien m'a confirmé que, sans le soutien et l'amour indéfectible de sa jeune épouse, Ferdinand d'Orval n'aurait probablement pas réussi à surmonter ce nouveau chagrin et qu'il ne serait sans doute déjà plus de ce monde.

Valentin s'ébroua pour chasser de son esprit certaines images de son passé. Puis il quitta sa chaise et vint se planter à l'aplomb du vasistas qui éclairait chichement la pièce. La pluie ruisselait sur la vitre moussue et dessinait des ombres mouvantes et verdâtres sur les murs. Plus que jamais le bureau ressemblait à un aquarium laissé à l'abandon.

— Bon, pour résumer, dit l'inspecteur en gardant les yeux levés au plafond, les éléments que tu as réunis confirment en tous points le récit que nous a délivré Mélanie d'Orval. À vrai dire, le contraire aurait été surprenant. Et en ce qui concerne Paul Oblanoff? As-tu réussi à découvrir quelque chose d'intéressant sur ce fameux médium ?

Le jeune Lebrac tordit le nez en une moue embarrassée et fourragea d'une main nerveuse son épaisse tignasse rousse.

— Il me faudra un peu plus de temps, chef. J'ai quand même vérifié : il n'existe aucune fiche à ce nom dans toute la maison. Il faudrait faire le tour des auberges et des garnis de la capitale pour le retrouver. Autant dire qu'à deux, cela reviendrait à chercher une aiguille dans une botte de foin.

— Probable en outre qu'il ne s'agisse pas de sa véritable identité. Mélanie d'Orval avait l'air de mettre en doute ses origines slaves. Pour le loger, le mieux serait plutôt de le filer discrètement après l'un de ses séjours à la Hêtraie.

La remarque de Valentin sembla encourager Isidore. Une lueur d'excitation s'alluma dans les prunelles du rouquin.

— Ça ne vous a donc pas échappé à vous aussi quand elle l'a qualifié de Slave de pacotille. Je m'en suis souvenu en traînant mes souliers du côté de Saint-Cloud. Il m'est venu alors une idée. La plupart des gens, quand ils sont contraints de prendre un pseudonyme, préfèrent conserver leurs initiales. Cela limite les risques de se couper.

— Ce n'est pas faux, commenta Valentin, amusé de voir à quel point l'ancien gratte-papier prenait à cœur son nouveau rôle d'enquêteur.

— Je me suis dit aussi que si notre lascar était un escroc, il avait dû séjourner dans les parages pour repérer sa cible avant d'entrer en contact avec elle. Alors je me suis rendu au relais de poste de Saint-Cloud et j'ai consulté les listes de passagers du coche en provenance de Paris.

— Et tu as déniché quelque chose d'intéressant ?

— Figurez-vous qu'un certain Pierre Ouvrard, prétendument artiste ambulant, a fait quatre fois le déplacement de Saint-Cloud dans le mois qui a suivi le décès de la fille d'Orval. La dernière fois, il a même séjourné trois jours au relais.

Agréablement surpris par l'esprit d'initiative de son collaborateur, Valentin s'apprêtait à le féliciter chaudement, mais il n'en eut pas le loisir. Un pas pesant retentit dans le couloir et la porte du bureau s'ouvrit brusquement à la volée. Le battant éleva une vive protestation en heurtant avec violence le mur adjacent.

L'auteur de cette entrée aussi brutale qu'intempestive était un individu massif et sanguin. D'épais favoris en forme de côtelettes encadraient son visage marqué par la couperose, qui semblait, en l'absence de cou, directement rattaché sur ses larges épaules. L'homme portait une redingote toute fripée et un gilet maculé de taches douteuses. Les boutons de ce dernier, sous la pression d'un ventre proéminent, donnaient l'impression de vouloir prendre la tangente à la première occasion.

— Qu'est-ce que j'apprends, Verne ? s'exclama l'intrus en postillonnant d'indignation. Vous vous permettez d'empiéter sur mes plates-bandes ! Pour qui vous prenez-vous ? Sachez que vous n'avez pas tous les droits ! Il existe des règles dans cette maison et je me fais fort de vous les rappeler !

Surpris par le ton véhément et la masse d'air déplacée par le nouvel arrivant, Isidore Lebrac avait reculé de deux pas et s'était comme ratatiné sur lui-même. S'il avait pu s'enfoncer sous le plancher, il l'aurait sans doute fait volontiers. Prenant pitié de lui, Valentin lui fit signe de s'éclipser discrètement. Pour sa part, il n'était nullement impressionné par la manifestation d'hostilité de son visiteur. Il connaissait bien celui-ci et savait qu'il était coutumier de tels emportements.

— Commissaire Grondin ! dit-il en écartant les bras, un large sourire peint sur les lèvres. Je vous souhaite bien le bonjour. Quelle impérieuse nécessité a pu vous inciter à hisser votre auguste personne jusqu'à notre modeste soupente ?

Grondin dirigeait le deuxième bureau de la première division de la préfecture de police. Autrement dit, le service des mœurs. À son entrée dans la police, Valentin avait opéré sous ses ordres durant près de treize mois. Ce laps de temps lui avait suffi pour se forger une piètre opinion de son chef. Grondin était un fonctionnaire médiocre qui rudoyait ses subordonnés et se laissait graisser la patte par la plupart de ceux qu'il était censé surveiller. Les multiples pots-de-vin soutirés aux maîtresses de maison et aux proxénètes lui assuraient une rente des plus coquettes. Tout le monde le savait rue de Jérusalem, mais, étonnamment, tandis que les préfets valsaient, Grondin demeurait indéboulonnable à la tête de son service.

— Le bureau des affaires occultes, pfttt ! La bonne blague ! cracha avec mépris le commissaire en promenant un regard dédaigneux autour de lui. Un service fantoche, oui ! Mais méfiez-vous, Verne ! Ce n'est pas parce que vous avez bénéficié, un temps, de la faveur de votre hiérarchie que vous êtes à l'abri d'un retour de bâton.

Sans se départir de son sourire factice, Valentin vint prendre place dans son fauteuil et se laissa aller nonchalamment en arrière, le dossier calé contre le mur. Quand il reprit la parole, ce fut sur un ton détaché comme si l'autre lui rendait une simple visite de courtoisie :

— Inutile de vous montrer blessant, commissaire. Si vous me disiez plutôt ce que vous avez exactement à me reprocher.

Décontenancé par l'apparente désinvolture de son interlocuteur, Grondin baissa lui aussi d'un ton. Mais le rouge de la colère marbrait toujours son visage aux traits frustes.

— Vous le savez très bien, ne faites pas l'innocent ! Vous vous êtes permis de forcer la porte du *Panier des princes* et de menacer son gérant, le sieur Joachim Ferrand. Ceci est tout à fait inadmissible ! Il s'agit d'une maison des plus honorables. Qui plus est, cet établissement relève de ma juridiction et vous n'êtes pas habilité à y mener une opération de police.

— De votre juridiction ! Ne voulez-vous pas dire plutôt de votre protection ? J'imagine que Tata Belle-Cuisse est venu pleurer dans votre giron.

L'accusation de compromission, pour être implicite, n'en était pas moins évidente. Grondin faillit s'en étouffer d'indignation.

— Je… je ne vous permets pas, Verne ! Vos insinuations sont indignes. Mais vous le regretterez. J'ai les moyens de vous briser, croyez-moi !

— J'en ai les poils qui se dressent, se gaussa Valentin en faisant mine de retrousser la manche de son habit.

La bouche de Grondin se tordit en une vilaine grimace.

— Vous avez tort d'user de ce ton avec moi, Verne ! gronda-t-il. Je me suis laissé dire que vous étiez proche d'une jeune comédienne qui elle-même a des relations, disons… quelque peu douteuses. Elle fréquenterait certaine demeure de la rue de Monsigny où une clique de libres penseurs vivrait en communauté, dans une intimité et une liberté de mœurs que la morale réprouve. Si vous persistez à fourrer votre nez là où il ne faut pas, je pourrais fort bien demander à mes inspecteurs de s'occuper de cette jeune personne d'un peu plus près. Il en faut si peu pour entacher définitivement une réputation !

Un tressaillement imperceptible parcourut la joue droite de Valentin. Son expression se durcit et ses yeux s'étrécirent, virant du vert au gris. Cette fureur froide qui l'habitait chaque fois qu'il se trouvait confronté au mal sous toutes ses formes diffusait en lui comme un acide et noyait ses terminaisons nerveuses. Ses poings se crispèrent jusqu'à faire blanchir ses phalanges. Et quand il se décida enfin à répliquer, ce fut avec un timbre presque métallique, autrement plus glaçant que les vaines vitupérations de son vis-à-vis.

— Je vous déconseille fortement de vous en prendre à elle, Grondin. Et si vous ne quittez pas immédiatement mon bureau, je me fais fort de vous faire dévaler l'escalier à grands coups de pied dans le derrière.

Le commissaire vacilla comme s'il venait d'essuyer un soufflet et recula inconsciemment de quelques pas en portant la main à son visage.

— Vous… vous n'oseriez tout de même pas ?

— Croyez-vous ? menaça Valentin entre ses dents, tout en prenant appui des deux mains sur la table pour se soulever à demi. Si vous insistez, je peux vous en faire la démonstration à l'instant.

Constatant la détermination de son adversaire, Grondin acheva de se décomposer. Il balbutia quelques grognements incompréhensibles et marcha à reculons jusqu'à la porte, sans perdre Valentin des yeux comme s'il craignait que celui-ci ne saisisse la moindre occasion de se jeter sur lui. Parvenu au seuil de la pièce, il maugréa une vague insulte et fit pivoter sa lourde masse avant de disparaître sans demander son reste.

L'instant d'après, Isidore Lebrac faisait sa réapparition, l'air à la fois satisfait et étonné.

— Ça par exemple ! Comment vous y êtes-vous pris, monsieur ? Je viens de croiser le commissaire Grondin dans l'escalier. Il en avait drôlement rabattu et détalait comme un lapin. On aurait dit qu'il venait d'apercevoir le démon en personne.

— Possible que pour une fois le bonhomme ait su faire preuve de lucidité, dit Valentin qui sentit le sang refluer dans ses vaisseaux. Tu désirais quelque chose ?

Le petit rouquin hocha la tête.

— Le commissaire du douzième arrondissement vient de vous dépêcher un sergent de ville. Comme vous étiez occupé avec Grondin, j'ai pris le message pour vous. Paraît qu'on vient de découvrir deux cadavres salement amochés dans le Jardin des Plantes.

— Deux macchabées, dis-tu ? Et en quoi cela nous concerne-t-il ?

Isidore parut gêné. Il marqua une courte pause et se gratta la tête avant de répondre :

— Il se pourrait que vous connaissiez au moins l'une des victimes. Ce qui est certain en tout cas, c'est que l'une d'entre elles avait dans sa poche une lettre cachetée et libellée à votre nom.

8

Un message pour Valentin

L'après-midi était déjà bien avancé lorsque Valentin, accompagné du fidèle Lebrac, rejoignit le Jardin des Plantes. L'inspecteur connaissait bien l'endroit pour l'avoir fréquenté assidûment du temps où il apprenait la chimie extractive aux côtés du professeur Pelletier. Il y avait notamment étudié de nombreux spécimens de la flore tropicale dans les serres chaudes installées par Vaillant et Buffon. Et il se souvenait encore de son émerveillement lorsqu'il avait eu accès pour la première fois au fameux herbier d'Orient conservé dans la bibliothèque du Muséum d'histoire naturelle. À l'époque, tout dévoué encore au progrès des sciences, il avait été littéralement fasciné par cet ouvrage où Tournefort, médecin botaniste de Louis XIV, avait répertorié plus de 1 400 espèces dont de nombreuses plantes médicinales.

Mais tout cela était bien loin de lui à présent. Et lorsque Valentin se présenta avec son adjoint aux grilles de la place Valhubert, il n'avait en tête que les deux cadavres et la mystérieuse lettre rédigée à son intention. Les policiers furent accueillis, dès leur entrée dans le jardin, par deux hommes aussi dissemblables que possible. Le premier n'était autre que Georges Cuvier, l'anatomiste qui occupait les fonctions de directeur du Muséum. D'allure chétive, engoncé dans une veste à col montant et double rangée de boutons, le savant était un petit vieillard d'une soixantaine d'années à l'air effaré et désorienté. Il n'avait de cesse d'ébouriffer ses cheveux blancs et bouclés qui lui dessinaient comme un casque autour de la tête. Derrière un lorgnon aux verres épais, ses yeux globuleux donnaient l'impression de rouler, comme de grosses billes. À ses côtés mais un peu en retrait se tenait un grand homme taciturne revêtu d'un tablier qui lui donnait vaguement une allure de jardinier. Cuvier l'avait présenté comme le responsable des animaux carnassiers, sans préciser son nom.

— C'est tout à fait effroyable, n'arrêtait pas de répéter le frêle directeur en guidant le groupe vers les premiers bâtiments. Tout à fait effroyable. Un fait unique dans les annales de la ménagerie, Dieu merci !

Les quatre hommes longèrent le bâtiment des fauves, dépassèrent la rotonde et gagnèrent les fosses aux ours. Là, près d'une bicoque en torchis recouverte de chaume, les attendait le commissaire du douzième arrondissement en compagnie de quelques sergents de ville. Chapeau en tuyau de poêle, redingote grise réglementaire, moustaches pommadées. Pour lutter contre le froid et l'humidité qui augmentaient avec le soir, l'officier de paix dansait d'un pied sur l'autre et tapait dans ses mains. Il s'appelait Colas ou Colin. Il espérait ne pas avoir dérangé son jeune collègue pour rien mais quand on lui avait transmis la lettre trouvée sur l'un des cadavres, il avait cru bien faire en dépêchant l'un de ses hommes. Et puis, sans laisser le temps à Valentin de poser la moindre question, il entreprit de lui faire son rapport avec force détails, tout en bombant le torse et en affichant la moue supérieure de celui qui était là en premier et qui sait déjà tout ce qu'il y a à savoir.

D'après les premières constatations, les victimes avaient dû pénétrer clandestinement dans le jardin. Selon toute vraisemblance, dans la nuit du jeudi au vendredi puisqu'un garde avait relevé, le lendemain matin, que le cadenas de la porte Constantine avait été forcé. La motivation des intrus comme leur identité restaient inconnues. On ignorait surtout quelle folie les avait poussés à s'introduire, un peu plus tard, dans l'une des fosses aux ours. Mais l'affaire avait tourné au carnage.

— Un spectacle tout à fait effroyable, crut bon de souligner de nouveau Cuvier d'une voix désagréablement geignarde.

Valentin en profita pour couper court aux explications du dénommé Colas ou Colin et demanda où se trouvaient les corps. Le fonctionnaire désigna d'un menton dédaigneux la bicoque au toit de chaume.

— C'est là que les soigneurs rangent leur matériel. On y a laissé les civières. J'attendais que le jardin soit fermé au public pour les évacuer. On ne sait jamais. Pas la peine de risquer un évanouissement ou un mouvement de panique.

— Et le fameux message ? Puis-je le voir ? demanda sèchement l'inspecteur en agitant les doigts dans une invite impatiente.

Son interlocuteur plongea la main dans l'encolure

de sa veste et farfouilla un instant avant de lui tendre la lettre, non sans une certaine réticence. Il s'agissait d'une simple feuille repliée et scellée d'un cachet de cire noire. Une croix s'y trouvait gravée. Sous ses doigts, Valentin sentit un objet dur enfermé à l'intérieur. Il en palpa les contours. On aurait dit une petite clé. Puis il retourna la missive. En dépit des ombres qui gagnaient le jardin, il crut distinguer son nom tracé à la plume. Les lettres semblaient formées avec une certaine élégance, mais l'écriture lui était inconnue.

Depuis que le commissaire d'arrondissement avait évoqué la nuit du jeudi au vendredi, un sombre pressentiment, doublé d'une certaine nervosité, s'était emparé de Valentin. Il empocha le pli et se dirigea d'un pas résolu vers la cabane. Isidore Lebrac et le grand type au tablier lui emboîtèrent le pas, tandis que Colas-Colin demeurait sur place, auprès de Cuvier, vexé sans doute de n'avoir pas vu son esprit d'initiative apprécié à sa juste valeur.

L'intérieur était chichement éclairé par deux lanternes au verre bruni par la flamme. Une puanteur de bête fauve, presque suffocante, imprégnait l'atmosphère. Deux civières, recouvertes chacune d'un drap, reposaient sur les mauvaises lattes du plancher.

Valentin s'empara de l'une des lanternes, s'agenouilla auprès des formes qui se laissaient deviner sous le tissu et écarta un pan de celui-ci pour examiner la plus proche dépouille. Lebrac, qui s'était penché au-dessus de son chef afin de voir lui aussi, ne put réprimer un haut-le-cœur et se retourna précipitamment pour vomir. Ce qui était allongé là, sous le drap maculé de taches immondes, ne méritait pas le nom de cadavre. *Ça* n'avait presque plus rien d'humain. C'était juste un amas de chairs sanglantes et d'os à demi rongés, avec de-ci de-là un lambeau de peau, quelques touffes de cheveux et des tronçons d'intestins nacrés qui émergeaient dans les déchirures des vêtements.

Surmontant sa propre nausée, Valentin passa à la seconde civière. Même tableau répugnant. Simplement, le corps avait dû être celui d'un véritable colosse, car ce qu'il en restait représentait un volume deux fois supérieur à la carcasse précédente. La tête, elle, paraissait moins abîmée. Quand il la manipula pour l'exposer à la lumière, l'inspecteur avait déjà compris à qui il avait affaire. La face était comme embrouillée. En raison des profondes griffures et du sang coagulé, on ne distinguait que ses contours, celui de la mâchoire, la forme du front, l'arête du nez assez nettement déviée sur le côté. Toutefois, le doute n'était pas permis. C'était bien la trogne de la Tocasse que Valentin avait sous les yeux.

— Où les a-t-on trouvés exactement ? demanda-t-il à l'homme au tablier, en se redressant.

L'employé désigna une trappe qui s'ouvrait dans le plancher.

— Il y a là un accès à la plus grande des fosses. Les ours sont logés en bas, dans un abri creusé à la manière d'une grotte. On le nettoie une fois par semaine. C'est moi qui m'en suis chargé cet après-midi et qui ai découvert les cadavres.

Valentin s'assura que Lebrac avait surmonté sa défaillance mais lui conseilla malgré tout de sortir pour prendre l'air. Puis il rejoignit son guide qui avait déjà disparu à moitié par l'ouverture du plancher. L'escalier aux marches irrégulières s'enfonçait profondément dans le sol et la clarté des lampes faisait danser des ombres inquiétantes sur les parois de terre. Une odeur fétide de charnier se mêlait aux relents animaux. Ce fut au tour de Valentin de se sentir mal. Comme chaque fois qu'il se trouvait dans une atmosphère souterraine et confinée, une sorte de vertige le fit vaciller. Le calvaire enduré dans la cave du Vicaire, des années plus tôt, lui revenait en plein visage. Une bouffée d'angoisse qui lui comprimait la gorge et l'empêchait soudain de respirer normalement. Il dut marquer une pause, prendre appui contre le mur et dénouer sa cravate. Le grand type au tablier se méprit sur les raisons de son malaise.

— N'ayez aucune crainte, fit-il en croyant le rassurer. Les ours ont été déplacés dans une autre fosse. Le directeur parle d'ailleurs de les faire abattre demain. Si c'est pas malheureux ! Des bêtes magnifiques, monsieur ! Et pas agressives pour deux sous quand on sait de quelle façon les prendre.

— Comment expliquez-vous alors qu'elles aient mis en pièces ces deux malheureux ? demanda Valentin, un doigt encore passé dans le col de sa chemise.

L'homme haussa les épaules, un brin fataliste.

— On n'a pas idée aussi de descendre comme ça au fond de la fosse. C'était comme qui dirait s'fourrer dans la gueule du loup.

— La cabane ne ferme pas à clé ? Ce serait pourtant un moyen simple d'éviter les accidents.

— Y a juste un panneau qui défend aux visiteurs

d'entrer. Mais sauf vot' respect, monsieur, c'te massacre-là, c'est tout sauf un accident.

— Que voulez-vous dire ? interrogea Valentin en fronçant les sourcils.

— Ma foi ! J'ai bien tenté déjà d'exposer la chose à votre collègue, là-dehors. Celui avec les moustaches qui fleurent la pommade au benjoin. Mais il avait l'air de croire que j'cherchais juste à m'dégager de toute responsabilité. Il n'a pas voulu m'écouter ou alors – notez bien – c'est p't-être moi qu'ai pas su vraiment comment lui expliquer.

— Eh bien, allez-y, mon brave ! Pourquoi êtes-vous si certain qu'il ne s'agit pas d'un accident ?

— C'est que les deux que vous avez vus là-haut, z'étaient pas seuls cette nuit-là à traîner dans l'parc. Y avait au moins un aut' plancheur[1] avec eux.

— Qu'en savez-vous ?

— Voyez cette porte en bas des escaliers ? Un cadenas permet de la verrouiller. J'l'ai trouvé fermé quand j'suis descendu tantôt pour nettoyer la fosse. Comme c'est pas les deux qu'ont servi de repas à mes ours qu'ont pu se boucler eux-mêmes de l'intérieur, faut bien qu'y ait eu quelque loustic avec eux. Voulez que j'vous dise ? Pour moi, c'est une vilaine plaisanterie qu'a mal tourné.

Valentin hocha pensivement la tête. Il s'abstint toutefois de tout commentaire et fit demi-tour pour remonter.

— Vous voulez pas voir la fosse et l'abri des ours ?

1. Mauvais plaisant, dans l'argot de l'époque.

— Ce n'est plus la peine. Vous m'avez appris tout ce que je désirais savoir.

De retour dans la modeste bicoque, Valentin posa sa lampe sur l'unique table et approcha un seau qu'il retourna pour s'en servir de siège. Puis il sortit de sa poche la mystérieuse lettre trouvée sur l'un des cadavres et la décacheta. Comme il l'avait deviné, une petite clé en laiton était contenue dans le pli. Le message, quant à lui, tenait en une vingtaine de lignes. Leur lecture suffit à glacer le sang de Valentin.

Mon cher enfant,

Longtemps j'ai désespéré de te retrouver. Et pourtant ce n'est pas faute de t'avoir cherché ! J'ai remué ciel et terre après ton départ pour que nous soyons à nouveau réunis. En vain… On aurait dit que tu t'étais volatilisé, tel un ange ayant regagné le ciel. Pourtant, je ne pouvais me résoudre à t'oublier. Tu m'as tellement manqué durant toutes ces années ! Des années où j'ai dû fuir moi aussi et apprendre à me cacher. Parce qu'il y avait cet homme surgi de nulle part qui me traquait désormais sans relâche. Il m'a fallu déployer des trésors d'imagination pour lui échapper, mais aussi pour parvenir à l'identifier. Mais tu es bien placé pour savoir quelles ressources de patience et de détermination je suis capable de mobiliser pour parvenir à mes fins. J'ai fini par apprendre son nom : Hyacinthe Verne. J'ai su où il habitait et quelles étaient ses habitudes. Il faut toujours se glisser dans l'ombre de son ennemi avant de le frapper.

Et c'est ce que j'ai fait !

Mais un autre a pris sa place. Son propre fils. Je ne comprenais pas d'où venait cet acharnement jusqu'à ce que mon regard te croise. Car aussitôt, en dépit de toutes ces années enfuies et perdues à jamais, je t'ai reconnu. Ainsi, toi non plus, tu ne m'avais pas oublié. Je t'avais si profondément marqué que nous restions liés, par-delà le temps et l'espace, et que tu ne pouvais faire autrement que de me chercher à ton tour. Rassure-toi, mon enfant, nous serons bientôt réunis. Mais bien sûr, tu t'en doutes, je ne peux tirer un trait sur ce que tu as fait : ta fuite impardonnable et ces chiens que tu as lancés à mes trousses. Il me faudra te punir pour cela. Qui aime bien châtie bien. Et Dieu sait de quel amour ardent je brûle pour toi !

À tout bientôt, mon enfant.

Le Vicaire

9

Une descente musclée

Le coup envoya l'homme valdinguer sur le parquet, les quatre fers en l'air. Avant qu'il ne reprenne ses esprits, Valentin finit d'écarter le battant de la porte, se rua à l'intérieur du *Panier des princes* et le saisit au collet.

— Je n'aime pas me répéter, gronda-t-il entre ses dents, mais tu as de la chance. Cette nuit, je vais faire une exception pour toi. Conduis-moi immédiatement dans la chambre qu'occupait la Tocasse !

Le portier du bordel de la rue Duphot geignit en portant le revers de ses doigts à sa bouche meurtrie. Le pommeau de la canne lui avait brisé deux incisives et sa lèvre inférieure pissait le sang.

Depuis qu'il avait pris connaissance de la lettre du Vicaire, Valentin s'était enfoncé dans un long tunnel d'ombre et de tumulte. Un tunnel où dansaient des flammes dévorantes et grimaçaient les fantômes de son passé. Il avait quitté son adjoint au sortir du Jardin des Plantes après avoir éludé ses questions relatives au contenu du message.

— Rien d'important ! Le billet d'un mouchard réclamant ma protection contre les agissements d'une bande rivale. Ça devrait juste permettre d'identifier l'une des victimes. Je vais de ce pas rédiger un court rapport. Toi, de ton côté, concentre-toi sur l'affaire d'Orval et continue de glaner tout ce que tu peux au sujet de cet Oblanoff-Ouvrard.

Le petit Lebrac n'avait pas remarqué la fixité du regard de son chef. Cette dureté d'obsidienne. Il avait pris congé en lui souhaitant un bon sommeil. Visage fermé, Valentin l'avait remercié d'un bref hochement de tête, tout en sachant pertinemment qu'il ne fermerait pas l'œil de la nuit.

Les nerfs à fleur de peau, l'esprit obnubilé par la terrible menace que recelaient les mots du Vicaire, l'inspecteur s'était ensuite rué à travers l'obscurité, en quête d'un fiacre. Avec l'impression que la poche intérieure de son habit où il avait rangé la missive cachetée de noir lui brûlait la poitrine. De gré ou de force, Tata Belle-Cuisse allait devoir le laisser fouiller les affaires de la Tocasse.

— Lève-toi et montre-moi le chemin !

Le portier qui avait tenté de lui interdire l'entrée, à son arrivée au *Panier des princes*, avait fait les frais de son état second, entre colère et confusion. Valentin n'avait pas perdu de temps en vaines palabres. Cette fureur blanche qui s'emparait de lui chaque fois qu'un obstacle s'opposait à sa soif de justice avait balayé les scrupules qu'il aurait pu nourrir en temps ordinaire. Il avait frappé de toutes ses forces sans se soucier des dégâts occasionnés. Sa victime demeurait prostrée au sol, le bas du visage salement amoché.

— Imp… impossible, gémit-il en pleurnichant. Le patron… le patron ne m'le pardonnera jamais. C'est… c'est lui qui m'a ordonné de n'pas vous laisser entrer.

Valentin s'inclina et lui tordit sans ménagement le bras en arrière pour le contraindre à se lever.

— Tu vois ce qu'il t'en a coûté de lui obéir. Maintenant, si tu ne veux pas que je te casse les os, tu as tout intérêt à ne plus me contrarier.

En étouffant un gémissement, l'homme se mit en route, serré de près par Valentin qui lui maintenait fermement le poignet remonté dans le dos. Le duo traversa le vestibule tendu de velours et gagna l'enfilade des salons du rez-de-chaussée et ses lumières tamisées. À ces premières heures de la nuit, le lupanar affichait complet. Enlacés sur les divans de soie ou partageant coupes de champagne et caresses appuyées, de nombreuses rivettes[1] flirtaient avec des messieurs distingués en attendant qu'une chambre se libère pour pouvoir les entraîner à l'étage.

L'irruption aussi brutale qu'inattendue de Valentin et de son guide fit l'effet d'un coup de tonnerre en ce lieu feutré qui avait bâti sa réputation sur la discrétion et le bon goût. En apercevant l'employé couvert de sang, plusieurs clients poussèrent des cris d'orfraie et un mouvement de panique s'amorça en direction de la sortie. Deux ou trois pensionnaires de Tata Belle-Cuisse, moins effarouchés que les autres, firent mine de s'interposer ou d'intervenir pour libérer le portier. Mais aucun n'osa passer à l'acte, l'air farouche de Valentin et la canne

1. Jeunes homosexuels, dans l'argot de l'époque.

à lourd pommeau qu'il brandissait dans sa main libre suffisant à les en dissuader.

Le jeune policier était bien résolu à ne pas quitter le bordel sans avoir obtenu ce qu'il voulait. Il ne desserra pas son étreinte et poussa son captif en direction des escaliers, tout en restant sur le qui-vive, prêt à parer la moindre menace.

À l'étage, la décoration était encore plus outrancière et plus explicite qu'en bas. Dans les nombreux miroirs savamment disposés se reflétaient le plafond peint de scènes libidineuses et les lithographies des murs, qui auraient pu suffire à elles seules à expédier le propriétaire en prison pour outrage aux bonnes mœurs. Une douzaine de portes ouvrant sur les chambres de l'établissement se faisaient face, de part et d'autre du corridor. À l'extrémité opposée se devinait l'amorce d'un second escalier en colimaçon qui devait conduire aux mansardes où logeait le personnel. Les deux hommes allèrent dans cette direction. À ce niveau, nul ne paraissait avoir remarqué l'émoi qui s'était emparé des habitués du rez-de-chaussée. Des grincements de sommiers et un concert de plaintes étouffées et de halètements filtraient sous chaque porte et accompagnaient la progression de Valentin et de son captif.

Ceux-ci avaient presque atteint les marches menant aux soupentes lorsqu'une porte s'ouvrit à leur hauteur. Un type en caleçon, torse nu, brun de poil et large d'épaules se figea sur le seuil. Il tenait une sorte de martinet à la main. Derrière lui, par l'entrebâillement du battant, on apercevait un grand lit à baldaquin surchargé de dorures. Un homme aux cheveux argentés s'y trouvait allongé sur le ventre, bras et jambes en croix et noués aux montants de la couche par des cordelettes de soie. Des estafilades sanglantes zébraient ses fesses flasques.

— Qu'est-ce que ça signifie, ces conneries ? grommela le père Fouettard en écarquillant de grands yeux devant la face écrabouillée de son collègue.

— Aide-moi, Guillaume ! Cette vache-là m'a bousillé la mâchoire !

À voir celui que le portier avait ainsi interpellé se camper sur ses robustes jambes et faire jouer les muscles de sa poitrine, Valentin comprit qu'il n'éviterait pas l'affrontement. Mais il ne pouvait se permettre de se colleter avec un tel gaillard tout en ayant un fil à la patte. Sans le moindre état d'âme, il accentua sa clé de bras et força jusqu'à ce qu'un craquement lui signale que l'articulation du coude venait de céder. Le portier poussa un cri déchirant et se laissa tomber à genoux sur le tapis.

Au même instant, l'homme au fouet se précipitait sur Valentin et tentait de le cingler au visage. L'inspecteur para l'assaut en plaçant sa canne à l'horizontale au-dessus de sa tête. Les lanières de cuir s'enroulèrent en sifflant autour du corps en bois. Un mouvement sec du poignet et son agresseur se trouva brusquement désarmé. Celui-ci ne s'avoua pas vaincu pour autant. D'un bond en arrière, il s'écarta pour mieux prendre son élan, puis, poussant un rugissement de bête sauvage, il se rua de nouveau, bras écartés, dans l'intention de ceinturer Valentin et de profiter de sa masse pour le neutraliser. Mais le policier se montra une seconde fois plus vif que lui. Pirouettant sur lui-même, il esquiva la charge furieuse et asséna au passage un terrible coup de coude sur la nuque du taureau en caleçon. Foudroyé, celui-ci s'affala de tout son long au côté de son infortuné camarade.

En dépit de sa brièveté, la rixe n'était pas passée inaperçue. Plusieurs portes s'étaient ouvertes et des têtes effarées se risquaient dans les embrasures. Sans attendre que tous les tinteurs[1] de l'étage et leurs michetons[2] envahissent le couloir en hurlant à l'assassin, Valentin s'agenouilla auprès du portier qui se lamentait en soutenant son articulation déboîtée. Il l'attrapa par le revers et le secoua sans ménagement.

— Je suppose que la piaule de la Tocasse est au-dessus. Laquelle est-ce ?

Il n'eut pas besoin de recourir encore à la violence. L'autre avait compris à quel genre d'animal à sang froid il avait affaire. Il ne chercha plus à finasser.

— La… la troisième porte… sur la gauche.

— Merci, l'ami. Si tu t'étais montré d'emblée plus coopératif, tu te serais épargné bien des souffrances. Tâche d'y songer la prochaine fois que Tata Belle-Cuisse te chargera de sa sale besogne.

Sans perdre davantage de temps, l'inspecteur se jeta dans l'escalier en colimaçon qu'il gravit quatre à quatre. Comme il s'y attendait la porte de la chambre dévolue à la Tocasse était verrouillée, mais le battant de mauvais bois ne résista pas au premier coup d'épaule. La pièce était de dimensions modestes et chichement meublée. Pas d'armoire ou de commode pour ranger son linge, mais juste un coffre assez semblable à celui utilisé d'ordinaire

1. Autre mot d'argot utilisé pour désigner un jeune pédéraste.
2. Le client d'un ou d'une prostitué(e), dans l'argot de l'époque.

par les gens de mer. Un cadenas en défendait l'ouverture. Valentin sortit la lettre du Vicaire et récupéra la petite clé qu'elle contenait. Cette dernière correspondait parfaitement et la serrure céda sans la moindre difficulté.

L'inspecteur n'eut pas besoin de fouiller le contenu de la malle. Une seconde lettre, avec le même cachet de cire noire, l'attendait, posée bien en évidence sur les habits du défunt.

Mon cher enfant,

Si tu lis cette nouvelle lettre, c'est que je ne me suis pas trompé et que c'est bien toi qui avais chargé ces deux misérables créatures de me capturer. Je me doutais qu'après avoir trouvé ce qui restait de leurs cadavres, tu te précipiterais tout droit ici. Dois-je te l'avouer ? J'ai été profondément déçu que tu puisses t'imaginer un seul instant que ces deux médiocres arriveraient à berner un homme comme moi. Leur piège était grossier et j'ai tout de suite compris qu'ils en avaient en réalité après moi.

Oui, vraiment, cela m'a contrarié que tu sous-estimes à ce point mes capacités. Voilà si longtemps que nous jouons au chat et à la souris, ton père, toi et moi, que j'étais en droit d'attendre davantage de considération de ta part. Mais je ne t'en garde pas rancune, sache-le. Simplement, j'ai décidé que nous suivrions dorénavant mes propres règles. Cela ne manquera pas de piquant, tu peux me faire confiance. Nous verrons bien si les journaux n'ont pas exagéré en relatant tes récents succès. Car un policier, même brillant, n'est peut-être pas le plus apte à résoudre les énigmes cachées. Après tout, tu es bien placé pour savoir que les cordonniers sont souvent les plus mal chaussés.

À toi de jouer, donc ! Il te faudra faire preuve de sagacité, mais tu seras récompensé à la hauteur de tes efforts. Car si tu surmontes toutes les épreuves, je te promets que nous serons à nouveau réunis. Je sais qu'au fond de toi, tu l'as toujours souhaité.

À bientôt, mon enfant. Permets-moi de te souhaiter bonne chance. Car, crois-moi, tu en auras besoin…

Le Vicaire

Valentin replia la feuille de papier, les yeux dans le vague. Très pâle. À quoi rimait cette diablerie ? Quel but exact poursuivait le Vicaire en s'adressant à lui ? Croyait-il pouvoir le manipuler comme un pantin dont on tire les ficelles ? Si tel était le cas, il commettait une grave erreur. Valentin n'était plus un enfant sans défense sur lequel il est aisé d'exercer sa domination. Ce temps-là était définitivement révolu. Si l'autre voulait reprendre avec lui ses jeux sadiques, après tout, c'était tant mieux. Son orgueil le perdrait. Il finirait tôt ou tard par commettre une erreur et l'heure de la justice enfin sonnerait.

En même temps, malgré sa ferme résolution, l'inspecteur ne pouvait empêcher les souvenirs de l'assaillir par vagues suffocantes. L'obscurité, la cave, la terre humide, le froid, la gamelle de chien, la cage, la peur dévorante, les mains du Vicaire sur lui, la nuit sans fin… Toutes ces images et ces sensations le faisaient vaciller. Il se sentait au bord du malaise.

— Pas un mouvement ! ordonna soudain une voix grinçante dans son dos. Au moindre geste suspect, je fais feu.

La ronde s'interrompit brutalement. Les images cessèrent de défiler. Valentin pivota lentement sur ses talons. Joachim Ferrand, dit Tata Belle-Cuisse, se tenait sur le seuil de la chambre et braquait sur lui un pistolet de gousset. Sa veste d'intérieur en soie imprimée et ornée de fanfreluches en dentelle contrastait furieusement avec son attitude martiale.

Derrière lui, dans l'encadrement de la porte, on distinguait plusieurs hommes plus ou moins vêtus qui tendaient le cou pour ne rien perdre du spectacle. Des chuchotements et des gloussements se faisaient entendre.

— Inspecteur Verne ! fit mine de s'étonner le tenancier du bordel. Eh bien ! Si je m'attendais ! On m'avait parlé d'un fou furieux déterminé à tout saccager. Qu'est-ce qui vous a pris de forcer ma porte et de frapper mes employés ? Savez-vous que je serais en droit de vous abattre tel un vulgaire cambrioleur ?

Valentin ne prêta pas la moindre attention à la menace. Son regard acéré se planta dans celui de Tata Belle-Cuisse. Quand il ouvrit la bouche, son ton possédait ce calme particulier qui annonce les plus effroyables tempêtes.

— Qui a pu avoir accès à cette chambre, ces trois derniers jours ?

La question désarçonna complètement le propriétaire des lieux. Ses traits se brouillèrent.

— Comment ? Qu'est-ce que vous dites ?

— Je vous demande si vous avez une idée des

personnes qui ont pu avoir accès au coffre de la Tocasse ces derniers jours.

Reprenant ses esprits, son vis-à-vis agita le canon de son arme.

— Comment voulez-vous que je le sache ? gronda-t-il en durcissant le ton. Je me moque bien de ce qui se trafique dans les soupentes. Et puis là n'est pas la question ! Vous avez usé de la force pour pénétrer dans une propriété privée. Policier ou pas, cela pourrait vous coûter très cher. Nous allons voir d'ailleurs si vous continuerez à le prendre de haut quand vos collègues viendront vous chercher. Je les ai fait appeler, figurez-vous !

Valentin haussa négligemment les épaules et, faisant abstraction de l'arme braquée sur lui, il commença à se diriger vers la porte.

— Pas un pas de plus ! commanda Tata Belle-Cuisse en armant le chien de son pistolet. Je vous préviens que je n'hésiterai pas à tirer.

Mais l'inspecteur semblait indifférent au danger. Il continua à marcher d'un pas assuré vers le tenancier du bordel. Parvenu à sa hauteur, il balaya d'un revers dédaigneux le bras armé et administra, de son autre main, une double paire de gifles à son propriétaire. Puis, tandis que la lopette se mettait à couiner comme un pourceau qu'on égorge, il poursuivit son avancée.

Les curieux amassés sur le seuil cessèrent aussitôt leurs caquètements et s'empressèrent de s'écarter pour lui laisser le passage.

10

Gueule de bois pour homme à jeun

Le lendemain matin, Valentin s'éveilla tard, en proie à une vilaine nausée. Il avait la désagréable impression qu'un étau lui broyait le crâne, comme s'il avait profité d'une soirée un peu trop arrosée. Il s'assit dans son lit, se frotta la figure des deux mains et demeura un moment immobile à ressasser les événements de la veille. Ce fut un parfum, aussi agréable qu'inattendu, de café et de pain grillé qui l'arracha à ses pensées et le ramena au moment présent.

Eugénie Poupard avait pris possession de la cuisine comme d'un territoire conquis et elle y régnait déjà en souveraine compétente et débonnaire. Valentin put le constater à son profit lorsqu'il se décida enfin à rejoindre sa nouvelle gouvernante. En le voyant entrer avec sa mine chiffonnée et son regard sombre, la grosse femme leva les bras au ciel et se mit en devoir de le remettre d'aplomb en lui préparant un lait de poule de sa composition.

— Le secret, c'est de bien faire chauffer le lait avec la cannelle en évitant surtout de le faire bouillir. Sans oublier une bonne rasade de rhum. Celui-là, c'est un cousin à moi qui me l'envoie chaque année de Saint-Domingue. Quand vous aurez avalé ce nectar, vous vous sentirez tout requinqué, parole d'Eugénie !

Valentin se laissa dorloter comme un convalescent qu'on entoure de mille précautions. Aglaé avait été décidément bien inspirée en insistant pour qu'il embauche cette sexagénaire au caractère affirmé. Sous ses plis de graisse et sa familiarité parfois excessive, la brave femme semblait cacher un cœur d'or et des trésors de dévouement.

L'inspecteur demeura assis là un long moment, dans la chaleur de la cuisine, à siroter la boisson revigorante qui lui réchauffait les mains et à regarder le mastodonte en jupons s'activer devant ses fourneaux. Cette douceur domestique à laquelle il n'était plus habitué contrastait agréablement avec son état d'esprit. Car son cerveau était un lieu confus, plein de brouillaminis. Un jardin d'herbes folles envahi par le lierre et les ronces.

Rentré chez lui tard dans la nuit, il n'avait pu trouver tout de suite le sommeil et avait relu plusieurs fois les deux lettres du Vicaire. Certaines phrases ne cessaient de tourner dans sa tête, semblables à des oiseaux de proie survolant une charogne. Ce monstre aux griffes duquel il était parvenu à échapper à douze ans, son père l'avait traqué sans relâche pendant presque sept années. Lui-même n'était entré dans la police que pour reprendre à son compte cette quête de justice et de vengeance. Et voilà que, brusquement, le rapport de force s'inversait à nouveau ! De chasseur, il devenait chassé. Le Vicaire l'avait reconnu et il avait renoncé à se terrer. Telle une bête sauvage cernée dans ses retranchements, il se retournait et faisait face en montrant les crocs. Valentin avait si souvent espéré cet ultime face-à-face. Mais quand il lui arrivait d'y penser, les choses se présentaient de façon si différente ! C'était lui qui menait la danse et le monstre n'était plus qu'un fugitif aux abois. À présent, il comprenait à quel point il avait fait fausse route. Le Vicaire n'avait pas renoncé à exercer sur lui sa sinistre emprise. Il était convaincu de pouvoir le dominer comme jadis et il allait jusqu'à le défier. Le combat qu'ils s'apprêtaient à mener tous deux était une lutte à mort. Et, pour la première fois depuis qu'il avait repris le flambeau des mains de son père, Valentin n'était plus tout à fait certain d'en sortir vainqueur.

Lorsqu'il se décida à quitter son appartement, en fin de matinée, la première chose qu'il fit fut de se mettre en quête de Foutriquet. Il finit par dénicher le petit cireur de chaussures cour des Vieilles-Thuilleries, devant la fontaine de Neptune. L'endroit était on ne peut plus stratégique. Du fait du trafic incessant des porteurs d'eau et des ménagères avec leurs seaux, l'espace pavé et la rue se transformaient rapidement, dès les premières heures du jour, en un vaste bourbier. De nombreux bourgeois se laissaient volontiers délester de quelques sous pour redonner à leurs souliers crottés un aspect respectable.

Quand Valentin pénétra dans la cour où se dressaient plusieurs échoppes d'artisans, le jeune garçon venait d'en finir avec les bottes d'un voyageur de commerce et, perché sur une borne en pierre, il assistait, goguenard, à la chicane opposant un porteur à tonneau[1] et deux loueurs de baignoire. C'était à qui accéderait au bassin en premier et les noms d'oiseaux pleuvaient en rafales. Ravi du spectacle, Foutriquet encourageait les rivaux de sa voix gouailleuse dans l'espoir de voir la dispute dégénérer en bagarre de rue.

— Le bonjour à vous, Jérusalem ! Lorgnez un peu ces zigues, c'est du spectacle vivant pour pas un sou !

— Désolé, Foutriquet, mais je n'ai pas de temps à perdre. Juste un service à te demander… contre rémunération, cela va sans dire.

— Mais ça va encore mieux en le disant ! se réjouit le gamin qui sauta au bas de sa borne en affichant un large sourire. C'est-y qu'vous seriez toujours à la recherche de vot' fichu vicaire ?

— Disons plutôt que c'est lui qui a fini par me trouver. Mais l'homme court toujours…

— Vous lui avez donc pas passé les poucettes[2] quand vous l'aviez à vot' pogne ? J'croyais qu'vous désiriez rien tant que d'le coffrer, c'te particulier-là !

— Je t'ai dit qu'il m'avait trouvé, pas que je lui avais mis la main dessus. C'est justement pour cela que j'ai besoin de ton aide. Il se pourrait que cette canaille se mette à rôder dans les parages. Je voudrais que tu

1. Seul porteur d'eau soumis à un contrôle officiel ; le tonneau était monté sur deux roues et tiré le plus souvent par le porteur lui-même, plus rarement par un cheval.

2. Ancêtre des menottes, cet objet métallique permettait de bloquer ensemble les deux pouces d'un malfaiteur.

surveilles attentivement les abords de mon domicile ces prochains jours.

— Et comment qu'je le reconnaîtrais, moi, vot' client ? C'est que j'l'ai jamais vu !

Les traits de Valentin se crispèrent malgré lui.

— Un homme dans la cinquantaine. Grand, maigre, le crâne dégarni. Un visage en lame de couteau, avec de petits yeux profondément enfoncés. Crois-moi, quand on croise son regard cruel une seule fois, on ne l'oublie pas !

— Et si je vois un péquin dans c'genre-là, qu'est-ce que j'suis censé faire ?

— Il te faudra le filer discrètement pour apprendre où il crèche. Mais ne prends surtout aucun risque. La mission n'est pas sans danger. Si tu crains d'être repéré, renonce aussitôt et file comme si tu avais le diable à tes trousses. Car ce sera exactement ça… C'est au diable que tu auras affaire !

À son arrivée à la préfecture de police, environ une heure plus tard, Valentin comptait faire le point avec Isidore sur l'affaire d'Orval. Il s'agissait avant tout de préparer la visite de son adjoint prévue le lendemain au domaine de la Hêtraie, à Saint-Cloud. Mais l'inspecteur vit ses projets contrariés dès son entrée dans l'ancien hôtel des présidents du Parlement.

Alors qu'il franchissait le palier du second étage, une voix autoritaire le stoppa net :

— Inspecteur Verne ! Voulez-vous passer me voir un instant, je vous prie. J'ai deux mots à vous dire.

Le nouveau préfet de police, Alexandre-François

Vivien, nommé le 26 février précédent, se tenait à la porte de son bureau. Pour avoir ainsi intercepté Valentin au passage, il devait avoir guetté lui-même son arrivée par les fenêtres et cette impatience à lui parler n'augurait rien de bon. Rentrant la tête dans les épaules, l'inspecteur se dirigea à contrecœur vers son supérieur.

— J'imagine que vous avez une petite idée de ce qui motive cet entretien, commença le préfet lorsque les deux hommes se retrouvèrent assis de part et d'autre d'un imposant bureau en acajou, aux pieds surchargés de dorures. On se plaint de vous, inspecteur ! En premier lieu, votre collègue Grondin qui vous accuse d'interférer avec les activités de son propre service.

Même s'il savait qu'il avait tort et qu'il risquait de payer cher sa liberté de parole, Valentin ne put s'empêcher de rétorquer :

— Sauf votre respect, monsieur le préfet, Grondin est un incapable doublé d'un envieux.

— Ça suffit, inspecteur ! ordonna Vivien en se redressant dans son fauteuil et en claquant sa main sur la surface du bureau. Apprenez donc à mesurer vos propos ! Le commissaire Grondin dirige le service des mœurs et, tant qu'il en sera ainsi, vous devrez respecter ses prérogatives. De toute façon, il n'est pas le seul à vous tenir grief.

Valentin plissa le front. Son regard s'assombrit. Il pressentait que ce qui allait venir était bien plus préoccupant que les jérémiades d'un Grondin. Instinctivement, il fit le gros dos et s'enquit :

— Qui d'autre ?

— Le député Jacques Lemarchand m'a fait parvenir

un billet ce matin. Il vous reproche des actes de violence gratuite, commis cette nuit dans un établissement parisien honorable.

— Honorable, vraiment ? ironisa Valentin, un pli amer à la bouche. Si je peux me permettre, monsieur le préfet, votre correspondant vous a-t-il précisé le lieu exact où ces faits se sont déroulés ?

Son supérieur soupira lourdement, en signe d'irritation.

— Non, et je ne vois pas ce que cela changerait.

— Évidemment ! Je me doutais bien que votre député avait éludé ce point. Ses électeurs seraient quelque peu désappointés d'apprendre que leur représentant fréquente un bordel pour hommes de la rue Duphot. Établissement où les rivettes sont recrutées parfois parmi de très jeunes garçons et dont la prétendue honorabilité ne tient qu'à la protection intéressée de ce cher commissaire Grondin.

Pour la seconde fois de l'entretien, le préfet de police marqua nettement sa désapprobation. Ses pommettes se contractèrent. Les ailes de son nez blanchirent.

— Pas un mot de plus, Verne ! le tança-t-il sèchement. Vous dépassez vraiment les bornes !

Mais presque aussitôt, il parut se radoucir. Saisissant un coupe-papier à manche d'écaille, il en fit miroiter la lame et s'absorba dans la contemplation des reflets comme s'il y cherchait la solution d'un délicat dilemme. Lorsque enfin il reprit la parole, son ton était beaucoup plus conciliant.

— Écoutez, Verne, contrairement à ce que vous semblez croire, je ne me range pas du côté de vos détracteurs. J'ai lu les rapports de mes prédécesseurs à votre sujet. Selon eux, bien que vous ne correspondiez pas vraiment à l'image que l'on peut se faire du policier modèle, vous possédez des qualités indéniables pour traquer les criminels les plus inventifs. Compte tenu des résultats déjà obtenus par votre service, je ne peux que me ranger à leurs avis. C'est pourquoi j'ai tenu à vous parler aujourd'hui. Moins pour vous réprimander que pour vous mettre en garde.

Valentin s'étonna :

— Comment cela, me mettre en garde ? Contre qui ? Contre quoi ?

— Eh bien d'abord, contre vous-même et ce caractère ombrageux qui finira par vous jouer un vilain tour. Le député Lemarchand possède l'oreille du ministre. Or, le récent changement à la tête du gouvernement modifie la donne. Casimir Perier est d'une tout autre trempe que Laffitte. C'est un homme intègre, mais aussi un autoritaire qui entend se faire respecter par tous les fonctionnaires sous ses ordres. Savez-vous qu'à peine nommé à la présidence du Conseil, il a obtenu la reconnaissance de sa prééminence sur tous les autres ministres, ainsi que la possibilité de réunir des conseils de cabinet hors la présence du roi pour décider des affaires courantes ? Mieux encore, il a exigé que le prince royal[1], aux idées trop libérales à son goût, soit écarté du Conseil des ministres et Louis-Philippe y a consenti.

— En quoi tout cela pourrait-il me concerner ?

---

1. Il s'agit du duc d'Orléans, fils aîné du roi, qui ne faisait pas mystère de ses idées progressistes.

— C'est pourtant simple. Si vos adversaires parviennent à faire remonter au ministère en charge des Affaires intérieures[1] que vous prenez des libertés avec le règlement, l'existence de votre service pourrait être remise en cause et vous-même risqueriez la suspension, voire un limogeage pur et simple. Et cela, je ne le souhaite pas car je vous crois homme de valeur.

Vivien avait accompagné sa dernière phrase d'une ébauche de sourire. Valentin sentit sa poitrine s'alléger, même si toutes ses craintes n'étaient pas entièrement dissipées.

— Je vous remercie de votre confiance, monsieur le préfet. Mais si j'ai des opposants au sein même de cette maison et qu'ils souhaitent me nuire, comment puis-je me défendre ?

— Tout d'abord, en apprenant à faire profil bas. Se mettre à dos des individus tels que Grondin ne peut que vous attirer des ennuis. Ensuite, il convient de montrer au nouveau gouvernement que le bureau des affaires occultes n'est pas une simple lubie. Un succès éclatant serait le meilleur moyen de faire taire, au moins pour un temps, les critiques à votre endroit. Avez-vous une affaire intéressante en cours ?

Le jeune policier se mit alors en devoir de résumer au préfet le cas d'Orval et les dispositions qu'il avait prises pour tenter de dévoiler une probable supercherie mise en place par un faux médium.

---

1. Casimir Perier en assuma lui-même la charge jusqu'en avril 1832, où il abandonna ce poste à Montalivet pour se consacrer uniquement à la présidence du Conseil.

— Tout cela me semble prometteur, approuva Vivien en se levant pour raccompagner son subordonné à la porte. Je connais par ouï-dire Ferdinand d'Orval. Un homme à la réputation sans tache, hier encore proche du milieu de la haute finance. Donc bien connu de Casimir Perier[1]. Si vous pouviez le débarrasser d'un escroc, cela pourrait désamorcer les attaques dirigées contre vous.

— Je vais faire tout mon possible, monsieur le préfet.

Vivien tendit la main à l'inspecteur. Mais au moment où celui-ci la saisit, il la bloqua avec son autre poing et plongea son regard dans celui de son interlocuteur.

— Vous m'avez mal compris, inspecteur, dit-il avec gravité. Je ne vous demande pas de faire au mieux, mais de réussir coûte que coûte. Croyez-moi, il en va de la survie du bureau des affaires occultes !

---

1. Comme son prédécesseur Jacques Laffitte, Casimir Perier était banquier.

11

Des bas-fonds à l'Opéra

Troublé par les avertissements de son supérieur direct, Valentin ne s'attarda pas rue de Jérusalem. Après avoir rappelé à Isidore Lebrac l'importance de sa future visite chez les d'Orval et la nécessité de noter tout ce qui lui paraîtrait suspect ou même simplement incongru, il quitta rapidement les locaux de la préfecture de police.

Tout l'après-midi, il marcha dans la ville d'un pas rapide, la tête en effervescence. Il cherchait à fatiguer son corps pour chasser de son cerveau les sombres pensées qui l'assaillaient. Il détestait cette sensation qui s'était emparée de lui d'avoir perdu la maîtrise des événements. Depuis la veille au soir, tout semblait échapper à son contrôle. Le Vicaire qu'il croyait encore pouvoir capturer quelques jours plus tôt avait déjoué ses plans et reprenait la main dans la partie mortelle qui les opposait depuis de si longues années. C'était lui dorénavant qui distribuait les cartes et qui cherchait à l'attirer comme jadis au centre de sa toile d'araignée.

Et voilà qu'au moment où pareil danger se manifestait, l'existence même du bureau des affaires occultes se trouvait menacée et l'affaire d'Orval à laquelle il n'avait apporté jusque-là qu'une médiocre attention devenait un enjeu crucial. Il en résultait dans son esprit une confusion paralysante. Pour la première fois depuis qu'il avait pris la décision de s'engager dans la police, lui qui ne vivait que pour un seul but, une idée fixe, hésitait sur la conduite à suivre. Devait-il continuer sa traque solitaire et pour cela accepter, au moins dans l'immédiat, d'entrer dans le jeu pervers du scélérat qui avait brisé son enfance et fomenté l'assassinat de son père ? Ou bien fallait-il y renoncer, le temps de venir en aide au couple d'Orval et de donner des gages au préfet de police ?

C'était pour tenter de résoudre ce dilemme que Valentin cherchait à faire le vide dans sa tête. Il lui semblait qu'il devait laisser derrière lui tout ce qui parasitait sa réflexion pour retrouver ses facultés de discernement : toutes les scories de son cerveau, les souvenirs, les peurs, les remords. Un tel lessivage passait par la fatigue physique. Voilà pourquoi il marchait sans but dans les rues, tête baissée, pareil à un fugitif ne voyant que des pieds et des jambes et n'accordant pas la moindre attention à la rumeur des conversations.

Il parvint ainsi jusqu'aux bruyantes arcades du Palais-Royal pleines de monde et il lui fallut quelques secondes, figé au milieu des badauds et des camelots, pour dissiper les ombres du passé où erraient le visage honni du Vicaire et la frêle silhouette de l'enfant qu'il avait été. Lorsqu'il reprit enfin pied dans le présent, il faisait face à la devanture d'un parfumeur. Dans la glace de la vitrine, se superposant aux flacons précieux et aux riches toilettes des clientes à l'intérieur, il aperçut son propre reflet. Son visage livide, aux traits tourmentés, lui fit passer un frisson désagréable dans le dos. Il se rapprocha pour mieux voir. C'est alors qu'il remarqua un homme vêtu de gris qui se tenait immobile parmi la foule jacassière et qui paraissait l'observer à distance.

Intrigué, Valentin fit mine de reprendre son chemin mais en adoptant cette fois un pas de promeneur. Régulièrement, il s'arrêtait devant une nouvelle boutique et, tout en faisant semblant d'examiner la marchandise, il épiait ses arrières. Ce petit manège dura une bonne demi-heure et lui confirma que son instinct ne l'avait pas trompé. L'inconnu ne le lâchait pas d'une semelle.

Il s'agissait d'un individu râblé, arborant les vêtements d'un honnête bourgeois, âgé tout au plus d'une trentaine d'années. Même grimé, il ne pouvait en aucun cas s'agir du Vicaire. Cette pensée rassura Valentin et, dans le même temps, il s'en voulut d'éprouver pareil soulagement. Il y voyait la preuve que la bête malfaisante avait de nouveau prise sur lui, qu'elle était parvenue à instiller dans son âme le poison du doute et de l'appréhension.

Résolu à apprendre qui était l'homme en gris et ce qu'il lui voulait, l'inspecteur quitta les arcades et dirigea ses pas vers le lacis de ruelles qui bordait le côté ouest du Palais-Royal. Dans ces venelles étroites et malodorantes, à deux pas de la résidence royale et des commerces de luxe, tapinaient les pierreuses[1] les plus misérables de la capitale. De pauvres filles ayant déserté

1. Prostituées racolant leurs clients sur le pavé.

l'atelier ou le travail en chambre, croyant tenir là un plus sûr moyen d'assurer leur subsistance et espérant y gagner une illusoire liberté. La bouche fardée, les yeux charbonneux, elles apostrophaient les passants d'une voix faussement caressante et relevaient leurs jupons au seuil de meublés crasseux.

Valentin dont la distinction et la beauté dénotaient dans ce quartier sordide se laissa aborder par quelques filles, histoire de donner le change à son suiveur. Son but véritable était en fait de l'attirer à l'écart, dans un coin tranquille où ils pourraient « causer » sans risquer d'être dérangés.

Après s'être assuré que l'inconnu était toujours accroché à ses basques, le policier pressa brusquement l'allure et s'engagea dans un cul-de-sac au début duquel s'ouvrait un étroit passage entre deux maisons. Ce fut dans ce recoin sombre qu'il se dissimula. Le temps de reprendre haleine, il entendit l'écho d'un pas précipité. L'autre devait avoir peur de le perdre et ne songeait plus qu'à tourner au plus vite le coin de la rue pour le récupérer des yeux, faisant fi pour cela de toute prudence.

À l'instant où il dépassait sa cachette sans la remarquer, Valentin lui tomba dessus et le saisit par le collet pour le plaquer violemment contre le mur. Pris à l'improviste, l'homme en gris n'esquissa pas le moindre geste pour se défendre. Le temps qu'il réalise la situation, son agresseur l'avait déjà à demi étranglé en remontant le revers de sa veste contre sa gorge.

Les yeux exorbités, le visage virant au violet, l'inconnu trouva juste assez de souffle pour balbutier d'un ton pleurnichard :

— Gaffe ! Fais… fais pas l'couillé… J'suis… j'suis d'la Maison, comme… comme toi !

— Tu te prétends policier ? interrogea Valentin sans desserrer sa prise. Quel service ?

— Mœurs… J'o… j'obéis au… au commissaire… Grondin.

En entendant ce nom détesté, Valentin sentit la bile lui remonter le long de l'œsophage.

— Grondin, cette enflure ? C'est lui qui t'a ordonné de me suivre ? Dans quel but ?

Mais l'inspecteur du deuxième bureau n'était plus en mesure de prononcer la moindre syllabe. Il cherchait à happer l'oxygène, la bouche grande ouverte tel un poisson hors de l'eau. Un méchant sifflement accompagnait chacune de ses respirations.

— De… de l'air… J'é… j'étouffe…

Valentin eut pitié de lui. Il relâcha juste assez son étreinte pour permettre à l'autre de reprendre haleine et de répondre à sa question.

— Maintenant, crache le morceau ! Quel prétexte a inventé Grondin pour te convaincre de filer un collègue ?

— Il m'a juste dit qu'on vous avait à l'œil en haut lieu et que je devais lui rapporter vos moindres faits et gestes. Je sais rien de plus, je vous jure !

Le regard de Valentin s'éclaircit. Il fit mine d'épousseter le col de son vis-à-vis avant de le prendre par les épaules pour l'aider à se redresser.

— Tu as de la chance, dit-il en arborant un sourire glacial, je veux bien croire que tu n'en sais pas davantage. Alors, écoute-moi bien. À partir de maintenant, je ne veux plus te voir traîner dans mon sillage. Tous les soirs, tu feras malgré tout ton rapport au commissaire Grondin, comme si de rien n'était. À toi de faire preuve d'imagination. Mais prends garde ! Je n'oublie jamais un visage. Si Grondin a vent de notre petit arrangement ou si on vient me chercher des poux dans la tête, je te retrouverai. Et alors, crois-moi, tu regretteras d'avoir survécu à notre première rencontre.

L'homme des Mœurs branla de la tête en signe d'assentiment, le regard en perdition et le front en sueur. Puis, aussitôt que Valentin l'eut libéré, il prit ses jambes à son cou et détala sans demander son reste.

— Il a oublié notre soirée à l'Opéra ! Qu'est-ce que je vous disais, Eugénie ! Je m'en doutais. Cet homme est tout bonnement infréquentable ! Dire que j'ai passé plus d'une heure à convaincre Mme Saqui de me prêter la plus belle robe du théâtre !

De retour de son errance à travers la ville, Valentin avait eu la surprise de trouver dans son vestibule sa nouvelle domestique en compagnie d'une Aglaé Marceau toute frémissante d'impatience, parée comme pour un bal princier. La comédienne avait remonté ses boucles brunes en un savant chignon qui mettait en valeur son cou gracile. Elle portait une robe de taffetas à volants, au large décolleté dont les bouillonnements de fausse soie voilaient sans vraiment la cacher une adorable poitrine qui tenait sans le moindre soutien. Une demi-cape imitant le cachemire des Indes couvrait ses épaules rondes et complétait avec élégance cette toilette d'emprunt qui faisait fort bien illusion. Dans ce costume de scène, la jeune femme était tout simplement éblouissante. Et la mine faussement boudeuse qu'elle affichait en prenant à témoin de sa déconvenue la massive employée de maison ne contribuait pas peu à lui conférer un charme fou.

— Aglaé, vous êtes superbe ! s'était exclamé Valentin. C'est à peine si je vous ai reconnue en entrant !

— Comme vous le constatez, ma brave Eugénie, votre maître excelle dans l'art de trousser les compliments.

Puis, se tournant vers son ami en faisant mine d'être vexée, elle avait ajouté :

— Dites tout de suite que je ressemble d'habitude à une souillon !

Peu familier des espiègleries féminines et tout embarrassé d'avoir oublié qu'il avait invité Aglaé au spectacle pour se faire pardonner sa maladresse lors de la réunion des saint-simoniens, l'inspecteur avait bafouillé quelques justifications embrouillées puis s'était hâté de changer de vêtements. À condition de ne plus perdre la moindre minute, ils pouvaient encore gagner de justesse l'Opéra Le Peletier avant le lever du rideau.

Le meilleur monde devait assister ce soir-là à la reprise parisienne de *La Muette de Portici*, le fameux opéra en cinq actes d'Auber, Scribe et Delavigne. Cette œuvre qui exaltait la liberté et l'amour du sol natal était devenue, depuis sa création en février 1828, une sorte de symbole pour tous les patriotes et tout particulièrement pour les républicains. Ces derniers n'oubliaient pas que les troubles ayant conduit à l'indépendance de la Belgique, un an plus tôt, avaient éclaté à l'issue d'une représentation de *La Muette* à Bruxelles. Ils avaient érigé en hymne libérateur le grand duo de la scène II du deuxième acte :

Mieux vaut mourir que rester misérable !
Pour un esclave est-il quelque danger ?
Tombe le joug qui nous accable
Et sous nos coups périsse l'étranger !
Amour sacré de la patrie,
Rends-nous l'audace et la fierté ;
À mon pays, je dois la vie ;
Il me devra sa liberté.

Quand ils arrivèrent aux abords de l'Opéra, Aglaé et Valentin furent frappés par la cohue qui s'agglutinait devant la façade, sous les auvents de toile cramoisie. Les berlines blasonnées, les riches cabriolets et les voitures de louage éprouvaient les pires difficultés à manœuvrer et un cordon de sergents de ville devait contenir la foule des curieux pour permettre aux derniers retardataires de pénétrer à l'intérieur de l'édifice.

Dans la grande salle au décor somptueux, sous les moulures d'or et les lustres de cristal magnifiés par l'éclairage au gaz, régnait une effervescence encore plus sensible. Les conversations animées allaient bon train parmi les travées de fauteuils et la plupart des regards convergeaient vers une même loge, située au centre de la corbeille. Un homme aux traits sévères, au grand front intelligent précocement dégarni, le ruban de la Légion d'honneur pendu au revers de son habit, venait d'y prendre place, saluant sobrement de la main les autres personnalités installées dans les galeries.

— Qui cela peut-il être? s'interrogea Valentin à mi-voix tout en gagnant son siège.

Aglaé, qui mettait les pieds pour la première fois dans ce haut lieu de la vie mondaine parisienne mais qui s'intéressait de près à la politique depuis qu'elle fréquentait Claire Démar et ses adeptes, ne put s'empêcher de pouffer :

— Vous êtes décidément incroyable, Valentin ! Vraiment, vous ignorez de qui il s'agit ? Eh bien ! Vous êtes probablement le seul policier de la capitale à ne pas reconnaître son ministre. Depuis dimanche, son portrait orne pourtant la première page de toutes les gazettes. Vous avez devant vous le ministre en charge de la Sécurité intérieure et nouveau chef du gouvernement, Casimir Perier.

Comme Valentin s'attardait à examiner le haut personnage dont dépendait peut-être l'existence même de son service, un mouvement se fit à l'avant-scène. Plusieurs spectateurs de sexe masculin s'étaient levés à l'apparition du nouvel homme fort du régime et s'apprêtaient à quitter la salle, non sans manifester avec ostentation un certain courroux. Tandis qu'ils remontaient les rangées de sièges en direction des portes, tous fixaient la loge du président du Conseil, une expression farouche sur le visage, une lueur de défi au fond des prunelles. Quelques huées accompagnèrent cette expression d'hostilité, vite couvertes par une salve d'applaudissements nourris. Casimir Perier, quant à lui, affectait l'indifférence et s'était plongé fort opportunément dans la lecture du programme de la soirée.

— Je me demande bien ce que cet éclat signifie,

murmura Valentin en se contorsionnant sur son siège pour suivre la progression des inconnus vers la sortie.

Aglaé haussa ses charmantes épaules.

— Cette fois, j'admets être aussi ignorante que vous. Mais que nous importe, après tout ! (Elle venait de reporter son attention sur les musiciens de l'orchestre qui s'étaient enfin décidés à prendre place.) On dirait que le rideau ne va pas tarder à se lever.

Ce fut leur voisin de droite, un barbon en frac noir trois pièces qui lorgnait sans retenue le corsage de la jeune femme depuis son installation à ses côtés, qui répondit finalement à l'interrogation de Valentin :

— Si vous me permettez, mademoiselle a bien raison de ne point trop accorder d'importance au mouvement d'humeur de ces énergumènes. Il s'agit de nobles polonais qui se sont réfugiés sur notre sol à l'invitation d'anciens charbonniers comme Guinard et Trélat[1]. Encouragés par toute la clique républicaine, ces insurgés espéraient que notre pays les soutiendrait dans leur révolte contre le tsar[2].

— Ce que vous ne semblez pas approuver, observa un Valentin faussement candide.

Le gras bourgeois parut oublier pour un temps les

---

1. Chefs de l'opposition républicaine.

2. Varsovie s'était soulevée en novembre 1830 contre l'occupant russe, ce qui avait empêché le tsar d'intervenir en Belgique et avait donc favorisé indirectement l'accession à l'indépendance de cette dernière. Nombreux étaient alors les républicains français qui souhaitaient l'intervention de la France aux côtés de la Pologne, au nom de la vieille amitié entre les deux peuples et de l'idéal girondin de 1792.

appâts de sa voisine et tourna vers l'inspecteur son visage congestionné par l'abus de la bonne chère et des vins fins.

— Ah ça non ! s'exclama-t-il avec aplomb. Fort heureusement, il n'en est plus question maintenant que Casimir Perier dirige le gouvernement. Voilà l'homme à poigne qu'il fallait à la France ! Ce fou de Laffitte aurait bien été capable de nous entraîner tous dans la guerre. Et quelle guerre ! Un conflit continental où la monarchie nouvelle se serait affichée comme le soutien des partis révolutionnaires et aurait vu se liguer contre elle toutes les vieilles puissances d'Europe. Pure folie que cela ! On a vu où cela nous a conduits en 1815 ! Or, l'Histoire n'est souvent qu'un éternel recommencement.

Valentin tressaillit. Son visage blêmit.

— Qu'avez-vous dit ? réagit-il abruptement. Répétez un peu pour voir !

Désarçonné par la réaction inattendue de son interlocuteur – ce jeune homme dont la mise élégante lui avait semblé garantir une unité de vues avec ses propres opinions politiques –, le bourgeois redouta aussitôt d'en avoir trop dit. Son triple menton tressauta, tandis qu'il cherchait vainement une échappatoire.

— Eh bien, souffla-t-il d'une voix beaucoup moins assurée, je disais que la guerre est une folie. Tout homme sensé devrait aisément en convenir.

— Non, monsieur ! Vos derniers mots ! Pouvez-vous les répéter exactement ?

À l'expression effarée de l'homme, on devinait qu'il commençait à se demander si Valentin avait bien toute sa raison. Il balbutia :

— Mais… mais je… je ne sais plus, moi. On parle, on parle, mais c'est juste histoire de meubler l'attente. Ces fichus opéras ne commencent jamais à l'heure dite !

Valentin qu'une tension soudaine avait presque fait jaillir de son fauteuil se laissa retomber en arrière. Sans plus accorder la moindre attention au barbon déconfit, il murmura comme pour lui-même :

— Vous avez dit que l'Histoire n'était souvent qu'un éternel recommencement.

Aglaé posa la main sur le bras de son compagnon et se pencha pour lui glisser à l'oreille :

— Que vous arrive-t-il, mon ami ? Vous êtes tout à coup si pâle !

Valentin ne lui répondit pas, trop sidéré par la soudaine révélation qui avait éclos dans son cerveau pour prêter attention à son entourage immédiat. Il venait tout simplement de comprendre le sens caché de la dernière lettre du Vicaire.

Son ennemi lui avait fixé rendez-vous et il savait à présent avec certitude où il devait se rendre pour l'affronter.

12

Une apparition

Le lendemain était un mercredi. Comme convenu avec Mélanie d'Orval, le jeune Isidore Lebrac, revêtu de ses habits les moins fatigués, s'était présenté aux grilles du domaine de la Hêtraie, à Saint-Cloud, vers le milieu de l'après-midi.

Le vaste domaine se dressait à l'ouest de la ville et empiétait sur les premières pentes de la colline de Montretout. Un parc touffu et planté d'arbres centenaires, un étang aux eaux vertes, des statues de nymphes rongées par les mousses, une orangerie dont les verrières croulaient sous le lierre, une belle gentilhommière construite sur trois niveaux et nantie de nombreux pignons et de quatre tours engagées partiellement dans le corps du bâtiment. De l'ensemble de la propriété se dégageait une atmosphère de morne mélancolie. De celle qui imprègne les songeries auxquelles on peut s'abandonner, à demi assoupi, lorsque au détour d'un trop long voyage en malle-poste, on aperçoit fugitivement, dans un lointain brumeux, les tours d'un antique manoir.

La maîtresse de maison vint accueillir elle-même son invité dans le grand hall déjà vivement éclairé bien qu'il fasse encore grand jour. C'était d'ailleurs une des caractéristiques du lieu que cette débauche de chandelles dans toutes les pièces de vie. Comme s'il importait de repousser partout les ombres et le cortège de sourdes inquiétudes que celles-ci peuvent engendrer dans une demeure trop vide et chez des âmes par trop sensibles.

Isidore fut frappé par la pâleur affichée par la douce Mélanie. Les traits de la jeune femme étaient aussi creusés que lorsqu'elle s'était déplacée rue de Jérusalem, quelques jours plus tôt. Mais le policier crut y discerner aussi, enfouie sous le masque de l'affabilité et la volonté de faire bonne figure, une appréhension confuse et extrêmement touchante. Contrastant avec sa peau diaphane, sa chevelure bouclée, aux beaux reflets cuivrés, captivait le regard et vous donnait l'envie irrésistible de la caresser. Elle était de ces créatures éthérées que l'on devine mal armées pour affronter les vicissitudes de l'existence et les inévitables coups du sort. Tout homme normalement constitué ne pouvait, en contemplant sa fragilité alliée à son teint de porcelaine, que ressentir le furieux désir de l'envelopper dans ses bras pour la protéger.

Comme il s'en faisait la réflexion en l'écoutant lui souhaiter la bienvenue, Isidore se sentit rougir jusqu'à la racine des cheveux. Il lui semblait impossible que son hôtesse n'ait pas perçu le trouble qu'elle suscitait en lui. La pensée que son chef avait peut-être surestimé ses capacités de dissimulation lui traversa l'esprit. S'il ne faisait pas preuve de davantage de sang-froid, il aurait du mal à mener à bien sa tâche délicate.

Fort heureusement, Mélanie parut n'avoir rien remarqué. Tandis qu'elle le guidait jusqu'à l'orangerie, elle prit le temps de lui confier qu'il devait jouer le rôle d'un lointain cousin passant par Paris avant d'aller prendre les eaux à Plombières. Comme pour le rassurer, elle ajouta qu'il allait pouvoir bénéficier d'un galop d'essai pour se glisser dans la peau du personnage. Son mari s'était en effet absenté pour aller lui-même attendre Paul Oblanoff à la station du coche d'eau. Seuls les époux Launay occupaient, pour l'heure, le jardin d'hiver. À entendre la jeune femme, le baron était un personnage attachant mais terriblement radoteur qui se débrouillerait fort bien pour monopoliser la conversation.

Isidore comprit très rapidement ce que Mélanie voulait signifier par là. Launay était un être rondouillard, plutôt de petite taille, qui paraissait vouloir compenser son physique peu avantageux par une prodigieuse volubilité. Aussitôt les présentations faites, il se lança dans un long panégyrique personnel, émaillé d'anecdotes rancies remontant au temps supposé glorieux où il avait partagé l'exil de Louis XVIII à Gand. Curieusement, sans doute en raison de son aspect bonhomme, ses poses ridiculement affectées attiraient davantage une indulgence amusée que de l'irritation. En l'écoutant se rengorger, Isidore ne put s'empêcher de songer à la grenouille de la fable qui s'enfle au point de se faire éclater.

Par contraste, sa moitié donnait l'impression d'être transparente. Une grande femme osseuse, aux cheveux gris coiffés à l'ancienne mode, au visage inexpressif. Rares étaient les mots qui franchissaient ses lèvres minces et ses yeux flottaient en permanence dans le vague, comme si elle se trouvait condamnée à errer dans une sorte de brouillard intérieur. Pour tout dire, elle évoquait plus une apparition spectrale qu'un véritable être de chair et de sang.

Ce fut en cette pénible compagnie que le pauvre Isidore dut partager une légère collation et avaler deux pleines tasses de thé – boisson dont il avait une sainte horreur – en formulant des prières silencieuses pour que sa mission d'observation ne se mue pas en chemin de croix. Sans la prévenance de Mélanie, les minutes lui auraient paru bien longues. Mais les sourires charmants de cette dernière l'aidèrent à faire bonne figure et à supporter avec stoïcisme les péroraisons sans fin du baron.

Enfin, alors qu'une horloge, quelque part dans les profondeurs de la maison, venait de faire retentir ses six coups, l'apparition d'un boghei dans l'allée centrale du parc mit un terme à l'attente héroïque de l'enquêteur néophyte. L'élégant équipage vint se ranger devant le perron principal et deux hommes en descendirent.

Celui qui avait tenu les rênes de l'attelage portait un manteau à double collet d'excellente coupe et un chapeau de prix. Dans la pleine maturité de l'âge, il pouvait encore s'enorgueillir d'une silhouette de jeune homme et affichait un noble maintien. Pourtant son visage trahissait cette lassitude physique et morale que peut engendrer à la longue une trop grande souffrance. C'était là quelqu'un qui se raccroche à l'existence, par habitude ou par devoir, plus qu'il ne vit vraiment. Un de ces êtres brisés par la fatalité et qui n'a plus assez de ressources pour s'arracher par lui-même au gouffre sans fond dans lequel il a commencé de sombrer. De toute évidence, il s'agissait de Ferdinand d'Orval, l'infortuné maître des lieux.

Son passager semblait d'une tout autre trempe. La bonne trentaine, mince, élancé, les cheveux mi-longs et d'un noir corbeau, les traits émaciés. Chacun de ses gestes laissait transparaître une froide détermination. Aussitôt descendu de voiture, tandis que son conducteur le précédait en direction du porche, il marqua une pause et prit le temps d'ôter ses gants tout en observant autour de lui. Un regard de propriétaire au retour d'un long voyage ou d'acquéreur estimant un bien avidement convoité.

Puis, dans la pénombre bleutée, Isidore vit l'homme tout à coup se figer. Sa tête était tournée en direction de l'orangerie. Les voiles du lierre et les ombres du soir qui gagnaient du terrain devaient l'empêcher de distinguer ses occupants, mais cependant quelque chose avait attiré son attention de ce côté. On le devinait soudain crispé, presque aux aguets. Un rapace nocturne ayant perçu, parmi les mille rumeurs innocentes de la nature, un bruit insolite, une menace potentielle. Isidore ne put s'empêcher de frissonner. Cet être inquiétant qui ne pouvait être que le mystérieux Paul Oblanoff possédait-il une forme de sixième sens ? Son comportement s'expliquait-il par la seule présence d'Isidore ? Mais, surtout, l'avait-il percé à jour avant même de le rencontrer ?

Par bonheur, ce moment de tension ne dura point. Ferdinand d'Orval invita son compagnon à le rejoindre et celui-ci s'exécuta, non sans avoir jeté un ultime regard en direction de la verrière.

Isidore s'ébroua comme au sortir d'un mauvais rêve. Il lui fallait à tout prix retrouver la pleine possession de ses moyens avant d'être confronté directement au médium. Toutefois, en dépit de ses tentatives pour se raisonner, son malaise persistait. Un vacillement de la pensée qui l'empêchait de réfléchir lucidement, de calmer cette appréhension injustifiée que la seule vision de son adversaire avait engendrée. Ce qu'il ressentait était somme toute assez comparable au roulis qui persiste lorsqu'on débarque à quai et qui entrave un temps la marche.

Le jeune homme chercha alors un réconfort dans la contemplation de l'adorable Mélanie. Il en fut cependant pour ses frais. À l'instant même où le cabriolet de son mari avait fait crisser le gravier de l'allée, leur hôtesse avait changé de physionomie. Ses paupières s'étaient mises à papilloter, telles des phalènes se heurtant à une lampe. Son front se plissait ; ses lèvres tremblotaient. Elle avait tiré un mouchoir de sa manche et le triturait nerveusement sans même en avoir conscience. Il était manifeste que la vague inquiétude perçue chez elle par Isidore, dès son arrivée, venait de se transformer en angoisse véritable.

Constatant que la maîtresse de maison ne se décidait pas à bouger de sa chaise, le baron de Launay interrompit son monologue pour proposer de rejoindre les nouveaux arrivants. Mélanie l'approuva comme à regret et se leva pour glisser son bras sous celui d'Isidore. Le jeune homme tressaillit lorsqu'elle lui effleura le poignet de sa main. Cette dernière était brûlante comme si la pauvre femme se trouvait brusquement assaillie par la fièvre.

Les minutes qui suivirent furent sans doute les plus éprouvantes de la courte existence du jeune Lebrac. Si Ferdinand d'Orval se révéla un hôte renfermé mais poli, s'efforçant de faire bon accueil à ce cousin tombé du ciel, l'attitude de Paul Oblanoff fut bien différente. À l'évidence, le Slave – ou prétendu tel – n'appréciait guère de se retrouver face à un inconnu. Scrutant Isidore de ses yeux inquisiteurs, il soumit celui-ci à un feu roulant de questions sur sa vie, sa parenté avec leur hôtesse, sa prochaine cure thermale dans les Vosges. Sous couvert d'une curiosité exprimée sur un ton badin, le malheureux Isidore eut la nette et désagréable impression de subir un interrogatoire en règle.

Lorsque Mélanie invita tout son petit monde à passer dans la salle à manger, le policier était déjà épuisé nerveusement et hanté par la crainte de se couper. Le dîner lui offrit un répit salvateur. Les mets, tous plus raffinés les uns que les autres, étaient succulents et les vins qui les accompagnaient, tout simplement divins. Quant à la conversation, principalement animée par Launay et Oblanoff, elle se limita à évoquer les conséquences du récent changement de gouvernement. On commenta également l'acquittement, intervenu la veille, de jeunes républicains, officiers de la Garde nationale, qui avaient été arrêtés en décembre lors des troubles ayant accompagné le procès des anciens ministres de Charles X. Sur ce second point, le baron abandonna toute bonhomie et se montra d'une totale intransigeance. À l'entendre, la racaille libérale ne méritait aucune pitié. Il fallait avant tout éviter le retour de la chienlit.

Isidore ne prêta qu'une oreille distraite à ces échanges. Son attention se portait en effet tour à tour sur les visages tourmentés de ses deux hôtes et sur la main gauche du médium dont le majeur s'ornait de la fameuse chevalière dont son supérieur avait magistralement supputé l'existence.

La bonne commençait à desservir les assiettes à dessert quand on en vint à aborder enfin le sujet que tous attendaient. De façon inattendue, ce fut la baronne de Launay qui en prit l'initiative. Émergeant de son étrange torpeur, elle s'anima comme une morte-vivante tirée du sommeil par les premiers rayons de lune. L'œil allumé et la voix vibrant d'une émotion mal contenue, elle se tourna vers Oblanoff et l'interrogea pour savoir si celui-ci pensait pouvoir, comme la semaine précédente, invoquer l'âme de l'infortunée Blanche.

Le Slave ne répondit pas immédiatement, mais pivota à son tour vers Ferdinand d'Orval, semblant ainsi solliciter son approbation. Le maître des lieux se contenta de répondre d'un hochement de tête. Oblanoff prit alors la parole, les traits empreints de gravité.

— Nous en avons longuement parlé, notre hôte et moi. L'expérience à laquelle nous nous sommes livrés ensemble mercredi dernier s'est révélée trop prometteuse pour ne pas nous inciter à recommencer. Nous tenterons même de faire encore mieux, de repousser encore plus loin les limites du possible. Il ne s'agira pas seulement, ce soir, d'entrer en communication avec l'esprit de Blanche, mais d'essayer d'arracher aux limbes une projection physique de la chère disparue.

— Vous voulez dire une apparition ? questionna Isidore en laissant percer une pointe de scepticisme.

Oblanoff darda sur le jeune homme ses yeux de jais. Sa mâchoire se contracta et un sourire horriblement factice vint éclore sur ses lèvres.

— Vous paraissez dubitatif, jeune homme. Je me trompe ?

— Je dois reconnaître que les histoires de fantômes m'ont toujours paru des contes à dormir debout, tout juste bons à faire frissonner les enfants ou bien à distraire les spectateurs des théâtres du boulevard. L'idée que les morts peuvent revenir à la vie heurte tout ce que la médecine et les sciences nous ont appris de l'humaine nature.

Tout en parlant, Isidore avait jeté un regard de côté pour observer Ferdinand d'Orval. Celui-ci avait accompagné chacun de ses mots d'un tic nerveux qui relevait sa pommette et son sourcil gauches. On sentait cet homme torturé de l'intérieur, rongé par un terrible chagrin et enclin à se raccrocher à l'espoir le plus infime, le plus insensé.

— J'entends ce que vous dites, cher monsieur, reprit Oblanoff, mais permettez-moi de rectifier. Il n'est pas question ici de revenant, ou de retour à la vie. Il s'agit plutôt d'une communication entre deux esprits, d'une influence d'un être sur un autre. N'avez-vous jamais éprouvé vous-même une connivence secrète avec l'un ou l'une de vos semblables ? N'est-ce pas ce qu'on appelle communément trouver son âme sœur ? Et qui n'a pas déjà fait un rêve prémonitoire ou éprouvé en conscience un pressentiment qui s'est révélé par la suite correspondre à la réalité ? Il existe en ce monde des lignes de force, des mécaniques invisibles dont nous ignorons encore presque tout.

— Comme cela est juste ! intervint la baronne en glissant un regard énamouré en direction de l'énigmatique Slave. Moi-même, j'en ai fait l'expérience par le passé. Une nuit, une vision de ma chère mère vint me visiter. La pauvre femme reposait dans l'obscurité, sur un lit couvert de roses blanches, et des chants angéliques montaient de nulle part et de partout à la fois. Or, le matin même, la nouvelle de son décès me parvint de façon tout à fait imprévue. J'étais allée la voir à peine deux jours auparavant et elle se portait alors comme un charme.

— Les rêves sont des portes vers un ailleurs inatteignable autrement, commenta pompeusement Oblanoff. Il est d'autres seuils que seuls quelques rares privilégiés sont à même de franchir. Ils exigent des facultés très particulières et qui ne sont pas à la portée de tous.

La prudence imposait à Isidore de ne pas insister. Mais il crut déceler une supplication muette dans les yeux de Mélanie. La jeune femme comptait sur lui pour obliger Oblanoff à en rabattre. Il ne put faire autrement que de répliquer de nouveau :

— Il y a tout de même un gouffre entre admettre une possible connivence de pensée entre deux personnes et prétendre communiquer avec les âmes des défunts.

Oblanoff poussa un petit soupir agacé, assez semblable à celui que peut provoquer chez un précepteur la mauvaise réponse d'un gamin obtus.

— La différence n'est pas si grande que vous le croyez, rétorqua-t-il. Puisque vous reconnaissez la possibilité d'un lien invisible entre les êtres à travers l'espace, pourquoi douter qu'il puisse exister des liens similaires à travers le temps ? Ces derniers sont seulement plus ténus. L'homme ordinaire n'y a point accès. Ils ne peuvent être révélés que par l'intervention d'un initié.

— M. Oblanoff est trop modeste, roucoula la baronne de Launay. C'est un véritable bienfaiteur de l'humanité. Nous avons eu la semaine dernière le privilège d'assister à la manifestation de ses extraordinaires pouvoirs. Et lorsque vous aurez vu comme nous, monsieur Lebrac, vous cesserez aussitôt de douter.

Ce fut le moment que choisit Ferdinand d'Orval pour sortir de son quasi-mutisme. Isidore crut percevoir quelque chose comme une fêlure dans le son de sa voix.

— Assez parlé pour rien, fit-il en déposant sa serviette le long de son assiette et en repoussant sa chaise en arrière. La nuit est à présent tout à fait tombée. Il est temps de voir si Blanche daigne à nouveau nous adresser un signe de l'au-delà.

— Vous avez tout à fait raison, monsieur, l'approuva Oblanoff. Mes bagages ont-ils été déposés dans la chambre habituelle ?

— Cela a été fait.

— Fort bien ! Alors, si vous le voulez bien, je propose que vous emmeniez vos invités dans le salon où nous avons déjà opéré la semaine dernière. La conjonction du flux magnétique et des forces telluriques y est particulièrement propice. Quant à moi, je vais chercher le matériel dont j'ai besoin et je vous rejoins.

Tous quittèrent donc la salle à manger en file indienne derrière leur hôte. Mélanie fermait la marche, juste derrière Isidore. Tandis qu'ils traversaient le vestibule en diagonale, elle susurra dans son dos :

— Par pitié, je compte sur vous pour démasquer ce fourbe. Sinon, il va finir par tous nous rendre fous !

Le salon était une pièce de dimensions moyennes, confortablement meublée. De lourds rideaux de velours masquaient la porte-fenêtre qui donnait sur l'arrière de la demeure. Des appliques aux murs et un feu mourant dans la cheminée diffusaient une douce lumière qui faisait palpiter les cadres dorés des tableaux et les reflets de miel des boiseries.

La compagnie se répartit autour de la table centrale sur laquelle on avait posé un chandelier à quatre branches. Tandis que chacun prenait place, Isidore profita du bon éclairage pour examiner discrètement le plateau de la table. Il espérait y découvrir un orifice qui serait venu conforter la théorie de l'inspecteur Verne sur l'emploi d'une vis et de la fameuse chevalière pour simuler un esprit frappeur. Mais il eut beau s'user les yeux à scruter la surface cirée, il ne remarqua pas le moindre petit orifice. Cet échec le contraria. Pour le moment, même si le personnage l'irritait et s'il souhaitait ardemment pouvoir donner satisfaction à Mélanie, aucun élément concret ne lui permettait de démonter le petit numéro bien rodé d'Oblanoff.

Ce dernier les rejoignit au salon au bout d'une dizaine de minutes. Il s'assit sur la dernière chaise demeurée libre, entre Mélanie et son époux, à l'opposé du jeune policier, et déposa plusieurs objets sur la table. Il y avait là une lampe à huile d'aspect grossier et quelque peu inhabituel, une sorte de cloche de verre en forme de grosse ventouse, percée dans sa partie supérieure d'un trou de la largeur d'une pièce d'un franc, et ce qu'Isidore prit d'abord pour un miroir de poche rond.

Oblanoff se saisit de ce dernier et le présenta alternativement à chacune des personnes présentes.

— Comme vous pouvez le constater, j'ai ici dans la main un disque de métal parfaitement poli. Il s'agit d'une plaque de cuivre recouverte d'une couche d'argent. Deux métaux nobles dont les alchimistes des temps jadis avaient déjà entrevu les stupéfiantes propriétés. L'argent, en particulier quand il est pur comme celui-ci, est susceptible de capter les fluides en provenance de l'au-delà.

Tout en parlant, le Slave avait placé le disque rutilant au centre de la table. Puis il se mit en devoir d'allumer la lampe qu'il avait apportée, réglant la hauteur de la mèche avec un soin extrême. Quand ce fut fait, il déposa le luminaire près de la pièce métallique et recouvrit le tout avec la cloche de verre.

— Nous sommes prêts, déclara-t-il d'une voix solennelle. La barrière de verre empêchera tout influx néfaste de venir perturber l'expérience. (Disant ces mots, il avait fixé Isidore droit dans les yeux. Ce dernier crut percevoir une lueur de défi au fond des prunelles ardentes.) À présent, il me faut vous prier, cher hôte, d'appeler un domestique pour moucher toutes ces chandelles. La lampe et les braises seront bien suffisantes. Trop de lumière pourrait effaroucher l'esprit de votre défunte fille.

Lorsque la pièce fut plongée dans la pénombre, tous les regards convergèrent vers la surface polie qui brillait d'un éclat qu'on aurait dit surnaturel. Oblanoff avança lentement ses mains au-dessus de la table, paumes ouvertes vers le bas. À son invitation, tous firent de même et vinrent au contact les uns des autres, de façon à former un cercle incantatoire autour de la cloche de verre. L'atmosphère était singulièrement oppressante et il semblait que chacun pouvait entendre les battements de cœur de ses plus proches voisins.

Puis, dans le silence, la voix de Paul Oblanoff se mit à résonner. Une voix très basse, comme venue d'outre-tombe :

— Blanche, êtes-vous là ?... Nous sommes réunis cette nuit pour vous... Votre père se languit depuis que vous vous en êtes allée... Blanche, si vous m'entendez, venez jusqu'à nous...

Plusieurs minutes s'écoulèrent sans manifestation particulière. Avec un calme olympien, Oblanoff renouvela son invitation :

— Blanche, ayez pitié de l'âme en peine de votre pauvre père... Accordez-lui de vous revoir dans toute la radieuse beauté de votre jeunesse désormais éternelle...

Cette fois, l'appel ne demeura pas sans réponse. Dans les secondes qui suivirent, la surface du disque argenté commença à se troubler.

— Regardez ! chuchota la baronne de Launay. C'est… c'est extraordinaire. On dirait qu'une image est en train se former.

Tous écarquillèrent les yeux et furent forcés de se rendre à l'évidence. Peu à peu, le métal poli donnait l'impression de s'embuer. Puis des contours émergèrent du néant. Une forme ovale commença à se dessiner. Bientôt, le visage souriant d'une jeune fille, auréolé de boucles claires, apparut nettement devant les yeux médusés de l'assistance. Il ne s'agissait pas d'une simple esquisse, ni même d'un portrait d'artiste. C'était un visage ayant toutes les apparences de la réalité, aussi précis et fidèle qu'un reflet dans une glace. N'y manquait que la couleur de la vie, car ce visage semblait comme formé de cendres grises.

Ferdinand d'Orval rompit le cercle et porta la main à sa poitrine. Une sorte de râle monta de sa gorge pour expirer en quelques mots larmoyants :

— Blanche ! C'est elle ! C'est vraiment elle !

Isidore, quant à lui, se sentait oppressé comme jamais. S'efforçant de ne pas céder à l'émotion et de conserver toute sa lucidité, il n'avait quitté des yeux la plaque d'argent que pour observer l'attitude et les mouvements de Paul Oblanoff. Il était donc certain que ce dernier n'avait à aucun moment touché la cloche de verre ou introduit quelque chose dessous à partir du moment où il avait commencé son invocation. Si insensé que cela paraisse, il fallait bien admettre que l'image était apparue d'elle-même sur la surface lisse, comme attirée hors du néant. Pouvait-il s'agir d'une mystification ? Si c'était le cas, le policier était absolument incapable d'expliquer comment ce diable d'homme s'y était pris pour tromper son monde.

Mais Isidore n'était pas encore parvenu au bout de ses surprises. Bouleversé d'avoir retrouvé le visage intact de son enfant, Ferdinand d'Orval s'était levé, avait soulevé la cloche et recueilli le disque de métal dans le creux de ses mains. À présent, il s'approchait en titubant du foyer, tombait à genoux et exposait l'objet à la lumière des flammes pour mieux détailler la mystérieuse apparition.

Un murmure entrecoupé de sanglots s'échappa alors de ses lèvres :

— Oui, c'est toi. C'est bien toi, ma petite, ma Blanche…

Pendant ce temps, Mélanie s'était rapprochée de Paul Oblanoff. Sur son visage transparaissaient de l'effarement mais aussi une colère difficilement contenue.

— Qu'est-ce que vous avez fait ? gronda-t-elle, les mâchoires et les poings serrés. Comment vous y êtes-vous pris ?

Isidore se dit qu'il valait mieux s'interposer avant que les choses ne dégénèrent, mais les époux Launay ne lui en laissèrent pas le temps. Sans comprendre ce qui était réellement en train de se jouer devant eux, ils rejoignirent leur amie pour ajouter leurs propres louanges à ce qu'ils pensaient être l'expression de sa reconnaissance émue à l'égard du fabuleux médium. Ce dernier affichait d'ailleurs un tel air de triomphe qu'Isidore redouta un instant de voir la douce Mélanie se muer en tigresse pour lui lacérer le visage de ses ongles. Mais un filet de voix exprimant toute la détresse du monde leur fit à tous les cinq tourner la tête en direction de l'âtre :

— Mais que se passe-t-il ? Paul… Paul, je vous en prie, faites quelque chose ! Elle s'en va… Blanche… Elle est en train de disparaître !

Toujours agenouillé devant la cheminée, Ferdinand d'Orval tournait vers eux un regard désespéré, tandis que sa main leur tendait le disque de métal redevenu vierge de toute image.

13

Où il est vérifié que l'assassin revient toujours sur les lieux de son crime

L'Histoire n'est souvent qu'un éternel recommencement.

Cette phrase prononcée par le voisin d'Aglaé à l'Opéra avait servi de déclic à Valentin Verne. Elle avait fait écho aux ultimes lignes de la lettre du Vicaire découverte dans la malle de la Tocasse. Ces phrases alambiquées où le monstre semblait mettre en doute ses capacités à résoudre des énigmes cachées et rappelait, de façon un peu artificielle, le dicton selon lequel les cordonniers seraient les plus mal chaussés. L'inspecteur avait fait alors le rapprochement avec la dernière adresse connue du criminel, cette échoppe abandonnée d'un fabricant de chaussures, dans le quartier Saint-Merri. En investissant ce refuge à l'automne précédent[1], Valentin avait cru mettre enfin la main sur son ancien tortionnaire. Était-il possible que l'Histoire se mette à balbutier et que ce soit là-bas que le Vicaire

1. Voir, du même auteur, *Le Bureau des affaires occultes*.

ait choisi de l'attirer ? Mettait-il un point d'honneur à l'affronter et à le vaincre là où Valentin lui-même avait cru naguère le piéger ?

Plus il y réfléchissait, plus le jeune policier s'était convaincu que la chose était possible. Ce genre de raisonnement correspondait trop bien à l'esprit pervers de son vieil adversaire. En même temps, il se disait que l'autre avait pu aussi tout simplement réinvestir les lieux. Il avait dû estimer que personne ne viendrait le chercher dans cette ancienne cachette dont il savait que le secret était éventé. Cela aussi lui ressemblait assez. Car l'homme n'était pas seulement un prédateur sans pitié, c'était aussi un être rusé et intelligent… Diaboliquement intelligent.

Voilà pourquoi, ce mercredi-là, après avoir écrit à Vidocq pour lui demander de se renseigner au sujet d'un certain Pierre Ouvrard, artiste ambulant de son état, Valentin avait quitté son domicile à peu près à l'heure où Isidore arrivait au domaine de la Hêtraie. Après un rapide trajet en fiacre, il pénétrait dans le cloaque de Saint-Merri.

De jour, l'endroit était à peine moins sinistre que la nuit. Il se présentait comme un enchevêtrement de venelles sales et puantes où s'entassaient des taudis infâmes. Une bonne partie de ce que Paris comptait d'indigents ou de réprouvés hantait ce vieux quartier moyenâgeux. Quelques artisans y avaient encore leur atelier, mais celui-ci leur permettait tout juste de subsister dans des conditions proches de la misère. Les autres habitants vivaient de mendicité, de rapine, ou bien se voyaient contraints de vendre, pour quelques sous, le seul bien qui leur restait, à savoir leur pauvre corps amaigri.

Contrairement à sa précédente incursion dans cet endroit oublié de Dieu et des gouvernants, Valentin n'avait pas pris la peine de se déguiser. Peu lui importait de passer inaperçu. De toute façon, le Vicaire s'attendait à le voir débarquer puisqu'il l'avait lui-même aiguillé sur cette piste. Il ne servait donc à rien de finasser. Il fallait juste frapper vite et fort.

Dès ses premiers pas dans le labyrinthe malodorant, Valentin comprit que sa présence dérangeait un ordre établi, qu'elle était considérée comme indésirable par la plupart de ceux qu'il croisait. Sur son passage, les conversations s'interrompaient, les regards se détournaient ou, au contraire, le suivaient avec une hostilité évidente. Son allure soignée, ses vêtements en provenance des meilleurs faiseurs de la capitale le désignaient comme un bourgeois qui se serait fourvoyé dans les bas-fonds. Même les filles embusquées dans les entrées des immeubles rabaissaient leurs jupons et rajustaient leur corsage à son approche. Leur instinct d'harponneuses leur soufflait tout bas que cette proie était hors d'atteinte, que leurs pauvres appâts vérolés échoueraient à susciter le moindre désir chez ce dandy à la beauté presque irréelle.

Seuls certains gamins interrompaient leurs jeux en l'apercevant et le suivaient sur quelques dizaines de mètres. La morve au nez, les yeux chassieux, ils cherchaient à l'apitoyer et à lui soutirer quelques sous. Les plus hardis se risquaient à lui proposer les faveurs, qui d'une sœur, qui d'une bonne copine, soi-disant encore intacte. Valentin que la détresse de l'enfance maltraitée ne laissait jamais indifférent devait prendre sur lui pour ne pas délier à leur profit les cordons de sa bourse. Mais il savait que s'il leur abandonnait quelques pièces, il ne tarderait pas à être escorté par une horde de quémandeurs. Devant son apparente sécheresse de cœur, les mômes finissaient par se lasser et le laissaient aller, non sans lui avoir lancé auparavant une bordée d'injures à faire rougir un soldat en campagne.

Au bout d'un quart d'heure de marche, il atteignit des boyaux encore plus pouilleux. Croûtées de terre, des poules faméliques y picoraient la boue séchée et disputaient aux chiens errants la moindre petite épluchure. Tout alentour était couvert de crasse. Une maison sur deux paraissait à l'abandon, rongée par la lèpre du temps qui dégondait les volets, brisait les vitres et arrachait par plaques le torchis des murs. Quant aux habitants, ils demeuraient à présent invisibles, comme si la gueule d'ombre des entrées de bâtiments les avait tous engloutis et patiemment digérés.

Valentin venait de bifurquer dans un étroit goulet entre deux immeubles, dont la pénombre était encore renforcée par les guenilles en train de sécher sur des dizaines de cordes à linge pendues au-dessus de sa tête. Le sol non pavé était spongieux, car les rayons du soleil ne devaient jamais parvenir jusque-là. Des planches à demi pourries évitaient de ruiner ses chaussures en pataugeant dans une boue marronnasse qui puait la vase.

« Le parfait coupe-gorge ! » songea le policier en jouant les équilibristes sur la passerelle improvisée.

Comme pour valider son jugement, un coup de sifflet

s'éleva au bout de l'étroit passage. Deux notes modulées lui répondirent dans le dos de Valentin. Dans la seconde qui suivit, une silhouette inquiétante vint barrer la route de l'inspecteur. Un grand type en chemise, les muscles de ses épaules et de ses bras saillant sous le fin tissu. La trogne de travers et ravagée par la petite vérole. Valentin jeta un rapide coup d'œil en arrière. Le même genre de malfaisant avançait pesamment dans sa direction, lui coupant toute possibilité de retraite. Un objet métallique lançait des éclats lumineux à son poing, probablement une lame de couteau.

Sans se départir de son calme, d'un geste volontairement décomposé, Valentin écarta les pans de son habit pour laisser voir la paire de pistolets de gendarmerie glissée dans sa ceinture. Un bref grognement de dépit se fit entendre. Puis, dans un parfait ensemble, tels de piètres acteurs rentrant dans la coulisse, les deux scélérats s'éclipsèrent aussi prestement qu'ils étaient apparus.

« En voilà deux qui ont vite compris à qui ils avaient affaire ! Prompts à s'en prendre à un agneau isolé, mais pas complètement fous au point de vouloir jouer deux surins[1] contre deux bons pistolets à silex ! »

Échaudé cependant par cette mauvaise rencontre et peu soucieux de voir d'autres truands appelés en renfort lui tomber sur le râble, le policier ne s'attarda pas. Il pressa l'allure et trouva rapidement l'échoppe de cordonnier qu'il cherchait. L'endroit n'avait pas changé par rapport à l'automne précédent. Une façade

1. Couteaux, en argot.

en décrépitude, des fenêtres et une devanture condamnées par des planches clouées en travers. Pas le moindre signe d'occupation récente.

Résolu à s'en tenir à son plan initial, Valentin ne se donna pas la peine de faire le guet afin de déceler un éventuel traquenard. Il marcha droit en direction de la porte, arracha les planches en faisant levier avec sa canne, puis, saisissant un pistolet dans chaque main, il enfonça le battant aux trois quarts pourri d'un violent coup de pied.

Une odeur suffocante de moisi et de crottes de rat lui sauta au visage lorsqu'il pénétra dans le couloir qui desservait les quatre pièces du rez-de-chaussée. Jambes légèrement fléchies, braquant ses pistolets armés et prêts à faire feu, il marqua une pause pour laisser ses yeux s'acclimater à la pénombre avant d'aller plus avant. Pas le moindre bruit, aucune menace apparente. Sans se poser de questions, mais bien décidé à contrer toute adversité, il se dirigea alors vers une porte sur sa gauche qu'il savait donner sur l'ancien atelier. De là, une trappe permettait d'accéder à une antique cave voûtée où, quatre mois plus tôt, il avait découvert l'une des dernières petites victimes du Vicaire.

Anticipant le malaise habituel qui le saisissait chaque fois qu'il s'enfonçait sous terre, Valentin parvint, cette fois, à en limiter la durée et les effets. Si vraiment la bête immonde lui avait tendu un piège en l'attirant ici, c'était probablement dans cette cave que le danger le guettait. Il descendit donc avec la plus grande circonspection l'escalier qui s'enfonçait dans les entrailles ombreuses de la maison.

En bas des marches, il sentit le rythme de son cœur brusquement accélérer. Dans l'obscurité, un mince filet de lumière découpait le cadre d'une porte.

La cave était éclairée de l'intérieur !

En dépit de la formidable tension qui l'habitait, Valentin savoura sa découverte avec une pointe d'orgueil. Ainsi, il avait vu juste. Le Vicaire était bien revenu sur le lieu de son crime et c'est là qu'il l'attendait pour un ultime affrontement dont l'issue ne pouvait être que fatale pour l'un ou pour l'autre.

En retenant son souffle, le jeune homme chercha à faire le vide dans son cerveau, à repousser toutes les émotions qui menaçaient de le submerger à l'instant de défier son ancien bourreau. Puis il actionna la clenche et repoussa doucement le battant avec son pied.

Les gonds rouillés laissèrent entendre une horrible plainte, mais ce fut tout.

Il n'y avait personne dans la cave. Ou plutôt si ! Il y avait bien quelqu'un, mais ce n'était pas le Vicaire !

Sur une litière accolée au mur du fond, éclairée par une lampe-tempête posée à même le sol de terre battue, une silhouette d'enfant était allongée. On ne voyait pas son visage, qui était tourné du côté de la paroi maçonnée. Juste une tignasse blonde qui émergeait d'une veste méchamment rapiécée.

Après s'être assuré que personne ne se dissimulait dans les recoins de la cave, Valentin s'approcha du bat-flanc et, posant sa main sur l'épaule du gamin, il le secoua doucement. À sa grande surprise, le corps étonnamment léger bascula sur le dos et la tête – qui n'était rien d'autre qu'une grosse courge surmontée d'une méchante perruque – s'en détacha pour rouler sur le sol.

Un billet était épinglé sur la poitrine du mannequin. Valentin s'en saisit d'une main fiévreuse et se rapprocha de la lampe pour déchiffrer l'écriture qu'il avait reconnue au premier coup d'œil.

Mon cher enfant,

J'imagine quelle surprise a été la tienne quand tu as compris l'endroit que je te suggérais de rejoindre dans ma dernière lettre. Mais comment imaginer meilleur refuge qu'une cachette déjà découverte et fouillée de fond en comble ? Je me suis réinstallé dans les lieux trois jours après ton passage, en novembre dernier, et j'y ai vécu en toute sécurité jusqu'à ces derniers jours. Je ne sortais qu'à la nuit tombée, histoire de ne pas attirer l'attention du voisinage comme la fois précédente.

Tu dois te demander à quoi riment ce jeu de piste et la présence ici de ce mannequin grossier. Il est temps sans doute que je te donne quelques explications. Peux-tu au préalable concevoir la douleur que m'a causée ta perte, il y a près de douze ans ? Sais-tu quelle existence a été la mienne depuis ? Traqué sans relâche par un ennemi d'abord inconnu, ne pouvant plus compter sur aucun appui, même parmi la faune des crapules, je suis devenu l'ombre de l'homme que j'avais été. Un paria, une bête aux abois. Mais ce temps-là est à jamais révolu.

Aujourd'hui, le moment est venu de régler nos comptes. Je veux prendre tout mon temps, savourer chaque parcelle des souffrances que je m'apprête à t'infliger. J'ai évoqué un jeu spécialement conçu à ton intention. Eh bien, c'est seulement quand tu auras achevé la lecture de cette lettre que la partie va s'engager. Toi qui as voulu me fuir, tu devras parcourir tout un périple pour gagner le droit de te retrouver à nouveau face à moi. Et, crois-moi, je ne me contenterai plus désormais de laisser derrière moi un fantoche bourré de paille. Comme le Petit Poucet du conte, je sèmerai de précieux cailloux et je ferai en sorte que tu les découvres quand le moment sera venu.

Ne m'en fais pas grief mais, à ce stade, il m'est difficile de t'en dire davantage. Je ne veux pas te gâcher la surprise. Sache simplement que ta route sera un long chemin de douleur et de larmes. Car il faut bien que tu expies ta fuite – ta faute, devrais-je plutôt écrire – et tout le chagrin qui m'est venu de toi. Oui, de toi, alors que moi, je n'ai jamais fait que te témoigner toute la profondeur de mon Amour…

Je t'embrasse là où je sais que tu préfères, mon adoré.

Le Vicaire

P.-S. : Réfléchis et ne commets pas d'impair. Ainsi, tu obtiendras la clé de RYAJUBICEF : YFTOBYNF FN JYYCFYF JB LCFB DB PYFMCFY YFGJYD.

Les derniers mots à peine lus, un spasme violent tordit Valentin en deux. Pris d'une soudaine nausée, il laissa échapper la feuille, tomba à genoux et se mit à vomir tripes et boyaux.

14

Vrai ou faux spirite ?

Le garçon ne sait pas depuis combien de temps il erre dans le souterrain. Au tout début, il n'a eu qu'une seule obsession en tête : courir. Fuir. S'échapper. Mettre le plus de distance possible entre le monstre et lui. Mais à mesure qu'il s'enfonçait dans les galeries qui se ramifient, l'obscurité s'est épaissie. Il a dû ralentir l'allure. Marcher, même, pour éviter de trébucher ou de se blesser dans le noir.

À présent, il ne sait plus dans quelle direction aller. Il a fini par perdre ses repères et se demande avec angoisse s'il n'est pas tout simplement en train de tourner en rond. Les boyaux forment un immense dédale dont il doute de pouvoir jamais trouver l'issue. Son esprit s'affole dans son crâne, tel un oiseau pris en cage. Son cœur cogne fort contre ses côtes. Il se plie en deux, les mains aux genoux. Haletant. Une sueur malsaine baigne son front et ses aisselles. Il tousse. Cherche à retrouver son souffle. À faire taire cette petite voix lancinante dans son cerveau qui lui répète qu'il n'y arrivera pas. Qu'il ne sert à rien de lutter. Que son bourreau est beaucoup trop fort pour lui. Qu'il finira tôt ou tard par le retrouver.

Un bruit tout à coup derrière lui !

Comme un piétinement d'insecte aux pattes multiples. Mais un piétinement formidable, amplifié par l'écho des galeries. La peur au ventre, le garçon prend de nouveau ses jambes à son cou. Les bras en avant, dans l'espoir insensé d'éviter les pièges tendus dans les ténèbres.

Peine perdue !

Au bout de quelques mètres, il se heurte à une sorte de filet gluant. Impossible de s'en dépêtrer. Plus il cherche à se dégager, plus les mailles se resserrent, emprisonnant ses poignets et ses chevilles. Il s'épuise à se débattre ainsi sans succès. Très vite, il se retrouve à bout de forces.

À l'instant où il renonce à lutter, une étrange phosphorescence se manifeste. Une lueur diffuse, de couleur verte, semble émaner des parois humides. Le fuyard observe avec appréhension le phénomène qui gagne en intensité. Il y voit désormais assez pour se rendre compte qu'il est prisonnier d'une immense toile qui barre toute la largeur du goulet. Sur sa gauche, une masse blanchâtre et soyeuse est retenue en suspension, comme lui. Une fois qu'il l'a aperçue, le garçon ne la quitte plus des yeux. Comme si c'était d'elle que pouvait venir la délivrance. À force, il finit par l'identifier. Il s'agit d'un cocon. Un vulgaire cocon. Qu'est-ce que cela signifie ? Dans quel traquenard est-il tombé ?

Tout à coup, à force de tourner ces questions dans sa tête, l'insoutenable vérité s'impose à lui. En un éclair de lucidité, l'enfant saisit enfin toute l'horreur de la situation.

Il se trouve prisonnier au centre d'une monstrueuse toile d'araignée !

Fou de terreur, il se met à hurler et se débat à nouveau avec frénésie. Les vibrations se propagent à toute la toile, gagnent les anfractuosités de la roche. Des profondeurs de l'une d'entre elles émerge peu à peu une mygale gigantesque dont les pattes noires et velues sont aussi grandes que le captif lui-même.

Dès qu'il l'a repérée, l'arachnide se rapproche inexorablement de sa future proie. Il n'en est plus qu'à quelques centimètres quand sa bouche immonde s'ouvre toute grande. C'en est trop pour le malheureux garçon pétrifié d'effroi. Il ferme les yeux pour ne pas voir le monstre fondre sur lui. Mais au lieu de la morsure redoutée, il se sent enveloppé d'une haleine fétide. Une voix caverneuse susurre à son oreille : « Laisse-moi t'embrasser là où je sais que tu préfères, mon adoré. »

Valentin s'éveilla en sursaut. Il écarquilla les yeux et fut tout abasourdi de se retrouver dans sa chambre, rue du Cherche-Midi. Un cauchemar ! Cette affreuse course sous terre et cette araignée répugnante n'étaient – Dieu merci ! – que les fruits d'un méchant songe. Une illusion également, cette voix d'outre-tombe qui reproduisait les mots abjects du Vicaire.

Des coups retentirent à sa porte. La voix nasillarde d'Eugénie leur fit écho :

— Tout va-t-il bien, monsieur ? Je vous ai entendu appeler.

— Un instant, Eugénie, j'arrive.

Valentin se leva, plongea son visage dans la cuvette d'eau claire qu'il gardait en permanence près de son lit et se frictionna vigoureusement le visage. Quand il fut certain d'avoir recouvré ses esprits, il enfila un vêtement d'intérieur en soie de Chine et alla ouvrir à sa domestique.

La brave Eugénie se tenait sur le seuil. Dissimulant mal son inquiétude derrière son double menton et un sourire pas vraiment rassuré.

— Je m'inquiétais pour vous, monsieur. À vous entendre crier, on aurait dit que vous veniez de voir le diable en personne.

— Ce n'est rien du tout, la tranquillisa le jeune homme. Un mauvais rêve. Dites-moi, Eugénie, ce fameux lait de poule dont vous avez le secret…

— Monsieur désire-t-il que je lui en prépare une tasse ?

— Ce n'est pas de refus, mais vous pouvez oublier le lait, le jaune d'œuf et la cannelle. Le rhum de votre cousin suffira. Je crois avoir besoin d'un fameux remontant.

Deux heures plus tard, rue de Jérusalem, tandis qu'il écoutait Isidore entamer la narration de son aventure chez les d'Orval, l'inspecteur se ressentait encore de sa nuit mouvementée et demeurait sous le coup des émotions intenses que la dernière missive du Vicaire avait suscitées en lui. Néanmoins, plus son adjoint avançait dans son rapport, plus il se montrait réceptif, jusqu'à être littéralement captivé par le récit de la mystérieuse apparition de Blanche.

À la fin du compte rendu, il se frotta le menton d'un air dubitatif.

— Et tu prétends qu'Oblanoff n'a pu se livrer à aucune manipulation ? Un tour de passe-passe, par exemple. N'y a-t-il pas eu un instant où il aurait pu détourner votre attention à tous pour substituer la plaque par une autre ?

— Impossible. Je ne l'ai pas quitté des yeux durant toute l'opération. La cloche de verre empêchait d'ailleurs tout subterfuge de ce genre. Et puis vous oubliez que j'ai vu, de mes yeux vu, l'image apparaître progressivement sur le métal.

— Sans compter que cela n'expliquerait pas comment le visage de Blanche a pu disparaître aussi spontanément qu'il était apparu, ajouta pensivement Valentin. D'autant que la chose s'est produite alors que la plaque d'argent était dans les mains de Ferdinand d'Orval.

Isidore écarta les bras dans un geste d'impuissance.

— Vous voyez bien ! J'espérais que quelque chose m'avait échappé et que vous pourriez mettre le doigt dessus.

— Pour le moment, en tout cas, je ne vois pas.

— Depuis hier, je ne cesse de me repasser la scène dans la tête. Et j'en arrive toujours à la même conclusion : aucune explication logique ou naturelle ne permet de comprendre ce qui est arrivé dans le salon des d'Orval. Reconnaissez que c'est plutôt perturbant.

— Ne me dis pas que tu en viens à croire aux pouvoirs surnaturels de ce soi-disant médium ?

— C'est-à-dire que… Non, évidemment non…, bafouilla le rouquin d'un air peu convaincu. Je me dis juste que tout cela est quand même assez troublant. S'il n'y avait eu que cette apparition, passe encore ! Mais on ne peut omettre tout à fait les messages transmis par l'intermédiaire de la table, l'autre semaine…

— Je croyais t'en avoir déjà fourni une explication plutôt convaincante. D'ailleurs, ne viens-tu pas toi-même de me confirmer qu'Oblanoff porte bien une grosse chevalière à sa main gauche ?

— C'est exact. J'admets que la bague est effectivement telle que vous l'imaginiez. Mais cela n'est en rien déterminant. Durant mon séjour, je me suis arrangé pour examiner la table du salon dans le moindre détail. Je peux vous assurer que sa surface est absolument intacte. Aucune vis n'a pu y être fixée. Dès lors, chevalière ou pas, votre théorie semble bel et bien battue en brèche.

Valentin plissa le front mais ne fit aucun commentaire. Il sembla s'absorber un temps dans ses pensées. Pour la première fois depuis qu'il le connaissait, Isidore eut la nette impression que son supérieur était confronté à un problème qui le dépassait. Il se sentait presque gêné pour lui et, respectant son silence recueilli, n'osait ni l'interroger ni prendre congé.

L'inspecteur avait pris le temps d'allumer un mince cigare et d'en tirer de profondes bouffées. Ce fut donc à travers un épais nuage odorant que sa voix inquiète vint tirer Isidore de son embarras.

— Et Mélanie d'Orval, comment a-t-elle réagi à cette nouvelle péripétie ?

— Très mal. Sur le coup, j'ai bien cru qu'elle allait se jeter à la gorge d'Oblanoff. Mais le désarroi de son époux au moment où le visage de Blanche s'est évaporé l'a fort heureusement distraite de son courroux.

— Tant mieux ! Vois-tu, j'ai le sentiment qu'un drame couve chez les d'Orval. Si nous ne parvenons pas à démontrer rapidement qu'Oblanoff est un vulgaire imposteur, je crains que le pire ne finisse par advenir.

Sur cette sombre prédiction, Valentin laissa son adjoint regagner son bureau. Demeuré seul, il tenta de se représenter mentalement la scène de l'apparition telle qu'Isidore venait de la lui décrire. Qui sait si un détail n'allait pas finir par attirer son attention ? Cependant, au bout de quelques minutes, il fut contraint de renoncer. Les menaces du Vicaire l'empêchaient de se concentrer. Comme un bourdon entêté qui ne cesse de se heurter à une vitre, son esprit revenait constamment au défi sinistre que son ennemi venait de lui lancer.

N'y tenant plus, il sortit de sa poche la dernière lettre de celui-ci et la relut pour la énième fois depuis la veille. Qu'avait voulu dire le Vicaire en parlant de cailloux semés derrière lui à son intention ? Et que signifiait cet obscur post-scriptum ? *Réfléchis et ne commets pas d'impair. Ainsi, tu obtiendras la clé de RYAJUBICEF : YFTOBYNF FN JYYCFYF JB LCFB DB PYFMCFY YFGJYD.* Cela avait tout l'air d'un message codé. Mais comment le décrypter ? À tout hasard, il saisit une plume et une feuille et se livra à quelques tentatives de déchiffrement. N'étant pas un spécialiste en la matière, il se limita à des solutions élémentaires. Décalage des lettres dans l'alphabet, substitution d'une lettre par une autre. Rien ne fonctionnait.

Cela faisait une bonne heure déjà qu'il s'escrimait en vain, l'affaire d'Orval étant complètement passée à l'arrière-plan de ses pensées, lorsque des coups vigoureux assénés à sa porte l'arrachèrent à ses laborieux tâtonnements.

Sur son invitation, le battant s'ouvrit largement et laissa le passage à un imposant personnage d'une cinquantaine d'années. D'aspect massif, le nouveau venu arborait une tignasse blonde et bouclée, de magnifiques favoris, ainsi qu'un faciès volontaire marqué par des yeux malicieux et un nez un peu fort. Une cicatrice virile marquait sa lèvre supérieure et un anneau d'or ornait l'une de ses oreilles percées.

— Eugène-François ! s'exclama Valentin en se levant, un sourire aux lèvres, pour l'accueillir. Vous ici ? Voilà qui n'est pas banal ! Ce n'est pas dans vos habitudes !

Sans y avoir été convié, l'homme à l'anneau d'or abandonna son chapeau et son carrick au portemanteau. Puis il fit quelques pas dans la pièce en promenant un regard mi-intrigué mi-amusé sur ce qui l'entourait. Il arborait l'assurance tranquille de celui qui se trouve partout chez lui et qui n'est guère enclin à faire des manières. « Fruste comme un ours, rusé comme un renard et féroce comme un loup », ne put s'empêcher de songer Valentin en le regardant faire.

— Foi de Vidocq, dit le visiteur en s'installant dans le siège en face du bureau et en étendant ses jambes pour prendre ses aises, je m'étais promis de ne point remettre les pieds dans cette maison depuis qu'on m'a gentiment prié d'en prendre la porte en 1827[1]. Mais le bureau des affaires occultes... Ma curiosité était trop vive. Je brûlais de voir ce qui se cachait derrière une appellation aussi singulière.

Il parcourut la pièce d'un nouveau regard circulaire, s'attardant sur le vasistas moussu d'où coulait une lumière verdâtre.

— Félicitations pour votre promotion. Cependant si le titre est ronflant, je dois dire qu'on ne vous a pas gâté côté installation. J'ai connu des lieux autrement plus plaisants.

— Pour vivre heureux, vivons cachés. Il ne me déplaît pas d'être relégué dans les combles de la préfecture. Cela évite de faire des envieux et dissuade les curieux ou les solliciteurs. À ce propos, vous connaissant comme je vous connais, cela m'étonnerait que vous vous soyez déplacé jusqu'ici pour une simple visite de courtoisie ou pour satisfaire votre curiosité. Qu'est-ce qui vous amène exactement ?

— Vous en avez de bonnes ! s'exclama l'ancien chef de la Sûreté en se claquant les cuisses des deux mains. Auriez-vous déjà oublié le billet que vous m'avez fait tenir hier ? Vous désiriez que je me renseigne au sujet d'un saltimbanque dénommé Pierre Ouvrard. Vrai ou pas ?

Valentin ouvrit des yeux étonnés.

---

1. Si Vidocq démissionna officiellement de ses fonctions de chef de la Sûreté cette année-là, ce départ fut rien moins que volontaire. Il s'agissait plutôt d'une mise à l'écart orchestrée par sa hiérarchie.

— Ne me dites pas que vous avez déjà glané des informations à son sujet ! J'ai beau savoir que vous êtes le génie de la police incarné, que vous tenez dans votre main le monde des arsouilles et des faiseurs, la chasse au renseignement est une activité qui demande du temps. Je n'attendais pas de vos nouvelles avant deux ou trois jours, à tout le moins…

— Hé, mon bon ! C'est que, malgré toutes vos flatteries, vous me mésestimez ! s'esclaffa Vidocq. Allons ! Je vous accorde que sur ce coup-là j'ai eu de la chance. Je n'ai pas eu à chercher bien loin. Comme vous le savez, en quittant la Sûreté, j'ai jugé bon de conserver mes petites notes personnelles.

L'inspecteur acquiesça d'un hochement de tête. D'après les rumeurs qui couraient la préfecture de police, en fait de petites notes, Vidocq avait emporté trois pleines malles d'archives lorsqu'il avait quitté ses fonctions. Une mine d'informations qu'il avait patiemment recueillies depuis l'Empire et qui lui permettaient de connaître une bonne moitié des secrets les mieux gardés de la capitale. Ceux des alcôves et ceux des cabinets ministériels.

— Par acquit de conscience, continua son interlocuteur, j'ai consulté mes fiches. Il se trouve que l'une d'elles était établie au nom de cet Ouvrard, Pierre.

— Peut-on en connaître le contenu ?

— Dame ! Vous savez bien que je ne peux rien vous refuser. Mais auparavant, je me laisserais bien tenter par l'un de ces cigares que j'aperçois dans ce coffret. Je sais qu'en la matière vos goûts sont d'une exquise délicatesse.

C'était plus fort que lui ! Même quand il vous faisait une fleur, ce diable d'homme devait avoir l'impression que c'était du donnant-donnant. Valentin se souvint d'une autre anecdote qui s'échangeait à son sujet au sein de la brigade de Sûreté. Certains de ses plus anciens membres prétendaient qu'un phrénologue qui ne connaissait pas Vidocq avait été amené à étudier son crâne au cours d'une soirée mondaine. Cet éminent spécialiste avait déclaré qu'il y avait dans le sujet examiné trois êtres distincts en un seul : un lion, un diplomate et une sœur de charité. Dans les jours qui avaient suivi, l'histoire s'était répandue dans tout Paris et l'étiquette avait longtemps collé à la peau du personnage[1].

Saisissant une pleine poignée de cigares, Valentin en fit offrande à Vidocq, puis joignit ses mains en un simulacre de prière.

— Maintenant, parlez ! Je n'ai pas le temps de tout vous expliquer en détail, mais l'affaire peut se révéler cruciale pour la survie de ce service.

En quelques mots, l'ancien policier expliqua que Pierre Ouvrard s'était taillé une petite réputation dans le milieu du spectacle comme artiste de tréteaux avec un numéro de divination particulièrement bien fignolé. Durant quelques années, il avait parcouru les foires en Touraine et en Anjou et même réussi à se faire engager par certains théâtres de province. Mais ce n'étaient pas ses prouesses sur les planches qui lui avaient valu les honneurs des « archives » de Vidocq. Sept ans plus tôt,

1. L'anecdote serait rapportée comme authentique par plusieurs auteurs.

l'homme s'était fait serrer par la brigade de sûreté pour ses talents de ramastiqueur.

— Ramastiqueur ? s'étonna Valentin. Qu'est-ce donc que cela ?

— Une sorte d'escroc qui travaille en tandem dans la rue. Là combine est toute simple, mais elle a fait ses preuves… Sous un prétexte quelconque, on aborde un quidam dont la mise laisse supposer une certaine aisance. On sympathise et on prend la direction du plus proche cabaret. En chemin, le comparse qui marche en avant laisse tomber une boîte que la victime ne peut que remarquer. « Part à deux ! » s'exclame aussitôt le ramastiqueur. On ouvre la boîte et on y découvre une bague ou une épingle avec une facture portant un joli montant. Le fripon fait observer qu'il serait risqué de chercher à revendre trop vite l'objet dont la disparition ne manquera pas d'être signalée. Il propose de la laisser en dépôt à sa victime en échange de quelques centaines de francs et de son adresse. Trop heureux de l'aubaine, la dupe qui compte bien faire son entier profit de la revente lâche la somme demandée et une fausse adresse. Il ne déchantera que lorsqu'il fera estimer « l'heureuse trouvaille » par un joaillier et découvrira que le bijou vaut tout au plus dix ou quinze francs… Votre Ouvrard était passé maître en cette filouterie[1]. Mais il faut croire que son arrestation l'a quelque peu refroidi. Sa peine de deux ans purgée, on n'a plus jamais entendu parler de lui.

---

1. Le ramastiqueur fait partie de la galerie d'escrocs présentée par Vidocq lui-même dans son ouvrage intitulé *Les Voleurs*.

Valentin fit la moue.

— Je ne crois pas que notre homme se soit retiré des affaires. Quelque chose me dit même qu'il a refait surface récemment et que son numéro est désormais beaucoup plus perfectionné.

15

La rafle

Le lendemain, il faisait étonnamment bon. Un soleil quasi printanier incitait à l'insouciance et à la flânerie. Place du Trône, le temps semblait comme suspendu et les habitants offraient au regard le tableau d'une quiétude presque provinciale. Des gamins jouaient à la pigoche[1] ou aux quilles au milieu de badauds qui s'attardaient à écouter les boniments des vendeurs ambulants. Devant les cafés ou les marchands de vin, des hommes s'esclaffaient, parlaient haut et lorgnaient tout ce qui portait jupon, allant jusqu'à siffler les promeneuses les plus mignonnes. Un parfum de camélia et de jacinthe flottait dans l'air et tranchait agréablement sur l'habituelle odeur de crottin qui émanait des pavés disjoints.

Arpentant dans les deux sens la rue du Faubourg-Saint-Antoine sur la centaine de toises allant de la place au croisement de la rue de Picpus, Aglaé Marceau profitait à plein de cette matinée ensoleillée et se disait qu'il

1. Jeu d'adresse pratiqué par les enfants avec des pièces de monnaie.

suffisait parfois de bien peu de chose pour égayer la vie de tous les jours. Avec Marie-Reine Guindorf, son amie lingère qui comptait comme elle parmi les plus ferventes admiratrices de Claire Démar, elles accostaient les passantes et leur proposaient des tracts en faveur de la cause féministe. Ces derniers reprenaient les principales revendications de l'égérie des saint-simoniens : accès des filles au même enseignement que les garçons, révision du Code civil pour établir l'égalité entre époux, amélioration du sort des ouvrières. Le but était de rameuter le plus de monde possible pour assister à une conférence sur l'émancipation des femmes que Claire devait donner le lendemain, samedi, dans un atelier de confection prêté pour l'occasion par un proche du mouvement. Il fallait mobiliser de potentielles sympathisantes de toutes conditions afin que le combat gagne, peu à peu, toutes les couches de la société.

Cependant, malgré l'enthousiasme et la force de conviction du duo, le pari était loin d'être gagné. Entre les bourgeoises qui leur opposaient des regards indifférents ou réprobateurs et les petites domestiques qui n'osaient toucher la feuille qu'on leur tendait de peur de s'y brûler les doigts, Aglaé et Marie-Reine se heurtaient à dix refus pour une seule acceptation. Aussi cette distribution aurait-elle pu s'apparenter à une corvée décevante. Mais il faisait si doux ce matin-là et la joie de vivre de Marie-Reine était à ce point communicative qu'Aglaé se contentait de savourer le moment présent qui reléguait au second plan toutes ses préoccupations. Pourtant, ces derniers temps, l'inquiétude qu'avait suscitée en elle l'annonce par Valentin du retour du Vicaire n'avait fait que croître. Ceci d'autant plus que celui pour qui elle nourrissait un tendre sentiment semblait lui aussi s'assombrir chaque jour davantage. Mardi soir, à l'Opéra, Aglaé avait bien senti que son compagnon était absent, presque distant, et que sa mine sombre trahissait quelque profonde rumination. Bien que l'envie l'ait taraudée durant tout le spectacle, elle n'avait pas osé l'interroger pour savoir ce qui le perturbait à ce point et elle était revenue de cette sortie ratée à la fois triste et désappointée.

Mais pour l'heure, la bonne humeur de la jeune lingère lui permettait d'oublier tous ses soucis. En Marie-Reine, elle reconnaissait une petite sœur d'adoption, encore plus effrontée et indépendante qu'elle-même. La voir évoluer avec légèreté sur le boulevard, sautillant d'une femme à l'autre, lançant des pieds de nez aux beaux parleurs qui tentaient de la retenir ou de lui dérober un baiser, lui faisait un bien fou. Avec ses boucles indociles dansant dans son dos, la blondeur de son teint et ses traits juvéniles, Marie-Reine était à l'image de ce soleil printanier qui semblait les pousser toutes deux au creux des reins. Ardente et joyeuse, espiègle et complice. À ses côtés, il était facile de se laisser aller à toutes les espérances, d'oser croire pouvoir bousculer un jour servitudes et préjugés. Ce n'étaient pas seulement des combattantes comme Claire Démar, mais aussi des cœurs généreux comme Marie-Reine qui finiraient par ouvrir les yeux de leurs contemporains et parviendraient à offrir aux femmes un avenir meilleur qu'une société patriarcale, forgée depuis des siècles, refusait jusqu'ici à la plupart d'entre elles.

— À quoi songes-tu ? demanda Marie-Reine en se

retournant vers son amie qu'elle devançait à présent de quelques pas. Si tu lambines, le nez au vent, on peut se frotter pour achever de distribuer tous nos tracts avant midi !

Ce n'était pas un vrai reproche. Juste de l'ironie et de la gouaille. Aglaé s'ébroua et rejoignit sa partenaire qu'elle enlaça par la taille.

— Toi, tu es pressée d'aller retrouver un galant ! Je me trompe ?

Marie-Reine tordit sa frimousse en une moue adorable. Puis elle ébouriffa son opulente chevelure et la fit gonfler avec un art consommé de la séduction qui tranchait avec son jeune âge.

— Comment as-tu deviné ? minauda-t-elle. J'ai rencontré quelqu'un. Il y a trois jours. Un beau brun avec un regard de biche, de grands cils et un sourire à décrocher la lune. On s'est croisés dans une guinguette, *Le Moulin janséniste*, à la barrière du Maine. De fait, on s'est tout de suite plu. Et puis, de contredanses en galops endiablés, on ne s'est pas lâchés de toute la soirée.

— Et que fait-il dans la vie, ce danseur infatigable ?

— Il occupe un poste de commis aux écritures chez Herbault, le fourreur le plus en vue de Paris.

Aglaé donna un coup de coude à sa compagne et se gaussa gentiment :

— Mazette ! Tu fréquentes le haut du panier, dis donc !

— Tu peux bien te moquer, va ! Tout le monde n'a pas la chance de pouvoir sortir au bras d'un rupin aussi beau qu'une gravure de mode.

— Si tu veux parler de Valentin, répliqua Aglaé, piquée au vif, c'est juste un bon camarade. Nous n'avons jamais ne serait-ce qu'échangé un baiser. D'ailleurs, tel que je le connais, l'idée n'a même pas dû lui effleurer l'esprit.

— Alors que toi, tu en meurs d'envie ! compléta Marie-Reine avec un sourire entendu.

Aglaé leva les yeux au ciel.

— Comment peux-tu dire ça ? s'insurgea-t-elle. Si nous prétendons mettre à bas les représentations éculées, il faut commencer par admettre qu'un homme et une femme peuvent s'apprécier et passer du temps ensemble sans avoir nécessairement le désir de se retrouver couchés sous les mêmes draps.

Marie-Reine éclata d'un rire spontané.

— Voyons, Aglaé ! Ça se voit comme le nez au milieu de la figure que tu es amoureuse de lui ! L'autre jour, à la salle de la rue Taitbout, tu le couvais littéralement des yeux. Et même quand il a cherché à jouer les rabat-joie, tu échouais à lui servir la soupe à la grimace. C'était si évident que Claire elle-même s'en est inquiétée auprès de Désirée et de moi.

À ces mots, la comédienne ouvrit de grands yeux effarés.

— Claire Démar est convaincue que je suis éprise de Valentin ?

— La belle affaire ! conclut Marie-Reine en se dégageant pour brandir de nouveau sa liasse de tracts. Lutter pour la libération de la femme ne veut pas dire rejeter les hommes ou vouloir se faire nonne ! Si ce Valentin te plaît, crois-moi, tu aurais bien tort de te priver !

Aglaé emboîta le pas à la jolie lingère. Leur échange avait quelque peu dissipé la belle sérénité qu'elle affichait auparavant. Cela se voyait-il tant que cela qu'elle était éprise de son Valentin ? Mais alors pourquoi était-il le seul à ne pas sembler le remarquer ? Était-il indifférent à ce point ? À moins qu'il soit tout bonnement incapable de nouer une relation amoureuse normale…

Vers dix heures, les deux femmes décidèrent de changer de tactique. Dans tous les ateliers des environs s'annonçait le moment de la pause. Les petites mains et les ouvrières allaient s'égailler sur les boulevards et profiter de cette première belle journée de l'année. Pour être certaines d'en toucher le plus grand nombre, Aglaé et Marie-Reine s'étaient postées chacune de part et d'autre de la chaussée, sous les marronniers qui bordaient les abords de la place du Trône. L'endroit était stratégique. Les vendeurs de coco[1] et les marchands ambulants s'y regroupaient et agissaient comme des aimants sur la gent féminine laborieuse. Dans quelques minutes, la place serait littéralement noire de monde.

En attendant le moment d'entrer en action, Aglaé s'était adossée au tronc d'un arbre et songeait à Valentin, baignée par la lumière dorée qui pleuvait des frondaisons. Un merle siffleur lançait ses vocalises quelque part dans le feuillage. Tombant des toits, le chant enjoué d'un ouvrier couvreur lui faisait écho. À quelques pas, un omnibus de la compagnie des Dames Blanches déversait sa cargaison de passagers : provinciaux en voyage d'agrément, bourgeois affairés et militaires en permission. Les trois chevaux d'attelage, des ardennais liés de front à l'imposante voiture à impériale, piaffaient,

1. Boisson à base de réglisse et de citron additionnés d'eau.

soufflaient avec force par les naseaux et se donnaient mutuellement de légers coups de tête au niveau de l'encolure.

Aglaé les regarda faire un petit moment, frappée par leur puissante musculature et leur nervosité joueuse. L'image d'un triangle amoureux tiraillé par les tensions s'imposa bizarrement à son esprit. Et deux questions se mirent à la tarauder. Quel fantôme ou quel souvenir s'interposait-il entre Valentin et elle ? Parviendrait-elle un jour à l'en délivrer ?

Elle était bien incapable pour l'heure d'apporter une réponse certaine à de telles interrogations. Et parce qu'il était vain de se ronger à ce sujet, elle décida de se secouer et de repartir en campagne. Avisant une bonne d'enfant qui entraînait un gamin muni d'un cerceau vers un vendeur de sucres d'orge, elle chercha à lui couper la route, résolue à ne pas la lâcher tant qu'elle n'aurait pas accepté un de ses tracts.

Elle s'apprêtait à entreprendre la grosse fille rougeaude lorsqu'une main ferme s'abattit sur son épaule. Dans le même temps, une voix sévère l'admonestait :

— Tu ne manques pas de culot, la fille ! Racoler le micheton au milieu des honnêtes gens, on aura décidément tout vu !

Surprise, Aglaé se retourna. Ils étaient deux à la toiser avec un mélange de morgue et d'hostilité. Des jumeaux. Mêmes chapeaux pelucheux, mêmes moustaches en crocs, mêmes redingotes grisâtres. Jusqu'à leur canne-assommoir qu'ils portaient tous deux coincée sous leur coude gauche, ne laissant dépasser que l'imposant pommeau plombé. Des policiers, de toute évidence.

— Vous vous méprenez, dit-elle. Je distribue des placards pour une réunion de femmes qui doit avoir lieu demain, à deux pas d'ici.

— À d'autres ! rétorqua l'un des deux fonctionnaires. Avec nous, ça ne prend pas, ce genre de boniment ! Tu vas devoir nous suivre au dépôt pour qu'on vérifie ton identité.

La jeune femme n'en croyait pas ses oreilles.

— Mais enfin, c'est absurde ! protesta-t-elle en brandissant ses feuilles imprimées. Lisez et vous verrez bien que je ne vous raconte pas d'histoires.

Celui des deux policiers qui n'avait pas encore ouvert la bouche balaya son bras d'un geste violent. Prise au dépourvu, Aglaé laissa échapper ses tracs qui s'éparpillèrent sur la chaussée et s'envolèrent parmi les détritus.

— Qu'est-ce que tu veux qu'on lise ? ironisa-t-il en adressant un clin d'œil complice à son collègue. Tu t'imagines quand même pas qu'on va s'abaisser à farfouiller dans le caniveau !

Aglaé sentait la moutarde lui monter au nez. Mais elle prit sur elle pour ne pas montrer sa colère. Ces deux-là devaient s'ennuyer ferme et avaient décidé de se distraire à ses dépens. Elle ne devait surtout pas entrer dans leur jeu.

— Je vous assure que vous faites erreur, messieurs. Je n'ai rien d'une lorette[1]. Je suis comédienne sur le boulevard du Crime et j'appartiens à la troupe de Mme Saqui. D'ailleurs mon amie pourra vous le confirmer. Elle doit

1. Prostituée, en argot de l'époque.

être quelque part à proximité. Nous étions en train de distribuer des tracts ensemble.

Tout en parlant, Aglaé fouillait des yeux la foule qui encombrait la place, cherchant désespérément à repérer la crinière blonde de Marie-Reine. *Où diable a-t-elle pu passer ? Elle ne devrait pourtant pas être bien loin !* Malheureusement, sa compagne semblait avoir été engloutie par le flot des badauds. Elle demeurait invisible.

Le policier qui avait fait valser les manifestes féministes se racla la gorge et cracha aux pieds de l'actrice. Une vilaine grimace tordit son visage.

— Mon collègue affirme qu'il t'a vue racoler un quidam à la descente de l'omnibus. Oserais-tu le traiter de menteur ?

— Écoutez, répliqua Aglaé, incapable de masquer plus longtemps son agacement, je ne sais pas à quoi riment vos simagrées mais je n'ai pas l'intention de me laisser insulter plus longtemps. Je suis une honnête femme et vous devriez avoir honte de proférer pareilles faussetés à mon encontre ! Si vous ne me laissez pas tranquille, sachez que je me plaindrai à votre supérieur !

Son vis-à-vis se tourna vers le premier homme qui l'avait abordée pour le prendre à témoin :

— Tu entends ça, Léon ? C'est qu'elle nous menacerait ! Décidément, elle se croit tout permis, cette garce-là !

— Tu vas nous suivre gentiment au poste, enchaîna son « jumeau » en exhibant un cabriolet[1]. Et sans faire d'histoires encore ou sinon je t'offre un joli bracelet !

1. Ancêtre des menottes, formé d'une chaînette à maillons en ressort qui permettait d'entraver la main d'un malfaiteur.

Simultanément, son comparse s'était glissé dans le dos de la comédienne et avait de nouveau empoigné son épaule. Il exerçait une ferme pression pour la contraindre à se diriger vers un fiacre anonyme qui stationnait à l'extrémité la plus proche de la place. Cependant, Aglaé ne comptait pas se laisser faire. D'une brusque bourrade, elle tenta de se dégager.

— Lâchez-moi ! gronda-t-elle. Vous n'avez pas le droit ! C'est de l'abus de pouvoir !

Mais l'homme se moquait bien de ses protestations. Il raffermit au contraire son emprise, tandis que le dénommé Léon s'approchait avec la volonté évidente de lui entraver le poignet avec sa chaînette. Cette fois, Aglaé vit rouge. Il n'était pas question qu'elle se laisse arrêter par ces deux butors. D'ailleurs étaient-ils seulement de la police ? Après tout, elle n'en avait pas la moindre preuve.

À l'instant où l'individu qui lui faisait face se collait contre elle pour lui immobiliser les avant-bras, elle lui décocha un coup de genou dans le bas-ventre. L'homme se plia en deux en poussant un grognement porcin. Hélas pour la jeune femme, son collègue ne se laissa pas démonter par cette résistance inattendue. Il ceintura Aglaé par-derrière, lui bloquant les bras le long du corps. Elle avait beau ruer et se tortiller en tous sens, son adversaire était beaucoup trop vigoureux pour elle. Il l'avait réduite à l'impuissance. Voyant que celui qu'elle avait frappé était en train de surmonter sa douleur et la lorgnait avec un méchant rictus, elle se mit à hurler :

— Au secours ! Aidez-moi ! Au secours !

Marie-Reine s'était éloignée pour porter la bonne

parole à la sortie d'une chapellerie. Elle sursauta en reconnaissant la voix angoissée de son amie et, coupant net son prêche, elle se lança dans la foule et joua des coudes pour rejoindre au plus vite l'endroit d'où s'élevaient les appels de détresse. Lorsqu'elle atteignit l'amorce de la rue du Faubourg-Saint-Antoine, elle vit avec stupéfaction deux hommes qui tentaient de maîtriser Aglaé, tandis que celle-ci se débattait comme une furie. Son sang ne fit qu'un tour. Bousculant les rangs des curieux attirés par l'altercation mais que les redingotes grises[1] dissuadaient d'intervenir, elle se porta à la rescousse de la malheureuse.

Elle n'eut cependant pas l'opportunité de lui prêter main-forte. Surgissant du fiacre vers lequel les premiers policiers cherchaient à entraîner Aglaé, deux autres individus en redingote grise s'interposèrent et la molestèrent. En dépit d'une résistance opiniâtre, les deux jeunes femmes durent plier sous le nombre et s'incliner devant la détermination et la brutalité de leurs agresseurs.

Choquées et meurtries dans leur chair, elles furent contraintes de monter dans la voiture qui prit aussitôt la direction du commissariat d'arrondissement.

---

1. Ce vêtement était devenu à l'époque la tenue quasi officielle des policiers en civil.

16

Mélanie a peur

Une semaine jour pour jour après leur première rencontre, Mélanie d'Orval demanda de nouveau à être reçue par Valentin. Celui-ci avait passé une bonne partie de la matinée à tenter de percer le mystérieux post-scriptum du Vicaire. Il avait pour cela mis à profit plusieurs ouvrages prélevés dans la bibliothèque de son défunt père : les *Notes sur les littératures furtives* de Giovanni Battista Della Porta, le *Traité des chiffres* de Vigenère, ainsi que le *Mode de chiffrement nouveau et singulier* de Giovan Battista Bellaso ou les *Polygraphies* de Jean Trithème.

Cette savante littérature lui avait permis de rafraîchir ses connaissances en matière de cryptographie. Il existait deux grandes techniques pour masquer le contenu d'un message, à savoir la transposition et la substitution. La première consistait à mélanger les lettres du texte de façon à créer une anagramme. La seconde, plus subtile, visait à remplacer chaque lettre du message en clair par un symbole quelconque. Ce dernier pouvait être une autre lettre, un chiffre ou tout autre signe graphique.

YFTOBYNF FN JYYCFYF JB LCFB DB PYFMCFY YFGJYD… La répétition des Y et la quasi-absence d'autres voyelles semblaient exclure une éventuelle transposition. Même disposées dans un autre ordre, on voyait mal en effet quelle signification pouvaient revêtir de telles lettres. Restaient à tester les principales méthodes de substitution recourant à des changements de lettres.

Valentin avait commencé par un classique, le fameux code de Jules César, décrit par Suétone dans ses *Vies des douze Césars*. Il s'agissait tout simplement de décaler les lettres du message original d'un certain nombre de rangs dans l'alphabet. Plusieurs essais s'étant révélés infructueux, l'inspecteur était passé à des techniques plus évoluées : substitution monoalphabétique avec mot-clé, substitution homophonique, chiffre polyalphabétique… Mais rien n'y avait fait. L'écriture secrète employée par le Vicaire se montrait bien plus coriace qu'il ne l'avait tout d'abord imaginé.

Dépité par ses échecs successifs, Valentin accueillit donc la venue de Mélanie comme un heureux dérivatif. Plaçant un buvard sur les feuilles qu'il venait de noircir en vain, il se leva pour accueillir sa visiteuse.

La jeune femme avait revêtu une robe plutôt sobre, dans les tons mauves, ainsi qu'un châle de soie noire qui soulignait son teint d'albâtre. Comme la première fois, l'inspecteur crut déceler, derrière une résolution de façade, la fragilité du cristal. Mais il y avait aussi autre chose de nouveau. Cela tenait peut-être à l'éclat de ses yeux, à la crispation infime de ses mains sur son ombrelle dont elle ne cessait de manipuler nerveusement le système de fermeture.

Elle commença par lui demander ce qu'il avait pensé de la dernière mystification en date de Paul Oblanoff. Car son adjoint n'avait sans doute pas manqué de lui brosser le récit détaillé de sa soirée à la Hêtraie. Valentin avait-il la moindre idée de la façon dont cette crapule s'y était prise pour abuser à nouveau tout son monde ?

À son grand regret, l'inspecteur dut admettre qu'il était dans l'incapacité, pour l'heure, d'apporter une explication rationnelle au phénomène que lui avait décrit Isidore. De toute évidence, Oblanoff n'avait eu aucune possibilité de manipuler la plaque en métal une fois celle-ci disposée sous la cloche de verre. Le visage de Blanche était donc bien apparu de façon spontanée. Mais il y avait encore plus troublant : cet effacement mystérieux, alors que le support se trouvait dans les mains de Ferdinand d'Orval et qu'Oblanoff se tenait à l'autre bout du salon.

Devant l'aveu d'impuissance du policier, la fluette Mélanie parut accuser le coup. Ses épaules s'affaissèrent et son regard se voila.

— C'est terrible, murmura-t-elle comme si elle se parlait à elle-même. J'espérais tant que vous pourriez me venir en aide, que vous sauriez déjouer les manigances de ce gredin… Mon pauvre Ferdinand ! Je n'arrive pas à me résoudre à voir son chagrin exploité d'une façon aussi éhontée par un misérable sans foi ni loi.

— Il se pourrait que nous soyons toutefois sur une piste, avança prudemment Valentin comme s'il supportait mal de voir sa jolie et frêle solliciteuse céder à l'abattement. Nous avons quelque raison de penser que le véritable nom de notre homme est Pierre Ouvrard. Il s'agirait d'un ancien artiste de foire dont la spécialité était la transmission de pensée. Il y a sept ans, cet individu a été condamné à deux ans de prison pour de menues escroqueries.

Mélanie se redressa d'un coup. Vibrante d'une excitation soudaine.

— Dans ce cas, c'est lui ! C'est bien lui, il n'y a pas de doute !

— N'allons pas trop vite en besogne, la tempéra Valentin en lui offrant un siège. Pour le moment, nous n'avons pas de preuve qu'Oblanoff est bien Ouvrard. Il s'agit d'une simple supposition. Mais si nous parvenons à le démontrer, cela devrait amplement suffire à ouvrir les yeux de votre mari.

— Combien de temps vous faudra-t-il pour cela ?

— Là, vous m'en demandez trop. Nous devons accumuler le plus d'informations possible sur le dénommé Ouvrard, tenter de localiser son domicile actuel, procéder à de nombreux recoupements… Tout cela requiert des moyens et du temps.

La jeune femme se tordit les mains et une expression presque douloureuse se peignit sur son visage. Valentin comprit alors ce qu'il avait cru percevoir dès l'entrée de Mélanie dans son bureau. Celle-ci n'était pas seulement inquiète pour son époux et révoltée par les manœuvres du filou qui le tenait sous sa coupe en exerçant sur lui quelque charme puissant. Elle paraissait désormais rongée par la peur. Une peur atroce qu'elle ne parvenait pas à maîtriser.

Comme pour confirmer son intuition, la délicieuse créature darda sur lui ses yeux en amande où perlaient des larmes d'angoisse.

— Je vous supplie de faire diligence, supplia-t-elle d'une voix étranglée. Dans une semaine, il sera peut-être trop tard !

— Que voulez-vous dire ?

— Depuis la séance de mercredi dernier, mon époux ne peut plus rien refuser à Oblanoff. Ce dernier l'a persuadé de tenter une expérience encore plus extrême. Il s'agirait ni plus ni moins que de ramener Blanche à la vie.

— Pure folie ! Mais vous dites que la chose est déjà décidée ?

— Oui, hélas ! Ferdinand a donné son accord sans même prendre la peine de me consulter. L'expérience doit avoir lieu dans huit jours, dimanche après-midi, toujours à Saint-Cloud.

— Eh bien, dans ce cas, fit Valentin d'un ton qui se voulait rassurant, je me rendrai moi-même à la Hêtraie et nous verrons si ce sinistre individu parvient malgré tout à ses fins.

Mélanie eut toutes les peines du monde à esquisser un semblant de sourire.

— Je n'osais vous le demander, inspecteur, mais je vous remercie du fond du cœur. Car, voyez-vous, j'ai l'affreux pressentiment que ce défi contre nature sera la provocation de trop. Si cet Oblanoff parvient à mettre ses paroles en actes – quel que soit le subterfuge auquel il aura recours pour cela – je suis convaincue qu'il attirera un très grand malheur sur nos têtes.

Ayant prononcé ces paroles avec gravité, la jeune femme se signa d'une main tremblante.

17

Coup de force

Clang !

La grosse serrure métallique claqua sèchement et la porte fit entendre un couinement lamentable en pivotant vers l'extérieur. Deux sergents de ville s'encadrèrent dans le rectangle de lumière. Leurs trognes rubicondes trahissaient les buveurs invétérés et leurs tenues débraillées auraient fait honte à une troupe de ramoneurs. Ils soutenaient entre eux la malheureuse Marie-Reine qui tenait à peine sur ses jambes. La jeune ouvrière avait la robe déchirée, les cheveux emmêlés et crasseux. Une croûte de sang séché lui maculait la tempe gauche et sa paupière était anormalement gonflée.

Le plus massif des représentants de la loi, dont le nez bosselé et la joue couturée disait assez le tempérament belliqueux, se pencha sur elle et lui souffla au visage une haleine de vinasse et de dents gâtées :

— Tu parles d'une foutue trotteuse[1] ! Même plus fichue d'mettre un pied d'vant l'autre !

---

1. Prostituée, dans l'argot de l'époque.

Sur cette méchante raillerie, les deux hommes laissèrent choir leur fardeau sur le sol, tel un vulgaire ballot de linge sale. Un rire gras accompagna leur sortie et le claquement péremptoire de la porte qu'on refermait à double tour.

Aglaé, qui somnolait après toute une nuit d'insomnie, recroquevillée à même le sol dans un coin de la cellule, sursauta à ce bruit soudain. Elle ouvrit péniblement les yeux et laissa échapper un gémissement de bête blessée en reconnaissant son amie, à demi évanouie, qui gisait sur le plancher.

Rassemblant le peu de force qu'il lui restait, elle parvint à se mettre debout et gagna la porte contre laquelle elle tambourina des deux poings.

— Tas de brutes ! J'exige de voir le commissaire, vous entendez ? Vous n'avez pas le droit de nous traiter comme ça !

Deux heures plus tôt, à son réveil, Marie-Reine avait fait à peu près le même raffut. Sauf que lorsqu'un gardien était apparu derrière le judas grillagé et lui avait ordonné de la boucler, elle l'avait accueilli avec un chapelet de jurons à faire rougir une cantinière de régiment. L'autre n'avait pas apprécié et, quelques minutes plus tard, quatre sergents avaient embarqué de force la prisonnière récalcitrante. Cette fois, cependant, le martèlement d'Aglaé ne parut pas les troubler outre mesure. Aucun garde ne se montra. Une voix menaçante se contenta de lancer à travers la porte :

— Ferme-la ! Sinon, toi, c'est pas avec du savon qu'on va te laver la bouche !

Bien qu'elle en meure d'envie, Aglaé ne répliqua pas.

Comment pourrait-elle s'occuper de Marie-Reine s'ils la rouaient de coups elle aussi ?

Ravalant sa fierté, elle abandonna la porte et se pencha sur sa compagne. Les déchirures de sa robe laissaient voir la peau marbrée par les coups ainsi que de nombreuses traces de griffures. Une bave blanchâtre moussait aux commissures de ses lèvres. Aglaé l'essuya avec le bord de sa manche et glissa son bras dans le dos de la lingère, la saisissant sous son aisselle pour l'aider à se relever. Du regard, elle fouilla la pénombre pour chercher une place où l'installer.

Le violon du commissariat du huitième arrondissement consistait en une pièce irrégulière de cinq toises de long sur la moitié de large. Une porte solidement blindée et verrouillée y donnait accès. L'ameublement et le confort se trouvaient réduits au strict minimum : deux banquettes en bois, rivées au sol, noircies par le temps et la crasse, une latrine dans un coin, un lavabo en pierre brute dans un autre. La lumière du dehors peinait à franchir l'unique fenêtre défendue par des barreaux d'acier et en partie occultée par un auvent recouvert d'un grillage à treillis. Le plancher inégal empestait le vomi. Les murs lépreux, couverts de graffitis obscènes, laissaient en permanence suinter une humidité malsaine.

Dans ce lieu misérable, pas moins d'une vingtaine de prostituées s'entassaient. Des insoumises[1] qui

1. On désignait ainsi celles qui faisaient commerce de leur corps dans la rue et non dans les bordels où elles étaient enregistrées et contrôlées, ceci en violation de l'arrêté du 15 avril 1830 qui ordonnait « de ne se livrer à la prostitution que dans les maisons de tolérance ».

partageaient une promiscuité sordide en attendant d'être transférées au dépôt de la préfecture de police et, pour les plus infortunées d'entre elles, de se retrouver enfermées à la prison Saint-Lazare. Elles constituaient un large échantillon de ce que les rues de Paris pouvaient proposer à qui était disposé à claquer quelques pièces pour s'offrir l'illusion de l'amour. Il y en avait pour tous les goûts, à condition toutefois de ne pas être trop regardant sur l'hygiène. Des brunes, des blondes, des rousses. Des jeunes, des vieilles. Des maigrichonnes et des grosses à faire passer les modèles de Rubens pour des sylphides. Mais toutes se tenaient prostrées, comme anéanties, et affichaient le même regard à la fois lascif, hagard et suppliant. Qu'elles soient couvertes de haillons ou de vêtements plus affriolants, la brutalité des policiers les avait toutes laissées à moitié nues. Mais cela ne semblait pas heurter leur pudeur, car aucune ne cherchait à rajuster sa tenue. Pour tout dire, elles paraissaient indifférentes à leur sort. Et c'était cette résignation de bêtes vaincues, cet étalage d'appâts fanés ou triomphants qui faisaient peut-être le plus de peine à voir.

Aglaé avisa un petit espace libre sur le lit de planches à droite, entre une très jeune fille à la peau brune, presque une adolescente encore, et une bossue accusant la soixantaine qui gardait les yeux obstinément fixés au sol. Lorsque la comédienne se planta devant les deux prostituées avec l'intention manifeste d'installer Marie-Reine entre elles, la vieille releva la tête, tordit le nez et lâcha un rot sonore.

— Dégage de là ! lança-t-elle d'une voix de graillon.

Tu vois pas qu'on est déjà serrées comme harengs en caque[1] ? T'as qu'à laisser ta bonne amie sur l'plancher. Vu comment qu'ils l'ont arrangée, a verra pas la différence, tu peux m'croire !

La femme avait une gueule à faire peur. Ses lèvres épaisses ressemblaient à deux saucisses mâchouillées, sa dentition, aux touches d'un vieux piano déglingué. Une énorme verrue piquée de poils drus et noirs lui déformait le nez tandis que les vaisseaux de ses joues couperosées grouillaient sous la peau, tels des nids de serpents. Une grosse mamelle blanche et molle pendait lamentablement par l'ouverture arrachée de son corsage.

— Vous voyez bien qu'ils l'ont rouée de coups, tenta de l'amadouer Aglaé. Elle a besoin de se reposer. J'en appelle à votre charité chrétienne…

— Charité, mon cul ! Où qu't'as vu, gamine, qu'un foutu Dieu s'préoccupait d'nous autres ? C'est chacune pour soi et, pour ma part, ta brouteuse chérie peut bien pioncer par terre, comme la chienne qu'elle est, ça m'est totalement égal !

Le sang d'Aglaé ne fit qu'un tour. S'il ne s'était agi que de sa propre personne, elle n'aurait sans doute pas trouvé l'énergie de protester, mais elle ne pouvait admettre de laisser Marie-Reine affalée sur ce plancher immonde.

— Si tu bouges pas un peu ton gros cul de ces planches, gronda-t-elle, je te jure que je t'arrache avec les ongles le poireau que tu as là, sur le tarin, et que je te le fais bouffer !

---

1. Barrique où l'on presse les harengs fumés ou salés.

La vieille bossue ne parut pas impressionnée le moins du monde. Son ricanement chuinta comme de l'huile au fond d'une poêle brûlante. Tirant sur ses doigts pour faire craquer ses phalanges, elle toisa son interlocutrice par en dessous.

— Viens-y voir un peu ! la défia-t-elle avec un rictus menaçant. T's'ras pas la première pimbêche à qui j'apprendrai la vie. À coups de pied dans l'ventre que j'm'en va t'enseigner l'respect dû aux aînées.

L'affaire était à deux doigts de dégénérer. Déjà, certaines filles sortaient de leur torpeur hébétée pour profiter du spectacle. Ce fut le moment que choisit l'adolescente brune pour, sans prononcer le moindre mot, s'écarter et ménager une petite place à ses côtés.

C'était une sauvageonne maigre et nerveuse. Avec une tignasse d'épaisses boucles noires qui lui retombaient sur la figure et, bien à l'abri derrière ce rempart, un regard continuellement à l'affût. On aurait dit un petit animal furtif qu'on imaginait plus à son aise dans les taillis d'une forêt que dans les rues d'une grande ville.

— Merci à toi, souffla Aglaé dont l'épaule commençait à souffrir d'être tiraillée par le poids mort de Marie-Reine.

La bossue s'étant désintéressée d'elle aussitôt qu'elle avait compris qu'on avait renoncé à empiéter sur son territoire, l'actrice installa son amie sur la banquette du mieux qu'elle put et adressa un sourire reconnaissant à celle qui venait de lui éviter une mauvaise querelle.

— Comment t'appelles-tu ?

L'adolescente haussa les épaules, l'air de signifier :

« À quoi bon ? » Puis elle se retourna contre le mur et fit semblant de chercher le sommeil. Aglaé n'insista pas. Elle s'agenouilla et caressa le front de Marie-Reine en lui murmurant à l'oreille des paroles de réconfort. Son Valentin allait les sortir de là. Il fallait juste faire montre d'un peu de patience et garder confiance. La jeune lingère ne réagit pas, mais, peu à peu, elle s'apaisa et cessa de geindre.

Cédant à la fatigue, Aglaé se laissa alors choir au pied de la banquette et cala sa tête dans ses bras repliés en corbeille. Elle aurait voulu se sentir aussi sereine qu'elle avait tenté de le faire croire à sa compagne. Mais la réalité était bien différente. Leur sort commun ne cessait de la tourmenter et, plus le temps passait, plus son inquiétude croissait.

Certes, Valentin possédait probablement le pouvoir de les sortir de ce guêpier. Mais encore aurait-il fallu, pour qu'il intervienne, qu'il soit mis au courant de leur arrestation. Qui pouvait le prévenir ? *A priori*, personne ! Leur seule petite chance, c'était qu'on les fasse transiter par le dépôt de la préfecture de police. Mais si tel n'était pas le cas, Marie-Reine et elle risquaient fort de se retrouver enfermées derrière des barreaux durant de longs mois. Ce genre de choses arrivait régulièrement, sans que les autorités s'en offusquent. Même si la prostitution n'était pas en soi interdite par le Code pénal[1], celles qui s'y livraient étaient considérées par les bien-pensants comme s'étant placées d'elles-mêmes en

1. L'article 334 dudit Code ne réprimait que l'outrage et l'attentat aux bonnes mœurs.

dehors de la société. Elles ne pouvaient donc en réclamer les droits. De là résultait une pléthore d'amendes et de peines de prison prononcées de façon totalement arbitraire et en toute illégalité.

Le plus angoissant était que les femmes honnêtes ne se trouvaient pas épargnées. Les fonctionnaires en redingote grise qui avaient arrêté les deux amies place du Trône ne relevaient pas du commissariat du huitième arrondissement. Aglaé les avait entendus échanger avec leurs collègues, la veille, lorsqu'ils avaient procédé à leur enfermement. Il s'agissait de policiers du service des mœurs. Or, ces derniers se rendaient coupables des pires méfaits et des plus basses turpitudes. Chargés de traquer les insoumises et les filles ayant omis de se présenter à la visite sanitaire, ils touchaient, en plus de leur traitement mensuel, un intéressement proportionnel à leur activité. Cette pratique détestable transformait la plupart d'entre eux en véritables chasseurs de primes. Toute femme isolée pouvait se trouver embarquée à l'occasion d'un coup de filet et, pour peu qu'elle n'ait pas un mari ou un employeur pour réclamer sa libération, elle subissait le même sort que les putains. Les journaux se faisaient d'ailleurs régulièrement l'écho de ces arrestations injustifiées et de l'excès de brutalité qui les accompagnait. Il était aussi de notoriété publique que les rafles redoublaient quand le besoin d'ouvrières se faisait sentir à la prison-hôpital de Saint-Lazare.

Aglaé en était là de ses réflexions et bien près de céder au découragement, lorsque, soudain, une succession de bruits confus s'éleva derrière la porte. Des éclats de voix, des jurons étouffés, des chocs de meubles remués… Passant en une fraction de seconde de l'accablement le plus noir à l'espoir le plus fou, elle se précipita vers le battant. Il lui fallut jouer des coudes pour pouvoir accéder au judas car plusieurs filles avaient eu la même réaction qu'elle.

Le spectacle qui les attendait dans la salle principale du commissariat était proprement stupéfiant. Le mobilier était sens dessus dessous : tables et chaises bousculées, classeurs renversés, dossiers et feuillets éparpillés sur le sol. Trois hommes vêtus comme des ouvriers, le visage passé à la suie et en partie dissimulé par des foulards noués devant la bouche, un pistolet dans chaque main, tenaient en joue la demi-douzaine de sergents de permanence. Ces derniers se trouvaient alignés face au mur, les mains sur la tête, et pas un n'osait piper mot.

À l'instant où Aglaé découvrait ce tableau invraisemblable, un quatrième « charbonnier » coiffé d'une casquette en cuir bouilli sortait du bureau du commissaire en menaçant son occupant de son arme. Celui-ci, un bourgeois corpulent et pommadé, les joues encadrées de côtelettes grises, n'en menait pas large. Tremblant de tous ses membres, il suait à grosses gouttes et jetait des regards effarés sur l'impressionnant pistolet d'officier que son agresseur agitait sous son nez.

Les prostituées qui entouraient Aglaé se mirent aussitôt à accabler l'officier de paix de quolibets obscènes. Leurs moqueries se muèrent en véritables cris de joie et s'accompagnèrent de trépignements hystériques lorsqu'elles virent le commissaire apeuré, toujours sous la pression du canon octogonal, attraper un trousseau de clés qui pendait à un crochet du mur.

Aglaé, quant à elle, ne partageait pas leur euphorie. Son réconfort avait été en effet de courte durée. Se faire arrêter puis rosser par des policiers corrompus n'était, certes, pas un sort des plus enviables, mais que pouvait-on espérer d'individus masqués et armés jusqu'aux dents ? À quoi bon échapper à Charybde si c'était pour tomber sur Scylla ? Or, à bien y réfléchir, il lui semblait probable que ces inconnus en avaient après Marie-Reine et elle. Les autres étaient de simples filles de joie comme on en raflait des dizaines chaque semaine dans Paris. Qui aurait pris le risque d'attaquer un commissariat en plein jour pour les atteindre ?

Redoutant brusquement le pire, la comédienne se laissa glisser à l'arrière du groupe des prostituées et vint secouer son amie à l'épaule.

— Marie-Reine ? chuchota-t-elle d'une voix pressante. Marie-Reine, tu m'entends ? Te sens-tu capable de marcher ?

Mais la lingère ne répondit pas. Vaincue par la fatigue et la douleur, elle avait sombré dans un état semi-comateux. Aglaé, qui avait espéré pouvoir se faufiler avec elle au milieu des autres femmes afin de passer inaperçues, dut y renoncer. Gagnée par un mauvais pressentiment, elle chercha des yeux quelque chose pour pouvoir se défendre si le besoin s'en faisait sentir. Mais il n'y avait rien dans cette cellule austère qui puisse servir d'arme improvisée.

À la porte, la situation avait rapidement évolué. Contraint de procéder à une levée d'écrou inopinée, le commissaire avait ouvert la cage à la horde vociférante des putains. Sans demander leur reste, celles-ci s'étaient empressées de prendre la poudre d'escampette. La dernière venait à peine de franchir le seuil que l'inconnu à la casquette se découpa dans l'encadrement, le pistolet pointé.

Apercevant les deux amies blotties l'une contre l'autre, il abaissa son arme et se précipita pour leur porter secours.

— Dieu merci, vous voilà, Aglaé ! s'exclama-t-il en serrant l'actrice dans ses bras. J'avais si peur que nous arrivions trop tard !

La voix familière fit instantanément oublier à la jeune femme le visage noirci et l'allure farouche de son sauveur et c'est avec une certaine volupté qu'elle s'abandonna aux bras protecteurs de Valentin.

18

Aglaé passe à l'offensive

Trois heures plus tard, dans l'immeuble de la rue du Cherche-Midi, Aglaé récupérait de ses émotions en profitant d'un bain brûlant. La baignoire de location, chemisée d'un drap en fine toile de Hollande, avait été installée dans la chambre d'ami, derrière un paravent aux motifs floraux. Valentin se tenait, quant à lui, dans l'antichambre où, en dépit de la douceur printanière, il s'appliquait à entretenir une généreuse flambée. Les jeunes gens étaient seuls dans l'appartement, car l'inspecteur avait confié Marie-Reine aux bons soins d'Eugénie avec pour consigne de ramener la lingère chez elle et de ne point la quitter tant qu'elle ne serait pas totalement remise.

Sans doute encore ébranlée par son arrestation et l'affreuse nuit passée au violon, Aglaé avait souhaité ne pas rester seule. Elle avait prié son libérateur de laisser entrouverte la porte entre les deux pièces. Valentin entendait donc distinctement le moindre clapotis et les soupirs d'aise qui échappaient, de temps à autre, aux lèvres de son amie. Il lui était presque impossible de ne pas se figurer chacun des gestes de la jeune femme, de ne pas songer à la caresse de l'eau sur sa peau nue... Cette intimité inédite le bouleversait et bousculait toutes les barrières mentales qu'il avait dressées pour refouler son tendre penchant envers la jolie actrice. Ignorant si quelque chose était possible entre eux, si son corps était encore capable d'accepter les caresses après avoir dû supporter, jadis, les étreintes abjectes du Vicaire, il avait préféré jusqu'ici refouler son amour, étouffer son attirance pour elle. Mais les péripéties de cette journée un peu folle semblaient balayer toutes ses résolutions.

En apprenant l'arrestation d'Aglaé, il avait pris peur et redouté un moment de ne plus la revoir. Et maintenant qu'il l'avait retrouvée, qu'elle était là, dans la pièce attenante, en tenue d'Ève, à la fois si belle et si fragile, ses sentiments le submergeaient et il ne savait plus quelle attitude adopter. Son esprit n'était que confusion. L'entrebâillement attirait son regard comme un aimant. Il lui fallait faire un incroyable effort pour en détacher les yeux et tenter de vider son cerveau des visions charmantes qui l'assaillaient.

Pour échapper aux délicieux tourments que suscitait en lui l'ambiguïté de la situation, il commença à s'agiter sans véritable nécessité. Comme si le fait de s'occuper les mains pouvait distraire ses pensées de la scène troublante qui se déroulait à quelques pas de lui. Il se mit ainsi à arpenter nerveusement l'antichambre, remontant une pendule, redressant un cadre, tisonnant le foyer, l'alimentant en nouvelles bûches, tirant les rideaux pour se protéger du soleil, puis les rouvrant l'instant d'après, répétant inlassablement les mêmes gestes, deux fois, trois fois, dix fois…

Cependant, il avait beau faire, son imagination prenait le dessus. Elle n'avait de cesse de lui représenter le corps dénudé d'Aglaé occupée à sa toilette, d'inscrire dans l'espace la chorégraphie fantasmée de ses mouvements gracieux, de rendre presque sulfureux son innocent abandon. C'était comme un envoûtement dont il ne parvenait pas à desserrer l'étau. Et il se sentait à la fois heureux et méprisable, indécis et atrocement vulnérable.

Au bout d'un moment, n'y tenant plus, il se dit que le meilleur moyen de vaincre le charme et de dissiper sa gêne était peut-être de faire la conversation à la jeune femme. Parler empêcherait son esprit de trop divaguer.

— Savez-vous que nous devons tous deux une fière chandelle à notre ami Vidocq ? interrogea-t-il après s'être éclairci la gorge pour attirer l'attention de la jeune femme. Sans lui, j'aurais tout ignoré de votre arrestation.

Les clapotis s'interrompirent, puis la voix d'Aglaé lui parvint comme assourdie :

— Vous me parliez ?

— Je disais que vous deviez votre libération avant tout à Vidocq. Par chance, l'un de ses anciens affidés traînait dans les couloirs de la préfecture lorsqu'on est venu apprendre au commissaire Grondin que vous aviez été appréhendée. Notre homme a entendu ce dernier se réjouir du sale tour qu'il m'avait joué. Sachant les liens d'amitié qui me lient à Vidocq, il a aussitôt alerté celui-ci.

— Mais pourquoi ce commissaire Grondin, dont j'ignore tout, m'a-t-il fait arrêter ?

— C'est une longue histoire, à vrai dire dénuée d'intérêt. Disons qu'un différend nous oppose lui et moi et qu'en s'en prenant à vous, c'est en fait ma personne qu'il visait. Dès que j'ai été informé des événements, j'ai cherché à me renseigner discrètement et c'est ainsi que j'ai appris la signature par Grondin de votre ordre d'internement à Saint-Lazare. J'étais atterré. Vous pouviez être transférée d'un instant à l'autre et il était trop tard pour agir par la voie officielle. C'est Vidocq, encore lui, qui m'a convaincu de monter, sans tarder, un coup de force contre le commissariat du huitième.

— Vous pouvez vous vanter de m'avoir fait une peur bleue en débarquant avec vos pistolets et vos faces de nègres !

— Nous n'avions pas le choix. Il fallait éteindre immédiatement toute velléité de résistance. C'est la raison pour laquelle Eugène-François m'a adjoint trois anciens membres de sa brigade. Des durs à cuire que la perspective de chatouiller quelques sergents de ville n'effarouchait guère. Je dirais même qu'ils trouvaient l'aventure plutôt réjouissante.

Un grand bruit d'eau remuée se fit entendre, suivi d'un frottement soyeux contre le bois du paravent. L'espace d'une seconde, Valentin visualisa une masse de cheveux ruisselants, une peau humide tranchant sur la blancheur d'une serviette. Il avala difficilement sa salive tout en s'efforçant, sans grand succès, de fixer son attention sur les rayons du soleil qui filtraient à travers les rideaux.

Heureusement, la voix teintée d'inquiétude d'Aglaé vint l'arracher à ses rêveries :

— Mais si ce commissaire Grondin cherche à vous nuire, qui vous dit qu'il ne recommencera pas ? Il pourrait de nouveau s'en prendre à moi, ou même directement à vous.

— Plus maintenant ! Nous lui avons confectionné une muselière qui l'empêchera de mordre, dorénavant. Il se trouve que Vidocq possède un dossier fourni sur ce triste sire. Des documents compromettants qui révèlent les malversations accumulées par Grondin depuis sa nomination à la tête des Mœurs. En ce moment même, le commissaire doit prendre connaissance de quelques échantillons qui lui ont été adressés avec une lettre d'avertissement anonyme mais tout à fait explicite. Au moindre écart, toutes les pièces finiront sur le bureau du préfet de police.

— Décidément, votre Vidocq n'est pas seulement l'homme le mieux renseigné de la capitale. C'est aussi un véritable ange gardien !

— Il y a du vrai dans ce que vous dites. Depuis qu'il vous a croisée dans les souterrains de la Concorde[1], j'ai l'impression que le cher vieux gredin nourrit un faible à votre endroit. Vous êtes probablement l'une des rares personnes à Paris pour lesquelles il serait prêt à se séparer de l'un de ses précieux dossiers.

— J'espère bien qu'il n'est pas le seul à se montrer sensible à mes charmes. Ce serait dommage, qu'en pensez-vous ?

---

1. Voir, du même auteur, *Le Bureau des affaires occultes*.

Le jeune policier sursauta. La voix d'Aglaé était soudain beaucoup plus proche. Elle paraissait également modifiée, à la fois douce et suavement rauque. Il quitta la fenêtre des yeux et tourna la tête vers la porte de la chambre.

La comédienne se tenait dans l'embrasure, appuyée négligemment des deux mains au chambranle, ses longs cheveux rassemblés en une tresse unique sur le côté du visage. Elle avait revêtu l'un de ses propres peignoirs qu'il avait déposé à son intention sur le lit. Les pans du vêtement, que la ceinture nouée à la taille retenait imparfaitement, s'entrouvraient sur des trésors de moiteur. La soie humide soulignait plus qu'elle ne les masquait l'ampleur de ses seins et la rondeur généreuse de ses hanches.

Cette apparition inattendue fit à Valentin l'effet d'un séisme dont les ondes étaient de chaleur et de vertige. Bouche asséchée, feu dans les reins, tête qui tournait, jambes qui flageolaient. Il aurait voulu trouver les paroles propres à dissiper son malaise, ou bien alors avoir l'audace de la rejoindre, mais il était incapable d'esquisser le moindre geste, de prononcer le moindre mot. Quelque chose d'une vieille terreur remontant à son enfance martyrisée lui nouait la gorge, le transformait en statue de sel.

De son côté, Aglaé prenait le temps de le contempler comme si elle le découvrait pour la première fois. Elle s'emplissait les yeux de sa silhouette déliée, assourdie par le contre-jour, de ses épaules larges et de ce visage presque trop parfait qui suscitait en elle, depuis le premier jour, une douce violence, un désir de morsure, comme s'il lui fallait imprimer sa marque sur cette cire vierge. Y planter ses petites dents voraces.

Elle avait longtemps résisté à cette férocité avide, refréné ses sentiments pour ne pas le brusquer. Le temps jouait en sa faveur, pensait-elle. Elle finirait bien tôt ou tard par l'apprivoiser. Mais sa récente mésaventure lui prouvait que rien n'était jamais acquis d'avance, qu'elle pouvait tout perdre à force d'attendre. Alors, elle s'était décidée. Brusquement. Sur un coup de tête. À l'instant même où, plongée dans son bain, elle l'avait entendu lui parler et qu'elle avait répondu d'un ton naturel, tout en se mordant les lèvres pour ne pas gémir de frustration et d'attente insatisfaite.

Oui, pour ne pas nourrir d'inutiles regrets, elle avait finalement choisi de passer outre sa crainte de l'effaroucher. Elle devait donner une chance à leur amour. Improvisant son impudeur, elle avait donc à dessein noué de façon trop lâche la ceinture sur son ventre et elle avait fait les premiers pas vers lui. Maintenant, elle se tenait là, offerte et pourtant tout en retenue, espérant le voir combler l'espace qui les séparait encore. Retenant sa respiration. Suffoquant presque.

Va-t-il donc enfin se décider ? Pourquoi ne bouge-t-il pas ?

Ses prières muettes demeuraient sans effet. Il ne lui laissait pas le choix. Prenant son courage à deux mains, Aglaé se détacha lentement du chambranle. Le bas du peignoir trop grand pour elle fit entendre un léger froufrou en glissant sur le parquet. Elle était à présent si proche qu'il pouvait percevoir l'odeur de violette laissée par les sels de bain sur sa peau.

— Je crois avoir grand besoin de réconfort, susurra-t-elle en le fixant de ses grands yeux mordorés. Qu'attendez-vous pour me prendre dans vos bras ?

— Je ne suis pas certain que ce soit une bonne idée.

— Quant à moi, je suis persuadée du contraire, insista-t-elle d'une voix chaude et aussi enveloppante qu'une caresse.

— Comprenez-moi, Aglaé. Je ne veux pas que vous me croyiez insensible à vos charmes, mais vous êtes encore sous le choc et je serais le plus odieux des chevaliers servants si j'osais profiter de la situation.

Elle se haussa sur la pointe des pieds et leva le menton d'un air de défi.

— Non, Valentin. Tu ne peux pas toujours fuir ainsi. Oseras-tu me dire que tu n'en meurs pas d'envie, toi aussi ?

Il accusa le coup. C'était la première fois qu'elle le tutoyait et cette nouveauté le désarçonnait plus qu'il ne l'aurait cru possible. Il demeurait là, face à elle, raide comme un piquet, ses mains pesant comme des poids morts au bout de ses bras inertes.

— Puisque nous nous aimons, enchaîna-t-elle, il n'y a rien qui puisse advenir entre nous de laid ou de déplaisant. Je te guiderai. Tu verras, tu n'auras qu'à te laisser faire.

Depuis qu'elle était actrice, Aglaé avait été maintes fois courtisée, mais elle avait toujours refusé de céder aux avances des godelureaux sans le sou ou des admirateurs fortunés en âge d'être son père. Sa connaissance de la bagatelle se limitait à ce que lui avaient permis d'entrevoir les confidences de ses consœurs plus délurées et les romances à quatre sous que l'on vendait sur le boulevard. La sûreté de son instinct vint cependant pallier son manque d'expérience. Toujours sans lâcher Valentin des yeux, elle entreprit de dénouer sa ceinture et fit glisser doucement un pan du peignoir le long de son bras.

— Ne faites pas ça ! tenta encore de protester Valentin. Je… je ne sais pas si je serai capable…

Elle ne le laissa pas achever. D'un savant mouvement d'épaules, elle libéra son buste de la mince étoffe et vint attraper sa main pour la guider jusqu'à son sein gauche.

— Sens-tu mon cœur, comme il bat fort pour toi ?

Il ne pouvait plus parler. Dans sa paume, il éprouvait avec émoi la douce pesanteur de ce globe de chair qui palpitait doucement. Une brûlure exquise lui transperça le bas-ventre et il sentit son sexe qui durcissait et se dressait.

Soudain, un sanglot vint éclore sur ses lèvres. Venue du plus profond de son être, une vieille peur le submergea tout entier et lui fit retrouver sa voix d'enfant pour pousser un douloureux gémissement :

— Pardonnez-moi, mais je ne peux pas. Je ne peux pas !

S'arrachant à celle qu'il aimait pourtant de toute son âme, Valentin tourna brusquement les talons et quitta la pièce en claquant la porte derrière lui.

19

La clé de RYAJUBICEF

Les volets clos et les rideaux de velours qui étaient demeurés tirés plongeaient la chambre de Valentin dans une pénombre épaisse. Même les bruits du dehors – certes moins nombreux le dimanche matin que les autres jours de la semaine – parvenaient difficilement à s'insinuer dans la pièce. Tout juste entendait-on, de loin en loin, l'appel étouffé d'un étameur ou l'écho saccadé d'un fiacre lancé sur les pavés. Calfeutrée, coupée du monde, la pièce se donnait des faux airs de tombeau. Depuis le départ d'Aglaé la veille, après qu'il avait repoussé ses avances, l'inspecteur s'y était enfermé à double tour et n'avait plus bougé de son lit.

Lorsque Eugénie était venue toquer à sa porte, en début de soirée, pour le prévenir qu'elle s'était acquittée de sa mission auprès de Marie-Reine et qu'elle se disposait à lui préparer à dîner, il avait prétendu ne pas avoir faim. La domestique avait insisté mais il était demeuré inflexible. Il n'avait même pas daigné se montrer, se contentant de l'inviter, à travers la porte, à regagner sa chambre sous les combles, sans plus se préoccuper de lui. La même scène s'était répétée aux alentours de dix heures, ce matin-là, et cette fois Valentin avait dû faire preuve d'une autorité presque cassante pour venir à bout de la sollicitude insistante de sa gouvernante.

Voilà bien longtemps qu'il ne s'était pas senti aussi mal. Il se retrouvait dans le même état de prostration morbide qu'à la mort de son père adoptif et de la regrettée Ernestine, cinq ans plus tôt. Sauf que cette fois, il était entièrement responsable de ce qui lui arrivait. Incapable de trouver le sommeil, il n'avait pas fermé l'œil de la nuit et dix fois s'était rejoué dans la tête la scène entre Aglaé et lui. Il se méprisait de lui avoir fait subir une telle humiliation et se reprochait de ne pas avoir assez anticipé les choses, de ne pas avoir pris ses précautions afin que pareille situation ne se présente pas. C'était impardonnable de sa part. La jeune actrice devait désormais le détester.

Pour éviter de trop songer à la honte et à la souffrance qu'elle devait endurer par sa faute, il avait repris, durant des heures, ses tentatives de percement du code du Vicaire. Au moins, cela occupait son esprit et lui épargnait d'affronter en face une réalité intolérable que son comportement lamentable avec Aglaé venait pourtant de faire éclater au grand jour : le Vicaire avait fait de lui une sorte de monstre, un animal à sang froid tout juste bon, comme lui, à chasser en solitaire mais incapable d'aimer vraiment. Il se sentait comme un infirme dont le membre amputé ne cesserait plus, à jamais, de le faire souffrir.

Ce fut le fumet d'un plat de viande aux champignons qui le tira de son marasme en lui rappelant qu'il n'avait rien avalé depuis près de vingt-quatre heures. Son ventre se crispa tandis qu'un gargouillis prolongé montait de sous les draps. Au même instant, une série de coups ébranla la porte et la voix haut perchée d'Eugénie se fit entendre à nouveau :

— C'est encore moi, monsieur Valentin. Que vous arrive-t-il ? Êtes-vous malade ?

Le jeune homme se redressa et cala son dos contre les oreillers.

— Je vous assure que tout va bien, Eugénie. J'ai simplement travaillé un peu trop cette nuit et j'ai besoin de repos.

— Mais vous n'avez rien mangé depuis hier soir ! Ce n'est pas du tout raisonnable ! Un grand corps comme le vôtre a besoin de prendre des forces. Je vous ai préparé une recette de lièvre en sauce que l'on se passe de mère en fille dans ma famille. Vous verrez, vous allez vous régaler. Et puis, vous pourrez toujours faire une sieste cet après-midi, si vous en ressentez encore le besoin.

Valentin fut tenté de résister encore, mais l'appel de son estomac s'avéra le plus fort. De toute façon, il était convaincu que la brave Eugénie ne se laisserait pas éconduire une troisième fois.

Son intuition était sans doute bonne car, à peine lui eut-il donné accès à la pièce, que la servante se mua en un véritable tourbillon. Déplaçant son énorme masse à une vitesse surprenante, elle se précipita vers la fenêtre en clamant qu'il fallait avoir perdu la raison pour rester prostré dans le noir quand il faisait si beau dehors. Puis, faisant fi des molles protestations de Valentin, elle écarta les rideaux, ouvrit en grand les battants et repoussa les volets des deux mains pour laisser entrer le soleil du plein midi. Elle ramassa les chaussures et la veste qui traînaient en vrac sur le parquet, renouvela l'eau de la bassine et récupéra le pot d'aisances sous le lit.

Comme Valentin, épouvanté par toute cette lumière et ce mouvement, s'était recouché tout habillé, un bras en travers du visage, elle le toisa d'un œil réprobateur, et désigna du menton les livres et les feuilles de papier qui s'empilaient sur sa table de chevet.

— Ce n'est vraiment pas bien ce que vous faites là, monsieur Valentin. Permettez-moi de vous parler comme à l'enfant que j'aurais pu avoir si le bon Dieu m'avait accordé le bonheur de plaire à un homme. À votre âge, il faut se donner de l'exercice. À trop vouloir s'absorber dans les travaux de l'esprit, vous allez vous occasionner une fluxion du cerveau.

— Je vous remercie de votre sollicitude, Eugénie, cependant je doute que la Faculté approuve votre opinion sur les conséquences néfastes du travail intellectuel.

Sans se démonter, l'étonnant pachyderme à jupons reposa le pot de chambre et rafla d'autorité tout ce qu'il y avait près du lit pour aller le déposer sur une console qui trônait à l'autre extrémité de la chambre.

— Tatatatata ! Faculté ou pas, ça ne change rien à l'affaire, riposta la servante avec cet aplomb qui semblait chez elle une seconde nature. Je vous défends bien de remettre le nez dans tout ce fatras tant que vous n'aurez pas fait honneur à mon civet de lièvre. (Tout en parlant, elle avait laissé son regard errer sur la feuille qui occupait le haut de la pile.) Et en plus, c'est rien que du charabia incompréhensible tout cela. Ah si ! Là, au moins, on y comprend quelque chose : *Réfléchis et ne commets pas d'impair. Ainsi, tu obtiendras la clé de RYAJUBICEF.* Bon, j'ai peut-être parlé un peu trop vite. Et vous dites que vous avez passé une partie de la nuit à faire toutes ces lignes d'écriture qui n'ont ni queue ni tête ? Par la croix du Christ, ma défunte mère – le Seigneur ait son âme en pitié ! – avait drôlement raison d'affirmer que parmi tout ce qui réfléchit en ce bas monde, y a guère que les miroirs qui soient vraiment utiles.

Sur cette déclaration péremptoire, elle tourna les talons et franchit la porte en ajoutant sur un ton d'ultimatum :

— J'ai bien l'honneur de faire savoir à monsieur que son déjeuner lui sera servi à la salle à manger dans moins d'un quart d'heure.

Valentin mit quelques secondes à récupérer de l'intrusion. Pour achever de se remettre les idées en place, il délaça le col de sa chemise et plongea la tête dans la bassine d'eau claire. Et ce fut là, alors qu'il était encore immergé, qu'un éclair de lucidité le foudroya. Il en ouvrit toute grande la bouche, avala de travers une gorgée de liquide et manqua de s'étouffer.

Dégoulinant, crachant et toussant, il se dirigea vers le meuble où Eugénie venait de déposer les feuilles qu'il avait noircies pour se distraire de son insomnie. Est-ce que par hasard ?… Non, il prenait ses désirs pour des réalités. Ce serait la deuxième fois qu'une phrase anodine le mettrait sur la bonne voie. De telles choses ne se produisent jamais ! Cependant, une petite voix obstinée lui soufflait le contraire dans sa tête.

Frémissant d'excitation, il s'empara de la feuille qu'Eugénie avait rapidement parcourue des yeux. Il y avait recopié le post-scriptum de la dernière lettre du Vicaire et tracé à la plume quelques vaines tentatives de décryptage. *Réfléchis et ne commets pas d'impair. Ainsi, tu obtiendras la clé de RYAJUBICEF… Réfléchis…* Mais oui, bien sûr ! Il fallait prendre cette invitation au sens où l'avait suggéré, sans d'ailleurs vraiment mesurer toute la pertinence de ses propos, cette merveilleuse Eugénie ! Aussitôt, il songea à certaines de ses récentes lectures. Le grand Léonard de Vinci lui-même s'était intéressé à la cryptographie. De nombreux auteurs rapportaient qu'il avait pris l'habitude de rédiger les descriptions de ses inventions en ayant recours à l'écriture inversée. Cela consistait tout simplement à tracer les mots à l'envers, comme si le texte était réfléchi dans un miroir !

Avec une fébrilité qu'il parvenait difficilement à maîtriser, Valentin saisit une feuille encore vierge et trempa une plume dans l'écritoire qui était restée sur la table de chevet. RYAJUBICEF en écriture inversée donnait FECIBUJAYR. Pas vraiment de quoi sauter au plafond. Mais le Vicaire lui avait laissé un autre indice et, là encore, il avait joué sur les mots. *Ne commets pas d'impair…* autrement dit, intéresse-toi aux paires.

Que donnait le mot « FECIBUJAYR » si on le décomposait en paires de lettres ?

Rapidement, Valentin forma les appariements sur sa feuille : F → E, C → I, B → U, J → A, Y → R.

Était-ce la mystérieuse clé dont parlait le Vicaire ? Qu'obtiendrait-il s'il remplaçait, dans le reste du message, la première lettre de chacun de ces couples par la seconde ? Le F par un E, le C par un I et ainsi de suite ?

Sous la plume de Valentin, deux nouvelles lignes ne tardèrent pas à apparaître :

YFTOBYNF FN JYYCFYF JB LCFB DB PYFMCFY YFGJYD
RETOURNE EN ARRIÈRE AU LIEU DU PREMIER REGARD

Un sourire sans joie éclaira le visage beau et froid du policier. Il allait de nouveau pouvoir marcher sur les traces de la Bête !

20

Là où tout a commencé

Valentin mit sa monture au pas. Il tenait les rênes mollement, épaules et tête basses. D'après les renseignements recueillis dans le dernier village traversé, il ne devait plus être très éloigné de sa destination finale. Cette perspective le réconfortait après le long voyage qu'il venait d'effectuer. Deux jours et demi à cheval, en maintenant une allure soutenue et en limitant le nombre et la durée des haltes, afin de gagner au plus tôt le cœur du Morvan.

Son départ pour le moins précipité avait fortement intrigué Isidore Lebrac. Celui-ci s'était étonné que son chef puisse le laisser poursuivre seul ses investigations sur Paul Oblanoff alors que la prochaine intervention du médium était programmée pour le dimanche suivant. Valentin avait estimé qu'il était temps de l'informer de l'existence du Vicaire. En passant sous silence le fait qu'il avait été lui aussi une victime du terrible prédateur, il avait évoqué la traque à laquelle son père et lui-même s'étaient dévoués corps et âme. Puis il avait brièvement retracé l'histoire de Damien, ce gamin de huit ans que le monstre avait ravi à sa mère adoptive en l'arrachant, en 1815, à leur cabane du Morvan. Isidore n'avait pas cherché à cacher son inquiétude lorsque Valentin lui avait parlé, pour finir, des missives du Vicaire. Ce jeu pervers du chat et de la souris ne lui disait rien de bon. N'était-ce pas prendre un risque inconsidéré que d'effectuer seul ce déplacement dans le Morvan ? Et puis quelle garantie l'inspecteur avait-il d'avoir deviné juste ? Si ça se trouve, il allait entreprendre ce long voyage pour rien.

Valentin n'avait pas prêté grande attention aux objections de son adjoint. Il était certain de ne pas se tromper. *Le lieu du premier regard*, c'était forcément cette maison forestière où le Vicaire avait rencontré sa première petite victime. Et puis – il ne l'avait pas confié bien sûr à Isidore –, il avait une autre bonne raison de s'éloigner quelque temps de Paris. Il lui fallait prendre ses distances avec Aglaé, s'accorder un répit pour réfléchir à ce qu'il pourrait advenir désormais de leur relation. La jeune femme était sincèrement éprise de lui et lui-même nourrissait à son endroit un amour qui n'avait cessé de croître ces derniers mois. Mais quelle histoire pouvaient-ils vivre ensemble s'il s'avérait incapable du moindre contact charnel ? Est-ce que, comme il l'avait toujours cru, l'arrestation du Vicaire suffirait à l'apaiser et à effacer tous les traumatismes hérités du passé ? Et Aglaé ? Était-elle prête à patienter jusque-là ? Après l'affront qu'il venait de lui faire subir malgré lui, elle était en droit de lui en vouloir. Ses sentiments pour lui avaient peut-être changé radicalement. Bien qu'il répugne à l'envisager, tout était peut-être déjà fini entre eux.

Aussi las que son maître, l'étalon de Valentin

choppait dans les ornières du sentier et renâclait, agacé par les mouches et les racines dissimulées sous la mousse. Son cavalier s'arracha à ses pensées moroses pour se concentrer sur les chausse-trappes du sous-bois. Sous les frondaisons de la forêt, le soleil striait l'espace en une alternance de longues bandes inclinées d'ombre et de lumière. Des oiseaux lançaient leurs trilles joyeux dans les hauteurs. Un parfum de sève et de sureau embaumait l'air. C'était une magnifique journée de printemps et le policier, oubliant ses soucis du moment, se sentit gagné, peu à peu, par la douceur réconfortante de la nature. Le vert tendre des feuilles et les senteurs acides formaient une promesse de renouveau à laquelle il était, après tout, tentant de s'abandonner.

Il poursuivit ainsi son chemin encore un petit moment, savourant la bienfaisante caresse du soleil sur sa nuque et se laissant bercer par le pas de son cheval. Mais à mesure qu'il se rapprochait de son but, de vagues réminiscences lui revenaient par bouffées. Il s'agissait de simples sensations qu'il croyait pourtant avoir oubliées et qui tenaient à une certaine qualité de la lumière, aux bruissements familiers du feuillage et à la fuite d'animaux invisibles qui détalaient dans les fourrés à son approche. C'était si intense et si troublant qu'il s'attendait presque à voir, tout à coup, un jeune garçon émerger des broussailles. Un gamin malingre et ébouriffé, aux allures de sauvageon, surgi comme par magie d'un lointain passé. Mais, bien évidemment, il ne se produisit rien de tel et Valentin n'aurait su dire s'il en concevait du soulagement ou de la tristesse.

Pour la première fois depuis qu'il s'était mis en route,

il se demanda si *elle* vivait encore et si *elle* habitait toujours le hameau de la forêt. Si c'était le cas, que lui dirait-il ? Se ferait-il reconnaître ? Rien n'était moins sûr. Trop d'eau avait coulé sous les ponts et, même si la tentation de renouer les fils anciens pouvait l'effleurer, il savait bien au fond de lui qu'on ne peut jamais revenir en arrière.

Une autre question vint alors le tourmenter, mais celle-ci fut moins facile à évacuer. Il avait beau essayer de l'effacer de son esprit, elle revenait sans cesse le titiller, pareille à une rengaine qu'on n'arrive pas à se sortir du crâne. Pourquoi diable le Vicaire l'avait-il contraint à remonter le temps ? La réponse lui échappait, mais il pouvait être certain d'une chose. Son ennemi juré n'avait pas cédé aux charmes surannés de la nostalgie. S'il l'avait attiré en ce lieu, c'était pour le fragiliser et pouvoir l'atteindre au cœur. Car leur affrontement était une lutte à mort où tous les coups étaient permis.

Ayant traversé une combe encore noyée d'ombre, Valentin gravit un talus au sommet duquel un Christ émacié semblait se morfondre sur sa croix rongée par les pluies. Il n'aurait pu tout à fait en jurer mais il lui sembla reconnaître ce calvaire qui se dressait déjà là seize ans plus tôt. S'il ne se trompait pas, le hameau qu'habitaient autrefois une demi-douzaine de familles se situait juste derrière, dans une clairière située à l'écart de tout. Les hommes vivaient tous de la coupe du bois. Ils étaient bûcherons ou charbonniers. Des gens frustes mais qui faisaient toujours bon accueil aux rares voyageurs.

Les maisons se trouvaient bien là où il le pensait.

Ou du moins ce qu'il en restait. L'endroit paraissait à l'abandon depuis des années. Partout la nature avait repris ses droits : pans de murs ruinés et submergés par la végétation, toitures crevées, auvents écroulés, ouvertures crachant des herbes folles. Le spectacle était désolant.

Valentin descendit de selle et, tenant son cheval par le mors, il entreprit de remonter lentement l'unique chemin envahi par les ronces. Il avançait avec prudence, balayant les vestiges du regard pour détecter toute menace potentielle. Mais rien. Pas un mouvement. Pas un bruit. Les oiseaux s'étaient tus et la brise semblait avoir renoncé à pénétrer si loin au cœur de la forêt. Il n'y avait pas même un murmure de feuilles pour animer l'implacable solitude du lieu.

Toujours aux aguets, le policier dépassa un puits moussu dont la poulie, inutilisable, pendait lamentablement. Il se souvenait que la maison du couple de forestiers qui avait accueilli Damien se situait un peu en dehors du hameau proprement dit. Dans un repli de terrain, près d'un ruisseau où le savon des lessives moussait jadis comme le lait au sortir du pis des chèvres. Le bâtiment, au moins, semblait avoir résisté à l'épreuve du temps. Le toit de chaume et les murs étaient apparemment intacts. La porte et les volets auraient bien eu besoin d'un coup de pinceau, mais ils tenaient encore solidement dans leurs gonds.

Valentin ressentit un pincement au cœur en se rapprochant de la masure. Il y avait des fleurs plantées dans des pots, sous le porche, et des sabots mis à sécher près du seuil. Quelqu'un, à l'évidence, vivait encore là. Avant de frapper à la porte, l'inspecteur voulut enrouler la bride de son cheval à la clôture qui entourait une vieille remise aux planches disjointes. Mais la bête renâcla soudain et frappa du sabot sur le sol pour manifester son mécontentement. Elle donnait des signes évidents de nervosité. Ses yeux roulaient dans leurs orbites et ses naseaux palpitaient. On aurait dit que quelque chose l'inquiétait.

Valentin inspecta à nouveau les alentours sans rien déceler de suspect. Il se rapprocha alors de sa monture et lui parla doucement, tout en lui caressant le chanfrein pour l'amadouer. Elle finit par s'apaiser et accepta de se laisser attacher, mais les muscles de ses flancs demeurèrent agités de longs frémissements.

Lorsque Valentin frappa la porte du poing, personne ne répondit. Il patienta quelques instants avant de renouveler l'opération en appelant : « Holà ! Quelqu'un ? » Mais il n'eut pas davantage de succès. Il aurait pu tenter tout de suite de faire jouer le loquet. Cependant, quelque obscure réticence le retenait. La crainte de commettre un acte irréparable. Comme s'il s'apprêtait à violer un sanctuaire. C'était ridicule, mais il dut véritablement prendre sur lui pour passer outre.

Ayant empoigné par prudence l'un de ses pistolets d'arçon, il finit donc par pénétrer dans la petite maison. À cause des volets restés clos, il dut marquer une pause, décontenancé par la pénombre. L'unique pièce à vivre comportait plusieurs alcôves et de nombreux recoins ombreux. Mais lorsque ses yeux commencèrent à mieux voir, son attention fut directement attirée par la table dressée pour une personne. Des reliefs de nourriture figés dans le gras souillaient encore l'assiette, et le verre était à moitié rempli de vin. On aurait dit que celui ou celle qui s'était tenu là avait été interrompu en plein repas. Il y avait aussi une petite marmite en fonte qui trônait sur un antique poêle à bois. Valentin vint se pencher au-dessus et ne put réprimer une grimace. Une épaisse couche de moisissure recouvrait les restes brûlés de ce qui avait dû être un ragoût de viande et de navets.

Le jeune homme s'apprêtait à fouiller la pièce en profondeur, lorsqu'un hennissement doublé d'un fracas de bois brisé l'attira au-dehors. Son étalon piaffait et tirait furieusement sur sa bride, au point d'avoir déjà cassé l'un des piquets de l'enclos. Ce n'était plus seulement de la nervosité, mais l'expression d'une véritable peur. Cette fois, Valentin ne parvint pas à calmer le cheval avec de simples caresses. Il dut le détacher et le ramener devant la maison pour que l'animal cesse de ruer.

Qu'est-ce qui pouvait l'avoir effrayé à ce point ?

Pris d'un mauvais pressentiment, Valentin tourna lentement son regard en direction de la vieille resserre. C'était à l'intérieur de ce refuge que Damien avait vécu ses derniers moments d'innocence, ce fameux soir d'été où le Vicaire avait fait irruption dans son existence. Il l'avait écrit dans son journal. C'était là qu'il se blottissait chaque fois que la vie l'avait trop malmené, là qu'il venait sécher ses larmes dans une senteur de foin et de pomme flétrie.

Il ne les avait pas remarqués en arrivant, mais plusieurs corbeaux piétinaient et battaient des ailes devant la remise. Ils s'envolèrent lourdement en croassant lorsqu'il pénétra dans l'enclos. La porte – un vulgaire assemblage de planches retenues par des arceaux de métal – céda à la première poussée de Valentin. Et aussitôt l'odeur lui sauta à la figure. Violente. Suffocante. Pas le parfum des herbes séchées et des fruits, mais une affreuse puanteur de charogne.

Le policier fit deux pas en arrière, aspira une grande goulée d'air frais, puis, plaçant sa manche devant sa bouche pour tenter de limiter l'effet des remugles pestilentiels, il pénétra dans la remise comme on se jette à l'eau…

… en sachant déjà à l'avance ce qu'il allait y trouver.

Dans les premiers instants, il entendit surtout le bruit. Un bourdonnement entêtant. Le vrombissement de centaines d'ailes minuscules qui s'agitaient dans le noir. Puis il distingua le corps allongé sur le sol. Au début, il crut qu'il bougeait encore, mais c'était seulement dû à toute la vermine et aux insectes qui grouillaient dessus. Il s'approcha et, surmontant sa répulsion, s'agenouilla près du cadavre aux chairs gonflées et noircies. Le visage très abîmé était impossible à identifier, mais il reçut un choc en reconnaissant la petite croix en argent nichée dans les plis du cou. Il chercha alors le message, car il y en avait forcément un. Cela ne lui prit que quelques secondes. Le Vicaire avait placé la feuille de papier scellée d'un cachet noir dans la main droite de la morte.

Mon cher enfant,

Si j'avais voulu atténuer ta peine, je t'aurais volontiers dit que la mort aura sans doute été pour elle une délivrance. Elle vivait seule dans ce hameau déserté qu'elle n'avait pas voulu quitter. Il faut croire qu'en dépit de tout ce temps écoulé, elle espérait encore le retour de son enfant. Ou bien qu'elle n'avait plus vraiment toute sa raison.

Oui, la mort aura été une forme de délivrance, mais je n'irai pas jusqu'à dire que le passage s'est fait sans souffrance. Avant de l'étrangler, je lui ai appris que son petit Damien était toujours vivant et comment je m'étais occupé de lui durant des années. Si tu avais pu voir l'expression de son visage quand elle a compris à qui elle avait confié son enfant ! Ce masque de douleur ! Cette horreur indicible !

Savoir qu'elle a quitté cette terre dans les tourments participe de ton juste châtiment. Car il est écrit au livre des Hébreux : « Le Seigneur châtie celui qu'il aime. Et il frappe de la verge tous ceux qu'il reconnaît pour ses fils. Supportez le châtiment : c'est comme des fils que Dieu vous traite ; car quel est le fils qu'un père ne châtie pas ? »

C'est donc en père aimant que j'entreprends aujourd'hui de te corriger. Toi, le fils ingrat qui m'a fui pour se jeter dans les bras d'un autre. Comme je te connais bien, je sais qu'il en faut plus pour te dompter. C'est pourquoi, même si tu brûles désormais de me revoir, il te faudra patienter. Le moment de la confrontation n'est pas encore venu. Tu devras, auparavant, te soumettre à mon bon plaisir. Comme autrefois…

En face de l'église Saint-Sulpice, à l'enseigne de la couronne d'épines, tu recevras bientôt de mes nouvelles. D'ici là, je t'accorde ma bénédiction.

Le Vicaire

Valentin acheva sa lecture avec un goût de cendre dans la bouche. Il se frotta les tempes. L'assassinat de cette femme qui avait recueilli et pris soin du petit Damien jusqu'à ses huit ans le bouleversait. Le Vicaire ne s'y était pas trompé. Il savait ce qu'il faisait en l'obligeant à affronter cette épreuve. Comme par le passé, cette ignominie faite homme cherchait à l'asservir, mais à présent ce n'était plus dans une cage de métal qu'elle cherchait à l'attirer, mais dans les méandres de son propre cerveau halluciné.

Le policier rangea le billet du Vicaire dans une poche de sa veste et reporta de nouveau son regard sur le corps en partie putréfié. S'agissait-il du premier des petits cailloux dont ce dément parlait dans sa précédente lettre ? Était-ce là son projet ? Lui faire parcourir un chemin parsemé de cadavres ? La nausée s'empara soudain de Valentin et il éprouva le besoin de respirer à l'air libre. Glissant son pistolet dans sa ceinture, il pivota et s'inclina pour franchir la porte basse.

Le coup à la tempe le prit complètement par surprise. Un éclair blanc l'aveugla, tandis que, sous l'intensité de la douleur, son crâne lui donna l'impression d'exploser.

21

L'idiot

Valentin roula par terre et adopta instinctivement une posture de défense, bras et jambes couvrant ses points vitaux. Bien lui en prit, car un déluge de coups de pied s'abattit soudain sur lui. Heureusement, en dépit de leur violence, ceux-ci étaient assénés de façon désordonnée. Leur imprécision laissa au policier l'opportunité de retrouver en partie ses esprits. Entre ses doigts écartés qui protégeaient son visage, il distingua une silhouette râblée, un faciès d'homme des bois. Une expression de folie meurtrière déformait les traits de l'inconnu qui laissait échapper des grognements de bête.

Si je le laisse faire, cet énergumène va me réduire en bouillie !

Avant d'espérer pouvoir contre-attaquer, l'inspecteur devait gagner du temps. Il lui fallait récupérer du choc reçu à la tête. Il continua donc à faire le gros dos. Se tordant au sol comme un ver de terre, il s'efforça d'esquiver les coups les plus dangereux et parvint à amortir les autres en érigeant ses membres en autant de remparts.

Peu à peu, la pointe de feu qui avait perforé son crâne

se fit moins ardente. En même temps, son agresseur commençait à fatiguer. Son souffle devint haletant, ses râles indistincts s'espaçaient. À un moment donné, il dut marquer une pause pour reprendre haleine. C'était l'occasion qu'attendait Valentin pour réagir. Il s'enroula sur lui-même afin de raccourcir la distance et envoya sa jambe droite dans un ample mouvement de fauchage. Son adversaire fut pris totalement au dépourvu. Sans comprendre ce qui lui arrivait, il se retrouva les quatre fers en l'air. Valentin mit à profit ce répit pour se relever et se mettre en position de combat, les deux poings en avant. La brute poussa un juron et se redressa à son tour prestement. Il était moins pataud qu'il n'en avait l'air. Durant quelques secondes, les deux antagonistes se jaugèrent, tout en se défiant du regard et en tournant lentement l'un autour de l'autre.

Le policier en profita pour mieux examiner son rival. Celui-ci était vêtu comme un paysan mais ses habits sales et chiffonnés trahissaient de nombreuses nuits passées à la belle étoile. Des brins de paille étaient pris dans sa tignasse indisciplinée et ses traits grossiers présentaient cette hébétude si fréquente chez les idiots de village. Ses muscles noueux et les écorchures de ses mains, aussi larges que des battoirs, témoignaient d'un corps habitué aux travaux de force. Si Valentin voulait sortir indemne de cette confrontation, il allait devoir miser sur la vitesse et la souplesse. Car si l'autre parvenait à le saisir au corps à corps, il n'aurait pas la moindre chance de lui échapper.

En poussant un rugissement de fauve, la brute se rua soudain en avant. Valentin ne se laissa pas surprendre une seconde fois. D'une habile pirouette, il évita l'imposante masse et asséna au passage un terrible coup de coude dans les côtes de son adversaire. Celui-ci laissa échapper un cri de douleur. Le souffle coupé, il mit un genou à terre. Valentin sauta par-dessus lui et courut jusqu'à la barrière que son étalon avait malmenée quelques instants plus tôt. À cet endroit, un sac de toile grossière avait été abandonné. Les pattes arrière d'un lièvre et des collets dépassaient de l'ouverture. Le policier saisit un morceau du piquet cassé et se retourna juste à temps pour parer un nouvel assaut de l'inconnu. Maniant son arme improvisée comme il l'aurait fait d'une canne de combat, Valentin était désormais plus à son aise. Très vite, l'affrontement tourna à son avantage. Se jouant des manœuvres grossières du lourdaud, il était comme un danseur agile et insaisissable que l'autre s'évertuait en vain à empoigner. Chaque tentative manquée se soldait par un coup de bâton cinglant sur les jambes, en travers des reins, ou une estocade au ventre.

À ce régime-là, le petit trapu perdit rapidement pied. Haletant, les yeux larmoyants sous la douleur, il refusait néanmoins d'abdiquer, mais ses attaques manquaient désormais de vigueur et de conviction. Il ressemblait à un ours maladroit harcelé par un essaim de guêpes et ses coups de patte étaient devenus inoffensifs. Pourtant, Valentin s'acharnait à le frapper. La violence qui s'emparait de lui chaque fois qu'il était confronté à la noirceur du monde se trouvait décuplée par sa récente découverte macabre. Ses yeux s'étaient assombris et ne voyaient plus vraiment le pauvre hère qui rampait maintenant à ses pieds et dont c'était le tour de se recroqueviller sous les coups. C'était le Vicaire qu'il cognait, l'assassin de son père, le bourreau de ses jeunes années.

— Arrêtez ça tout de suite ou je vous brûle la cervelle !

Valentin se figea. Son bras armé du piquet retomba et il se retourna. Un homme déjà âgé, coiffé d'un bicorne de feutre noir et revêtu d'une blouse, la poitrine barrée d'un baudrier muni d'une plaque de métal, braquait sur lui une longue pétoire. Bavant et gémissant, son adversaire vaincu se traîna jusqu'au nouveau venu et vint se blottir contre sa jambe.

— Qui êtes-vous ? interrogea l'homme au fusil que sa tenue désignait comme le garde champêtre du lieu. Pourquoi vous en êtes-vous pris au Chouard ?

Valentin sentit sa fureur l'abandonner d'un coup, le sang refluer dans ses veines. Il prit le temps d'épousseter sa poitrine et désigna du menton son agresseur qui fixait sur lui un regard à la fois craintif et hagard.

— Demandez-le-lui plutôt ! C'est ce fou qui m'a attaqué sans raison.

— Le Chouard ? dit son interlocuteur en affichant une moue dubitative. Il n'a pas toute sa tête, c'est un fait. Mais il ne ferait pas de mal à une mouche. Quant à vous, je ne vous connais point et je vous ai demandé de décliner votre identité.

— Je suis l'inspecteur Valentin Verne, de la préfecture de police de Paris. Si vous me laissez prendre mon insigne dans la poche intérieure de ma veste, vous pourrez le vérifier par vous-même.

Le garde aux tempes argentées – probablement un

ancien soldat – se détendit imperceptiblement. Sa mine se fit moins sévère et le canon de son fusil s'abaissa de quelques pouces. D'un mouvement de tête, il signifia à Valentin qu'il consentait à lui rendre sa liberté de mouvement. Lorsque celui-ci eut exhibé sa médaille officielle, il mit l'arme au pied et repoussa son bicorne sur son front.

— C'est à n'y rien comprendre, dit-il en reportant son attention sur le simplet qui laissait entendre un gémissement de petit enfant. Je connais le Chouard depuis qu'il est tout gosse. Il a beau être fort comme un taureau, il n'a jamais attaqué personne. Et vous prétendez qu'il vous a agressé comme ça, sans motif?

Valentin expliqua en quelques mots les circonstances de la rixe. Le garde accusa le coup en apprenant la présence du cadavre dans la remise. Ses traits se creusèrent et il cligna plusieurs fois des paupières.

— Vous dites que la Jeanne a été tuée? Pas étonnant alors que le Chouard vous soit tombé dessus, il a dû vous prendre pour l'assassin. C'était l'une des rares personnes qu'elle acceptait sous son toit. Elle s'était prise d'affection pour ce gosse de personne. Elle le couvait comme un oisillon tombé du nid. Lui, de son côté, avait pris l'habitude de lui apporter, de temps en temps, le fruit de ses braconnages… Mince alors! La Jeanne assassinée! Qui aurait pu s'attendre à ça?

Valentin hocha la tête. Cela lui faisait tout drôle d'entendre la morte désignée par son prénom. Apprendre qu'elle avait pris sous son aile ce costaud à la cervelle d'oiseau le renvoyait à son propre passé. Des bouffées de tendresse se mêlaient en lui à la colère de savoir le

Vicaire en liberté, prêt à commettre d'autres atrocités. Il devait faire tout son possible pour l'en empêcher. Il ne connaîtrait décidément de repos que lorsque la bête infâme serait définitivement mise hors d'état de nuire.

— Vous croyez qu'il va rester tranquille ? dit-il en désignant l'idiot du menton. Je voudrais bien revoir le corps une dernière fois.

— Avec la rossée que vous lui avez infligée, y a pas de risque qu'il bouge une oreille. Vous êtes tous aussi terribles dans la police parisienne ?

Il y avait une pointe de reproche dans la question. Valentin haussa les épaules et, sans ajouter un mot, il tourna les talons pour rejoindre la resserre. Le garde lui emboîta le pas comme à regret, en poussant un soupir résigné.

Dans la pénombre empuantie, larves et insectes avaient repris leur festin, un temps interrompu. L'inspecteur chassa le nuage de mouches d'un revers de main et s'agenouilla auprès du cadavre. Faisant abstraction de ses émotions, il examina avec soin les globes oculaires, observa longuement les traces de strangulation et tenta d'évaluer l'état de décomposition des chairs.

— À première vue, je dirais qu'elle est morte depuis une dizaine de jours au moins.

Il se tourna en direction du garde qui venait seulement de le rejoindre et demeurait sur le seuil. L'homme fixait la dépouille avec une expression horrifiée et se signait d'une main hésitante.

— Cela vous paraît-il possible ? reprit Valentin.

Le garde déglutit péniblement et acquiesça :

— Voilà plus de deux semaines qu'on ne l'avait plus vue au village. C'est d'ailleurs pour cela que j'ai poussé jusqu'ici ce matin. Même si la Jeanne se plaisait à vivre à l'écart, elle restait rarement aussi longtemps sans donner signe de vie. Ne serait-ce que pour se ravitailler…

— Je dois reprendre immédiatement la route de Paris, fit Valentin en se relevant. (Il préleva plusieurs pièces d'or dans sa bourse et les tendit au garde abasourdi.) Je compte sur vous pour lui organiser des obsèques dignes et lui faire ménager une tombe dans le meilleur carré de votre cimetière. C'était une belle âme. Elle avait la faiblesse de croire à la bonté humaine et à l'amour de Dieu.

Le vieux au bicorne hocha la tête et risqua un nouveau coup d'œil au cadavre par-dessus l'épaule de l'inspecteur.

— Qu'est-ce que vous en pensez, vous qui êtes de la partie ? Qui a bien pu s'en prendre à elle ? Un rôdeur ?

— Une bête enragée, plutôt, répondit Valentin d'une voix blanche. De celle qu'il faut abattre sans le moindre état d'âme.

Le garde le fixa d'un drôle d'air.

Ces Parisiens, tout de même ! Une bête enragée ! Faut vraiment pas y connaître grand-chose !

22

Des rêves de Foutriquet au logis de Pierre Ouvrard

C'est un Valentin moralement affaibli, moulu par ses cinq journées passées en selle, qui fit son retour à Paris, dans l'après-midi du samedi. Sa monture, tout aussi fourbue que lui, peinait sur les pavés auxquels les fers des sabots arrachaient des étincelles. Ayant pitié d'elle, le policier mit pied à terre et la conduisit par la bride jusqu'à la poste aux chevaux située en face de l'église Saint-Germain-des-Prés.

Il en profita pour échanger quelques mots avec le maître de relais. Les deux hommes se faisaient mutuellement confiance. Ils s'étaient rencontrés plusieurs années auparavant, lorsque Valentin avait négocié la pension de son étalon. L'homme représentait, depuis, une source précieuse de renseignements. Voyant défiler à longueur de journée quantité de voyageurs, il aidait l'inspecteur à prendre le pouls de la population. En l'occurrence, ce dernier souhaitait savoir si, en son absence, la tension politique était retombée ou si, au contraire, les premières décisions du gouvernement de Casimir Perier avaient exacerbé les passions.

La réponse ne fut pas celle qu'il espérait. Son interlocuteur lui apprit que, dès le 14 mars, les journaux d'opposition avaient lancé une souscription en faveur d'une association nationale pour combattre le retour des Bourbons et les risques d'invasion étrangère. Le gouvernement avait tout de suite fait savoir qu'il condamnait cette initiative et qu'il déplorait qu'un groupuscule privé puisse s'ériger en rival de l'État. Quatre jours plus tard, à l'occasion de sa déclaration de politique générale, le président du Conseil avait enfoncé le clou et résumé par une phrase sa position de fermeté : « Au-dedans, nous voulons l'ordre, sans sacrifice pour la liberté ; au-dehors, nous voulons la paix, sans qu'il en coûte rien à l'honneur. »

À en croire le maître de poste, ce changement de ton au sommet du pouvoir, qui tranchait avec le laxisme d'un Laffitte, faisait grincer bien des dents. Les opposants s'agitaient d'autant plus qu'il se murmurait, ces derniers jours, que Perier espérait faire voter rapidement une loi visant à combattre les attroupements[1].

Ce climat délétère n'arrangeait pas Valentin. Cela donnait encore davantage de poids aux avertissements que lui avait prodigués le préfet Vivien la semaine précédente. Ayant autorité sur les forces de police, Casimir Perier allait probablement se livrer à une sévère reprise

1. Le texte fut effectivement adopté le 10 avril 1831 et autorisa les forces de l'ordre à ouvrir le feu après trois sommations pour disperser les manifestations et juguler les tentatives d'émeute.

en main. Un inspecteur aussi peu conformiste que le chef du bureau des affaires occultes risquait fort d'attirer son attention. Pour décourager toute velléité de démantèlement du service, une démonstration d'efficacité éclatante était indispensable. Il n'avait pas le choix : son combat contre le Vicaire allait devoir passer au second plan.

Préoccupé, Valentin prit congé du maître de poste et fut tenté d'aller directement rue de Jérusalem pour signaler son retour à Isidore. À la veille de se rendre chez les d'Orval, il lui tardait d'apprendre s'il y avait du nouveau dans cette affaire qu'il ne pouvait plus se permettre de négliger. Cependant, en apercevant son reflet dans la vitrine d'un libraire, il renonça à se montrer. À la rigueur, ses habits couverts de poussière et ses bottes au cuir maculé de boue auraient pu passer. Sa réputation d'élégance, bien ancrée dans les esprits, n'en aurait guère souffert. Mais son visage aux traits ravinés était carrément épouvantable. D'archange lumineux, il était devenu spectre blafard. La fatigue accumulée sur les routes n'était pas pour rien dans cette métamorphose. Cependant il devait ses rides les plus amères à la rage qui l'habitait.

C'est qu'il avait eu tout le temps de réfléchir durant son voyage de retour. L'assassinat perpétré dans le Morvan avait précédé le double meurtre du Jardin des Plantes. Cela signifiait que le Vicaire n'agissait pas en fugitif aux abois. Il avait préparé sa vengeance de longue date, froidement, sans doute dès qu'il avait appris que le policier sur ses traces et Valentin ne faisaient qu'un. La certitude que son ennemi n'avait rien laissé au hasard glaçait le jeune inspecteur. Il détestait l'idée que le Vicaire était seul maître du jeu et que lui-même se trouvait, pour l'heure, contraint de mobiliser son énergie pour un tout autre combat.

Était-ce une conséquence de son humeur maussade ? En rentrant chez lui, Valentin eut l'œil attiré par toute cette misère qui hantait les rues de Paris et qu'il était si facile, en temps ordinaire, d'ignorer. Elle revêtait l'apparence tantôt d'un estropié vendant des billets de loterie en plein courant d'air ou d'une vieille glanant des lambeaux de chiffon avec un crochet, tantôt de chômeurs se regroupant sur les places ou de fillettes proposant aux passants de mauvais fruits. Prostituées, mendiants, vendeurs à la sauvette, tous constituaient les rebuts d'une société au sein de laquelle seuls quelques rares privilégiés tiraient profit du travail de tout un peuple. C'était comme l'écume que la vague abandonne sur la grève, dans son mouvement éternellement recommencé.

— Bien l'bonjour, Jérusalem ! Ça fait drôlement plaisir d'vous voir. C'est que j'commençais à m'ronger les sangs à vot' sujet.

La voix gouailleuse arracha Valentin à ses pensées moroses. Il tourna la tête dans la direction d'où venait l'appel et sourit en reconnaissant Foutriquet.

— Toi ? Te faire du souci pour un cogne[1] ? Mais c'est le monde à l'envers !

Le petit cireur de chaussures qui s'était posté sous un porche charretier de la rue du Cherche-Midi ignora le ton ironique de l'inspecteur. Il fronça les sourcils.

1. Policier, dans l'argot de l'époque.

— Où étiez-vous donc passé ? Ça fait bien quatre ou cinq jours qu'vous aviez disparu du paysage !

— On ne t'a jamais dit que la curiosité est un vilain défaut ?

— Crénom ! Vous en avez de bonnes, vous alors ! C'est-y pas voszigues qui m'avez demandé de fouiner dans l'quartier ? Alors pour la curiosité, vous repasserez ! D'ailleurs, j'ai du nouveau pour vous et c'est pour ça qu'j'me f'sais du mouron. Rapport à la récompense qu'vous m'aviez promise la dernière fois.

Valentin se sentait bien trop mal en point pour entamer une discussion dans la rue. Il avait besoin au plus vite d'un bon bain, de vêtements propres et d'une solide collation.

— Remballe tout ton barda, le mioche ! dit-il en assénant une tape affectueuse sur la nuque du gamin. Tu vas me raconter tout ça en m'accompagnant jusqu'à mon appartement. J'ai une faim de loup et un sérieux décrassage ne me fera pas de mal.

Le garçonnet ne se le fit pas dire deux fois. Enfilant sur son épaule la courroie de la lourde caisse où il rangeait ses brosses et son cirage, il emboîta le pas à l'inspecteur et se mit à siffloter en affichant l'air supérieur de celui qui vient de se voir accorder un insigne privilège.

Sur le seuil de l'appartement, Eugénie salua l'inspecteur avec un large sourire, mais son visage s'assombrit lorsqu'elle aperçut Foutriquet. Elle inspecta le drôle des pieds à la tête, en tordant le nez.

— Qui c'est, ce crasseux-là ? bougonna-t-elle. Sale comme il est, ce morveux va ruiner tout mon ménage. Je vais être bonne pour cirer de nouveau tous les parquets.

Valentin s'amusa de la remarque. En l'occurrence, il n'était guère plus présentable que le garçon des rues. Poussant celui-ci dans le dos, il l'incita à entrer sans trop s'inquiéter du piètre accueil offert par la géante qui lui tenait lieu de domestique.

— Ce crasseux, comme vous dites, ma bonne Eugénie, est mon invité, la provoqua-t-il gentiment. Et il est comme moi affamé. Préparez-nous quelque chose de consistant et veillez à faire monter deux baignoires. Vous serez adorable.

Eugénie fit mine de grommeler pour le principe. Elle aurait sans doute désapprouvé encore plus fortement la présence de Foutriquet si elle avait pu voir le pied de nez que le gamin espiègle lui adressa aussitôt qu'elle eut tourné les talons.

— Mazette ! s'exclama le petit cireur en pénétrant dans le salon. C'est qu'ça mène grand train un inspecteur d'la Rousse[1] ! On dirait un peu comme chez not' nouveau roi.

Il ouvrait de grands yeux émerveillés devant les meubles précieux, les épais tapis, les tableaux, les statuettes, les pièces d'argenterie et les rideaux brodés. Mais c'est le calorifère d'où émanait une douce chaleur qui retint plus particulièrement son attention.

— Toi, Foutriquet, tu prétends savoir comment sont agencés les appartements royaux ? s'étonna Valentin.

— Pardi ! Tout l'été dernier, après cette folie des barricades, on entrait au Palais-Royal comme dans un moulin ! J'connais même quelques drôles qu'en ont

1. La police, dans l'argot de l'époque.

profité pour faucher une tabatière ou un porte-cure-dents. Comme qui dirait un p'tit souv'nir de la haute. (Le garçonnet pointa son index sur son front.) Moi, les souv'nirs, c'est là que j'me les trimballe. C'est juste pour ça qu'j'suis allé là-bas, pour m'fabriquer des rêves. C'est important, les rêves, ça aide à se lever chaque matin.

— Et philosophe par-dessus le marché ! ironisa affectueusement Valentin. Décidément, tu possèdes bien des talents cachés !

L'inspecteur avança un fauteuil pour le garçon et ne put retenir un sourire en notant l'hésitation marquée par celui-ci au moment de poser son postérieur sur l'assise tapissée d'un tissu chamarré d'or. En dépit de son air fanfaron, le môme était visiblement impressionné de se retrouver dans un intérieur aussi luxueux.

— Tu prétendais avoir du nouveau à m'apprendre ? questionna aussitôt Valentin, soucieux de ne pas laisser une distance s'installer entre l'enfant et lui.

Aussitôt, Foutriquet parut oublier le décor qui l'entourait. Son œil malicieux se mit à friser.

— C'est vot' lascar, l'autre malfaisant qui s'fait appeler le Vicaire. Vous m'aviez demandé d'vous avertir si j'le voyais rôder dans les parages.

Valentin tressaillit.

— Tu l'as vu ?

— Comme j'vous vois à c't'heure ! C'était y a quatre jours. En début d'soirée. J'l'ai tout d'suite repéré, même s'il cherchait à s'dissimuler sous son manteau. Un grand maigre, avec un visage en lame de faux.

— Que faisait-il exactement ?

— J'ai tout d'suite pensé qu'il mijotait un mauvais coup, parce qu'il rasait les murs. Le genre qui tient pas à s'faire remarquer. Et j'l'ai vu qui entrait dans vot' immeuble.

— Ici, au numéro 21 ? Tu en es certain ?

— Pensez bien qu'j'y ai r'gardé à deux fois !

— Et tu dis que ça s'est passé mardi ? Quelle heure était-il ?

— Un peu après huit heures. J'me souviens avoir entendu les cloches juste avant que vot' zigue fasse son apparition.

Valentin se frotta pensivement le menton. À cette heure tardive, Eugénie devait déjà avoir regagné sa chambre sous les combles. Il n'y avait personne dans l'appartement.

— As-tu une idée du temps qu'il a passé sur place ? Et surtout, as-tu réussi à lui filer le train quand il a quitté les lieux ?

Foutriquet afficha une mine contrariée.

— J'ai pu suivre peau de balle, rapport que vot' vicaire l'est jamais r'sorti. Du moins, pas cette nuit-là.

— Comment cela ? fit un Valentin aussi intrigué que méfiant.

— C'est comme j'vous l'dis ! J'suis resté planqué toute la nuit, mais le type a plus pointé l'bout d'son nez. Au p'tit matin, y f'sait tellement humide qu'j'ai fini par décaniller, histoire de pas attraper la mort. Vous comprenez maintenant pourquoi j'me f'sais du mouron à plus vous voir, vous non plus. J'commençais à imaginer des choses. Et des pas bien jolies !

Le policier s'efforça de masquer son inquiétude.

Pourtant le récit du gamin l'avait profondément troublé et suscitait en lui de nombreuses interrogations. Le Vicaire était-il parvenu à pénétrer chez lui ? Était-ce dans ce but qu'il l'avait éloigné de Paris ? Et surtout, qu'est-ce qui avait pu le retenir sur place durant une nuit entière ? Il se promit de questionner Eugénie à ce sujet pour savoir si elle avait remarqué quelque chose d'anormal. Il allait devoir également se livrer rapidement à une inspection des lieux pour voir s'il détectait une anomalie ou une quelconque menace.

— Eh bien ! lança-t-il avec une légèreté forcée. Comme tu vois, tu avais tort de t'inquiéter pour moi ! Il ne m'est rien arrivé de fâcheux. Mais revenons plutôt à toi. J'ai une nouvelle tâche à te confier. Il s'agit de surveiller une échoppe, place Saint-Sulpice. L'enseigne représente une couronne d'épines. Je suppose qu'on doit y vendre toutes sortes de bondieuseries.

— Ça peut s'faire, concéda Foutriquet, mais vous aviez parlé d'une juste récompense.

Valentin ne put s'empêcher de sourire. Il tira de la poche de son gilet deux pièces d'argent rutilantes.

— Je vois que tu ne perds pas le sens des affaires. Tiens ! Voilà dix francs. Reconnais que c'est bien payé pour le peu que tu m'as appris.

Foutriquet attrapa les pièces et, avant de les empocher, mû par un réflexe acquis à force de cirer bottes et chaussures pour quelques malheureux sous, il en mordit une en guise de test.

— La confiance règne, à ce que je vois ! s'exclama Valentin.

— Faut pas vous formaliser, Jérusalem. Vous pouvez

pas imaginer le nombre de bourgeois qui tentent de m'refiler d'la monnaie de singe. Y a pas pire avaricieux que certains richards. Alors si j'veux pouvoir un jour m'offrir quelques-uns de mes rêves, faut bien que j'veille à mes intérêts.

À ce moment-là, Eugénie fit son apparition avec un plateau garni d'une soupière et d'un plat de tourte à la viande. Une bonne odeur de gratinée à l'oignon se répandit dans toute la pièce. Valentin invita son jeune invité, dont le ventre gargouillait déjà, à rapprocher son fauteuil de la table.

— Oublions un peu la finance pour songer à la pitance ! déclama-t-il avec gaieté, tout heureux d'offrir ce réconfort à son jeune protégé. On rêve plus large quand on a le ventre bien calé !

Un couple d'heures plus tard, une fois Foutriquet rendu à la rue, frais, dispos et ragaillardi, Valentin tint à s'assurer auprès d'Eugénie qu'elle n'avait rien remarqué de suspect durant son absence. Il fit également le tour des pièces, inspectant plus particulièrement fenêtres et serrures, sans déceler la moindre trace d'effraction. Cela le rassura quelque peu, même s'il persistait à se demander ce que le Vicaire était venu faire sous son toit. Puis, en fin d'après-midi, ayant retrouvé meilleure apparence, il se décida enfin à rejoindre ses bureaux de la rue de Jérusalem.

Isidore Lebrac l'y attendait avec une excellente nouvelle. Ayant consacré les jours précédents à visiter tous les hôtels et garnis de la capitale, il avait fini par découvrir l'adresse actuelle du dénommé Pierre Ouvrard.

L'ancien artiste forain logeait dans une chambre meublée de la rue de l'Épée-de-Bois, dans un des quartiers les plus pauvres et les plus sinistres du vieux Paris. Lebrac s'était rendu sur place et avait discrètement interrogé la propriétaire des lieux. Celle-ci était la veuve d'un brigadier de gendarmerie et elle n'avait fait aucune difficulté pour apporter sa contribution à son enquête. Elle avait ainsi appris au policier que son locataire habitait chez elle depuis le mois d'octobre 1830. Elle le décrivait comme un solitaire, du genre guère causant, qui ne recevait aucune visite. En revanche, il lui arrivait de s'absenter souvent, sans le moindre mot d'explication. Lebrac s'était fait confirmer que ces escapades correspondaient toutes aux séjours réguliers de Paul Oblanoff chez les d'Orval. Ceci semblait établir une fois pour toutes la véritable identité du mystérieux spirite.

Valentin félicita chaleureusement son adjoint pour cette avancée déterminante et proposa de se rendre tout de suite sur les lieux. Comme tous les samedis, Oblanoff devait avoir rejoint Saint-Cloud. C'était l'occasion idéale de se livrer à une fouille en règle de son logement.

Les deux hommes empruntèrent une voiture de louage pour atteindre la rue de l'Épée-de-Bois avant la tombée de la nuit. Dans ce quartier du douzième arrondissement, les artères étaient tellement étroites que les pavés restaient constamment humides. Les caniveaux n'étaient jamais curés et exhalaient, à toute heure du jour et par tout temps, des remugles écœurants. De la mousse croissait le long des murs. Les façades des immeubles de trois étages, badigeonnées d'un brun terne ou d'un jaune pisseux, suintaient la misère ou l'ennui. L'endroit était de ces cloaques où personne ne choisit vraiment de vivre. On ne fait qu'y échouer, après bien des malheurs et des tribulations.

Sans surprise, la demeure où Pierre Ouvrard avait trouvé refuge ne payait guère de mine. Rien ne la distinguait de ses voisines, si ce n'est un écriteau sur lequel était pompeusement écrit : « Pension bourgeoise ». Lebrac se fit reconnaître de la propriétaire, qui parut d'emblée conquise par l'apparence de Valentin. Tout en leur parlant, elle ne pouvait s'empêcher de caresser du regard le beau visage de l'inspecteur, ne le lâchant que pour admirer son gilet couleur scarabée, à reflets moirés, et la chaîne en or de sa montre. Elle consentit bien volontiers à leur céder le double des clés de la chambre d'Ouvrard et laissa même échapper un soupir de déception quand ils déclinèrent son offre de les précéder dans l'étroit escalier.

La pièce où logeait Ouvrard se situait au dernier étage. Une chambre mansardée, au plancher vermoulu, munie d'une unique fenêtre dont les carreaux cassés avaient été rafistolés avec des chiffons et des bouts de planches. De longs courants d'air s'insinuaient par les fentes. Ils échouaient néanmoins à dissiper l'odeur de rance et de renfermé qui stagnait jusque dans les moindres recoins. L'ameublement se limitait au strict nécessaire : un lit, une table carrée, une armoire en mauvais bois passé au brou de noix, une chaise en paille, une cuvette et un broc émaillés, un poêle en fonte dans la cheminée.

Lebrac promena un regard affligé tout autour de lui.

— Fichtre ! fit-il. Le moins qu'on puisse dire, c'est

que notre grand médium se contente d'un confort des plus rudimentaires. L'avantage, c'est que nous en aurons vite fait le tour. Que cherchons-nous exactement ?

— Je l'ignore, répondit Valentin avec un geste évasif de la main, mais quelque chose me dit que nous le saurons immédiatement quand nous aurons mis la main dessus. N'oublions pas que c'est demain que notre homme a promis de frapper un grand coup en ramenant Blanche d'Orval à la vie. Si nous pouvons anticiper la façon dont il compte s'y prendre, il devrait être plus facile de révéler la supercherie. Nous augmenterons ainsi nos chances de le démasquer en public.

Comme l'avait prédit le rouquin, la fouille complète de la pièce, effectuée à la clarté vacillante d'un quinquet, ne leur prit guère de temps. Leur récolte se révéla d'abord plutôt maigre : du linge en quantité mais de médiocre qualité, de la teinture pour cheveux, une pipe en bruyère, une fiasque de rhum planquée derrière le poêle, quelques papiers sans intérêt. Ils finirent par faire leur trouvaille la plus intéressante dans l'armoire, sous une pile de draps. Il s'agissait d'une étrange boîte en bois, munie d'un volet escamotable. Elle contenait un sachet de granules grisâtres et un petit flacon de vif-argent.

— Intéressant, cela, jugea Valentin en faisant jouer le contenu de la fiole dans la lumière de la lampe. Et plutôt inattendu en dehors d'un laboratoire de chimie.

Isidore se rapprocha pour mieux voir.

— De quoi s'agit-il ?

— C'est du mercure liquide et je ne pense pas me tromper en affirmant que le sachet contient, lui, des cristaux d'iode. En revanche, j'ignore tout de l'usage qu'Ouvrard pourrait en faire.

Les deux hommes n'étaient toutefois pas au bout de leurs découvertes. Ayant examiné par acquit de conscience une paire de bottes glissée sous le lit, Lebrac en extirpa plusieurs affichettes qui avaient été roulées en boule à l'intérieur afin d'éviter les déformations du cuir. Il s'agissait de prospectus vieux de plus d'un an, qui vantaient les attractions d'une parade foraine. Les portraits des principaux artistes figuraient aux quatre coins du programme. Le jeune policier pointa le visage d'un homme brun au regard étonnamment pénétrant. La légende mentionnait : « Le grand Ouvrard, transmission de pensée, divination. »

— C'est lui ! s'exclama-t-il. Cette fois, plus le moindre doute ! C'est bien l'homme que j'ai rencontré chez les d'Orval et qui se fait appeler Oblanoff !

23

Où l'on parle de nécromancie et de spiritualisme…

Le lendemain soir, alors que le soleil déclinait lentement à l'horizon, la gentilhommière des d'Orval ressemblait à un fruit trop beau que le ciel répugnait à engloutir dans son gosier ténébreux. Les lanternes à huile de la façade étaient toutes allumées et les hautes fenêtres du rez-de-chaussée resplendissaient du ruissellement lumineux des lustres de cristal et des appliques murales en bronze doré. Ce flamboiement projetait sur le gravier de la terrasse de vives lueurs d'incendie et attachait de grandes ombres mouvantes aux voitures qui se croisaient dans l'allée ainsi qu'aux nombreuses silhouettes qui se pressaient sur le perron. On aurait dit un étrange ballet, réglé par quelque esprit fantasque, soumis à l'influence du génie du feu.

— Qu'est-ce que ça veut dire ? D'où vient tout ce monde ? s'étonna Valentin en franchissant les grilles en compagnie du « cousin Isidore » avec lequel il était censé avoir récemment sympathisé.

— C'est pourtant vrai, fit Lebrac en se frappant le

front. J'ai complètement oublié de vous prévenir. Il y a trois jours, Mélanie d'Orval nous a avertis que son époux avait lancé de nombreuses invitations. Il est persuadé qu'Oblanoff va réussir son pari insensé et ressusciter sa fille adorée. Aussi a-t-il convié quelques proches mais aussi à peu près tout ce que Paris compte de personnalités amatrices de sciences occultes. À voir le nombre de personnes qui se pressent à l'intérieur, la curiosité l'aura emporté sur le scepticisme chez beaucoup.

— Voilà qui ne va pas arranger nos affaires. Dans cette atmosphère de fête, il va être plus difficile de surveiller étroitement les faits et gestes d'Oblanoff. Sans parler du manque de discrétion. Quelle que soit l'issue de la soirée, la plupart des salons parisiens et des gazettes vont s'en faire l'écho dès demain.

Mélanie d'Orval vint à la rencontre des deux policiers lorsqu'ils apparurent sur le seuil du vestibule. Le violet foncé de sa robe de satin faisait ressortir la pâleur de son teint et elle affichait une mine contrariée.

— J'ai essayé de dissuader Ferdinand, confia-t-elle avec un geste impuissant de la main en direction du flot des invités, mais il n'a rien voulu entendre. C'est comme si Oblanoff était parvenu à se glisser dans son cerveau et à lui ôter toute capacité de jugement. Non seulement cet escroc menace de nous spolier, mais il risque de faire de mon mari la risée de la capitale.

Valentin s'efforça de la rassurer, mais il avait lui-même la sensation désagréable que la soirée débutait de la plus mauvaise des façons. Il afficha néanmoins l'expression déterminée qui convenait et affirma que son adjoint et lui ne lâcheraient pas le faux médium d'un pas. Il était impossible que celui-ci échappe à leur étroite surveillance et peu probable qu'il puisse mener à bien sa nouvelle tentative de mystification.

À présent, presque tous les convives étaient arrivés. On en comptait bien une quarantaine. Ils s'étaient répartis dans les trois salons en enfilade du rez-de-chaussée dont les portes-fenêtres ouvraient sur une élégante terrasse bordée d'une balustrade en fer forgé. En léger contrebas, dans la pénombre du crépuscule, se devinait le miroitement d'un étang en demi-lune, enchâssé dans un berceau de verdure et dominé par les hauts feuillages du parc qui s'étendait à l'arrière.

Isidore attira l'attention de Valentin sur le salon du milieu, où deux hommes s'apprêtaient à inaugurer le buffet principal. Il désigna discrètement le plus grand des deux.

— Voilà Oblanoff, souffla-t-il. L'autre, c'est notre hôte. Reconnaissez qu'*a priori* cela ne saute pas aux yeux.

L'inspecteur saisit immédiatement ce que son adjoint voulait dire. Tout de noir vêtu, le visage osseux, l'attitude altière, Pierre Ouvrard collait parfaitement à son personnage de Slave ombrageux et énigmatique. Il affichait un air supérieur et promenait sur les invités un regard d'une intensité presque dérangeante. Ses pupilles braisillantes semblaient refléter la fièvre d'une âme complexe qui ne connaissait pas le repos. À ses côtés, Ferdinand d'Orval paraissait presque effacé. Son charme naturel ne parvenait pas à gommer les ravages que les deuils récents avaient causés à son physique mais aussi, encore plus profondément, à son moral. Ses paupières larmoyantes, ses traits creusés et sa maigreur excessive portaient la marque d'un destin funeste. On le devinait tout environné d'ombres, aussi désemparé qu'un jeune enfant égaré dans une forêt inconnue. Et pourtant, pour qui savait aller au-delà des apparences, il apparaissait que, derrière le masque de la tristesse, brillait encore une fragile lueur d'espoir.

Gravitant autour de ce couple si dissemblable, l'assistance se décomposait en deux groupes qui répugnaient à se mélanger. Il y avait, d'un côté, les relations intimes des d'Orval. Des hommes graves et grisonnants, en habits chic et coûteux, qui arboraient, avec cet orgueil repu que procure la fortune, décorations officielles au revers de leur redingote et épouse corsetée à leur bras. Ces dames, sanglées dans des toilettes raffinées et couronnées des dernières coiffures à la mode, rivalisaient de distinction. Elles prenaient des poses avantageuses, savamment étudiées dans leur intimité, dissimulaient leurs visages derrière des éventails qu'elles agitaient avec élégance et échangeaient entre elles, en affectant d'y accorder une importance exagérée, potins et futilités. À l'autre extrémité des salons, une troupe plus hétéroclite se ruait sur les dressoirs où s'entassaient viandes froides, pâtés en croûte, entremets, pâtisseries et vins fins. Il y avait là quelques journalistes attirés par la perspective d'un article original, des férus d'occultisme, mais aussi des écrivains et des artistes connus pour leur anticonformisme. On reconnaissait ces derniers à une certaine touche bohème mais aussi à leur propension à stationner devant les buffets et aux quantités extraordinaires de nourriture qu'ils étaient capables d'engloutir sans prendre le temps de respirer.

Valentin voulut entraîner Isidore de ce côté, mais ce dernier se fit happer au passage par le baron de Launay. Le petit homme gros avait manifestement entrepris de narrer à un trio de ses connaissances, quinquagénaires aux tempes argentées et aux faces austères, le dernier exploit d'Oblanoff et il comptait sur le « cousin de cette chère Mélanie » pour appuyer ses propos.

— Vous tombez à pic, cher monsieur, déclara-t-il en agrippant de sa main potelée le bras d'Isidore comme s'il craignait de le voir décamper. Mes amis ne veulent pas croire que cette malheureuse Blanche ait pu se manifester à nous de façon si concrète. Ils parlent de suggestion et d'hallucination collective. Dites-leur, vous, que son visage est apparu comme par magie, là, juste sous nos yeux.

Isidore chercha son chef du regard pour savoir quelle attitude il devait adopter, mais Valentin demeurait en retrait et faisait mine de se désintéresser de la conversation.

— Nous étions six autour de cette table et nous avons tous vu la même chose, confirma-t-il enfin. Et si je comprends qu'une telle apparition soit difficile à admettre, il est encore plus improbable que nous ayons pu être tous victimes, au même instant, de la même illusion.

— Vous croyez donc que cet homme possède vraiment le pouvoir de communiquer avec les esprits ? interrogea, sceptique, l'un des membres du trio, un petit chauve à lorgnon. Si c'était vrai, il ne s'agirait ni plus ni moins que de sorcellerie.

— Je n'ai pas dit qu'Oblanoff était parvenu à entrer en contact, par-delà la mort, avec la fille de la maison, répondit prudemment Isidore. Tout ce que je puis affirmer, c'est que le visage de celle-ci est bel et bien apparu comme s'il surgissait du néant… avant, d'ailleurs, d'y retourner presque aussitôt. Mais je suis tout à fait incapable d'expliquer comment un tel phénomène a pu se produire.

— D'Orval semble, quant à lui, convaincu des extraordinaires facultés de son protégé. Regardez ! Il ne le quitte pas d'une semelle et le traite en invité de marque. À croire qu'il est absolument certain que nous allons assister, ce soir, à un nouveau prodige de sa part.

Un deuxième auditeur choisit alors d'intervenir. C'était un gras bourgeois dont les bajoues couperosées trahissaient l'abus de bonne chère. Une imposante chaîne de montre barrait son gilet distendu au niveau de l'abdomen et une épingle ornée d'une perle fine maintenait en place son nœud de cravate.

— Tout de même, intervint-il en fixant le maître des lieux, je suis étonné que des hommes raisonnables puissent accorder le moindre crédit aux agissements d'un individu qui prétend entrer en relation avec les âmes des défunts. De la part de mon ami d'Orval que j'ai connu si avisé en affaires, c'est tout bonnement incompréhensible.

— Le chagrin et les épreuves peuvent, hélas, changer un homme du tout au tout, commenta laconiquement le troisième quinquagénaire.

Mélanie d'Orval s'était discrètement rapprochée de Valentin. En entendant les commentaires des invités de son époux, son charmant minois se crispa. Elle souffla à l'oreille de l'inspecteur :

— Qu'est-ce que je vous disais ? Mon pauvre Ferdinand ! La moitié de ces gens qui se prétendent ses amis ne sont venus ce soir que pour jouir de sa déconvenue. Dès demain, tout Paris fera des gorges chaudes de sa crédulité.

— Préféreriez-vous que notre prétendu médium parvienne à ses fins ? Après tout, s'il réussit à arracher votre belle-fille au tombeau, nous n'aurons plus qu'à nous incliner et à lui tirer notre chapeau.

Les yeux de la jeune femme s'enflammèrent.

— Assister au triomphe de cet Oblanoff de malheur, ça jamais ! Plutôt perdre la face aux yeux de tous !

En entendant vaguement leur hôtesse prononcer le nom du médium, l'invité au lorgnon se tourna vers elle et l'interrogea d'un ton incisif :

— Mais d'abord, très chère Mélanie, sait-on d'où vient exactement cet apprenti sorcier ?

Le baron de Launay, qui pestait intérieurement de voir son auditoire se désintéresser de lui, s'empressa de répondre en premier :

— Mon épouse l'a longuement interrogé sur ses origines, l'autre jour. L'homme est un sang-mêlé et il n'en fait pas mystère. Un mélange de races d'ailleurs des plus originaux. Son père était un militaire russe, avec des ascendants mongols, qui a combattu contre les armées impériales à Austerlitz et à Friedland, avant de connaître la disgrâce puis l'exil. Quant à sa mère, elle est égyptienne et descendrait, à en croire l'intéressé, d'une famille ayant compté plusieurs grands prêtres dans ses rangs, au temps des pharaons. Autant dire qu'il s'agissait d'initiés ayant eu accès à bien des secrets aujourd'hui enfouis sous les sables du désert.

— Ah ! Les mystères du Sud et de l'Orient ! Je ne connais pas de sources plus inspirantes, si ce n'est peut-être la peau veloutée d'une amante, les vapeurs de l'opium ou les subtiles saveurs du dawamesk[1].

Cette déclaration lâchée d'une voix enflammée émanait d'un personnage qui semblait avoir pour principale préoccupation de ne surtout pas passer inaperçu. C'était un grand gaillard d'une vingtaine d'années, aux moustaches relevées en crocs et aux longs cheveux noirs descendant à mi-épaule. Sa tenue témoignait d'un goût prononcé pour l'exubérance et paraissait tout exprès composée pour heurter les esprits étriqués : redingote couleur parme, gilet en soie brodé de grosses fleurs éclatantes, chemise à manchettes bouffantes en dentelle, cravate rouge sang. Une symphonie de teintes criardes que venait parachever, d'une note canaille, une tresse de cheveux blonds portée en sautoir, tel un trophée galant.

— Mon Dieu ! soupira Mélanie. Il ne manquait plus que cet insupportable cabotin !

— Qui est-ce ? demanda Valentin.

— Théophile Gautier, un poète en quête de gloire littéraire. Mon époux a beaucoup apprécié le recueil

1. Sorte de confiture verdâtre composée de haschich, de miel et de pistaches, consommée, à l'époque, par de nombreux artistes au sein, notamment, du club des Hachichins qui compta parmi ses membres Théophile Gautier, Baudelaire, Gérard de Nerval, Daumier et Delacroix.

de vers qu'il a récemment fait paraître. Lui et son ami Victor Hugo s'intéressent de près à tout ce qui touche à l'occultisme.

L'inspecteur se rappelait avoir déjà entendu prononcer ce nom, au début de l'année précédente. Gautier faisait partie de ces jeunes écrivains romantiques qui avaient transformé le Théâtre-Français en champ de bataille pour prendre la défense d'Hugo, lors des premières représentations houleuses de sa pièce, *Hernani*. Déjà, lors de cet épisode fameux, le poète s'était fait remarquer par ses provocations et l'excentricité de sa tenue qui lui avait valu d'être surnommé « l'homme au gilet rouge ».

Valentin vit dans l'intervention de ce personnage fantasque une excellente opportunité de sortir de sa réserve et de se mêler enfin à la conversation.

— Je trouve assez révélateur, remarqua-t-il, le fait que vous citiez l'effet de substances hallucinatoires quand on évoque la possibilité de convoquer l'esprit des disparus. Suggérez-vous que les personnes présentes lors des précédentes expériences d'Oblanoff aient pu être droguées à leur insu ?

Le poète parut un instant décontenancé par la question. Il haussa les sourcils et dévisagea le policier avec une curiosité teintée d'un brin d'ironie.

— Quelle drôle d'idée ! Monsieur doit être un fervent lecteur des feuilletonistes ou un spectateur assidu des mélodrames que l'on donne sur le boulevard du Crime. Un empoisonnement collectif ? Allons donc ! Je songeais plutôt aux pratiques de certains marabouts d'Afrique ou d'Amérique qui usent de plantes sacrées pour entrer en transe et communiquer avec le monde des morts. De telles pratiques devaient probablement déjà s'observer dans l'Égypte ancienne. On y croyait à l'existence du khâ, une sorte de double spirituel qu'on tentait de retenir après la mort grâce aux offrandes avec lesquelles on enterrait la dépouille. Cette persistance du khâ était jugée indispensable si l'on voulait, par la suite, pouvoir invoquer les mânes du défunt et obtenir d'eux des rêves prémonitoires. Pareilles croyances ne sont d'ailleurs pas propres à l'Égypte. On les retrouve chez d'autres civilisations anciennes et elles se sont perpétuées jusqu'à aujourd'hui, comme en témoignent les coutumes des sorciers que j'évoquais à l'instant.

— Tout cela nous éloigne quelque peu d'Oblanoff, intervint Launay en fusillant du regard Valentin.

Le baron fulminait intérieurement. Il se demandait pourquoi diable cet inconnu, dont la mise élégante marquait pourtant son appartenance au meilleur monde, avait cru bon de détourner l'attention de son public au profit d'un freluquet prétentieux et vulgaire comme ce Gautier.

— Je suis convaincu, poursuivit-il, que son savoir empirique s'apparente plus au magnétisme animal d'un Messmer qu'aux pratiques de sauvages incultes.

— Rien n'est moins sûr ! contra Gautier. Les origines orientales et africaines d'Oblanoff pourraient sans doute expliquer ces mystérieux pouvoirs dont nous espérons tous avoir, tantôt, la démonstration éclatante. L'homme aurait, en quelque sorte, hérité d'un long savoir ancestral.

Valentin ne l'aurait pas cru possible en arrivant, mais

il se réjouissait à présent de côtoyer des passionnés de spiritualisme. C'était l'occasion idéale pour lui de parfaire ses connaissances sur le sujet. Il relança Théophile Gautier.

— Vous disiez, dit-il, que d'autres peuples anciens pratiquaient la divination par l'évocation des morts.

Son interlocuteur approuva d'un hochement de tête.

— Comme les Égyptiens, les Assyriens et les Babyloniens croyaient à la possibilité pour les vivants de côtoyer les morts. Pour ces peuples anciens, les trépassés étaient censés demeurer dans notre monde à l'état de souffle et possédaient le secret de nos destinées. Ils pouvaient ainsi transmettre de précieux conseils à qui savait les interroger.

La veuve d'un notaire, encore engoncée dans ses vêtements de deuil, se signa vivement.

— Tout cela ne m'a pas l'air très chrétien, observa-t-elle en pinçant les lèvres. Il me semble que les défunts ont le droit de reposer en paix. Tenter de les arracher au sommeil éternel, c'est faire œuvre du diable.

— Détrompez-vous, chère madame ! riposta le poète à la longue crinière. Si les premiers Pères de l'Église ont ordonné la destruction des temples des sibylles et condamné la nécromancie, nombreux sont les doctes religieux qui ont étudié par la suite ce savoir hérité des Anciens. Mais tenez ! Voilà mon ami Musset qui pourra vous en dire plus que moi à ce sujet.

Attirés par la voix de stentor de Théophile Gautier, de nombreux invités s'étaient rapprochés, en provenance des autres salons. Parmi eux se trouvait un couple qui se démarquait par sa jeunesse et sa beauté. L'homme devait avoir sensiblement le même âge que Gautier, mais montrait une allure de dandy, avec une barbe châtain clair soigneusement entretenue et un habit de bonne coupe. Sa partenaire, quant à elle, était tout simplement divine. Elle portait une robe de mousseline bleue qui mettait en valeur son admirable silhouette. Les parements de tulle et de satin de son corsage, plutôt que de les voiler, ne faisaient qu'offrir davantage à l'admiration de tous ses épaules nues et sa gorge décolletée jusqu'à la pointe des seins. Les autres femmes détournaient le regard sur le passage de cette Vénus impudique et agitaient encore plus frénétiquement leurs éventails. Quant à leurs époux, ils en perdaient pour la plupart leur gravité compassée et la dévoraient littéralement des yeux. Quelques-uns allaient même jusqu'à jeter des regards envieux à ce godelureau qui avait le bonheur de s'afficher en compagnie d'une pareille beauté.

C'était vers ce dernier que Gautier se tournait à présent pour l'introduire auprès de Mélanie d'Orval.

— Permettez-moi, chère hôtesse, de vous présenter Alfred de Musset, poète irréprochable, et sa muse, Mlle Despréaux, qui a été découverte par le grand Talma lui-même et qui vient de rejoindre l'illustre troupe du théâtre du Gymnase. Comme je le disais, mon ami s'est particulièrement intéressé aux rapports entre spiritualisme et nécromancie.

Alfred de Musset s'inclina avec grâce devant la maîtresse de maison.

— Si ces choses-là vous intéressent, madame, je pourrai vous faire parvenir un ouvrage des plus éclairants sur le sujet. Il a été écrit à la fin du XVIe siècle par un certain Taillepied, docteur en théologie. Son titre pourrait d'ailleurs tenir lieu de programme pour cette pittoresque soirée à laquelle vous avez eu la bonté de nous convier. Il s'agit du *Traité de l'apparition des Esprits, à savoir des âmes séparées, fantômes, prodiges et accidents merveilleux*.

C'était plus que n'en pouvait supporter la frêle Mélanie. Ses joues s'empourprèrent ; ses mains se crispèrent. Et sa voix vibra d'une colère contenue à grand-peine :

— Je n'ai invité personne et, s'il ne tenait qu'à moi, sachez que la porte de cette maison resterait pour toujours close à toutes les espèces de vautours qui s'entendent pour prospérer sur les malheurs de leur prochain.

Cette déclaration inattendue jeta un froid parmi les membres de la proche assistance. Fort heureusement, le tintement d'une clochette en provenance du salon principal vint faire diversion. La nuit avait fini par tomber complètement. C'était le moment sur lequel s'étaient accordés Ferdinand d'Orval et Paul Oblanoff pour tenter l'expérience ultime censée ramener Blanche à la vie. La foule des convives, toute bruissante d'excitation, déserta les différents buffets et rejoignit les deux hommes au centre de l'espace de réception. Le maître de maison, visiblement ému, commença par remercier tous ses invités de leur présence réconfortante et les pria de se plier scrupuleusement aux indications qu'allait leur donner à présent celui qu'il se plaisait à gratifier du beau nom de « bienfaiteur de l'humanité ».

— Attention ! murmura Valentin à l'oreille d'Isidore. C'est le moment d'ouvrir les yeux et de ne pas se laisser distraire. Quoi qu'entreprenne Ouvrard, nous devons en comprendre le *modus operandi*.

Paul Oblanoff plaça l'extrémité de ses doigts sur ses tempes et ferma un instant les yeux, comme s'il éprouvait le besoin de se concentrer avant d'opérer. Instinctivement, le silence se fit autour de lui. Lorsque le dernier chuchotement se fut éteint, avec un art consommé de la mise en scène, l'ancien artiste forain se raidit et ouvrit tout grand les paupières. Son regard magnétique parcourut lentement l'assemblée.

— L'expérience que je m'apprête à conduire, déclara-t-il d'une voix caverneuse, n'est pas en soi dangereuse. Elle nécessite cependant une profonde mobilisation des fluides médiumniques. Il ne s'agit pas en effet seulement de servir d'intermédiaire à une âme de l'au-delà, mais bel et bien de provoquer de sa part une manifestation tangible. Nous allons tenter ce soir, ensemble, de matérialiser l'esprit désincarné de Blanche. (À ces mots, le visage affligé de Ferdinand d'Orval tressaillit et une lueur se ranima au fond de ses prunelles éteintes.) Pour ce faire, je vais avoir besoin de six volontaires. Homme ou femme, cela est indifférent. La seule chose qui compte, c'est l'absolue croyance de chacun à la puissance des forces de l'au-delà.

Plusieurs bras se levèrent dont celui de Valentin qui voulait pouvoir observer le déroulement des événements au plus près. Oblanoff demanda alors aux autres invités de bien vouloir s'écarter et se ranger contre les murs, afin de dégager un espace libre au centre du salon. Puis il invita ses assistants d'un soir à former un cercle autour de lui en se donnant la main. Il y avait là, outre Valentin, les époux Launay, Théophile Gautier, Alfred de Musset et la voluptueuse Louise-Rosalie Despréaux.

Lorsque chaque protagoniste se trouva en place, Oblanoff fit mine à nouveau de rentrer en lui-même, la tête entre les mains. Le silence se fit. Mais il s'agissait d'un silence sensiblement différent, presque pesant, qui n'était pas seulement une absence de bruit mais l'intense expectative de dizaines d'invités. Oblanoff prit tout son temps, attendant que chacun se pénètre de la solennité de la scène. Puis, les yeux toujours fermés, il commença son invocation :

— Blanche, êtes-vous là ?… Nous aimerions que vous vous manifestiez à nous.

Silence. La main gauche de Mlle Despréaux tremblait légèrement, sous le coup de l'émotion, dans la paume de Valentin. Celui-ci s'efforça de ne pas trop y prêter attention et scruta les rangs serrés des invités pour tenter de repérer Mélanie d'Orval et Isidore. Il ne les vit pas.

— Blanche, vous êtes partie beaucoup trop brusquement… Vos proches ont besoin de vous revoir. Daignez entendre leur supplication.

Le silence, toujours.

— Blanche, votre père est accablé par le chagrin. Il a besoin de vous voir une dernière fois… Écoutez ma voix et ses prières qui vous appellent… Laissez-vous guider jusqu'à nous.

Comme toujours rien ne se produisait, quelques murmures impatients commencèrent à s'élever parmi l'assistance des hauts bourgeois. Vite réprimés par les protestations des férus d'occultisme. L'opposition entre les deux groupes menaçait de prendre de l'ampleur, lorsque, tout à coup, la voix sépulcrale d'Oblanoff domina la rumeur naissante :

— La voilà ! Elle nous a entendus !… Blanche ! Elle arrive ! Là !

Son bras s'était tendu et il désignait, de son index pointé, les portes-fenêtres ouvrant sur le parc noyé d'ombres.

24

… avant d'en constater les effets

Il y eut un instant d'intense confusion. Tandis que tous les regards obliquaient dans la direction indiquée par Oblanoff, ce dernier rompit le cercle de ses partenaires en séparant les bras de la comédienne et de Valentin. Puis il se dirigea à grandes enjambées vers les portes-fenêtres. Ferdinand d'Orval fut le premier à lui emboîter le pas, aussitôt imité par une partie des invités. Dans le mouvement quasi général qui s'ensuivit, l'inspecteur aperçut enfin son adjoint qui était resté auprès de Mélanie, sur le seuil de la pièce. Il se précipita vers lui.

— Vite, Isidore ! Trouve-moi des lampes à huile ! Nous allons, à coup sûr, en avoir besoin.

Sans attendre la réaction de Lebrac, l'inspecteur s'élança vers les fenêtres du premier salon, évitant ainsi l'encombrement qui s'était rapidement constitué aux issues de la pièce centrale. Un nombre encore limité d'invités avaient réussi à se glisser sur la terrasse, à la suite d'Oblanoff et d'Orval, les autres restant bloqués en arrière. Le médium s'était posté tout contre la balustrade de fer forgé et scrutait l'obscurité. Tout dans son attitude crispée trahissait une profonde concentration. Face à lui, l'étang avait disparu derrière l'encre de la nuit et les buissons du parc ne dessinaient plus que des masses informes, légèrement plus denses.

— Où est-elle, Paul ? demanda d'Orval d'une voix étranglée en se portant à la hauteur d'Oblanoff. Je ne vois rien !

— Elle est en route. Ayez confiance, votre fille ne vous fera pas défaut.

Les uns après les autres, les participants à la soirée se regroupaient au bord de la terrasse. Des valets munis de chandeliers s'étaient répartis parmi eux. Leurs luminaires, dans la bousculade qui pressait les curieux les uns contre les autres, semblèrent d'abord s'ériger en autant de symboles d'ordre et de quiétude s'opposant aux mystères de la nuit. Mais cette illusion réconfortante ne dura guère. Une légère brise se leva et les porteurs furent bientôt contraints de protéger les flammes vacillantes des bougies pour éviter qu'elles ne s'éteignent, occultant ainsi pour partie leur lumière rassurante. On entendit alors quelques soupirs de femmes s'élever dans le noir.

Sans se soucier de la tension qui gagnait peu à peu l'assistance, Valentin joua des coudes pour venir se placer juste dans le dos du médium. Par-dessus son épaule, il pouvait contrôler ce qui se passait en contrebas, tout en étant certain de ne rien perdre des mouvements de sa cible.

Soudain, dominant les conversations étouffées des autres spectateurs, la voix claironnante de Théophile Gautier retentit :

— Regardez ! Sur la gauche, on dirait comme une onde qui se propage !

Quarante têtes se tournèrent, en un parfait ensemble, pour voir ce qui avait bien pu attirer l'attention du poète. Au début, ce ne fut qu'une simple vibration. Si infime qu'il fut d'abord impossible à Valentin, de même qu'à la plupart des personnes assemblées là comme en un parterre de théâtre, de déterminer si ce changement invisible tenait au mouvement des feuillages agités par le souffle nocturne ou à une variation de densité dans l'ombre qui régnait en contrebas.

Ce flottement, cette indécision, ne durèrent qu'un très bref instant. Le temps pour une douce clarté de naître entre les arbres du parc et pour son reflet ondulant de glisser à la surface de l'étang. Des exclamations étonnées jaillirent de plusieurs bouches à la fois. Déjà, la mystérieuse lumière évoluait. Elle gagnait en intensité et arrachait au néant un bout de prairie, des buissons et tout un fouillis de branches basses. De délicates nuances de vert et de brun émergeaient progressivement des ténèbres, comme au premier matin du monde.

— Quel est ce prodige ? murmura Mlle Despréaux en portant sa main à sa bouche. On dirait une aube qui se lève rien que pour nous.

On n'aurait pu mieux décrire l'incroyable phénomène qui se déroulait dans le parc de la propriété des d'Orval. C'était comme si un soleil invisible focalisait ses rayons sur un faible périmètre. Des rayons bientôt si ardents que toute une partie de la berge opposée se trouva éclairée quasiment comme en plein jour.

Comment a-t-il réussi ce tour ? Sans gaz, aucun fanal ne pourrait donner une lumière aussi vive…

Valentin se perdait en conjectures, tandis que ses yeux effectuaient d'incessants allers-retours entre la rive illuminée et la nuque du médium.

Oblanoff, de son côté, demeurait parfaitement immobile. Imperturbable. Refusant de répondre à ses voisins immédiats qui l'interrogeaient sur l'origine de cette lumière surnaturelle. Puis, alors que la confusion au sein de l'assemblée atteignait son comble, il répéta le même geste que précédemment dans le salon. Son index se pointa de nouveau vers l'avant et sa voix gutturale vint imposer le silence à tous les spectateurs :

— Taisez-vous, tous ! Vous allez l'effrayer. Car la voilà enfin qui approche, la douce Blanche !

Tel un démiurge commandant à sa créature, ou un marionnettiste manipulant avec art les fils invisibles de sa poupée, Oblanoff étendit ses deux bras à l'horizontale, paumes tournées vers l'avant. Là-bas, de l'autre côté de l'étang, un buisson d'aubépine sembla s'animer. Des branches s'écartèrent pour laisser le passage à une silhouette blanche. C'était une manière de spectre, drapé dans une tunique immaculée dont un pan remontait par-dessus sa tête, à la façon d'un voile antique. L'apparition se déplaçait lentement vers le centre de la zone éclairée, glissant plutôt que marchant. Puis, quand elle fut parvenue en pleine lumière, elle s'immobilisa, se tourna vers la terrasse et la façade illuminée de la gentilhommière des d'Orval, et rejeta son voile, libérant une cascade de cheveux blonds.

— C'est elle ! s'écria Ferdinand d'Orval avec émotion. C'est mon enfant ! Blanche !

Son exclamation s'éteignit dans une sorte de râle ;

ses jambes se dérobèrent. Sans la prompte intervention d'Alfred de Musset qui le retint juste à temps par les épaules, il se serait écroulé sur le sol de gravier.

Frappé par l'étrangeté de toute la scène, Valentin sentit la nécessité d'une réaction, ainsi qu'en un cauchemar dont on cherche à s'arracher en se pinçant. Aux deux extrémités de la terrasse, un escalier permettait d'accéder à la pelouse qui descendait en pente douce jusqu'à l'étang. Bousculant sans vergogne tous ceux qui se trouvaient sur son passage, il s'extirpa de la foule des invités et avisa son adjoint qui sautillait depuis un petit moment, une lampe-tempête dans chaque main, en désespérant de le repérer.

— Isidore ! Viens avec moi ! Nous devons absolument rattraper cette fille avant qu'elle ne disparaisse !

Les deux policiers dévalèrent quatre à quatre l'escalier de droite, puis, au risque de se rompre le cou, entamèrent dans le même élan la descente du versant herbu. Ils se trouvaient encore à mi-distance de la berge lorsque l'apparition agita brièvement la main en signe d'adieu. L'instant d'après, la lumière irréelle qui baignait l'endroit où elle se dressait s'éteignit d'un seul coup et les ténèbres recouvrirent à nouveau tout. On aurait dit qu'une bouche invisible avait soufflé d'un trait toutes les lampes à l'intérieur d'une pièce.

— Comment est-ce possible ? s'étonna Isidore, entre deux ahanements. C'est de la diablerie !

— Le diable n'a rien à voir là-dedans, crois-moi ! Pas plus que les prétendus pouvoirs d'Ouvrard !

L'instant d'après, les deux hommes atteignirent le bord de l'eau. À cet endroit, l'étang ne comptait pas plus d'une trentaine de mètres de large. Valentin abaissa sa lanterne pour tenter de repérer une barque amarrée à proximité. Cela aurait été le moyen le plus rapide de rejoindre l'autre rive. Mais il n'y en avait pas.

— Nous devons contourner l'étang, pas moyen de faire autrement ! jeta-t-il à Isidore. Je prends par la droite, toi fonce vers la gauche. On se rejoint de l'autre côté. Il ne faut pas qu'elle nous échappe.

Chacun allait devoir parcourir près de trois cents mètres pour dépasser l'une des extrémités du croissant formé par l'eau noire et atteindre le point où s'était figée l'énigmatique silhouette blanche. Malheureusement, la berge n'était entretenue que sur une très faible largeur, afin de dégager la perspective reliant la demeure, la terrasse et l'étang. Aussi, très vite, les ronces, les broussailles et les racines des ormes et des saules vinrent-elles entraver la progression des deux hommes.

Valentin fonçait malgré tout, tête la première, sans prêter attention aux nombreuses griffures que lui infligeait aux mains et aux jambes la végétation touffue. De temps à autre, il dirigeait son regard sur la gauche pour s'assurer de la position d'Isidore. Avec la distance et l'obscurité, il ne distinguait que l'éclat sautillant du falot, mais son adjoint semblait progresser aussi rapidement que lui.

En son for intérieur, l'inspecteur enrageait. Il aurait dû prévoir qu'Ouvrard leur concocterait quelque chose de tout à fait différent que les fois précédentes. S'il n'avait pas eu, ces derniers temps, l'esprit si préoccupé par la traque du Vicaire, il aurait mieux anticipé les événements, fait appel à la gendarmerie pour assurer une surveillance du parc et des alentours. Au lieu de cela, il avait cru pouvoir contrôler la situation en se contentant de coller aux basques de l'extralucide. C'était impardonnable de sa part !

Il fallut bien dix minutes aux deux policiers pour opérer leur jonction de l'autre côté de l'étang. Aucun d'eux n'avait repéré en chemin la moindre trace de la fantomatique Blanche. En désespoir de cause, ils tentèrent de localiser l'endroit précis où elle était apparue en promenant leur lampe au ras du sol. Après quelques tâtonnements, ils finirent par découvrir un espace où l'herbe était couchée et les branchages cassés.

— Ça devait être là, déclara Isidore en se redressant pour fouiller du regard les épaisses ténèbres alentour.

— Probablement, acquiesça un Valentin lugubre. Mais quel que soit l'être ou la chose qui s'est tenu là, il ou elle a eu tout le temps de disparaître dans les profondeurs du parc. Nous ne mettrons pas la main dessus cette nuit.

Isidore fit la moue.

— Ce que je ne comprends pas, c'est comment Ouvrard s'y est pris pour créer pareille illusion. Une telle variation de lumière, dans un espace si limité… On aurait vraiment cru assister à un lever de soleil !

— Je ne me l'explique pas non plus, reconnut Valentin. Je ne vois rien ici qui ait pu servir de source d'éclairage. Pas la moindre trace de foyer. Quant à utiliser une ou plusieurs lampes, il n'y faut même pas songer. La lumière produite aurait été insuffisante.

Regarde les nôtres, elles peinent à éclairer au-delà de quelques mètres.

— Je n'arrive pas à admettre que ce damné Ouvrard parvienne, à nouveau, à se jouer de nous.

— J'ai bien peur hélas qu'il ne faille en prendre notre parti, conclut Valentin en grimaçant. Pour le moment, du moins... Il ne nous reste plus qu'à remonter à la maison et voir si cette fripouille daigne fournir quelques explications sur ce qui vient de se produire.

— Vous voulez dire que nous allons enfin pouvoir l'interroger sérieusement ?

— Disons plutôt, subtilement. Pas question encore de lui révéler notre état de policier. Aux yeux de tous, tu restes « ce cher cousin Isidore » et moi, un camarade que tu viens de retrouver fortuitement. De toute façon, même si nous l'embarquions au dépôt, je doute qu'Ouvrard nous apprendrait grand-chose. Il a tout intérêt à continuer à jouer sa petite comédie. Pauvre Mélanie ! Après notre échec de ce soir, le choc risque d'être terrible pour elle. Elle semble tellement convaincue qu'un malheur est sur le point de s'abattre sur son couple... Le mieux serait sans doute que tu demeures chez les d'Orval cette nuit pour la rassurer. Et puis, ça te donnera l'occasion de revenir ici au grand jour pour voir si tu peux découvrir un indice quelconque.

À contrecœur, les policiers se résolurent alors à revenir sur leurs pas. Une humidité malsaine s'élevait à présent des eaux mortes, imprégnait leurs vêtements, s'insinuait le long de leurs muscles refroidis. Alors qu'ils entamaient leur remontée en direction de la gentilhommière des d'Orval et entendaient déjà les exclamations des invités qui les guettaient depuis la terrasse, Valentin fut saisi d'un étrange malaise. Il ne put résister à la tentation de se retourner.

L'espace d'un court instant, il crut apercevoir, au-dessus de l'étang, une forme blanche, avec de longs cheveux dans le dos. Mais ce n'étaient que des lambeaux de brouillard qui se balançaient mollement dans l'air.

25

Les forains

Rentré de Saint-Cloud au milieu de la nuit, Valentin tomba sur Eugénie qui était restée dans l'appartement pour veiller jusqu'à son retour. En découvrant le visage défait de son maître, la dévouée domestique crut de son devoir de le dorloter et déclara qu'il ne pouvait se coucher le ventre vide. Elle proposa de lui réchauffer un bol de bouillon. Valentin mentit de façon éhontée en affirmant qu'il avait déjà mangé chez les d'Orval, puis il la mit gentiment à la porte. Il n'eut même pas la force, ensuite, de gagner sa chambre et s'écroula tout habillé sur le canapé du salon.

En dépit de la fatigue qui l'accablait, il dormit à peine trois heures. C'était bien trop peu pour récupérer toutes ses forces et se remettre de ses désillusions, mais son esprit était en ébullition. Les images du triomphe d'Oblanoff – ou plutôt de Pierre Ouvrard – défilaient dans sa tête. Lorsque Isidore et lui avaient regagné la terrasse, ils n'avaient même pas pu approcher le héros de la soirée. Une foule d'admirateurs, au premier rang desquels figuraient Gautier et Musset, lui tressait des lauriers et même la splendide Louise-Rosalie Despréaux ne semblait pas lui tenir rigueur d'avoir réussi la prouesse de l'éclipser aux yeux de tous. Chacun semblait subjugué par les pouvoirs médiumniques de ce Slave de bazar.

Toutefois, ce concert de louanges auquel l'inspecteur avait été contraint d'assister en rongeant son frein ne suffisait pas à expliquer son état d'extrême excitation nerveuse. Dans la voiture qui l'avait ramené de chez les d'Orval, il s'était efforcé de se remémorer toute l'affaire dans le détail. Cela l'avait conduit à envisager certains faits sous un jour nouveau. Il ne possédait encore aucune certitude, mais son instinct lui soufflait qu'il tenait enfin un début de piste, qu'il commençait à entrevoir la vérité. S'il voulait vérifier son hypothèse et comprendre comment on s'était joué de lui, c'était dans le passé de Pierre Ouvrard qu'il devait fouiller. Et il fallait agir sans tarder car, s'il avait vu juste, les sombres prémonitions de Mélanie d'Orval risquaient fort de se réaliser sous peu.

Voilà pourquoi Valentin se leva dès l'aube et sortit de chez lui sans même avoir pris le temps de faire un brin de toilette. Il se rendit aussitôt aux archives de la préfecture de police et éplucha le recueil des rapports sur l'état de la capitale. Il ne s'intéressait qu'aux informations relatives aux foires et aux spectacles ambulants. En moins d'une heure, il mit la main sur ce qu'il cherchait. La troupe de forains au sein de laquelle Pierre Ouvrard avait exercé quelque temps ses talents et dont Isidore avait déniché des affichettes publicitaires dans sa chambre de la rue de l'Épée-de-Bois n'avait pas quitté les environs de Paris. Si l'on se référait à un procès-verbal établi le 15 mars précédent, les saltimbanques avaient installé leurs tréteaux dans la plaine d'Ivry.

Heureux de sa découverte, Valentin rédigea un billet à l'intention de Lebrac pour lui ordonner de demeurer chez les d'Orval et de veiller au grain. Puis il héla un fiacre et se fit conduire immédiatement à la barrière d'Italie. Le cocher le débarqua dans une allée qui longeait le mur méridional du cimetière du Sud-Est. Le décor ne payait guère de mine et le temps qui s'était mis au gris n'arrangeait rien. Un faubourg triste, avec des entrepôts aux parois aveugles, des masures et des cabanes de planches, quelques maigres jardins potagers. Des portefaix étaient déjà au travail et ployaient sous de lourdes charges qu'ils entassaient sur des charrettes. Le crottin des chevaux d'attelage fumait dans le petit jour. Des appels retentissaient de-ci de-là. On entendait aussi le martèlement régulier d'un forgeron au travail.

L'inspecteur tourna le dos à cette animation besogneuse et gagna d'un bon pas un hameau qui regroupait une douzaine d'habitations et paraissait encore endormi. Sur sa droite, des pies énormes s'abattaient en jacassant sur un terrain en friche. Plus avant, des chiens invisibles tiraient sur leurs chaînes et grognaient à son approche. Quand il atteignit les premières maisons, il s'engagea dans une venelle où stagnait la pesante puanteur de merde des vases de nuit qu'on venait de vider. Un cochon efflanqué et couvert de boue fouinait dans les déjections. L'inspecteur le contourna et finit par déboucher sur une placette où stationnaient plusieurs roulottes de gitans. Quatre hommes enveloppés dans des couvertures fumaient la pipe auprès d'un foyer ouvert, tout en caressant des chiens au poil hirsute et aux yeux fous. Ils tournèrent la tête dans sa direction en l'entendant approcher, mais aucun ne fit mine de se lever. Des effluves de bois calciné et de café se mêlaient à la forte odeur ammoniaquée de l'urine de cheval.

Plus près de Valentin, une adolescente puisait de l'eau à une fontaine. La peau mate, de longs cheveux, noirs comme la nuit, tombant jusqu'au creux des reins, l'arrondi d'une épaule laissé à découvert par le laçage lâche du corsage, une jupe bariolée, des pieds nus et sales. En apercevant l'inspecteur dans ses habits froissés mais élégants, avec sa barbe naissante et sa petite gueule d'ange, elle crut avoir affaire à quelque noctambule éméché, en quête d'une aventure canaille par-delà les barrières. Laissant son seau en équilibre sur la margelle, elle s'approcha de lui en arborant son sourire le plus enjôleur.

— Eh bien, joli cœur, tu t'es égaré ou tu es en manque d'affection ? demanda-t-elle d'une voix aguicheuse en inclinant la tête sur son épaule nue. Je peux sans doute te venir en aide.

— Disons plutôt que je cherche des renseignements.

— Ça aussi, Zinga sait faire. Qu'est-ce qui t'intéresse ? L'amour ou la fortune ? Le présent ou l'avenir ? Zinga peut révéler tout ce que te réserve le destin rien qu'en observant les lignes de ta main.

Un petit sourire vint étirer les lèvres de Valentin.

— Je ne crois pas à ce genre de choses. Notre destin est ce que nous en faisons. Il n'est écrit ni dans les étoiles ni à la surface de notre peau.

La jeune bohémienne ne se laissa pas décourager si facilement. Ce n'était pas tous les jours qu'un beau garçon vêtu comme un gentilhomme passait à sa portée. Elle s'accrocha à la manche de sa veste, testant par la même occasion d'une main experte la qualité du tissu.

— Cela n'engage à rien, insista-t-elle en minaudant un peu. Tu me donneras ce que tu veux une fois que j'aurai regardé.

Plus pour s'en débarrasser qu'autre chose, le policier la laissa retourner son bras gauche et examiner l'intérieur de sa paume. L'adolescente avait les mains chaudes et étonnamment douces. Elle était d'une beauté farouche et ses boucles indisciplinées dégageaient une agréable odeur de fumée et d'épices. Valentin poussa un soupir et consentit à se laisser aller.

En affichant un air trop sérieux pour son âge, la fille se mit à parcourir du bout des doigts les lignes qui filaient sur la peau blanche. Elle laissait dépasser l'extrémité de sa langue entre ses petites dents pointues et fredonnait un air lent, d'une prenante mélancolie. Au bout d'une ou deux minutes, elle fit silence, releva la tête et planta son regard de braise dans les yeux de Valentin. Il sembla à ce dernier que ses traits s'assombrissaient et que les pensées se bousculaient sous son front comme les ombres au sol par temps d'orage. La gitane sembla sur le point de parler, se mordit les lèvres, puis se pencha de nouveau. Ses traits se tordirent alors en une grimace douloureuse et elle rejeta la main de Valentin avec ce qui ressemblait à du dégoût ou de la frayeur.

— Que se passe-t-il ? demanda Valentin. Qu'as-tu vu ?

Mais l'adolescente ne répondit pas. Prenant ses jambes à son cou, elle courut vers les hommes assis près du feu et lança quelques mots précipités dans une langue étrangère.

Aussitôt, l'un des gitans – un individu filiforme avec un foulard en guise de couvre-chef et une grande tache de vin qui lui mangeait la moitié du visage – se dressa et fit quelques pas en direction de Valentin. Son attitude n'était pas vraiment menaçante – du moins, pas encore – mais une lueur méfiante brillait au fond de ses prunelles. La fille, quant à elle, s'était blottie derrière les trois autres hommes et flattait l'échine de l'un des chiens tout en gardant son regard inquiet fixé sur celui qu'elle avait voulu embobiner.

— Que faites-vous par ici ? interrogea l'homme au foulard. Nous n'aimons pas trop que des inconnus traînent près des roulottes en dehors des représentations.

Du coin de l'œil, Valentin avisa un filin de funambule tendu entre deux piquets et une petite estrade avec une malle débordant de matériel de jonglerie. Il désigna du menton l'adolescente.

— Je ne voulais pas l'effrayer.

Le forain hocha la tête, fataliste.

— Vous n'y pouvez rien. Posséder le don de clairvoyance expose de temps en temps à ce genre de désagrément. Que voulez-vous ?

Les paroles du bohémien firent passer un frisson désagréable dans le dos de Valentin. Il se demandait si ce qui avait déclenché la vive réaction de la diseuse de bonne aventure appartenait à son passé ou concernait plutôt des événements à venir. Cependant, il ne s'y attarda pas et résolut de faire passer son enquête en priorité.

— Je cherche à me renseigner sur un homme, dit-il. Un dénommé Pierre Ouvrard. Je sais qu'il a travaillé au sein de votre troupe.

— Possible. Dans une parade comme la nôtre, les gens arrivent et repartent. On ne peut pas se souvenir de tous.

L'homme mentait. Lorsqu'il avait prononcé le nom d'Ouvrard, Valentin l'avait nettement vu tressaillir. L'inspecteur sortit sa médaille officielle et la balança sous le nez de son interlocuteur. Ses yeux virèrent du vert au gris et sa voix se fit cassante :

— J'appartiens aux services de la préfecture et j'enquête sur une affaire d'escroquerie touchant des personnes du meilleur monde. Vous pouvez tenter de jouer au plus malin avec moi et refuser de répondre à mes questions, mais, dans ce cas-là, je reviens dès cet après-midi avec une escouade de sergents de ville et nous mettons votre campement sens dessus dessous. Ou bien vous acceptez maintenant de m'aider et nous nous quittons sans heurts.

Le gitan tiqua. Il n'appréciait guère d'être menacé et son mouvement premier l'aurait volontiers poussé à rembarrer ce blanc-bec qui prétendait lui imposer sa loi. Mais il savait par atavisme que les gens de sa race n'avaient rien à gagner en se mettant la police à dos. Finalement, il haussa les épaules, rendant les armes.

— Après tout, je ne vois pas pourquoi je le protégerais. Ce gadjo[1] ne nous a rien apporté de bon !

— Vous le connaissez donc ?

— Assez peu, en réalité. Il n'est resté parmi nous que quelques mois, au début de l'année dernière. Son numéro de transmission de pensée n'était pas si mal, mais j'ai fini par remarquer qu'il tournait un peu trop autour de la petite. (Le saltimbanque eut un mouvement de tête en direction de Zinga.) Je lui ai fait comprendre qu'il avait tout intérêt à disparaître avant que les choses ne finissent mal. C'est ce qu'il a fait. Il nous a quittés il y a tout juste un an, proclamant haut et fort qu'il se fichait pas mal de notre piteuse parade, qu'il avait trouvé un emploi autrement plus prestigieux.

— Vous ne sauriez pas lequel, par hasard ?

— Il s'en est assez vanté pour que je n'aie pas oublié. Un fabricant d'illusion l'avait embauché pour divertir le public à l'entracte de ses spectacles. La salle se trouve place du Château-d'Eau. Paraît qu'on s'y bouscule ces derniers mois pour y admirer ce qu'ils appellent un diorama. Allez savoir ce qu'ils sont allés inventer là !

Valentin porta deux doigts au bord de son chapeau.

— Merci du renseignement. Si je peux vous donner un coup de pouce à l'occasion, faites-le-moi savoir. Vous n'aurez qu'à demander l'inspecteur Verne à la préfecture de police.

---

1. Personne qui n'appartient pas à la communauté tsigane.

Le gitan se racla la gorge, détourna la tête et expédia un crachat dédaigneux au sol.

— Pas de danger, lâcha-t-il avant de tourner les talons. Le mauvais œil, c'est comme les maladies contagieuses. Ça s'attrape plus facilement qu'on ne croit !

26

Le diorama du Château-d'Eau

Valentin inspecta longuement la façade de l'imposant bâtiment qui s'élevait derrière la fontaine du Château-d'Eau. Le mot « Diorama » était peint en grandes lettres brunes sur le fronton. Juste au-dessus, un drapeau tricolore flottait mollement au bout de sa hampe. Comme la plupart des théâtres et des attractions du boulevard, l'endroit n'ouvrirait ses portes au public qu'en toute fin d'après-midi. Restait à savoir s'il y avait déjà un responsable à l'intérieur, ou tout au moins un gardien qui puisse lui fournir l'adresse du propriétaire.

L'inspecteur s'approcha. Un placard imprimé selon le procédé récent de la lithographie et représentant la grande pyramide de Gizeh était affiché à côté de la porte d'entrée. Le rédacteur du texte qui accompagnait le dessin n'avait pas vraiment fait dans la demi-mesure :

Entrez et découvrez une attraction unique au monde, créée à partir des procédés les plus nouveaux et les plus ingénieux, pour le plus grand divertissement de tous. Venez voir des tableaux plus vivants et colorés que la réalité elle-même ! Grâce aux progrès de la science, admirez les temples de la Grèce antique, les pyramides d'Égypte et le palais du Grand Turc, au cœur même de Paris. Le monde entier est à vous pour la modique somme de cinquante sous !

Pour l'heure, ce temple de la modernité ne se distinguait guère d'un vulgaire atelier de menuiserie si l'on en jugeait d'après les coups de marteau et les crissements de scie qui résonnaient à l'intérieur. La façade soignée semblait masquer un véritable chantier.

Valentin dut frapper trois fois avant qu'un homme entre deux âges, le crâne surmonté d'une casquette, vienne tirer le loquet et entrebâiller la porte. Un visage maussade, au teint si jaune qu'il faisait penser à un vieux parchemin racorni. L'individu examina le policier des pieds à la tête et tordit le nez.

— Vous n'êtes pas un employé de Lefort, vous ! grogna-t-il, revêche.

— J'ignore qui est ce Lefort, mais voilà qui est assez finement observé.

— La peste soit de ce maudit marchand ! Comment puis-je tenir les délais s'il ne me livre pas le bois demandé à l'heure convenue ? Quant à vous, qui que vous soyez, déguerpissez ! Je n'ai pas de temps à perdre avec les démarcheurs.

Le type mal embouché tenta de lui claquer la porte au nez, mais Valentin fut plus rapide et interposa son pied dans l'embrasure.

— Qu'est-ce qui vous prend, espèce de malotru ! Si vous ne dégagez pas d'ici tout de suite, je vous préviens, j'envoie chercher un sergent de ville !

— Ne vous donnez pas cette peine, mon brave, ironisa l'inspecteur en exhibant sa médaille pour la deuxième fois de la matinée. La police est déjà sur place. Je désirerais juste poser quelques questions au propriétaire.

L'homme écarta plus largement le battant et se pencha en avant pour mieux observer l'insigne. Quand il se redressa, sa physionomie n'était plus celle d'un gardien de prison, mais seulement celle d'une vieille concierge atrabilaire.

— La police, hein ? L'est pas là, le propriétaire ! Faudra repasser !

Valentin estima qu'il avait fait preuve d'une patience déjà fort louable et, sans avertissement, il repoussa la porte d'un violent coup d'épaule. Sous l'effet du choc, son interlocuteur eut le souffle coupé et faillit perdre l'équilibre. Il recula juste assez pour ne pas prendre la poignée en plein ventre. Vu le probable piteux état de son foie, c'était sans doute une bénédiction.

— Vous permettez ? fit l'inspecteur d'un ton affable, comme si de rien n'était. Il ne fait pas très chaud ce matin et nous serons bien mieux à l'intérieur pour parler. Les affaires de police, comme vous le savez sans doute, ne sont pas de celles qu'on peut repousser à plus tard. Mais rassurez-vous, j'essaierai d'être bref.

L'homme ravala son aigreur et se mit à filer doux.

— Que voulez-vous au juste ? demanda-t-il en forçant toutefois la voix pour dominer le vacarme des outils, beaucoup plus sensible à l'intérieur.

— D'abord savoir qui vous êtes. J'ai horreur d'engager la conversation avec quelqu'un qui ne m'a pas été présenté. La politesse rend les rapports humains tellement plus fluides et apaisés, ne trouvez-vous pas ?

— Je me nomme Frappart. Désiré Frappart. Et j'occupe ici les fonctions de régisseur. Mais je vous préviens, si c'est pour une histoire de traites en retard ou de plaintes du voisinage, c'est avec mon patron qu'il vous faudra causer. Moi, je ne m'occupe que du spectacle.

— Eh bien, cher monsieur Frappart, soyez pleinement rassuré. C'est justement de spectacle et d'illusion que je souhaite m'entretenir avec vous. Mais vous devez bien avoir un endroit où nous pourrions discuter plus aimablement, à l'abri du boucan d'enfer qui règne ici. Pourquoi pas le bureau où vous remisez votre registre du personnel ?

Le régisseur le regarda par en dessous. Il était aisé de deviner, à voir son expression intriguée et soucieuse, qu'il se trouvait désarçonné par les façons peu orthodoxes du policier. Son apparence devait aussi le troubler. Cette mine chiffonnée, ces joues et ce menton couverts de poils naissants, cette cravate nouée de travers, cette redingote froissée, tout cela contrastait avec la chaîne de montre cossue, la canne à pommeau d'argent et le langage châtié. Il devait se demander à quel genre d'oiseau rare il avait affaire. Toutefois, sans plus poser de questions, il entraîna Valentin jusqu'à un bureau où de nombreux dossiers s'entassaient sur des étagères.

— Je sais avec certitude qu'il y a environ un an, attaqua l'inspecteur, un dénommé Pierre Ouvrard a été engagé ici pour divertir les spectateurs. J'ai besoin de recueillir toutes les informations que vous avez à son sujet. Pourriez-vous chercher sa trace dans vos registres ?

Le dénommé Frappart parut soulagé.

— Si c'est après ce mauvais drôle que vous en avez, inutile de remuer de la paperasse. Je me suis suffisamment pris le bec avec lui pour avoir tout bien gravé encore là. (Il pointa son index contre sa tempe.) Dès qu'il a débarqué ici, j'ai tout de suite compris qu'il m'en ferait voir de toutes les couleurs. Je peux vous dire que personne ne l'a regretté quand il a fini par décamper en septembre dernier.

— Qu'aviez-vous à lui reprocher exactement ?

— Avant tout, son mauvais esprit. Le genre à toujours se plaindre de tout, à avoir sans cesse de nouvelles exigences. Ce genre d'enquiquineur, c'est la plaie pour un régisseur. Et puis, j'aimais pas les manières cauteleuses qu'il adoptait avec le patron. Toujours à essayer de se faire bien voir. Je me doutais que ça cachait quelque chose.

— Que voulez-vous dire ?

— Ce qui intéressait vraiment Ouvrard, c'était le diorama. J'ai dans l'idée qu'il voulait s'inspirer du principe pour améliorer ses propres numéros et décrocher un engagement dans un théâtre prestigieux. C'était son grand truc, ça. Il ne cessait de se vanter qu'il se produirait sur les plus grandes scènes d'Europe.

Tout en écoutant, Valentin réfléchissait. Ouvrard avait quitté son emploi en septembre, soit quelques jours avant ses premiers séjours au relais de poste de

Saint-Cloud, puis son apparition dans l'entourage des d'Orval sous la fausse identité de Paul Oblanoff. Ce n'était probablement pas une coïncidence.

— Vous dites qu'il vous a quittés il y a environ six mois. Y avait-il une raison précise à cela ?

Le régisseur bomba le torse et adopta l'air fanfaron de celui qui a tout vu et tout compris avant les autres.

— Je pense bien ! C'est moi qui ai découvert qu'il avait réalisé en cachette plusieurs croquis du diorama. Quand le patron a appris ça, ni une ni deux, il l'a fichu à la porte ! Même que l'autre gueulait à qui voulait l'entendre qu'il reviendrait, une nuit, foutre le feu. Évidemment, il n'en a rien fait. Ça ne m'a pas étonné, d'ailleurs. Cet Ouvrard, c'était une grande gueule, doublée d'une belle fripouille, mais pas le genre à prendre des risques inconsidérés.

Valentin s'abstint de demander comment le régisseur s'y était pris pour mettre la main sur les documents compromettants. Le moins que l'on puisse dire, c'est que l'homme ne portait pas Ouvrard dans son cœur. Fouiller dans ses affaires personnelles n'avait pas dû lui poser un difficile cas de conscience. L'inspecteur jugea plus utile d'orienter son interrogatoire dans une autre direction.

— Ce fameux diorama, de quoi s'agit-il au juste ?

— Le mieux, c'est que je vous montre. Rien qu'avec des mots, c'est pas facile à expliquer. De toute façon, faut que j'aille prévenir les gars qu'ils peuvent prendre leur pause maintenant. Parce que quand le bois sera enfin livré, faudra pas mollir si on veut que tout soit réparé d'ici ce soir.

L'un derrière l'autre, les deux hommes empruntèrent

un long couloir tendu de tissu rouge. Sur les murs, des affiches similaires à celle apposée à l'extérieur offraient des représentations de sites pittoresques situés à l'étranger et empilaient les superlatifs pour vanter l'expérience unique proposée aux spectateurs.

Au débouché d'un escalier qui s'enfonçait dans le sous-sol, le régisseur hurla pour dominer les coups de marteau et annonça la pause, puis, une fois le silence obtenu, il fit pénétrer Valentin dans une belle salle circulaire. Les parois et le plafond en rotonde étaient décorés de stucs et de peinture dorée. Des gradins hémisphériques, aménagés en galerie pour assister aux représentations debout, faisaient face à ce qui ressemblait à une scène de théâtre.

— Je ne vois là rien de très original, observa Valentin, désappointé. On dirait une salle de spectacle des plus communes.

— C'est que l'essentiel demeure caché aux yeux des non-initiés, se rengorgea Frappart comme s'il était lui-même le concepteur de ce divertissement d'un genre nouveau. La salle dans laquelle nous nous trouvons est en réalité un plateau rotatif. Elle repose sur un énorme pivot. Un système d'engrenages et des galets sur plan incliné, situés au sous-sol, permettent de la faire pivoter vers une seconde scène. Le public peut ainsi jouir de plusieurs tableaux à la suite sans avoir à changer de place ou à patienter derrière un rideau baissé.

— Ingénieux. Il fallait y penser.

— Ingénieux, certes, mais fragile. C'est ce mécanisme complexe qui nous a lâchés hier et que nous devons absolument avoir fini de réparer pour ce tantôt.

— Diorama… Un bien étrange nom. En quoi consiste l'attraction elle-même ?

— Il s'agit de proposer un véritable voyage immobile aux spectateurs. Pour cela, nous leur présentons de grandes scènes peintes en trompe l'œil sur des panneaux de toile translucide. En les éclairant par au-dessus ou par l'arrière, grâce à de subtiles variations lumineuses, il est possible d'en modifier l'apparence. On peut ainsi reproduire différents moments du jour, de l'aube au crépuscule, et même, en juxtaposant plusieurs panneaux, simuler le mouvement. Les feuillages s'animent, les ruisseaux coulent, les nuages se déplacent dans le ciel. L'effet est tout bonnement stupéfiant !

Valentin sentit son cœur brusquement accélérer dans sa poitrine. D'une façon ou d'une autre, Ouvrard s'était servi du principe du diorama pour mettre au point la mystification de la nuit précédente. Cela ne faisait aucun doute dans son esprit. Cependant, le policier avait besoin d'en apprendre davantage s'il voulait se donner une chance de comprendre comment le faux médium avait procédé.

— Pouvez-vous m'expliquer plus en détail le fonctionnement de cette fabrique à mirages ?

— Je ne savais pas que les policiers cultivaient un tel intérêt pour l'art du spectacle et la nouveauté. Ce qu'il faudrait, ce serait que vous assistiez à une prochaine représentation. Mais en attendant, je vais faire de mon mieux pour éclairer votre lanterne, c'est le cas de le dire ! (Il cligna de l'œil, ravi de son bon mot, puis désigna la scène de la main.) Ce que vous voyez là n'est pas un vrai plateau de théâtre. Derrière le rideau actuellement fermé se trouve suspendue l'une des toiles peintes dont je parlais à l'instant. À l'aplomb, dans les cintres, est installé un grand miroir dont on peut faire varier l'inclinaison et qui permet de dévier la lumière naturelle pour la projeter sur la toile peinte. Celle-ci entre par de grandes verrières situées en hauteur et à l'arrière. Un volet occultant, parallèle au plancher de la scène et formant une sorte de faux plafond, peut être refermé silencieusement par une simple manivelle et permet de couper cette première source de lumière. Il est possible alors d'ouvrir d'autres fenêtres basses, placées celles-là au fond de la scène, et qui vont permettre d'éclairer, cette fois, la toile directement. En jouant sur ces deux sources lumineuses, sur leur intensité et sur la superposition des panneaux peints, on obtient ce simulacre de réalité qui impressionne tant le public.

Valentin n'en revenait pas. En l'espace d'une matinée, il venait de progresser à pas de géant et de reconstituer l'itinéraire chaotique de Pierre Ouvrard. Il se faisait dorénavant une représentation beaucoup plus précise du personnage. Le portrait n'était guère flatteur : chicaneur, voleur, menteur, concupiscent… l'homme ne s'embarrassait pas de morale. Il n'était au départ qu'un vulgaire saltimbanque écumant les théâtres de province. Avide de réussite et peu soucieux d'honnêteté, il avait versé dans l'escroquerie de bas étage et, selon Vidocq, avait fini par se faire pincer et écoper en 1824 de deux ans de prison. Ayant purgé sa peine, il avait dû éprouver les pires difficultés à dénicher de nouveaux engagements avant d'échouer chez les gitans. Pour quelqu'un qui rêve de fouler les scènes les plus prestigieuses, quelle déconvenue ! À l'époque, Ouvrard devait être aigri et assoiffé de revanche. Et la chance lui avait souri. Il était parvenu à se faire engager par le créateur du diorama et avait rapidement compris tout le parti qu'il pouvait tirer de cette formidable machinerie à illusions. Comme par hasard, renvoyé en septembre, il réapparaissait dès le mois suivant à Saint-Cloud, puis devenait un familier des d'Orval, sous la fausse identité d'Oblanoff. Nul doute qu'il était alors bien décidé à user de toutes les ficelles acquises tout au long de son parcours pour mystifier son protecteur. Ce qui restait néanmoins à découvrir, c'était comment cette fripouille avait eu vent de la situation du malheureux Ferdinand et compris qu'il tenait là la victime idéale.

Avant de quitter les lieux, l'inspecteur éprouva le besoin d'éclaircir un dernier point.

— Si je comprends bien, dit-il, le diorama nécessite l'apport de la lumière du jour pour fonctionner. Il serait impossible de recourir à un procédé similaire en pleine nuit. Je me trompe ?

— Absolument pas ! Ni les lampes à huile ni l'éclairage au gaz ne donneraient suffisamment de lumière. C'est d'ailleurs le seul véritable inconvénient de cette formidable invention. Le nombre de représentations journalières s'en trouve diminué d'autant.

À ce moment-là, une voix impatiente s'éleva dans le couloir :

— Frappart ? Frappart, où êtes-vous donc ?

L'interpellé sursauta et fit signe à l'inspecteur qu'il était temps de quitter la salle.

— Voilà le patron, souffla-t-il d'une voix où pointait

une nuance d'inquiétude. Faut m'excuser mais je dois y aller. Quand il va apprendre que les réparations prennent du retard, il va être d'une humeur massacrante.

Ils allaient atteindre le seuil de la salle lorsqu'un homme apparut dans l'encadrement de la porte. Vêtu tel un bourgeois, il donnait l'impression d'accorder une attention toute particulière à son apparence, comme les hommes qui ont besoin d'inspirer confiance à leur prochain pour financer leurs entreprises. Cela se remarquait à quelques détails, comme sa chevelure bouclée et crantée, sa courte moustache taillée de façon à donner du caractère à des traits trop mollassons, et ses mains soigneusement manucurées.

— Eh bien, Frappart ! Qu'est-ce que j'apprends ? Les madriers destinés à étayer le pivot de la salle n'ont pas encore été livrés ? C'est une catastrophe ! Plutôt que de laisser nos employés prendre leur pause, il fallait immédiatement envoyer quelqu'un chez Lefort pour réclamer. Ou bien mieux encore, vous y rendre vous-même. Du diable ! C'est pour prendre ce genre d'initiative que je vous paye !

Le visage du régisseur blêmit. Ou, plus exactement, il passa du jaune safran au jaune paille. Tortillant sa casquette dans ses mains, il adopta un air penaud.

— C'est-à-dire… J'y ai bien pensé, monsieur. Mais… il y avait cet inspecteur de la préfecture qui tenait absolument à me poser des questions.

— La police ? s'étonna le nouvel arrivant. Mais que vient-elle faire chez moi ? Nous sommes parfaitement en règle.

Valentin fit un pas en avant et ôta son haut-de-forme pour saluer courtoisement.

— Je n'ai pas le moindre doute à ce sujet, dit-il d'un ton qui se voulait rassurant, et à vrai dire j'allais me retirer quand vous êtes arrivé. Mais permettez que je me présente : inspecteur Valentin Verne, chef du bureau des affaires occultes. À qui ai-je l'honneur, monsieur ?

L'inventeur du diorama marqua une légère hésitation, puis il s'inclina à son tour :

— Je me nomme Louis Daguerre. Si je puis vous être d'une quelconque utilité…

— Mais cela se pourrait, cher monsieur Daguerre. Cela se pourrait même fort bien.

27

Une délicate confrontation

— C'est moi… Je peux… je peux entrer ?

Elle marqua une infime hésitation avant de lui répondre et, dès cet instant, il sut qu'il avait eu tort de venir, mais il n'avait pas pu résister à la tentation de la revoir.

Après avoir parlé longuement avec Louis Daguerre – près de deux heures, bien plus qu'il ne l'aurait imaginé à l'arrivée de l'inventeur du diorama – il était encore sous le coup de tout ce que ce dernier venait de lui apprendre. Il se faisait maintenant une idée assez précise de la façon dont Ouvrard les avait tous mystifiés. Il lui restait à vérifier son hypothèse en se livrant à quelques expériences dans son laboratoire. Mais il était d'ores et déjà convaincu que l'affaire d'Orval se solderait prochainement par un succès à porter au crédit du bureau des affaires occultes.

Lorsqu'il avait compris qu'il se trouvait à deux pas de la rue où Aglaé louait une modeste chambre, cédant à l'euphorie du moment, il avait cru y voir un signe, un clin d'œil du destin. Il pensait qu'il trouverait les mots adaptés à la situation lorsqu'il serait face à elle. Il s'était trompé.

— Bien sûr que tu peux entrer, dit-elle finalement en s'effaçant pour lui laisser le passage. Ma porte n'est jamais close pour toi.

En pénétrant dans la pièce, une bouffée de nostalgie l'envahit. Il se souvint de la première fois où la comédienne l'avait amené ici. Accusé injustement de meurtre, pourchassé par la police et blessé à l'épaule, il était aux abois. Pourtant, elle n'avait pas hésité une seconde. Sans se soucier des risques encourus, elle l'avait recueilli et soigné. C'était en novembre dernier, à peine quatre mois plus tôt, et cela lui semblait néanmoins remonter à une éternité.

— Je… je pensais que nous devions parler, tous les deux. La dernière fois, c'était si… enfin, je veux dire… la façon dont nous nous sommes quittés… Bref, il fallait que je vous voie, que nous parlions ensemble.

Il se fustigeait intérieurement d'être aussi maladroit, de balbutier comme un adolescent boutonneux à son premier rendez-vous. Et puis à quoi cela rimait-il de continuer à la vouvoyer alors qu'elle semblait avoir définitivement adopté le tutoiement à son égard? Qu'allait-elle penser de lui? C'était stupide, ridicule. Il aurait mieux fait de ne pas venir.

Mais Aglaé ne laissait transparaître aucun signe de moquerie, de pitié ou d'agacement. Elle le dévisageait en apparence avec calme, peut-être aussi avec une certaine gravité. En tout cas, pas la moindre trace d'animosité.

— Je me suis fait réchauffer du café à la chicorée. Tu en veux une tasse?

Valentin accepta d'un hochement de tête. Elle pivota sur ses talons, le temps de remuer le contenu d'une casserole sur son petit poêle à bois. Il éprouva un pincement du côté du cœur en la contemplant. Quelques rares cheveux bruns s'étaient échappés de son chignon. Ils frisottaient sur sa nuque et en soulignaient la gracilité. Il aimait la légèreté avec laquelle elle se mouvait dans l'espace et cette façon qu'elle avait de passer sa main sur son front pour chasser les mèches rebelles de son visage. Chacun des gestes qu'elle faisait, le dos tourné, lui apparaissait comme une tentative émouvante d'apprivoiser sa présence, de retarder les instants à venir qu'elle devait redouter comme lui-même. Il la sentait, au fond, presque aussi vulnérable que lui et il s'en voulait d'être la cause de ce trouble nouveau, presque palpable entre eux deux.

— Tu le bois sans sucre, je crois.

— Sans sucre, oui.

Elle s'était retournée avec une tasse fumante dans chaque main. Il évita de croiser son regard et chercha désespérément quelque chose à dire ou à faire, juste pour se donner une contenance. Elle posa les deux récipients de porcelaine sur la table et lui désigna une chaise d'un mouvement du menton.

— Tu ne veux pas t'asseoir ? Ce sera quand même mieux pour boire.

— Si, bien sûr.

Dieu comme tout cela était lourd et pénible, désolant et vain ! À présent, Valentin regrettait profondément de s'être présenté à la porte d'Aglaé sur un coup de tête, sans avoir pris la peine de réfléchir à ce qu'il lui dirait. Sans même s'être vraiment interrogé sur son propre désir. Qu'attendait-il de leur relation désormais ? Qu'est-ce qui était possible et qu'est-ce qui ne l'était pas ? Il aurait dû se poser ces questions avant de songer à la revoir. Maintenant il était trop tard et il sentait son esprit confus se débattre tel un oiseau pris dans la glu.

Elle, de son côté, ne semblait pas décidée à lui faciliter les choses. Ou peut-être ne savait-elle pas, elle non plus, comment s'y prendre, ou bien craignait-elle d'essuyer une nouvelle rebuffade. Toujours est-il qu'elle demeurait silencieuse, assise de trois quarts en face de lui. Le regard tourné vers la fenêtre, perdu dans le vague. Elle buvait son breuvage amer à petites gorgées, en tendant les lèvres de temps à autre pour souffler à la surface du liquide. Et c'était un tableau d'une merveilleuse délicatesse, mais aussi d'une absolue tristesse.

Alors, parce qu'il n'en pouvait plus, parce qu'il fallait bien crever l'abcès quoi qu'il en coûte, il finit par se jeter à l'eau :

— Je... je voulais vous demander pardon pour l'autre jour. Je n'aurais pas dû fuir ainsi. C'était irrespectueux et surtout c'était... lâche. Je m'en veux terriblement.

Un doux sourire empreint de compassion passa sur son visage, aussi furtif qu'un baiser volé. Aussitôt remplacé par une expression douloureuse. Deux petites rides verticales qu'il ne connaissait pas marquaient son front, à la naissance du nez.

— Ne te fais pas de reproches et ne t'inquiète pas pour moi. Je sais ce que tu as souffert. Je comprends.

En parlant, elle avait posé sa main à plat sur la table, à côté de sa tasse. Il fit de même, avançant la sienne jusqu'à ce que leurs doigts s'effleurent. Cependant, aucun d'eux n'osa aller plus loin. Il y avait une sorte de tension dans l'air, comme s'ils étaient deux funambules qui font de leur mieux pour ne pas perdre l'équilibre au beau milieu d'un numéro périlleux.

— Au fond de moi, je ressens quelque chose de très fort pour vous, Aglaé. Vous êtes la personne qui m'est la plus chère en ce monde et votre amour est la chose la plus belle et la plus précieuse qui m'ait jamais été offerte. Mais mon corps commande à mon cœur et à mon âme. Il refuse de s'abandonner. Pas après ce qu'il a enduré autrefois. J'espérais qu'avec le temps mes blessures se refermeraient, mais il faut croire que cela ne suffit pas. Du moins, pas tant que le Vicaire continue à sévir et à répandre le mal autour de lui…

Il s'interrompit, le souffle coupé comme après une longue course, stupéfait d'être parvenu à aligner autant de phrases d'une seule traite. La jeune femme laissa entendre un bref soupir et leva sa main pour la poser très délicatement contre sa joue râpeuse. Valentin frémit mais ne fit aucun mouvement pour l'en empêcher ou pour se dérober.

— Et si tu ne parviens jamais à l'attraper ? demanda-t-elle tout bas, d'une voix qui se réduisait presque à un souffle. Vas-tu te condamner toi-même à une existence de solitude ? Est-ce que ça ne serait pas ça, le pire ? Que tu aies trouvé la force de lui échapper étant enfant, mais qu'il impose encore sa loi à l'adulte que tu es devenu ?

— Je ne suis pas seul en cause. Il y a mon père aussi qui entre en ligne de compte et toutes les autres victimes de ce monstre. Je les entends toujours en moi qui crient vengeance.

Aglaé secoua la tête. Ses traits se crispèrent et des larmes perlèrent au coin de ses paupières.

— Mon pauvre amour ! Tu me l'as dit toi-même, ton père ne formulait qu'un seul vœu : que tu trouves enfin l'apaisement et le bonheur. Et je ne désire pas autre chose. Pourquoi ne pas laisser derrière nous les cauchemars du passé ? Viens avec moi. Partons loin d'ici. Allons où tu voudras. Je promets que je saurai te rendre heureux.

Valentin se pencha vers elle jusqu'à ce que leurs deux fronts se touchent. Sa main vint épouser la sienne contre sa joue. C'était comme s'il cherchait à s'approprier sa douceur et sa force, comme s'il voulait goûter un bref instant à ce bonheur qu'elle lui promettait mais qu'il savait hors de sa portée. Ils demeurèrent ainsi immobiles plusieurs minutes. Leurs respirations mêlées, leurs cœurs battant à l'unisson.

Puis, tout doucement, comme à regret, il commença à se détacher d'elle.

— Reste ! souffla-t-elle douloureusement, en fixant sur lui ses beaux yeux mordorés où il lisait toute la détresse du monde.

— Et Damien ? demanda-t-il d'une voix étranglée par un sanglot d'enfant. Comment pourrais-je l'abandonner lui aussi ?

Aglaé faillit répliquer que Damien avait disparu depuis longtemps, que Valentin avait fait tout ce qu'il pouvait pour lui venir en aide et qu'il avait le droit de goûter enfin au repos. Mais c'étaient des mots qu'il ne pouvait pas entendre. Elle le savait parfaitement. Figée sur sa chaise, la jeune femme le regarda se lever et se diriger lentement vers la porte. Au moment où il posait sa main sur la poignée, elle lui adressa un pauvre sourire et murmura avec une infinie tendresse :

— Je t'attendrai, Valentin. Toujours.

Il se retourna et parut sur le point d'ajouter quelque chose. Ses lèvres tremblèrent. Sa main hésita sur le loquet. Cependant, il se contenta de baisser les yeux et de hocher la tête.

Puis il franchit le seuil et referma derrière lui.

28

Rêves et cauchemars

La boutique ne payait guère de mine. Une devanture étroite et sombre, tassée entre de hautes façades d'immeubles, dans un angle de la place Saint-Sulpice. Valentin était sans doute passé à côté des dizaines de fois sans la remarquer. La vitrine poussiéreuse était éclairée. Chétive clarté toutefois et d'une sinistre coloration, émanant d'un quinquet qu'on apercevait, derrière la surface vitrée, suspendu au fond de la pièce. Contre les murs il éclairait les étagères. Du sol au plafond s'y entassait un bric-à-brac de statues de saints, de ciboires, de crucifix, d'icônes et d'images pieuses. Dans le halo verdâtre de la lampe, toutes ces bondieuseries en désordre projetaient sur les parois des ombres fantastiques et prenaient un aspect louche et vaguement inquiétant.

La veille, en rentrant de chez Aglaé, Valentin avait brusquement cédé à la fatigue accumulée les jours précédents et au trop-plein d'émotions provoqué par sa visite à la jeune femme. Il était tombé comme une souche sur son lit et avait dormi plus de quinze heures d'affilée, ce qui ne lui était encore jamais arrivé. Au réveil, il s'était senti étonnamment frais et enclin à aller de l'avant. Lavé et rasé de près, requinqué par un solide petit déjeuner concocté par Eugénie, il avait revêtu une tenue d'une sobre élégance pour rejoindre la pharmacie Pelletier et y avait acheté tout ce dont il avait besoin pour mener à bien les expériences projetées après sa rencontre avec Louis Daguerre. C'est sur le chemin du retour qu'il avait songé inopinément à faire un détour par l'échoppe à l'enseigne de la couronne d'épines. Histoire de voir si la surveillance de Foutriquet avait commencé à porter ses fruits.

Mais de celui-ci, il n'avait pas noté la moindre trace aux abords de la modeste boutique. S'abritant dans l'embrasure d'une porte, il avait observé les environs durant un bon quart d'heure avant de se décider à approcher. À présent, le nez collé contre la vitre crasseuse, il examinait l'intérieur du magasin et hésitait encore à en franchir le seuil. *En face de l'église Saint-Sulpice, à l'enseigne de la couronne d'épines, tu recevras bientôt de mes nouvelles.* L'indication fournie par le Vicaire, par l'intermédiaire de la lettre trouvée dans le Morvan, n'était pas des plus explicites. Sous quelle forme se manifesterait, cette fois, son adversaire ? Fallait-il s'attendre à une nouvelle mort violente, un nouveau message ? L'inspecteur devait-il entrer dans l'échoppe pour s'en assurer ?

Tout en se posant ces questions, Valentin se retourna et balaya la place d'un regard circulaire. Où diable pouvait donc être passé Foutriquet ? En lui demandant d'assurer une surveillance discrète de l'endroit, il espérait bien découvrir ce que manigançait le Vicaire et contrarier ses plans. Sans doute le jeune cireur de chaussures s'était-il éloigné le temps de satisfaire un besoin naturel ou pour s'acheter de quoi calmer sa faim auprès d'un marchand ambulant. Ils étaient nombreux à chasser le client au carrefour de la Croix-Rouge ou rue de Vaugirard. Valentin décida d'attendre son retour. Après tout, il n'était pas si pressé.

Il s'apprêtait à s'éloigner de quelques pas afin de patienter à l'écart sans attirer l'attention, lorsqu'il perçut du coin de l'œil un infime mouvement de l'autre côté de la vitrine. Il pivota et plissa les paupières pour percer l'épaisse couche de poussière et fouiller la pièce du regard.

Il y avait bien une présence nouvelle au milieu de tout ce capharnaüm d'objets sacrés. C'était un gros chat noir qui avait surgi d'un rayonnage où s'alignaient les reliures ternes et avachies de bibles rarement manipulées. L'animal sautait d'un meuble à l'autre avec une grâce nonchalante et parcourait lentement les étagères comme un maître en son domaine. Chemin faisant, il semblait prendre plaisir à enrouler lascivement sa longue queue sinueuse autour des crucifix et des vierges en extase. Ses yeux allongés luisaient dans la faible clarté du quinquet. Ces deux amandes phosphorescentes exerçaient sur Valentin un étrange pouvoir d'attraction. Sans la présence de ce félin voluptueux, il n'aurait sans doute pas osé franchir la porte.

De longs tubes en cuivre s'entrechoquèrent au-dessus de lui, faisant entendre une petite musique grêle. À ce bruit, le félin s'immobilisa, la tête tournée dans la direction de l'intrus. Son poil se hérissa et sa gueule s'ouvrit pour dévoiler de petits crocs pointus et laisser entendre un feulement courroucé.

— Quel accueil, le matou ! On dirait que tu n'apprécies guère les nouveaux visages.

Tandis que l'animal s'enfuyait au son de la voix de Valentin et disparaissait sous une commode, un murmure chevrotant lui faisait écho, venant du fond du magasin :

— La clientèle se fait rare ces derniers temps. Méphisto a perdu l'habitude de voir du monde, et ses bonnes manières par la même occasion.

Valentin était tellement persuadé qu'il n'y avait personne dans la boutique qu'en dépit du faible volume de l'intervention et du ton policé il ne put s'empêcher de sursauter. La voix provenait d'un recoin obscur où les ombres refusaient de céder du terrain à la lueur spectrale de la lampe. L'inspecteur avança de quelques pas et distingua une silhouette plus sombre qui pouvait être un homme assis dans un fauteuil.

— Que puis-je pour vous, cher monsieur ? susurra la forme immobile.

Les yeux du policier commençaient à s'habituer à la pénombre du lieu. Il parvint à distinguer un vieillard chétif, à l'allure miteuse. Des cheveux filasse, un corps probablement débile engoncé sous plusieurs épaisseurs de couverture.

— Pardonnez mon intrusion, dit Valentin. Ma requête va sans doute vous paraître incongrue, mais je suis à la recherche d'un homme…

Le marchand cacochyme rejeta ses protections et se mit péniblement debout. Puis il trottina jusqu'à un antique comptoir en ébène où un livre volumineux reposait, ouvert, sur un splendide lutrin en fer forgé. Sur une étagère derrière lui, il attrapa une lampe à huile qu'il entreprit d'allumer et dont il régla méticuleusement la mèche. En pleine lumière, son visage apparaissait incroyablement ridé et comme parcheminé. Un sourire étira des lèvres quasi inexistantes. On eût dit que sa face blême venait d'être lacérée par une lame de couteau invisible.

— Ne vous excusez pas, inspecteur Verne. Méphisto et moi attendions votre visite.

Valentin tressaillit. Depuis que son regard avait plongé, tout à l'heure, à l'intérieur de ce magasin tout à la fois pittoresque et sordide, tout lui paraissait étrange. L'aura presque maléfique qui se dégageait des objets entassés, l'éclairage malsain, les prunelles ardentes de Méphisto, ce singulier marchand qui semblait hanter ce lieu de toute éternité mais aussi se situer comme hors du temps. Et voilà que cet ectoplasme à peine tangible l'appelait par son nom !

— Nous nous connaissons ? demanda le policier.

Le vieillard émit un petit rire de crécelle.

— Je crains de ne point avoir le bonheur de compter monsieur l'inspecteur au sein de ma trop modeste clientèle. Toutefois, on m'a fait de vous une description tout à fait ressemblante et, malgré mes yeux quelque peu fatigués, je ne pouvais guère me tromper. Il est des visages suffisamment originaux et marquants pour qu'on ne puisse les confondre avec aucun autre.

— Qui vous a parlé de moi ?

— Mais… la personne qui a passé commande à votre intention. Elle a réglé d'avance et m'a assuré que vous vous présenteriez un tout prochain jour.

— Une commande ? Pour moi ?

Le marchand chaussa des bésicles aux verres épais comme des culs de bouteille, puis se pencha sur son grand livre dont il parcourut les lignes en s'aidant de son index.

— Allons, voyons, c'est inscrit ici. Tout est inscrit d'ailleurs et, chaque fin de mois, Méphisto et moi, nous inventorions.

Valentin réprima un début d'agacement. Quelle comédie lui jouait ce vieil original ? Il n'y avait qu'à voir le désordre qui régnait dans l'échoppe et la couche grise qui recouvrait tous les articles des rayons pour comprendre qu'aucun client ne fréquentait plus depuis longtemps cette sinistre officine. N'empêche ! Le vendeur connaissait son nom et il avait une commande pour lui. Pour le moment, cela seul importait !

Le vieillard avait fini par trouver ce qu'il cherchait. Après avoir erré au-dessus de la page tel un oiseau de proie survolant un champ de neige, son doigt crochu, aux articulations épaissies par la goutte, s'était abattu sur une annotation précise. L'homme poussa une exclamation de joie presque enfantine et se retourna pour attraper un minuscule paquet dans un meuble à casiers.

— C'est peu de chose, bien entendu. Mais le travail est de toute première qualité, sculpté à la main dans du cèdre de Judée. Garanti imputrescible. On ne fabrique plus guère de tels objets de nos jours.

Valentin saisit la boîte en carton, nouée d'un ruban, que l'autre lui tendait. Il arracha le lien avec impatience et ôta le couvercle. Sur un nid de satin reposait une petite croix en bois clair, en tous points semblable à celle que le Vicaire avait pour habitude de faire porter à ses petites victimes.

L'inspecteur déglutit difficilement.

— À quoi ressemblait l'homme qui vous a demandé de me remettre ceci et quand est-il venu dans votre boutique ?

— Voyons voir… nous sommes mardi. C'était donc avant-hier. Un homme de Dieu, avec un visage de prophète visionnaire. Les yeux enfoncés et brillant d'une sorte de feu intérieur.

Le Vicaire !… Valentin en aurait mis sa main à couper.

— Vous êtes donc ouvert le dimanche ? interrogea le policier d'un ton soupçonneux.

— Voyons, monsieur, dit le vieillard d'une voix mielleuse en écartant ses membres supérieurs pour embrasser l'ensemble de son stock et rappeler son visiteur à une espèce d'évidence, le jour du Seigneur ! Comment pourrions-nous ne pas ouvrir ?

— Cet homme, vous l'aviez déjà vu auparavant ?

— Ma mémoire n'est plus aussi bonne que jadis, mais je crois pouvoir affirmer que non. Comme je viens de vous le dire, il est des visages qu'on ne saurait oublier.

Valentin hocha la tête, perplexe. À quoi rimait tout cela ? Pourquoi le Vicaire l'avait-il attiré dans cet endroit aussi insolite ?

Convaincu qu'il n'en apprendrait pas davantage en demeurant sur place, il s'apprêtait à prendre congé lorsque le marchand se frappa le front et émit un couinement de souris affolée.

— Malheureux que je suis ! Encore un peu et j'allais oublier. Quand je vous disais que ma vieille caboche n'était plus aussi fiable qu'autrefois. Il y a un message avec la croix. Voyons, où donc l'ai-je mis ? Ah oui ! Juste ici, précisément pour m'en souvenir.

Le vieillard referma le grand livre puis en souleva uniquement la couverture dont les dorures luisaient dans la pénombre. Sur la page de garde immaculée reposait une feuille pliée en quatre et scellée d'un cachet de cire noire. Valentin s'en saisit, non sans une certaine appréhension, et l'ouvrit immédiatement. L'écriture était toujours la même. Fine et sinueuse, pareille à l'empreinte d'un serpent sur le sable.

Mon cher enfant,

Comme il est réconfortant de savoir qu'après m'avoir fui jadis tu brûles à présent de me revoir ! Toi qui es si intelligent et si sensible, tu dois goûter tout le sel de la situation et méditer sur l'éternelle ironie du sort. Rassure-toi, le jour n'est plus si lointain où nous nous retrouverons enfin. Nous sommes plus proches l'un de l'autre que tu ne le crois. Mais il te reste, malgré tout, encore un peu de chemin à parcourir…

Comme promis, j'ai semé un nouveau petit caillou pour baliser ta route dans la nuit profonde où nous sommes tous condamnés à errer en ce bas monde.

Encore faut-il que tu ne passes pas à côté. Comme je suis bon prince, je vais te donner un précieux conseil que tu auras tout intérêt à suivre à la lettre. Aussitôt que tu auras lu ce billet, rends-toi à la barrière de Belleville et cherche le hussard qui louche. Demande le passage des furtifs. C'est tout, mais c'est déjà beaucoup, crois-moi.

À te revoir…

Le Vicaire

Au sortir de la boutique, Valentin hésita un instant. Il pouvait faire abstraction, pour l'heure, du message sibyllin qu'on venait de lui remettre et continuer de se focaliser sur l'affaire de Saint-Cloud. Si ses travaux de laboratoire se révélaient concluants, il pourrait sans doute ouvrir les yeux de Ferdinand d'Orval le soir même. Tout ne serait pas pour autant résolu, mais un grand pas aurait été fait pour déjouer l'affreuse machination dont le pauvre homme était victime. Le Vicaire avait écrit qu'il fallait gagner la barrière de Belleville aussitôt après avoir lu sa missive. S'il différait la chose, Valentin ne risquait-il pas de passer à côté de quelque chose d'important ? Plus que jamais, il lui semblait essentiel de reprendre la main dans l'affrontement qui l'opposait à ce monstre. De toute façon, accorder un répit d'une demi-journée à Pierre Ouvrard n'était pas prendre un grand risque. Isidore se trouvait au domaine de la Hêtraie pour veiller au grain et il était probable que rien de décisif ne serait tenté tant qu'il demeurerait sur place.

Sans se douter qu'il commettait ainsi une terrible erreur de jugement, Valentin résolut, en définitive, de gagner immédiatement le nord de la capitale. Il s'empressa de rejoindre à pied la station de fiacres située entre le palais des pairs et le théâtre de l'Odéon. Là, il sauta dans la première voiture disponible en promettant au cocher de doubler le prix de la course s'il atteignait la barrière de Belleville en moins d'une demi-heure.

La barrière de Belleville… C'était là, de part et d'autre du mur des Fermiers généraux, que se situait la Courtille, l'un des plus fameux endroits de plaisir des Parisiens. Ce lieu-dit se divisait en Basse-Courtille, dans Paris, et en Haute-Courtille, de l'autre côté de l'enceinte, juste avant le village de Belleville. C'était dans cette partie haute qui échappait à l'octroi que se groupaient de nombreuses guinguettes. Sur place, le dimanche soir, une population cosmopolite mêlant ouvriers, bourgeois, militaires, femmes honnêtes et putains était accoutumée à se retrouver pour boire, manger et danser dans une joyeuse confusion. Les excès et les rixes étaient monnaie courante aux sulfureux bals de l'Ours, de la Carotte filandreuse ou du Sauvage. C'était à la Courtille aussi que se donnaient de nombreux repas de noces et que s'ébranlait, une fois l'an, le défilé du carnaval avant de descendre la rue du Faubourg-du-Temple pour apporter un peu de folie jusque dans le cœur de Paris. Un lieu de fêtes et de griseries, mais qui, une fois les lampions éteints et les flonflons évanouis, redevenait, en semaine, juste un faubourg triste et gris, dénué du moindre attrait.

Valentin se fit déposer au carrefour de Belleville et

entreprit d'interroger les rares personnes qu'il croisait pour savoir si elles connaissaient, parmi les habitués du coin, un hussard affecté d'une coquetterie à l'œil. Ce fut une marchande d'arlequins[1] qui finit par le renseigner. Le fameux hussard n'était pas un homme mais un cabaret plutôt mal famé situé à mi-pente, sur la hauteur de Belleville. Nanti d'indications pour le moins confuses, l'inspecteur se mit en quête de l'endroit.

Très vite, il se retrouva dans un quartier désolé où alternaient taudis et terrains vagues. Les habitants se firent moins nombreux puis se muèrent bientôt en silhouettes à peine entrevues. Quelques-unes n'étaient que des ombres à l'allure furtive, aux pas feutrés. D'autres se profilaient dans l'encoignure d'une porte et se retiraient dans l'obscurité au passage de l'inspecteur. Du fond des caves, par les soupiraux qui formaient comme des bouches avides à ras de terre, montaient des souffles humides, des relents terreux. On croyait y deviner quelque menace ténébreuse, l'aveu d'appétits inavouables. Valentin sentit une nausée venue de son enfance martyre lui soulever le cœur. À l'évidence, le Vicaire n'avait pas déterminé au hasard les lieux où il l'obligeait à mettre les pieds. Il avait choisi à dessein la boutique de bondieuseries un peu glauque et ce cabaret du *Hussard borgne*, niché dans un véritable coupe-gorge. Il cherchait à déstabiliser l'inspecteur, à le renvoyer à cet univers incertain et angoissant où il

1. Femme qui récupérait les restes des repas de familles bourgeoises et des grands restaurants pour concocter des plats qu'elle revendait ensuite pour un prix modique aux plus démunis.

se complaisait et duquel Valentin était parvenu, jadis, à s'arracher. *Sache simplement que ta route sera un long chemin de douleur et de larmes. Car il faut bien que tu expies ta fuite – ta faute, devrais-je plutôt écrire – et tout le chagrin qui m'est venu de toi.* Telle était la promesse. Et le Vicaire n'était pas homme à se dédire.

Le café se trouvait au fond d'une impasse où flottait une odeur de chou. Une enseigne peinte représentait un cavalier de l'Empire en uniforme de parade. La grossièreté de la représentation empêchait de vérifier si ce valeureux soldat était affecté de strabisme, mais, à défaut de son regard, c'était le cabaret tout entier qui pouvait être qualifié de louche. Un bouge infâme, éclairé à la chandelle, aux tables maculées de taches graisseuses, au sol recouvert d'une couche de paille qui empestait la vinasse et le vomi.

Le tenancier était à l'image de son établissement : crasseux et vulgaire. Son haleine empestait le girofle et la dent cariée.

— Le passage des furtifs ? grogna-t-il en lorgnant de travers la médaille d'inspecteur que Valentin avait négligemment déposée sur le comptoir. Pour sûr que j'connais ! C'est même mézigue qui ai la clé. C't un ancien tunnel de contrebandiers qui passe sous l'enceinte de l'octroi. L'extrémité sud s'est écroulée en 23. Depuis, il arrive que des particuliers m'donnent la pièce, le dimanche, pour y faire la fête. Mais si y a eu des plaintes, j'veux pas qu'on vienne me chercher des poux dans la tête. J'fais qu'fournir l'accès. C'qui s'passe ensuite là-dessous, orgies ou beuveries, ça m'regarde pas !

Il était de notoriété publique que de nombreuses galeries clandestines avaient été creusées sous le mur des Fermiers généraux. Pour tenter d'enrayer le phénomène, l'administration en était même venue, ces dernières années, à ériger des « murs de fraude » en sous-sol, à l'aplomb de la muraille.

— Je me moque de vos petits arrangements, dit l'inspecteur, glacial. J'ai simplement besoin d'aller jeter un œil à l'intérieur de ce fameux passage. Puis-je vous emprunter la clé ?

— Si vous m'donnez vot' parole qu'j'risque pas d'ennui, j'peux même faire mieux qu'ça et vous fournir un guide.

— Vous l'avez ! coupa court Valentin qui n'était pas d'humeur à perdre du temps en vaines palabres. Mais faites vite, je suis pressé !

— La Corogne ! appela le cabaretier en direction de l'arrière-salle. Ramène tes miches dare-dare ! Y a un cogne ici qui veut visiter les furtifs !

L'être difforme qui répondit à l'appel tenait à la fois de l'araignée et du crabe. Un tronc anormalement renflé, des membres inférieurs atrophiés et qui présentaient d'affreuses protubérances au niveau des articulations. Un visage fin et juvénile, mais irrémédiablement saccagé par des taches de dartre et des cicatrices anciennes. L'infirme se déplaçait en prenant appui sur ses bras et sur l'un de ses genoux, replié selon un angle improbable sous son derrière. Malgré son grave handicap, il se mouvait avec une rapidité et une agilité déconcertantes.

Valentin ne fit aucun commentaire, mais ressentit un

désagréable pincement au cœur. Comme chaque fois qu'il se trouvait en présence d'un enfant maltraité. À en juger par le surnom du gosse, il s'agissait sans doute de l'œuvre d'un de ces modeleurs de chair humaine qui sévissaient en Galicie. Cette province du nord de l'Espagne comptait de nombreuses fabriques de culs-de-jatte. Ceux qui y exerçaient leur art maîtrisaient à la perfection les techniques pour briser, déplacer et ressouder les os de nouveau-nés. Ces derniers, achetés l'équivalent de cinquante ou soixante francs à leurs parents, étaient ensuite livrés dans de nombreuses capitales européennes où ils exerçaient la mendicité sous la coupe d'exploiteurs sans foi ni loi[1].

Dans le sillage de l'infortunée créature, l'inspecteur quitta sans regret l'estaminet et s'enfonça dans un étroit passage au sol en V. Dans la rigole centrale stagnait une eau putride où flottaient diverses immondices. Le dénommé la Corogne les évitait avec aisance en virevoltant d'un bord à l'autre. À l'autre bout, il s'engagea sous une voûte moussue, traversa une cour intérieure, descendit une volée de marches érodées et fit halte devant une porte que rien ne distinguait particulièrement. Une chaîne engagée à travers deux anneaux scellés dans le mur et le battant permettait normalement d'en défendre l'accès. Mais le cadenas censé la maintenir en place était ouvert et pendait par son anse à l'un des maillons métalliques.

— Pas normal, ça ! grinça l'infirme. En dehors des soirées du dimanche, la porte reste toujours bouclée.

1. L'anecdote est rigoureusement authentique.

Valentin, quant à lui, n'était pas surpris. Il voyait dans ce cadenas forcé la preuve manifeste que le Vicaire l'avait précédé. Sur l'invitation de son guide, il fit coulisser la chaîne, ouvrit la porte et alluma un lumignon accroché juste derrière. Ils se trouvaient dans une salle voûtée, au sol encombré de gravats et de futailles vides. Une ouverture avait été pratiquée à la masse dans le mur du fond. Un tunnel large d'une toise partait de là et s'enfonçait rapidement sous terre.

Mû peut-être par un sombre pressentiment, l'infirme refusa de s'y engager et fit comprendre par gestes à Valentin qu'il préférait l'attendre dehors. L'inspecteur n'insista pas et, levant son fanal à hauteur de ses yeux, il s'enfonça dans l'étroit goulet. *Serre les dents ! Surtout ne remue pas le passé ! Évite de penser à cette maudite cave !* Comme toujours quand il se retrouvait dans une atmosphère confinée, il devait se faire violence pour ne pas paniquer, pour ne pas retomber en enfance par la pensée et se retrouver captif du Vicaire.

Se concentrant sur les ombres que la flamme faisait danser sur les murs, il parvint à dominer ses sensations et à faire abstraction de toute cette terre autour de lui, qui l'enfouissait comme au fond d'un tombeau. Il parcourut ainsi une dizaine de mètres environ, avant de se figer devant l'horreur de la scène qui venait d'émerger des ténèbres.

La petite victime était calée contre la paroi, en position assise. Le sang qui avait coulé de son cou tranché maculait ses habits et avait formé une large flaque autour de ses jambes. Valentin s'approcha, la gorge nouée, suffoquant de colère et de désespoir, et se laissa tomber à genoux. Sans se soucier de préserver ses habits, il serra le pauvre corps meurtri contre sa poitrine, comme s'il cherchait à le bercer ou à le consoler.

Une dépouille déjà froide, qui ne cirerait plus jamais aucune chaussure et dont les pauvres rêves inaccessibles s'étaient mués, par la faute de Valentin, en un effroyable cauchemar.

29

De mystérieuses expériences

— Tu crois vraiment que c'est nécessaire ?

— Il ne fait plus aucun doute que le Vicaire a décidé de s'en prendre à ceux qui me sont proches. Tôt ou tard, il risque de s'attaquer à vous. Je serai bien plus tranquille en vous sachant à l'abri chez moi.

La découverte du cadavre de Foutriquet avait bouleversé Valentin. Il se sentait en partie responsable de sa mort. S'il ne l'avait pas envoyé sur les traces du Vicaire, le gamin serait encore de ce monde. Il lui avait pourtant recommandé de ne prendre aucun risque, de se défiler à la moindre menace, mais cela n'avait pas suffi à le préserver. Il se reprocherait longtemps de ne pas avoir compris assez tôt que son affection envers ce gosse des rues était précisément ce qui allait le mener à sa perte. *Comme le Petit Poucet du conte, je sèmerai de précieux cailloux et je ferai en sorte que tu les découvres quand le moment sera venu.* Là-bas, dans le souterrain de la Courtille, cette phrase tirée d'une des missives du Vicaire avait brutalement fait sens. C'était donc cela qui avait germé dans le cerveau malade de ce fou ? Semer des cadavres, en guise de cailloux, sur le chemin qui menait jusqu'à lui. Les cadavres d'êtres qui étaient chers à Valentin… Cette révélation avait été suivie aussitôt d'une autre, encore plus redoutable : la vie d'Aglaé était à l'évidence menacée ! Rongé par la peur et le remords, l'inspecteur avait quitté la Courtille pour rejoindre au plus vite le domicile de la comédienne. Il devait à tout prix la persuader de se placer sous sa protection !

— Si tu le dis, concéda Aglaé, je veux bien croire que le Vicaire puisse vouloir t'atteindre à travers moi. Mais crois-tu que me calfeutrer dans ton appartement soit vraiment une solution ? Et pour combien de temps ? Voilà des années que ton père et toi avez entrepris sans succès de traquer ce criminel. Je ne peux tout de même pas rester enfermée aussi longtemps !

Valentin était sur des charbons ardents. En se précipitant chez Aglaé, il n'avait qu'une idée en tête : la mettre à l'abri le plus vite possible. La solution la plus simple à ses yeux était de la ramener rue du Cherche-Midi et de la confier aux bons soins d'Eugénie, tout en faisant surveiller l'appartement par des sergents de ville. Mais l'énergique jeune femme se révélait plus difficile à convaincre qu'il ne l'avait escompté.

Tenaillé par l'angoisse et obnubilé par son désir de la mettre en sûreté, il ne se rendit même pas compte qu'il passait pour la première fois du vouvoiement au tutoiement :

— Il ne s'agit pas de te transformer en recluse, voyons ! Il se trouve que je suis à deux doigts de boucler une affaire délicate qui nécessite que je m'y consacre entièrement encore un jour ou deux. Il s'agit d'une question de vie ou de mort. Je ne connais pas encore tous les tenants et les aboutissants, mais je crois être le seul à pouvoir empêcher qu'une âme criminelle ne parvienne à ses fins. Lorsque cette tâche sera menée à bien, je pourrai assurer moi-même ta protection et m'occuper par la même occasion du Vicaire.

Aglaé se mordit les lèvres. Lorsque Valentin s'était présenté à sa porte, l'habit maculé de sang, elle avait d'abord cru qu'il était blessé et avait failli se trouver mal. Une fois rassurée et remise de sa méprise, elle avait repris le contrôle de ses nerfs et mettait un point d'honneur à ne rien laisser percevoir de ses craintes. Cependant, les menaces pesant sur sa tête et les confidences de Valentin au sujet du jeu pervers imaginé par le Vicaire l'avaient ébranlée. La lueur inquiète au fond de ses prunelles donnait encore plus d'intensité à son regard et lui conférait une sorte de beauté tragique.

— Mais comment comptes-tu parvenir enfin à le débusquer ? demanda-t-elle.

— Ce n'est pas moi qui le trouverai, c'est lui qui va chercher à m'attirer dans son antre. Les lettres qu'il laisse à mon intention ne poursuivent pas d'autre but.

— Précisément ! D'après ce que tu m'as dit, il n'y avait aucun message auprès de sa dernière victime…

Valentin balaya l'objection d'un geste de la main.

— Aucune importance ! affirma-t-il. Il trouvera un moyen de me contacter. Depuis le début, il fait en sorte de distiller ses indications au rythme qu'il a lui-même déterminé à l'avance. Le fait de recourir à des énigmes, le meurtre du Morvan commis bien avant les autres, le pli laissé dans cette échoppe de la place Saint-Sulpice, tout cela est une sorte de jeu de piste qui vise à m'amener là où il veut et seulement au moment où il l'a décidé.

— C'est de la pure démence ! Comment peut-on concevoir pareille monstruosité ?

— Le Vicaire n'est pas un être normal, comme toi et moi. C'est un condensé de cruauté, un prédateur qui se complaît à tourmenter ses futures victimes.

— Que sais-tu de lui au juste ?

— Ma foi, pas grand-chose, pour ne pas dire presque rien. C'est ça le plus intrigant dans l'histoire. Mon père a longtemps cherché à en apprendre davantage au sujet de cet homme. Mais il s'est heurté à un véritable mur. Nul dans les bas-fonds ne connaît sa véritable identité. C'est un solitaire qui ne s'est jamais acoquiné avec les autres truands. Même chose dans le milieu des sodomites. On le redoute, on le craint, mais personne ne le connaît vraiment. Les investigations menées auprès de l'évêché n'ont rien donné non plus. Impossible de l'identifier, même en tentant de faire des recoupements en fonction du peu que l'on sait de ses déplacements. Peu avant sa mort, mon père en était venu à se demander si l'homme appartenait réellement au clergé. Il pourrait n'avoir endossé l'habit ecclésiastique que pour inspirer confiance et approcher plus facilement ses proies.

— C'est tout de même incroyable qu'un criminel comme lui puisse passer aussi longtemps incognito !

Les traits de Valentin s'assombrirent.

— Je partage ton trouble. Cette abomination semble

avoir surgi tout droit du néant, il y a seize ans, pour enlever Damien et semer, depuis, des cadavres dans son sillage. On ne dirait pas un être humain, mais plutôt un croquemitaine, une créature de cauchemar.

— N'est-ce pas illusoire de penser pouvoir vaincre seul un tel monstre ?

Cette fois, Aglaé n'était pas parvenue à masquer son émotion. Sa voix oppressée révélait qu'elle tremblait davantage pour Valentin que pour elle-même.

— Je n'ai pas le choix. C'est à moi qu'il revient de mettre un terme à ses crimes. Mais pour l'affronter avec quelque chance de succès, je dois avoir l'esprit tranquille, te savoir en sécurité, hors de sa portée.

La jeune femme ne rendit pas les armes sans condition. Les arguments de Valentin l'avaient convaincue, mais elle ne pouvait se résoudre à mettre son existence entre parenthèses du jour au lendemain.

— C'est entendu, fit-elle, je viendrai habiter chez toi. Mais seulement à partir de demain matin. Cela me laissera le temps de préparer quelques affaires et puis, je dois continuer à jouer tous les soirs au théâtre, sinon je mets en danger mon avenir sur les planches. Si je fais faux bond à Mme Saqui, elle me trouvera rapidement une remplaçante et j'aurai ensuite les pires difficultés pour me faire enrôler dans une autre troupe.

Valentin aurait préféré ramener la jolie comédienne chez lui le soir même, mais il sentait qu'elle n'était pas prête à céder sur ce point. Il dut s'incliner :

— Bien sûr, je te comprends. Je vais t'envoyer un policier pour t'escorter au théâtre. D'ici là, enferme-toi à clé et n'ouvre à personne d'autre. Cette nuit, mon homme restera posté au bas de ton immeuble et il te conduira, demain, à mon appartement. Par la suite, il t'accompagnera chaque fois que tu monteras sur les planches.

Soulagé d'avoir réussi à convaincre Aglaé, Valentin fit rapidement un saut rue de Jérusalem pour confier à un sergent de ville le soin de veiller sur la jeune femme. Puis il réintégra son domicile en toute fin d'après-midi.

En dépit des heures éprouvantes qu'il venait de vivre, il devait absolument se concentrer sur les expériences à mettre en œuvre dans son laboratoire. Mélanie d'Orval lui avait affirmé que les succès d'Oblanoff s'accompagneraient d'un grand malheur et Valentin était à présent persuadé qu'elle n'avait pas exagéré. Lui seul pouvait encore empêcher le pire.

L'appartement de la rue du Cherche-Midi fut, dès lors, le théâtre d'une soirée des plus insolites. Celle-ci vit d'abord Valentin s'enfermer dans sa pièce secrète et se livrer à d'obscures manipulations et synthèses chimiques. Puis il sonna Eugénie. La domestique dut abandonner la préparation du dîner pour répondre à son appel. Quelle ne fut pas sa surprise, une fois rendue dans la bibliothèque, d'entendre son maître lui demander de prendre un siège et de lui faire la lecture ! Elle eut beau protester qu'elle avait une gibelotte de lapin sur le feu et qu'elle peinait à déchiffrer les mots, Valentin insista en prétendant qu'il avait besoin de ce répit pour mieux réfléchir. Faisant contre mauvaise fortune bon cœur, Eugénie s'efforça de le contenter en massacrant les vers des *Méditations poétiques* de Lamartine.

Au bout d'une demi-heure, l'inspecteur sembla prendre en pitié la malheureuse et mit un terme à son supplice. Curieusement, il n'avait pas l'air du tout contrarié, mais au contraire pleinement satisfait de ce petit intermède. Réintégrant son laboratoire, il se remit au labeur avec une énergie décuplée et travailla encore une bonne heure devant ses cornues et ses tubulures. Ensuite, après avoir ôté le large tablier de cuir qui constituait sa tenue de chimiste, il quitta l'appartement et gagna la loge du concierge. Il se fit remettre par celui-ci un sac de chaux vive que le brave homme utilisait pour désinfecter les caves et réaliser, de temps en temps, de petits travaux de maçonnerie.

Nanti de son précieux chargement, il remonta quatre à quatre les marches jusqu'au troisième étage et s'apprêtait à s'enfermer de nouveau dans sa tour d'ivoire lorsque Eugénie l'intercepta à son passage dans le vestibule :

— Je sais bien que monsieur a pris la détestable habitude de manger à n'importe quelle heure – quand il ne saute pas carrément ses repas ! – mais la gibelotte n'attend pas. Puis-je dresser le couvert ?

— Ma bonne Eugénie, vous êtes pour moi un véritable ange gardien. Cependant, je vous assure que je n'ai pas le cœur à avaler quoi que ce soit et, de toute façon, il est hors de question que je quitte le laboratoire avant d'avoir terminé ce que j'ai à y faire. C'est une affaire de police de la plus haute importance.

La plantureuse gouvernante n'était pas du genre à baisser pavillon si facilement. Elle branla de la tête en adoptant un ton de réprimande :

— Tatatata ! C'est que depuis que nous nous connaissons, je me suis attachée. Votre santé m'importe, figurez-vous ! Et puis, si Mlle Aglaé doit nous rejoindre à partir de demain, il serait temps de rétablir un semblant de régularité dans la vie de cette maison. La pauvre petite ne tarderait pas à dépérir si elle devait se soumettre à vos horaires fantaisistes !

— Je vous en prie, Eugénie, je suis bien trop occupé pour disserter avec vous de la meilleure manière de tenir un intérieur. Vous n'avez qu'à m'apporter une assiette dans le laboratoire. Je mangerai tout en travaillant.

La domestique crut bon de marquer sa désapprobation par un haussement d'épaules, mais elle n'insista pas et tourna les talons pour regagner ses fourneaux.

Lorsqu'elle revint une dizaine de minutes plus tard, portant un plateau copieusement garni, la nuit était déjà tombée. La bibliothèque se trouvait plongée dans la pénombre. La seule clarté, faible et vacillante, prenait la forme d'un liseré épousant les contours de la porte dissimulée dans les rayonnages et laissée entrouverte par Valentin.

Eugénie n'avait pas fait trois pas en avant dans cette direction qu'un bruit étrange, assez semblable à celui d'un canon qui fait long feu, retentit, aussitôt suivi d'un intense éclair blanc. Une lumière très vive semblait s'échapper du laboratoire. Déroutée, la servante s'était figée sur place, s'interrogeant sur l'origine du phénomène. Cependant, avant qu'elle n'ait pu formuler la moindre hypothèse, le pan de la bibliothèque pivota entièrement, illuminant d'un coup toute la pièce et laissant le passage à un être céleste, comme nimbé d'une aura enflammée.

Portant la main à sa bouche, Eugénie réprima un cri de frayeur mais ne put retenir son plateau qui chut sur le parquet en répandant un suave parfum de sauce au vin.

30

La malédiction des d'Orval

Le lendemain, à Saint-Cloud, Isidore Lebrac se réveilla d'humeur chagrine. Lui que sa nature profondément optimiste incitait à toujours voir le bon côté des choses commençait à trouver le temps bigrement long à la Hêtraie. Cela faisait maintenant deux jours qu'il profitait de l'hospitalité des d'Orval, mais il aurait donné cher pour retrouver son bureau de la préfecture de police. Ferdinand d'Orval était un être brisé par les chagrins successifs, en proie à une mélancolie morbide. Or, le caractère du maître semblait retentir sur tout son personnel. De la soubrette au majordome, en passant par le jardinier et le cocher, tous donnaient l'impression de porter un poids écrasant sur les épaules. Ils exécutaient leurs tâches scrupuleusement, mais avec une sorte de lassitude résignée, sans y mettre cet élan et ce dévouement qui révèlent d'ordinaire, dans une grande maison, l'attachement de la domesticité envers ses maîtres. Isidore avait essayé d'interroger certains d'entre eux pour tenter d'en apprendre davantage sur les circonstances de l'apparition d'Oblanoff chez les d'Orval. Peine perdue ! On lui répondait avec politesse et déférence, mais de façon évasive et en éludant systématiquement les questions trop précises.

Après la nuit fantastique où Ouvrard *alias* Oblanoff avait réussi la prouesse de rappeler Blanche à la vie, le policier avait consacré presque toute la journée du lendemain à passer au peigne fin les abords de l'étang et le parc. Cela avait été en pure perte. Il n'avait relevé aucun indice susceptible d'apporter un début d'explication rationnelle au phénomène qui avait tant subjugué l'assistance. En milieu de journée, un coursier s'était présenté au domaine avec un billet rédigé à son intention par l'inspecteur Verne. Sans rentrer dans les explications, son chef prétendait envisager l'affaire sous un jour nouveau. Il lui intimait de demeurer sur place jusqu'à nouvel ordre et de se tenir prêt à parer à toute éventualité. Selon lui, un drame terrible était sur le point de se nouer, mais il pensait pouvoir encore l'empêcher. Il lui fallait juste gagner un peu de temps pour vérifier et étayer son hypothèse. Il comptait sur la vigilance d'Isidore pour lui gagner ce précieux délai.

La lecture de ce message avait quelque peu déconcerté le policier néophyte. Il ne pouvait s'empêcher de se demander ce que l'inspecteur avait derrière la tête. Ce soir-là, avant de s'abandonner au sommeil, il avait réexaminé en pensée tous les éléments de l'affaire pour tenter de discerner un détail révélateur qui aurait pu lui échapper. Rien ne lui était venu à l'esprit. Si bien que le mardi, c'était un Lebrac frustré et morose qui avait rongé son frein en s'évertuant, sans grand succès, de faire parler les employés des d'Orval. Il avait la désagréable impression que l'atmosphère confinée et lugubre de la propriété se mettait, peu à peu, à déteindre sur sa propre humeur. Même le charme discret de la belle Mélanie échouait à lui faire considérer son séjour à Saint-Cloud autrement que comme une corvée mortellement ennuyeuse.

Cependant, bien qu'il soit loin de s'en douter ce mercredi-là en se levant du mauvais pied, les événements n'allaient pas tarder à se précipiter et Isidore allait être le témoin d'une tragédie que la morosité ambiante était loin de laisser présager. Cela commença par la réception d'un nouveau courrier, apporté cette fois à la Hêtraie par l'un des employés de la compagnie en charge du coche d'eau. En se présentant au domaine, vers la fin de la matinée, l'homme affirma que le pli lui avait été confié au débarcadère de Paris, tôt ce matin-là, par une jeune femme blonde. L'inconnue l'avait généreusement dédommagé pour le dérangement, en insistant sur le fait que la lettre devait être remise en main propre à M. d'Orval.

À l'arrivée du messager, Isidore se trouvait dans le salon de musique de la gentilhommière où Mélanie, avec l'idée charitable de le dérider, s'était mise au piano pour jouer quelques pièces de Schubert. Alors qu'elle attaquait le troisième mouvement en *scherzo* de la sonate en *ré* majeur, la porte s'ouvrit sur un Ferdinand d'Orval au visage décomposé, qui brandissait le fameux pli dont il venait, à l'instant, de prendre connaissance.

— Vous êtes là, ma douce, articula-t-il d'une voix blanche. Si vous saviez… si vous saviez… C'est une véritable catastrophe !

Mélanie plaqua un accord dissonant sur le clavier et se leva précipitamment pour se porter au-devant de son époux.

— Que se passe-t-il, mon ami ? Vous êtes livide à faire peur !

Ferdinand d'Orval lui tendit la feuille d'une main tremblante.

— Il y a de quoi ! C'est… c'est Oblanoff. Il m'annonce que… qu'un impératif imprévu le contraint à quitter la France. Il… il se dit au regret de devoir renoncer à me prêter assistance. Lisez ! Mais lisez donc !

La jeune femme saisit la missive et commença à la déchiffrer. À mesure que ses yeux parcouraient les lignes, ses traits se crispaient. On la devinait habitée par une tension extrême, apparemment partagée entre exaltation et incrédulité.

— C'est pourtant vrai, murmura-t-elle comme pour elle-même. Je n'arrive pas à y croire…

— Et moi donc ! s'étrangla Ferdinand. Tout abandonner ainsi, alors que nous touchions presque au but ! C'est incompréhensible !

Isidore, qui s'était tenu jusque-là en retrait, s'approcha, curieux d'en savoir plus.

— C'est un courrier d'Oblanoff ? demanda-t-il. Vous permettez ?

Sans même réfléchir, égarée dans ses pensées, Mélanie lui abandonna la lettre. Celle-ci était bien signée du nom d'Oblanoff. Le faux Slave prétendait devoir regagner inopinément son pays pour un motif familial grave. Sans autre précision.

La nouvelle déconcerta Isidore presque autant que ses

hôtes. Il se demandait si cette péripétie était annonciatrice des graves événements redoutés par l'inspecteur Verne, ou bien si, au contraire, elle signifiait qu'Ouvrard, se sachant surveillé, avait pris peur et renoncé à ses entreprises malhonnêtes. Quoi qu'il en soit, Isidore allait devoir trouver le moyen d'en référer rapidement à son chef et de recueillir ses nouvelles instructions.

— Blanche… ma pauvre Blanche, continuait de se lamenter d'Orval après s'être laissé choir sur un canapé. Comment pourrais-je renouer le lien avec elle ? Sans les merveilleux pouvoirs de Paul, ce sera désormais impossible.

À l'utilisation de ce prénom, qui rappelait l'espèce de connivence qui s'était établie entre son époux et celui qu'elle avait toujours traité d'escroc, Mélanie ne put se contenir davantage. Tout en posant une main secourable sur l'épaule de Ferdinand, elle exprima ce qu'elle devait garder sur le cœur depuis des semaines :

— Ce qui m'étonne le plus, mon pauvre ami, c'est que ce bonimenteur ait renoncé avant de vous avoir saigné à blanc. Je me demande ce qui a pu l'inciter à plier bagage aussi brusquement, alors qu'il était parvenu à vous placer sous son emprise et à vous faire perdre tout sens commun.

Ferdinand d'Orval leva sur elle un regard à la fois surpris et empreint d'une tristesse insondable. Il semblait incapable de surmonter le choc encaissé. Quand il parla, ce fut d'une voix brisée qui détonnait avec les reproches adressés à sa moitié :

— Vous ne l'avez jamais vraiment accepté, n'est-ce pas ? Qui sait ? Il aura peut-être fini par percevoir cette sourde hostilité et c'est cela qui l'aura incité à partir. Vous rendez-vous compte de ce que vous avez fait là, Mélanie ?

La jeune femme tomba à genoux face à lui et prit ses mains dans les siennes.

— Mais vous ne comprenez décidément pas, Ferdinand ! Cet homme s'est moqué de vous depuis le début. L'inspecteur Verne, de la préfecture de police, m'a appris qu'il s'agissait d'une sorte d'aventurier qui ne s'appelle pas Oblanoff mais Ouvrard. Il ne s'est introduit dans notre intimité que dans le but d'exploiter votre chagrin. Dites-le-lui, vous, Isidore !

Mélanie s'était retournée en direction du policier, implorante, des sanglots dans la voix. Celui-ci se sentait quelque peu dépassé par les événements, mais il ne put résister à la détresse manifestée par la jeune femme.

— Ce que vient de dire votre épouse est la stricte vérité, monsieur, reconnut-il après une courte hésitation. Vous aurez compris que je ne suis pas son cousin mais que je travaille moi aussi pour les services de la préfecture. Plus précisément au bureau des affaires occultes. Votre femme est venue solliciter notre aide parce qu'elle était inquiète à votre sujet. Notre enquête nous a permis de découvrir qu'Oblanoff se nomme en réalité Ouvrard. C'est un ancien saltimbanque passé maître dans l'art de l'illusion.

Ferdinand d'Orval s'arracha à l'étreinte de Mélanie et se prit la tête dans les mains.

— Qu'est-ce que tout cela veut dire ? Comment avez-vous pu faire cela, Mélanie ? Comment avez-vous pu tromper à ce point ma confiance ?

— Ouvrez donc les yeux, Ferdinand, répliqua la jeune femme en se redressant. Je vous en conjure ! C'est cet Ouvrard qui vous trompait. Je n'ai prévenu la police que pour déjouer ses obscures manœuvres.

— Paul a toujours tenu les promesses qu'il m'a faites ! protesta d'Orval en plaçant ses paumes sur ses oreilles et en secouant la tête, comme s'il refusait d'en entendre davantage. Vous parlez de tromperie, madame, mais, à ce que je sache, vous êtes la seule à m'avoir menti en introduisant un policier sous mon toit, sous une fausse identité.

Isidore se risqua à intervenir de nouveau, pour soutenir la frêle Mélanie dans sa tentative de faire entendre raison à son époux :

— Encore une fois, cher monsieur, votre femme a cru bien faire. Elle n'a agi ainsi que pour vous protéger. Et pour ce qui est de se présenter sous une identité d'emprunt, nous n'avons fait que reproduire le procédé utilisé par Ouvrard lui-même pour s'installer auprès de vous.

L'argument parut porter. La flamme qui s'était allumée au fond des prunelles de Ferdinand d'Orval vacilla. Son corps raidi par l'indignation se détendit subitement. On aurait dit qu'un mystérieux ressort s'était brisé en lui.

— Mais pourquoi ?… Dans quel intérêt ?

— Un motif vieux comme le monde, répondit Isidore. L'appât du gain. Il est probable que cet homme vous aurait tôt ou tard fait payer chèrement ses services. Que ne serait-on pas prêt à offrir à celui qui vous permet de retrouver une fille trop tôt disparue !

— À ce propos, nous devrions peut-être vérifier le

contenu du coffre de votre bureau, suggéra Mélanie. Car, encore une fois, je suis étonnée que cet Ouvrard ait renoncé avant d'avoir obtenu ce qu'il voulait. Il y a eu une telle confusion l'autre dimanche, après la prétendue apparition de Blanche dans le parc, qu'il a très bien pu en profiter pour subtiliser quelque bien de valeur. Cela expliquerait son soudain renoncement.

Cette accusation précise portée directement à l'encontre d'Ouvrard *alias* Oblanoff sembla sortir Ferdinand d'Orval de son hébétude. Il tira une petite clé de la poche de son gilet et se leva en affichant une expression résolue.

— Fort bien ! Puisque vous y tenez, nous allons vérifier. Et quand vous aurez pu constater que rien ne manque, vous conviendrez peut-être de la légèreté de vos allégations.

Ils quittèrent tous les trois le salon de musique pour gagner le bureau situé dans l'autre aile du bâtiment. Il s'agissait d'une petite pièce octogonale qui témoignait du bon goût de son occupant habituel. Les murs étaient tendus de satin couleur tabac et rehaussés de délicats paysages de Watelet. Les fauteuils et la table de travail, en bois d'acajou habilement travaillé, se paraient pour les uns de cotonnade des Indes et pour l'autre d'un sous-main en cuir de Cordoue avec des liserés d'or fin. Faisant face à la cheminée, un panneau de bois, petit chef-d'œuvre de marqueterie, pouvait être manœuvré et tiré sur le côté, dévoilant une niche dans le mur où se trouvait rivée une armoire forte.

— Vous détenez d'importantes valeurs dans ce coffre ? s'enquit Isidore.

— Environ huit mille francs-or, répondit Ferdinand d'Orval, plus quelques traites et les bijoux de Mélanie qu'elle ne porte que lorsque nous sortons en ville ou quand nous sommes invités à dîner chez des amis. Le tout doit tout de même se chiffrer aux alentours du demi-million.

Tout en parlant, il s'était penché pour actionner la poignée et tirer dessus, mais la porte aux solides renforts d'acier n'avait pas bougé d'un pouce.

— Vous voyez bien, dit-il en introduisant cette fois la clé dans la serrure et en débloquant celle-ci, la porte est verrouillée à double tour et la clé n'a jamais quitté la poche de mon gilet. C'est bien la démonstration que vos accusations…

Il s'interrompit net en entendant l'exclamation stupéfaite que venait de pousser Mélanie à l'ouverture du coffre. Un frisson glacé lui parcourut la colonne vertébrale. Il écarta davantage le battant pour pouvoir regarder lui aussi et laissa échapper à son tour un juron étouffé.

L'armoire forte était absolument vide ! Bijoux et pièces d'or avaient disparu !

— C'est insensé ! Comment a-t-il pu s'introduire dans le bureau sans que nul le remarque ? Il était au centre de tous les regards, ce soir-là !

Ferdinand d'Orval était demeuré dans le bureau en compagnie d'Isidore, tandis que Mélanie s'était absentée en cuisine pour faire préparer un remontant à son mari. Le jeune policier rédigeait un court billet à destination de Valentin Verne pour l'avertir du vol et de la disparition d'Ouvrard. Quant à son hôte, il arpentait la pièce, les mains dans le dos, ramenant régulièrement un regard accablé sur le coffre vidé de son contenu.

Le policier roux écarta sa plume de la feuille qu'il était en train de noircir et reporta son attention sur le maître de maison.

— Il faut croire qu'il avait un ou plutôt une complice sur place, dit-il. Songez que si nous avons tous été victimes d'une illusion dimanche dernier, il a bien fallu qu'une jeune femme joue le rôle de Blanche près de l'étang. Sans doute la même personne blonde qui a confié, ce matin, le message d'Ouvrard à l'employé du coche d'eau.

— La misérable !

— Après nous avoir mystifiés, cette mystérieuse inconnue a très bien pu revenir, plus tard, dans la maison et s'introduire dans votre bureau. Les salons d'apparat sont situés à l'opposé de cette pièce, le personnel était accaparé par le service et toute l'assistance n'avait d'yeux que pour Ouvrard.

— Et la clé ? Vous avez constaté vous-même que le coffre n'avait pas été forcé. Il fallait donc disposer de la clé pour l'ouvrir. Or, je la porte en permanence sur moi et il n'existe aucun double, je puis vous l'assurer !

— Pour le coup, je ne vois là aucune énigme. Vous oubliez qu'Ouvrard a pris son temps et qu'il était devenu l'un de vos familiers. Il logeait toutes les fins de semaine chez vous. Il n'a pas dû lui être trop difficile d'emprunter, à un moment ou à un autre, votre clé et d'en faire une empreinte. À partir de celle-ci, il lui était aisé d'obtenir une réplique auprès de n'importe quel serrurier.

Ferdinand d'Orval se frappa le front avec dépit.

— Comment ai-je pu être aveugle à ce point ? Et cette pauvre Mélanie qui multipliait les mises en garde sans que je daigne l'écouter ! Mais aussi, comment ne pas être troublé par les prouesses de celui que je dois bien me résoudre à appeler Ouvrard puisque tel est son vrai nom ?

— L'inspecteur Verne pense être bientôt en mesure de pouvoir expliquer comment cet escroc s'y est pris, à chaque fois, pour berner son monde. Ah ! On peut dire que, dans son domaine, c'est un véritable artiste !

D'Orval poussa un soupir déchirant et s'écroula dans l'un des fauteuils. Ses muscles faciaux étaient tendus comme des cordes, accentuant la maigreur ascétique de son visage. Prostré, les traits défaits, il incarnait l'accablement le plus extrême.

Ce fut dans cet état déplorable que le trouva Mélanie lorsqu'elle revint des communs avec un plateau supportant deux grandes tasses fumantes. Elle déposa la première sur le bureau, pour Isidore, et présenta la seconde à son mari.

— Voilà un breuvage revigorant qui vous fera le plus grand bien, mon ami. Cannelle, jus de citron, miel et cognac. Buvez pendant que c'est chaud.

— C'est brûlant mais délicieux, approuva Isidore qui avait achevé de rédiger le compte rendu destiné à son chef et venait d'avaler une gorgée du mélange alcoolisé. Votre épouse a raison, monsieur, vous devriez boire. Cela vous aidera à reprendre le dessus.

Mais Ferdinand d'Orval donnait l'impression d'être comme enfermé dans ses ruminations intérieures. Les yeux errant dans le vague, il laissait échapper des bribes de mots difficilement compréhensibles. Isidore crut percevoir malgré tout le prénom « Blanche » et l'adjectif « maudit » plusieurs fois répété et que son hôte semblait s'appliquer à lui-même puisqu'il se martelait la poitrine en le prononçant.

Visiblement inquiète de voir l'état d'intense émotion dans lequel se trouvait son époux, Mélanie insistait toujours pour lui faire boire le contenu de sa tasse. Comme il demeurait sans réaction, elle résolut de lui donner l'exemple en avalant elle-même une gorgée. La forte dose d'alcool la fit tousser. Cette quinte inattendue eut pour effet de sortir Ferdinand d'Orval de sa sidération. Tout en attrapant la tasse, il effleura du dos de son autre main la joue de sa femme.

— Mon pauvre amour, vous vous êtes toujours montrée si attentionnée à mon égard ! J'aurais mieux fait de vous écouter lorsque vous me mettiez en garde contre cet imposteur. Me pardonnerez-vous mon aveuglement ?

— Voyons, Ferdinand ! Que dites-vous là ? Comment pourrais-je vous tenir rigueur d'avoir voulu croire en l'impossible ? Moi-même, j'aurais tellement souhaité que Blanche puisse être de retour parmi nous. Vous savez bien que votre bonheur, seul, compte à mes yeux.

D'Orval ébaucha un pâle sourire et commença à boire le liquide ambré. Mélanie le couva encore un moment des yeux, puis elle se détourna pour se rapprocher d'Isidore. Elle demanda à voix basse :

— Pensez-vous pouvoir arrêter Ouvrard avant qu'il ne prenne le large ?

— Possible, fit le policier. Nous avons désormais

son adresse, mais rien ne dit qu'il va prendre le risque d'y retourner. Peut-être a-t-il déjà quitté Paris, à l'heure qu'il est…

— Les bijoux pourraient le perdre s'il tente de les revendre. Ils sont facilement identifiables et je pourrai vous en fournir une liste détaillée.

Isidore fit la moue :

— Vu la façon dont Ouvrard a procédé, cela m'étonnerait qu'il en soit à son coup d'essai. Il ne commettra sans doute pas l'erreur de chercher à les monnayer trop rapidement et en l'état. Il peut récupérer les pierres pour les revendre en limitant les risques. Quant au métal précieux, rien de plus facile que de le fondre et de le céder au poids. Certes, cela diminuera son profit, mais il tirera tout de même une assez coquette somme de l'opération. Et sans grand danger d'attirer l'attention sur lui.

— Je n'en fais pas une question d'argent, reprit la jeune femme en baissant encore d'un ton. Mais cela me chagrinerait que cette crapule s'en tire à si bon compte. Depuis la mort de sa femme et de sa fille, mon pauvre Ferdinand avait perdu le goût de vivre et se traînait comme une âme en peine. Je crains malheureusement qu'il ne se relève pas de cet ultime coup du destin.

Cruelle ironie du sort, ce fut à cet instant précis que Ferdinand d'Orval fit entendre un râle étranglé. Mélanie et Isidore, qui ne lui prêtaient plus attention depuis quelques instants, se tournèrent d'un même mouvement dans sa direction. L'homme avait glissé de son fauteuil et gisait à terre où il se tordait de douleur, pris de violentes convulsions. Son front était inondé de sueur et de la bave moussait à la commissure de ses lèvres.

Le temps qu'Isidore réagisse et se porte à son secours, il était déjà trop tard. Victime d'un dernier spasme, encore plus violent que les précédents, Ferdinand d'Orval venait de rendre son dernier soupir.

31

Les explications de Valentin

Six heures plus tard, dans les locaux du bureau des affaires occultes, Isidore et Valentin achevaient de faire le point sur les ultimes et tragiques rebondissements de l'affaire d'Orval. La nouvelle du décès brutal du maître de la Hêtraie avait pris l'inspecteur Verne complètement au dépourvu et l'avait plongé dans un état d'effarement total. Après l'assassinat de Foutriquet, c'était un nouveau coup terrible qu'il lui fallait encaisser. Son accablement se doublait d'un oppressant sentiment de culpabilité. Il avait la cruelle et douloureuse impression, depuis quelques jours, d'être impuissant à entraver la marche d'un destin funeste. Pourtant, dans le cas des d'Orval, il avait bien cru, la veille au soir, toucher au but. Tout était désormais clair dans son esprit et il se faisait une idée tout à fait précise des dessous de l'affaire. Son erreur avait été de penser que la seule présence d'Isidore à Saint-Cloud serait un obstacle suffisant et empêcherait le pire d'advenir. Mais il faisait face à un adversaire bien plus déterminé qu'il ne l'avait imaginé jusque-là. Ne pas l'avoir compris à temps était une faute qu'il n'arrivait pas à se pardonner.

— Évidemment, dit-il après qu'Isidore lui eut décrit en détail et pour la seconde fois les circonstances du trépas de Ferdinand, la première explication qui vient à l'esprit est l'empoisonnement. D'Orval boit un remontant et succombe à une crise fatale dans les instants qui suivent. Comment ne pas faire le rapprochement ?

— Sauf que c'est rigoureusement impossible, répliqua son adjoint. Mélanie a veillé elle-même à la confection des boissons en cuisine. Personne d'autre qu'elle n'y a touché. Comment Ouvrard aurait-il pu s'y prendre pour parvenir à ses fins criminelles ?

— Qui a parlé d'Ouvrard ?

Isidore crut qu'il avait mal entendu. Ses pupilles se dilatèrent sous l'effet de la surprise.

— Vous songez à un second complice au sein même du personnel de la Hêtraie ?

Valentin éluda la question d'un geste évasif de la main.

— Pour avoir la certitude qu'il s'agit bien d'un crime, soupira-t-il, il aurait fallu pouvoir analyser le liquide dans la tasse. Malheureusement, tu m'as affirmé que Ferdinand en avait bu tout le contenu et que les infimes traces restant sur les parois étaient insuffisantes pour procéder à une recherche de toxiques.

— Peu importe, en vérité, affirma Isidore. Je donnerais ma main à couper qu'il n'y avait aucun poison dans la boisson que Mélanie a apportée à son époux.

— Comment peux-tu être aussi affirmatif ?

— Tout simplement parce que j'ai moi-même consommé une tasse entière du même breuvage !

— Il pourrait n'y avoir eu du poison que dans la tasse de la victime…

— Vous oubliez une chose, chef. C'est que Mélanie a bu avant son mari dans cette même tasse. Je me trouvais suffisamment proche d'elle pour pouvoir affirmer qu'elle n'a pas fait semblant et en a absorbé une bonne gorgée. Or, elle n'a ressenti absolument aucun trouble, aucun symptôme.

Valentin se gratta pensivement l'oreille gauche.

— Je te concède que cela réduit quasiment à néant la théorie du poison.

— Du reste, nota encore Isidore, les convulsions qui ont emporté le malheureux Ferdinand ne sont pas sans évoquer les crises dont avait été victime sa propre fille. Pourquoi ne pas conclure plutôt à une sorte de faiblesse ou de tare familiale ? En l'occurrence, d'Orval était déjà fortement diminué à la suite de ses deuils successifs. C'était un homme brisé par le chagrin. Le choc consécutif à la défection d'Oblanoff et à la découverte du vol a pu suffire à déclencher une attaque fatale pour un organisme débilité. De plus, quel était l'intérêt de supprimer d'Orval ? Ouvrard avait réussi son coup et s'était évanoui dans la nature. Il n'avait aucune raison de s'en prendre à un homme qui, somme toute, sera demeuré son dupe jusqu'à la fin.

C'était un autre sujet de contrariété pour Valentin. Dès le retour d'Isidore à la préfecture, il avait dépêché deux sergents de ville rue de l'Épée-de-Bois pour tenter d'appréhender le faux médium. Ces derniers étaient rentrés bredouilles. Au dire de sa logeuse, Ouvrard n'était revenu de son séjour à Saint-Cloud que tard dans la matinée du lundi. Il avait aussitôt fait son bagage et donné son congé sans laisser d'adresse. Comme l'homme ne recevait jamais de courrier et qu'il avait payé son loyer à l'avance, rubis sur l'ongle, la propriétaire n'avait pas jugé bon d'insister pour savoir où le joindre en cas de besoin.

— Quand je pense, déplora Valentin, dépité, que tout s'est joué à quelques heures près ! J'avais enfin compris comment ce diable d'Ouvrard s'y était pris pour monter sa mascarade. Je m'apprêtais à me rendre à Saint-Cloud pour en faire la démonstration à Ferdinand d'Orval. J'aurais pu ainsi le convaincre d'engager des poursuites à l'encontre de son mystificateur. Une fois appréhendé, je suis convaincu qu'Ouvrard aurait eu des tas de choses intéressantes à nous raconter.

Isidore ne put masquer sa vive curiosité, derrière laquelle pointait une once de scepticisme.

— Vous voulez dire que vous avez découvert une explication pour tous ses tours d'illusionniste ? La table qui bouge toute seule, le portrait sous cloche, l'apparition au bord de l'étang ?

— Exactement ! D'ailleurs, j'ai apporté ici, ce matin, tout ce dont j'avais besoin pour en convaincre les d'Orval. Mais cela me semble tellement vain maintenant…

— À défaut de pouvoir ouvrir les yeux d'un mort, je vous serais reconnaissant de consentir à éclairer ma lanterne. Je brûle de savoir comment cette crapule s'y est prise pour nous rouler dans la farine.

Valentin ébaucha un mince sourire. En dépit de ce qu'il vivait comme un terrible échec, son goût pour les sciences et l'innovation le poussait à répondre favorablement à la demande de son adjoint et à étancher sa soif de compréhension.

— Commençons par le plus simple et pourtant le plus spectaculaire, dit-il en s'inclinant pour récupérer une sacoche à ses pieds et la déposer sur le bureau. La prétendue apparition de Blanche sur la rive de l'étang. Tous les invités, parmi lesquels figuraient de nombreux adeptes de l'occultisme, ont été époustouflés par ce prodige. Et pourtant qu'avons-nous vu exactement ? Une silhouette de femme blonde dans le lointain, qui ressemblait plus ou moins à la jeune morte. Rien, au fond, de si extraordinaire. Alors qu'est-ce qui a frappé à ce point l'assistance ?

— Mais ce lever de soleil en pleine obscurité ! Cette aura irréelle !

— Précisément ! Cette scène n'aurait pas convaincu le plus indulgent des spectateurs, s'il n'y avait pas eu cette variation de lumière à l'endroit exact où se tenait l'apparition. Or, en l'espèce, Ouvrard s'est contenté de reproduire une toute nouvelle attraction des boulevards.

L'inspecteur sortit de sa sacoche une feuille imprimée vantant le diorama de Daguerre, qu'il plaça sous les yeux d'Isidore.

— Le diorama ? lut celui-ci. De quoi s'agit-il exactement ?

— D'une invention incroyable ! Un véritable théâtre à illusions !

Et Valentin entreprit de lui raconter ce que lui avaient appris sa récente expédition sur les traces d'Ouvrard et sa visite au sein de l'établissement de la place du Château-d'Eau.

— Il ne fait aucun doute que pour donner l'illusion que le soleil se levait et nimbait la défunte rappelée à la vie, notre homme a eu recours aux mêmes artifices :

des panneaux de toile translucide où se trouvait peint en trompe l'œil un décor identique à celui de la rive. Grâce à un éclairage adéquat, cela lui a permis de créer cette aurore artificielle, si localisée, tout en entretenant l'illusion du réel grâce à un effet de balancement des feuilles dans la brise.

— Mais quelle source lumineuse a-t-il utilisée ? questionna Isidore en fronçant les sourcils. D'après ce que vous venez de me rapporter des propos de ce Daguerre, son invention ne fonctionnerait que grâce à la lumière du jour.

— C'est là le véritable apport d'Ouvrard. Hier, quand je me suis rendu à la pharmacie de mon ancien mentor, le professeur Pelletier, je l'ai interrogé sur la possibilité de concevoir un éclairage puissant, sans avoir recours au gaz de ville. Il m'a appris que des chimistes s'étaient rendu compte récemment que la chaux pure émet un éclat intense aussitôt qu'elle entre en contact avec de l'oxygène. Ce procédé n'est utilisé actuellement que par les armées de certains pays pour transmettre des messages sur de longues distances par le biais de signaux lumineux. Il est vrai que le maniement des composés se révèle encore délicat. J'ai moi-même failli provoquer un incendie et causer une attaque de frayeur à ma gouvernante en me livrant hier soir à une petite expérience dans mon appartement. Toutefois, Pelletier se dit convaincu que cet éclairage sera d'ici peu utilisé dans tous les théâtres d'Europe[1]. Je ne doute pas qu'Ouvrard, en saltimbanque

1. Cet éclairage dû à une réaction chimique ne tarda pas, en effet, à remplacer les chandelles dans les théâtres parisiens en leur substituant les fameux « feux de la rampe », ancêtres de nos modernes projecteurs.

toujours à l'affût d'artifices permettant de perfectionner ses numéros, aura eu vent de la chose.

— D'accord pour le *modus operandi*. Mais comment se fait-il que nous n'ayons rien remarqué en arrivant sur place ?

— L'effet est spectaculaire, mais nécessite un matériel limité. Les écrans de toile translucide une fois roulés représentent un faible volume. Et il a suffi de deux ou trois récipients de la taille d'un seau pour servir de sources lumineuses. Ouvrard avait calculé la quantité de chaux à l'intérieur pour un éclairage de courte durée. Entre le moment où l'obscurité est revenue et celui où nous sommes arrivés de l'autre côté de l'étang, il s'est bien écoulé une douzaine de minutes. C'était largement suffisamment pour que sa complice, celle qui a joué le rôle de Blanche, coupe les cordes retenant les panneaux de toile et ait le temps de faire place nette.

— Mais comment ? Elle ne pouvait tout emporter en une seule fois, les seaux et les rouleaux de toile. Ou alors il faudrait imaginer la présence sur place de plusieurs complices. Mais dans ce cas il paraît peu probable qu'ils aient pu disparaître sans que nous les entendions ou qu'ils laissent la moindre trace.

— Tu as raison, approuva Valentin. C'est pourquoi je suis convaincu que la femme était seule. Et elle n'a pas eu besoin d'emporter le matériel. Elle l'a simplement dissimulé sur place.

— Mais où ? Nous avons fouillé les parages un bon moment. Nous aurions dû remarquer quelque chose.

— Pas forcément. Il y a un endroit précis que nous

avons négligé d'examiner. Il est vrai que nous n'avions alors aucune raison de le faire.

— Lequel ?

— L'étang, tout simplement. Quand la complice d'Ouvrard a eu fini de rouler la toile, il lui suffisait de la lester avec les seaux et d'immerger le tout. Ni vu ni connu. Cela n'a pas dû lui prendre plus de cinq minutes, de quoi avoir largement le temps de disparaître ensuite dans les profondeurs du parc.

Isidore observa un court silence, le temps de se représenter la scène mentalement. Un ravissement naïf s'afficha alors sur son visage.

— Oui, pas de doute. C'est bien ainsi que les choses ont dû se dérouler. Dire que l'explication était si simple et que nous étions presque tous prêts à crier au miracle !

Valentin ne releva pas. Pour sa part, même si ce soir-là il n'avait pas compris le subterfuge mis en œuvre par Ouvrard, il n'avait jamais imaginé qu'il puisse s'agir d'autre chose. Sa formation scientifique et son goût pour le progrès le poussaient à n'admettre que des explications rationnelles, accessibles à un esprit logique et éclairé.

Tout en fixant son adjoint, il fouilla de nouveau à l'intérieur de la sacoche et disposa une partie de son contenu sur son bureau.

— Tu reconnais ces objets. Il s'agit du même attirail que celui que nous avons découvert dans la chambre d'Ouvrard, rue de l'Épée-de-Bois. Une boîte en bois, un sachet de granules d'iode et un flacon de mercure liquide. Un assortiment pour le moins étonnant dans cette chambre miteuse. À quoi cela pouvait-il bien lui servir ?

— J'imagine, fit Isidore, qu'il s'agit d'une question de pure forme et que vous avez déjà la réponse.

— On ne peut rien te cacher. La boîte est munie d'un volet escamotable qui permet d'obturer ou de libérer un minuscule orifice. Ce mécanisme m'a permis de comprendre aussitôt qu'il s'agissait d'une *camera obscura*.

— Jamais entendu parler de cela. De quoi s'agit-il exactement ?

— D'un dispositif optique dont les principes sont connus, à dire vrai, depuis fort longtemps. On en trouve un exposé théorique chez Aristote et les plus anciennes descriptions remontent à l'Empire byzantin. La *camera obscura* ou chambre noire permet d'obtenir, sur un écran placé à l'intérieur, une image réduite et inversée du décor qui se trouve face à l'orifice ouvert.

— Comment est-ce possible ?

— Simple question de physique. La lumière est normalement réfléchie par les objets dans toutes les directions. Mais en la restreignant, on peut faire en sorte de focaliser sur un écran uniquement certains rayons émanant du décor, ceux qui entrent par l'orifice. Ces rayons issus en ligne droite d'un seul point du décor forment une image à deux dimensions très proche de la vision humaine. À partir de la Renaissance, de nombreux peintres ont utilisé ce procédé pour reproduire sur leur toile une représentation de la réalité la plus fidèle possible.

— J'imagine qu'Ouvrard s'est servi de cette

technique pour nous tromper. Mais je n'arrive pas à comprendre quand et comment il a pu y recourir.

— Rassure-toi, j'étais dans le même état d'ignorance que toi lorsque nous avons achevé de visiter sa chambre. Mais le fait d'avoir trouvé une *camera obscura* chez lui ne cessait de me trotter dans la tête. C'est seulement quand je me suis retrouvé face au diorama de Daguerre qu'un déclic s'est fait dans mon cerveau. En apprenant qu'Ouvrard s'était intéressé de près aux géniales trouvailles de ce dernier, je me suis demandé si l'une d'entre elles ne pouvait reposer sur certaines illusions d'optique nécessitant le recours à une chambre noire. Quand j'ai posé la question à Daguerre, j'ai cru qu'il allait avoir une attaque.

— À ce point-là ?

— Mais oui ! Figure-toi que le diorama n'est rien à côté de l'invention à laquelle Daguerre s'est attelé ces dernières années. Quelque chose d'unique, d'extraordinaire ! Il s'est d'ailleurs fait un peu tirer l'oreille pour m'en parler, d'autant qu'il n'y travaille pas seul. Il s'est associé avec un ingénieur chalonnais nommé Nicéphore Niépce. Tous deux ont mis au point la découverte qui a permis à Ouvrard de faire surgir du néant le portrait de Blanche, ce fameux soir où tu t'es rendu pour la première fois à la Hêtraie.

Isidore ouvrit de grands yeux incrédules, tandis que Valentin finissait de vider la sacoche sur le bureau.

— Le mieux, reprit l'inspecteur, c'est que je reproduise pour toi ce qui s'est passé ce soir-là. J'avais préparé cette reconstitution à l'intention des d'Orval. Autant qu'elle serve à quelque chose !

Dans les minutes qui suivirent, un Isidore médusé eut l'impression singulière de revivre la scène à laquelle il avait assisté deux semaines plus tôt dans l'un des salons de la propriété des d'Orval. Valentin plaça sous une sorte de dôme fait de gaze et d'un treillis grillagé une lampe, une soucoupe remplie de mercure et un disque de métal poli.

— Imaginons que ce dôme soit la cloche de verre qu'a utilisée Ouvrard ce soir-là. Quant au mercure, il devait être dissimulé dans un réceptacle incorporé à la lampe. Je me souviens que tu avais noté l'aspect assez inhabituel de celle-ci. Allumons et voyons un peu ce qui se passe.

Valentin traduisit ses paroles en actes. Il approcha son briquet de la mèche, puis posa la soucoupe au-dessus de la lampe et rabattit le dôme. La gaze éclairée de l'intérieur devenait translucide et permettait de distinguer la surface du disque de métal. Peu à peu, celle-ci se troubla et des formes apparurent. Bientôt, aussi précis qu'un reflet dans un miroir, l'image d'une grosse femme en train de lire se dessina.

— Fantastique ! s'enthousiasma Isidore. Mais de qui s'agit-il ?

— Je te présente Mlle Eugénie Poupard, la perle des domestiques. Son aptitude à la lecture est des plus discutables, mais c'est un véritable cordon-bleu. Elle a posé pour moi sans même s'en rendre compte. (Tout en parlant, Valentin avait soulevé le treillis et récupéré le disque de métal dans sa main.) Comme tu le vois, pas besoin de communiquer avec les esprits pour obtenir l'apparition d'un portrait fidèle. Quand je te disais que l'invention de Daguerre et Niépce était extraordinaire[1] !

— Comment cela fonctionne-t-il ?

— Là encore, c'est avant tout un problème de chimie. Les deux hommes ont trouvé le moyen de capturer sur une surface métallique n'importe quel visage. Il faut pour cela recouvrir le métal, généralement du cuivre, d'une couche d'argent et l'exposer ensuite à des vapeurs d'iode. Il se forme alors sur le support de l'iodure d'argent. On introduit la plaque dans une *camera obscura* et, lorsqu'on ouvre l'orifice, l'exposition à la lumière permet d'enregistrer sur le métal une image invisible. Daguerre l'appelle « l'image latente ». Avec cette méthode, le temps d'exposition est d'environ vingt minutes, soit beaucoup moins que les heures nécessitées par leurs premières tentatives. Ils pouvaient alors seulement capturer des images fixes de paysage.

— Mais cette image latente, comment la fait-on apparaître ?

— En la plaçant dans une enceinte close auprès d'un récipient de mercure légèrement chauffé. La vapeur de mercure se condense sur la plaque et forme un amalgame avec l'iodure d'argent aux endroits où la lumière a agi. Et ainsi l'image cachée est peu à peu révélée.

— C'est fascinant ! Ces MM. Daguerre et Niépce mériteraient d'être portés aux nues. Comment se fait-il

1. Pour plus de précisions sur l'invention de la daguerréotypie, premier procédé photographique, se reporter à la note de l'auteur en fin d'ouvrage.

que leur invention ne soit pas connue et récompensée comme il se doit ?

— Tout simplement parce qu'ils la gardent encore secrète tant qu'ils ne l'ont pas perfectionnée. L'image qui apparaît sur la plaque de métal est en effet très fragile et ils veulent trouver le moyen de la fixer dans le temps. Regarde, par exemple, ce qui se passe quand on l'expose à la chaleur…

Valentin avait approché le disque argenté de la flamme de la lampe, en le tenant du bout des doigts. Rapidement, le portrait d'Eugénie sembla se dissoudre et disparaître dans les limbes.

— Comme tu le vois, reprit l'inspecteur, la disparition est aussi rapide que l'apparition. La chaleur entraîne l'évaporation du mercure de l'amalgame et la surface redevient presque aussi nette qu'au départ. C'est bien évidemment ce phénomène qui s'est produit lorsque Ferdinand d'Orval a approché le portrait de sa fille des flammes de la cheminée pour mieux l'examiner.

Isidore se frappa le front, comme s'il avait failli oublier quelque chose d'essentiel.

— Mais au fait, comment Ouvrard a-t-il fait pour obtenir le portrait de Blanche ? Contrairement à votre servante, elle n'a pas pu poser pour lui.

— Il faut croire que notre lascar a particulièrement bien choisi sa complice. N'oublions pas aussi qu'il a travaillé dans les théâtres et qu'il doit savoir user du maquillage pour accentuer une certaine ressemblance naturelle. Enfin, ne sous-estimons pas non plus les pouvoirs de la suggestion. Ouvrard a su créer un climat propice à sa mystification. Ferdinand d'Orval s'attendait à voir sa fille se manifester d'une façon ou d'une autre. Quand il a vu le visage d'une jeune fille blonde émerger du néant, il ne pouvait douter qu'il s'agissait de son propre enfant.

Isidore éprouvait une intense admiration pour son chef. Plus que jamais il se sentait fier de travailler au sein du bureau des affaires occultes, sous les ordres de ce policier si savant, qui ne ressemblait à aucun autre.

— Et la table ? interrogea-t-il. Vous avez aussi une explication ?

— En voilà une drôle de question ! Cette explication, je te l'ai donnée dès le premier jour, lorsque Mélanie d'Orval est venue ici solliciter notre aide.

— Mais vous oubliez que j'ai examiné le plateau chez les d'Orval et je n'ai…

À cet instant, des coups retentirent à la porte. Un planton fit son entrée, porteur d'un courrier pour Valentin et de l'annonce que le préfet de police désirait s'entretenir avec le chef du bureau des affaires occultes aussitôt que possible.

— J'imagine qu'on a dû l'informer du décès de Ferdinand d'Orval, commenta l'inspecteur pour Isidore. Dans ces circonstances, cela m'étonnerait qu'il désire me voir pour me tresser des lauriers. Je lui avais promis un succès de prestige et, au lieu de cela, je n'ai à lui offrir qu'un échec cuisant.

Machinalement, il ouvrit l'enveloppe libellée à son nom. La feuille comportait une dizaine de lignes tracées d'une plume maladroite par Désiré Frappart. Dans un style lapidaire et avec une orthographe des plus fantaisistes, le régisseur du diorama informait le policier qu'il le contactait sur les conseils de Louis Daguerre. Ce dernier avait noté que l'inspecteur Verne souhaitait être destinataire de toute information nouvelle concernant Pierre Ouvrard. Or, Frappart s'était souvenu d'un détail qui pouvait avoir son importance. Peu avant de quitter l'établissement, l'ancien artiste de tréteaux s'était mis à fréquenter une ballerine de l'Opéra de la rue Le Peletier. Une jeune personne blonde répondant au prénom de Maria.

— Bon sang, Isidore ! s'exclama Valentin après avoir lu le court billet. La chance vient peut-être de tourner. Nous devons absolument retrouver cette Maria. Filons sans tarder à l'Opéra !

Interloqué, le planton vit les deux occupants du bureau rafler chapeaux, cape et manteau, et franchir le seuil sous son nez, sans plus lui accorder la moindre attention.

— Mais… mais…, balbutia-t-il. Qu'est-ce que je vais dire à monsieur le préfet, moi ?

La voix étouffée de Valentin Verne lui parvint de l'extrémité du couloir :

— Dites-lui que le dossier d'Orval n'est pas encore refermé. Ce n'est plus un escroc que nous allons lui livrer mais un meurtrier !

32

La chute

Rue Barbette, un fiacre passa lentement sous la bruine, ferraillant sur les pavés, son cocher à demi assoupi dans sa longue capote. À l'angle avec la rue des Trois-Pavillons, un réverbère à huile grignotait un bout de nuit, tel un minuscule rongeur obstiné. Deux femmes trop fardées s'immobilisèrent sous son halo laiteux, le temps de rajuster leur fichu sur leur tête, puis elles s'éloignèrent en riant, bras dessus bras dessous.

Aussitôt après qu'elles eurent disparu dans l'obscurité humide, une silhouette furtive, chapeau rond et cape à godets, se faufila en rasant les façades des immeubles et rejoignit un autre homme embusqué sous une porte cochère.

— Eh bien ? fit ce dernier. As-tu découvert une autre issue ?

Isidore Lebrac secoua négativement la tête.

— La porte d'entrée donne sur un passage voûté qui, lui-même, débouche sur une cour intérieure. Elle est enserrée par de hauts murs et aucun homme ne pourrait filer par là, à moins de disposer d'une échelle.

Valentin Verne rejeta son chapeau haut de forme sur l'arrière de son crâne et se pencha pour observer une fenêtre éclairée, au cinquième étage, de l'autre côté de la rue. La lueur du réverbère projeta sa lividité sur la figure du jeune inspecteur. Cette figure, ainsi éclairée d'une teinte spectrale, se montrait attentive et quelque peu tendue.

— Parfait ! commenta-t-il à voix basse. Inutile donc d'assurer nos arrières. Nous allons pouvoir monter tous les deux. D'après ce qu'on m'a dit au bureau de l'Opéra, Maria Popielski habite seule et n'a pas de protecteur en titre, contrairement à la plupart des autres ballerines. Or, il y a bien un homme chez elle, là-haut. J'ai aperçu à plusieurs reprises sa silhouette se découper en ombre chinoise derrière la fenêtre.

— Vous croyez que c'est Ouvrard ?

— Qui d'autre ? Nous devons le prendre par surprise. Qu'il n'ait pas le temps de comprendre ce qui lui arrive avant qu'on ait pu lui passer les poucettes. Attendons pour agir que la lumière s'éteigne et que sa complice et lui soient sur le point de se coucher.

Ils demeurèrent immobiles, aux aguets, encore un bon quart d'heure avant que le noir ne se fasse derrière les rideaux. Abandonnant alors leur abri, ils gagnèrent rapidement le porche d'en face. En effectuant sa reconnaissance, Isidore s'était assuré que l'immeuble de rapport ne possédait pas de concierge et qu'ils pourraient accéder sans difficulté aux étages. Ils entamèrent donc leur montée sur la pointe des pieds en prenant garde à ne pas faire grincer les marches vétustes.

Tout en progressant silencieusement, Valentin

songeait à ce qu'il avait appris au sujet de la prénommée Maria. Il s'agissait d'une danseuse de nationalité polonaise, de dix-neuf printemps, qui s'était fait engager trois ans plus tôt dans le corps de ballet de l'Opéra. Toute sa famille était demeurée dans son pays d'origine et on ne lui connaissait pas d'ami. Bref, une pauvre fille à qui Ouvrard avait dû promettre monts et merveilles pour la convaincre de prêter son concours à ses combines. Cela n'avait pas dû être très difficile, vu les qualités de baratineur du faux nécromancien et authentique escroc. C'était même là le lot commun de presque toutes les ballerines de la rue Le Peletier. Issues en général de classes défavorisées, adolescentes souvent pauvres et illettrées, elles constituaient des proies de choix pour les jeunes gens du Tout-Paris et les bourgeois fortunés qui formaient l'essentiel du public. Ces hommes avides de plaisir voyaient en elles des filles sensuelles et libres de mœurs, qui représentaient une heureuse alternative aux prostituées par trop infréquentables. Quant aux intéressées, elles espéraient, pour la plupart, séduire un riche protecteur afin de faire carrière, de s'assurer une existence dorée et de sortir ainsi leur famille de la misère.

Lorsqu'il travaillait encore aux Mœurs, Valentin avait assisté plusieurs fois, vaguement écœuré, aux tractations qui se nouaient dans le foyer de la danse. C'était là que les abonnés pouvaient à loisir opérer leur choix en observant l'intimité des danseuses et que les premiers rapprochements se faisaient avec la bénédiction des mères ou des tantes. Le comportement de ces parentes qui, sous couvert de chaperonnage, se comportaient en véritables entremetteuses avait particulièrement révolté Valentin. À chaque fois, l'inspecteur avait eu la désagréable impression d'assister à une sorte de monstrueux marché aux bestiaux. Ouvrard avait dû trouver là une excellente opportunité de repérer une fille susceptible de jouer le rôle de Blanche et suffisamment attirée par l'appât du gain pour ne pas s'embarrasser de scrupules.

Parvenus sur le palier du cinquième étage, les deux hommes s'immobilisèrent, le temps de s'orienter et d'identifier laquelle des trois portes correspondait au petit appartement de la ballerine. Lorsqu'ils furent certains d'avoir fait le bon choix, Isidore sortit l'un de ces courts pistolets d'acier qu'on appelait coups-de-poing, tandis que Valentin se postait face au battant. L'inspecteur prit son élan et asséna une violente ruade à hauteur de la poignée. La porte céda en laissant entendre un sinistre craquement.

L'un à la suite de l'autre, les policiers plongèrent dans l'appartement noyé d'obscurité.

Tout ne se passa pas, hélas, comme Valentin l'avait prévu. Au moment de se mettre au lit, Maria avait été prise d'un doute et s'était relevée, sans prendre la peine de rallumer une lampe, pour vérifier qu'elle avait couvert de cendres les braises du poêle. Si bien que l'inspecteur avait à peine fait trois pas dans les ténèbres qu'un fantôme blanc lui tombait dessus et tentait de lui lacérer le visage de ses ongles acérés. En même temps, une voix aiguë à l'accent étranger lui vrilla les oreilles :

— Gaffe, les cognes ! Sauve-toi, Pierre !

Valentin perçut un vif mouvement à l'autre bout de la pièce. Une porte claqua dans le noir.

— La chambre, Isidore ! Vite ! Il va nous filer entre les pattes !

Et pendant que son adjoint se précipitait, Valentin dut batailler comme un beau diable pour ne pas finir défiguré et parvenir à maîtriser la tigresse qui se défendait bec et ongles pour protéger la fuite de son amant.

Il était enfin parvenu à immobiliser la jeune femme blonde qui l'agonissait d'injures lorsque Isidore revint lui prêter main-forte.

— Ouvrard ? questionna Valentin, le souffle court, visiblement oppressé à la pensée que l'oiseau pouvait s'envoler.

— Je… je ne sais pas, balbutia Isidore. Il a dû coincer la porte avec… une chaise ou un objet quelconque. Je… je n'arrive pas à ouvrir.

— S'il nous échappe maintenant, pesta l'inspecteur, il va s'évanouir dans la nature. Nous ne le retrouverons jamais. Je te laisse t'occuper de cette furie et moi je vais essayer d'aller dans la pièce d'à côté en passant par l'extérieur.

Laissant Isidore entraver les poignets de Maria, Valentin tâtonna jusqu'à trouver une lampe sur la table. Il l'alluma et se dirigea vers la fenêtre dont il écarta les rideaux. Malgré la nuit et la pluie, la flamme vacillante lui permit de se repérer. Une corniche d'à peine un pied de large courait tout le long de la façade et permettait d'atteindre un chien-assis. De là, il devait être possible de monter sur le toit et de tenter de gagner les immeubles voisins. Aucune trace d'Ouvrard, en revanche.

Ayant posé sa lampe, l'inspecteur ouvrit l'un des deux battants et enjamba le rebord.

— Faites attention, chef ! le prévint Isidore, visiblement peu rassuré. Avec cette saleté de bruine, c'est un coup à se rompre les os !

— Pas le choix ! rétorqua Valentin. J'ai absolument besoin de faire parler Ouvrard.

Et il se laissa glisser sur la corniche, le corps plaqué contre la façade, les bras écartés, ses doigts tâtonnant à la recherche de la moindre saillie pour assurer sa stabilité. La pluie fine ruisselait sur le toit de zinc et les gouttières faisaient entendre un bruit étrangement amplifié de cataracte. Plus bas, comme de très loin, lui parvenait, de temps à autre, l'écho des pas d'un passant attardé et c'était comme la matérialisation sonore de tout ce vide dans son dos. Le policier tentait de faire abstraction de cet environnement hostile. Il progressait latéralement avec lenteur, osant à peine respirer de peur de trop gonfler sa cage thoracique et de perdre son équilibre précaire.

Clignant des paupières pour chasser l'eau de ses yeux, le cœur battant la chamade, il parvint à rejoindre la rambarde de la fenêtre donnant sur la chambre. Comme il s'y attendait, la croisée était ouverte et la pièce déserte. Il distingua le lit qu'on avait repoussé contre la porte et un sac de cuir qui gisait, ouvert, sur le parquet. Quelques pièces d'or s'en étaient échappées. Ouvrard n'avait pas voulu fuir sans emporter avec lui une partie, au moins, de son butin. Mais il avait agi dans la précipitation.

Valentin évalua son avance à quelques minutes à peine. S'il ne perdait pas davantage de temps, il devait pouvoir rejoindre le fuyard sur les toits. Mais pour cela, il lui fallait atteindre le chien-assis le long duquel courait une gouttière qui offrait l'appui idéal pour se hisser sur le plan incliné en zinc. Cela représentait une distance de presque deux toises. Deux toises à flirter avec le vide, avec une probabilité non négligeable de se briser le cou sur la chaussée, dix mètres plus bas.

La perspective n'était guère encourageante. Toutefois, sans plus songer aux risques encourus, l'inspecteur reprit son périlleux numéro de funambule.

Il avait effectué environ la moitié du parcours lorsque son pied gauche dérapa soudain sur la corniche mouillée. Le déséquilibre fut si brusque que Valentin n'eut même pas le temps d'avoir peur. Ce fut son instinct de conservation qui lui épargna une chute mortelle. Plutôt que de chercher à se rétablir, il poussa sur sa jambe gauche et plongea, bras en avant, en direction de la gouttière. Le choc fut rude, mais il parvint à saisir celle-ci à deux mains. La vibration du tuyau se répercuta tout le long de ses bras, mais les attaches scellées dans la façade, fort heureusement, résistèrent à son poids.

Durant quelques secondes plutôt éprouvantes, il oscilla au-dessus du vide en entendant grincer horriblement la conduite de métal. Ses doigts le lançaient à hurler et ses épaules, à la limite de l'arrachement, n'étaient plus que deux nœuds de douleur. Enfin, au bout de ce qui lui parut une éternité, son corps finit par se stabiliser. Il parvint alors à prendre appui des deux pieds sur la façade et consuma ses dernières forces à remonter jusqu'à la lucarne en chien-assis. Là, il put faire une courte pause, histoire de calmer les battements de son cœur et de reprendre ses esprits. Lorsqu'il se sentit un peu mieux, il entreprit de se hisser sur le toit dont la pente peu accentuée lui permit, dès lors, de reprendre sa progression à quatre pattes.

La meilleure chance d'Ouvrard consistait à tenter de gagner le toit d'un immeuble voisin dans l'espoir de trouver un moyen de se faufiler à l'intérieur. S'il y parvenait, il serait probablement tiré d'affaire. Se remémorant la configuration des lieux, Valentin estima que c'était sur l'arrière que les possibilités étaient sans doute les plus nombreuses. Il continua donc à ramper vers le haut, puis dépassa le faîtage avant de se laisser glisser prudemment de l'autre côté.

Il n'allait pas tarder à atteindre le rebord opposé du toit, lorsque le fugitif lui apparut sur sa droite. Ouvrard se tenait debout, accroché des deux mains au conduit d'une cheminée. À environ un mètre en contrebas, une planche étroite, probablement installée là par un ouvrier couvreur, était jetée au-dessus de l'abîme et permettait de gagner le toit en ardoises d'un hôtel particulier. Visiblement, l'homme était pétrifié par la peur de tomber. Il n'avait pas osé se risquer sur l'étroite passerelle. Pourtant, une fois de l'autre côté, il lui suffirait de faire basculer la planche dans le vide pour se retrouver définitivement hors d'atteinte.

Valentin s'ancra de la main gauche au crochet d'une plaque de zinc et tira de sa poche un petit pistolet à deux coups dont il arma les chiens.

— C'est fini, Ouvrard ! lança-t-il en pointant l'arme sur sa cible. Tu as joué et tu as perdu. Tu vas gentiment me rejoindre et nous allons quitter ce toit ensemble par la plus proche lucarne.

Ouvrard leva sa face livide en direction du policier.

La pluie collait ses longues mèches noires sur son front. Cela lui donnait un air à la fois échevelé et hagard. L'homme n'avait plus rien à voir avec le personnage de médium mystérieux et tout-puissant qui avait tant impressionné les invités du domaine de la Hêtraie. Ce n'était plus qu'un pauvre hère traqué, cherchant vainement à surmonter sa frayeur.

Un court instant, Valentin crut qu'il allait pouvoir le convaincre de se rendre. Il en était encore persuadé quand il vit Ouvrard se détacher lentement de la cheminée. Mais au lieu de se diriger vers l'inspecteur, l'homme tituba jusqu'à la planche.

— Ne fais pas l'idiot ! insista Valentin. Ne m'oblige pas à tirer !

Ouvrard avait déjà fait trois pas au-dessus du vide. À l'appel du policier, craignant sans doute que celui-ci ne mette sa menace à exécution, il voulut tourner la tête pour regarder par-dessus son épaule. Mais ce simple mouvement suffit à le déséquilibrer. L'espace de quelques secondes, il battit des bras, tel un grand corbeau sinistre cherchant à s'envoler. Puis tout bascula. Il poussa un grand cri et disparut.

Englouti par les ténèbres.

33

L'interrogatoire de Maria

Une poupée de chiffon abandonnée sur un siège par une enfant capricieuse. Une poupée de chiffon qui a cessé de plaire… C'était l'image de Maria Popielski qui s'imposait à l'esprit de Valentin dans le fiacre censé les emporter tous deux, en compagnie d'Isidore Lebrac, vers le dépôt de la préfecture de police.

Lorsque l'inspecteur avait regagné l'appartement de la ballerine après avoir assisté, impuissant, à la chute mortelle d'Ouvrard, la jeune femme, bien qu'entravée par des poucettes, se débattait encore comme une diablesse. Isidore, visiblement débordé, éprouvait toutes les peines du monde à la maîtriser. Elle lui donnait des coups de pied désordonnés et cherchait à le mordre dès qu'il tentait de la faire tenir tranquille. Cependant, quand Valentin lui avait appris le sort funeste de son complice, Maria s'était écroulée d'un coup. Comme si quelque chose s'était subitement brisé en elle. À l'intensité de son désarroi, l'inspecteur avait compris que la malheureuse était vraiment tombée amoureuse de ce coquin d'Ouvrard et il avait éprouvé une peine sincère pour cette inconnue qui s'était trouvée embarquée, peut-être à son corps défendant, dans une bien vilaine affaire.

Tandis qu'il envoyait Lebrac au commissariat du septième arrondissement chercher une voiture pour conduire la danseuse au dépôt, il avait laissé cette dernière verser toutes les larmes de son corps sans l'importuner par des questions auxquelles elle était, de toute façon, hors d'état de répondre. Une fouille rapide du petit appartement lui avait permis de se rendre compte que les bijoux volés à Mélanie d'Orval n'y étaient pas dissimulés. Ils ne se trouvaient pas non plus sur le cadavre d'Ouvrard. Valentin s'en était assuré lorsqu'il était redescendu du toit. L'ancien saltimbanque n'avait sur lui qu'une centaine de francs en pièces d'or. Le pécule provenait à coup sûr du coffre des d'Orval, mais cela ne représentait en définitive qu'une infime partie du butin. L'inspecteur n'en était pas plus étonné que ça. Il avait déjà sa petite idée sur l'endroit où se trouvait le reste. Aussi n'avait-il pas cherché à en apprendre davantage. Il s'était contenté de surveiller en silence cette pauvre fille accablée par la douleur.

À présent, Valentin continuait de l'observer, si blonde et si fragile, affalée sur la banquette de la berline, tressautant au moindre cahot. Elle ne pleurait plus. Sans doute avait-elle épuisé toute sa réserve de larmes. Mais son visage aux traits ravagés continuait d'exprimer une détresse sans fond. Ses longues mèches claires collaient à ses joues mouillées et son regard fixe semblait rivé à quelque chose d'enfoncé très loin à l'intérieur d'elle-même.

Une poupée de chiffon…

La comparaison s'était rapidement imposée à Valentin, tandis qu'émergeaient en lui des sentiments contradictoires à l'égard de la jeune Polonaise. Si cela avait été possible, il aurait respecté son chagrin et remis au lendemain matin son interrogatoire, mais c'était une délicatesse qu'il ne pouvait se permettre. Il avait besoin d'obtenir des réponses à certaines questions et le temps lui était compté. Plus tôt il aurait résolu l'affaire d'Orval, plus vite il pourrait s'occuper du Vicaire et parer la menace qui pesait sur la tête d'Aglaé.

Cette ultime pensée le poussa à rompre enfin le silence :

— Je n'ai pas voulu cela, mademoiselle. Je vous en donne ma parole. Ouvrard savait parfaitement les risques qu'il prenait. Il a fait son choix en toute connaissance de cause.

Pour toute réaction, Maria Popielski leva sur lui son regard hébété. On aurait dit qu'elle avait entendu ses paroles, mais que celles-ci échouaient à se frayer un chemin en elle, qu'elle était tout bonnement incapable d'en percevoir le sens. Elle ne desserra pas les lèvres.

— Il est normal que vous éprouviez du chagrin, insista Valentin. J'imagine que Pierre Ouvrard vous avait fait tout un tas de belles promesses. Pourtant comment pouvez-vous être certaine qu'il les aurait tenues ? Vous vous êtes sacrifiée pour lui permettre de s'enfuir et il n'a pas hésité une seconde à vous abandonner entre nos mains. Croyez-vous vraiment qu'il aurait fait la même chose pour vous ?

En son for intérieur, Valentin était désolé de devoir la brusquer ainsi, mais il ne voyait pas d'autre moyen pour la forcer à réagir. Son calcul s'avéra payant. Les yeux de Maria se ranimèrent. Une étincelle de défi fit miroiter ses prunelles.

— Et vous ? Qu'est-ce que vous croyez savoir de lui ? lança-t-elle avec une rage dédaigneuse. D'accord, ce n'était peut-être pas un modèle de vertu, mais c'est le seul homme qui m'ait traitée autrement que comme une marchandise depuis mon arrivée à Paris. Le seul, vous m'entendez ?

— Jusqu'à faire de vous sa complice et vous impliquer dans une affaire de meurtre, asséna l'inspecteur en sachant très bien qu'il dévoilait ainsi sa meilleure carte.

Le dernier mot la cingla comme une lanière de fouet. Elle porta ses mains à sa bouche et écarquilla les paupières. Son expression balançait entre la stupéfaction et la défiance.

— Pierre, un assassin ? Qu'est-ce que vous inventez là ? C'était un beau parleur, un sacré embobineur, mais jamais il n'aurait fait de mal à une mouche. Il avait la violence en horreur.

— Le poison est l'arme des faibles, c'est bien connu, renchérit Valentin.

Maria fit la grimace et secoua la tête. Elle donnait l'impression de vouloir effacer de son esprit les mots qu'elle venait d'entendre, ou bien de chasser un mauvais rêve. Ses yeux affolés se mirent à rouler dans leurs orbites. Elle regarda les deux policiers qui lui faisaient face, passant rapidement de l'un à l'autre. Finalement, elle se fixa sur Isidore, une imploration muette peinte sur les lèvres, comme si elle attendait de lui qu'il reprenne son collègue, qu'il admette qu'ils avaient juste voulu l'effrayer.

Le rouquin se tortilla sur la banquette, mal à l'aise. Il avait beau souffrir encore dans sa chair des multiples griffures et contusions que lui avait infligées la ballerine, il éprouvait lui aussi une certaine compassion pour cette pauvre fille perdue. Et puis, il ne comprenait pas vraiment où son chef voulait en venir. Un peu plus tôt dans l'après-midi, Valentin semblait s'être rangé à ses arguments et avoir écarté l'hypothèse du poison. Alors pourquoi en faisait-il état devant Maria ? Que cherchait-il à obtenir d'elle ?

Incapable de ne pas répondre à la sollicitation silencieuse de leur prisonnière, mais redoutant de commettre une bévue, il se contenta d'énoncer les faits :

— Ferdinand d'Orval, l'homme auprès de qui Ouvrard s'est fait passer pour un nécromancien, est mort brutalement ce matin. Juste après avoir ingéré un cordial prétendument revigorant.

— Vous dites, ce matin ? réagit Maria avec un soulagement manifeste. Mais c'est bien la preuve que mon pauvre Pierre n'y est pour rien ! Il n'a pas mis le nez dehors depuis lundi ! Il disait que c'était convenu comme ça, qu'on devait pas bouger jusqu'à demain midi et que la fortune viendrait toute seule à nous. On aurait alors de quoi partir loin, en Italie, et vivre comme des rentiers.

Les traits de Valentin se contractèrent.

— Convenu avec qui ? interrogea-t-il sèchement.

— Est-ce que je sais, moi ? Il ne me racontait pas tout, le Pierre, mais c'était pas un meurtrier. Ça, j'en suis bien certaine. La tête sur le billot que je le clamerais encore !

— Nous n'aurons sans doute pas à aller jusque-là, dit Valentin d'une voix radoucie avant de passer au tutoiement : Mais, saisis-moi bien, petite, ton Pierre s'est lancé dans une entreprise extrêmement hasardeuse. Un homme honorable est mort, qui possédait de hautes relations. Ces dernières vont exiger qu'on leur livre un coupable. Si tu ne veux pas tenir lieu de bouc émissaire et prendre le chemin de l'abbaye de Monte-à-Regret[1], il va falloir coopérer avec nous et répondre gentiment à toutes nos questions. Il y va de ton intérêt. As-tu compris ?

Un silence tout relatif se fit dans l'étroit habitacle, rendant davantage perceptibles le tambourinement de la pluie sur le toit et le crissement des roues cerclées de fer sur le pavage de la chaussée. De loin en loin, la clarté vacillante d'un réverbère s'insinuait dans la berline. La peau claire de la danseuse devenait alors presque livide et son visage semblait celui d'une enfant malade. Elle finit par hocher lentement la tête. Ses lèvres laissèrent échapper un murmure résigné :

— Interrogez-moi. Je vous dirai tout ce que je sais.

— Quand et où as-tu fait connaissance d'Ouvrard ?

— En septembre dernier, au foyer de l'Opéra. Il assistait depuis quelque temps aux répétitions. Quand il s'est décidé à m'aborder, au bout d'une semaine, il m'a confié que je lui rappelais une jeune fille qu'il avait beaucoup aimée naguère, mais qui avait succombé à une pleurésie peu après leurs accordailles. Il m'a montré son

1. Expression d'argot qui désignait la guillotine.

portrait miniature dans un cadre en écaille. C'est vrai qu'elle me ressemblait assez.

— Au point qu'il s'est décidé à te faire la cour ?

— Absolument pas ! Enfin… je veux dire que ça ne s'est pas passé comme vous semblez le croire. Au début, il ne faisait que m'inviter à déjeuner, à l'accompagner au théâtre ou au bal. Il me demandait seulement de me coiffer comme sur le portrait, de m'appliquer à ressembler à sa chère disparue. Comme il était gentil et que ça avait l'air de lui faire tellement plaisir, pourquoi j'aurais refusé ? Je me disais que c'était une façon pour lui de ressusciter un passé heureux. Et puis, peu à peu, j'ai commencé à éprouver des sentiments à son égard.

Si chaque mot remontait à la surface dans la douleur, Valentin sentait que les laisser s'échapper apportait aussi une forme de soulagement à la jeune femme.

— Et lui ? Partageait-il la même attirance ?

— Bien sûr ! Ce sont des choses qu'une femme est capable de sentir avant même que son partenaire ne se décide à les exprimer.

— Je suppose qu'il a attendu que tu sois devenue sa maîtresse pour te dire ce qu'il voulait vraiment de toi. Comment t'a-t-il présenté la chose ?

— Ça faisait environ deux mois qu'on se fréquentait. Il a fini par m'avouer que le modèle du portrait n'était pas sa fiancée, mais la fille d'un homme très riche. Elle était morte brutalement et, depuis, celui-ci demeurait inconsolable. Pierre disait que ce père était prêt à couvrir d'or celui qui lui permettrait de revoir son enfant. À l'entendre, c'était une chance qu'il fallait absolument saisir. Il possédait quelques tours qu'il avait mis au point lorsqu'il se produisait sur les tréteaux. Et puis il avait travaillé récemment chez un spécialiste en illusion auprès de qui il avait appris d'autres procédés époustouflants. Avec tout ça, il prétendait pouvoir berner les plus sceptiques et parvenir à se faire passer pour un grand médium.

— Seulement voilà, l'interrompit Valentin, il ne pouvait rien faire seul. Il lui fallait une complice pour jouer le rôle de la fille revenue d'entre les morts. Et c'est là que tu devais intervenir. Cela ne t'a pas gênée d'exploiter la crédulité d'un père endeuillé ?

Maria baissa les paupières. Le rouge de la honte empourpra ses joues.

— Au début, si. J'étais même plutôt réticente. Mais Pierre me relançait presque tous les jours. Il disait qu'au fond personne n'aurait rien à nous reprocher, qu'il s'agissait juste de soulager la peine d'un homme au désespoir. Il prétendait que redonner le goût de la vie à quelqu'un justifiait bien quelques petits mensonges. Et puis, la première fois, il m'a seulement demandé de faire comme les premiers soirs.

— C'est-à-dire ?

— Vous savez bien, m'arranger de façon à ressembler à la jeune fille de la miniature. Et puis, il s'est contenté de me faire poser devant une espèce de grosse boîte en bois. Je ne voyais pas, en effet, où était le mal.

— Sauf qu'il n'en est pas resté là. C'est toi, n'est-ce pas, qui nous as joué cette remarquable pantomime, l'autre nuit à Saint-Cloud, au bord de l'étang ?

Cette fois, Maria se contenta d'acquiescer d'un simple hochement de tête.

— Je te fais mes compliments, enchaîna Valentin. Tu as endossé ton rôle à merveille. Qui plus est, il t'a fallu une jolie dose de sang-froid pour faire disparaître en quelques minutes les lampes et les toiles peintes. Je suppose que tu les as jetées dans l'étang, c'est bien ça ?

Nouvelle approbation silencieuse.

— À la vérité, nous avions déjà deviné tout cela. Ce qui m'importe réellement, c'est ce qui s'est passé les jours suivants. Commençons par le lundi. Nous savons qu'en fin de matinée Ouvrard est retourné rue de l'Épée-de-Bois. Là, il a dû se rendre compte qu'on avait fouillé sa chambre et s'est empressé de filer pour venir se réfugier auprès de toi. Mais après ?

— Je vous l'ai déjà dit, nous n'avons pas bougé. C'était prévu d'ailleurs comme ça dès le départ. Pierre devait faire le ménage dans sa chambre pour ne laisser aucune trace derrière lui, puis venir me retrouver. Mais quand il est arrivé, il était dans tous ses états. Quelqu'un avait farfouillé dans ses affaires et ça le rendait nerveux. Tout s'était bien passé jusque-là et il craignait d'être démasqué avant d'avoir touché le pactole.

— Pactole qui devait vous tomber dessus, telle la manne céleste, demain midi. Tu jures qu'il ne t'en a pas dit plus à ce sujet ?

— Je vous le promets, souffla Maria en levant sa main droite pour la poser sur une petite croix de métal doré qu'elle portait attachée à un ruban autour de son cou. Il affirmait que moins j'en savais, mieux ça valait pour moi. Alors on est restés comme ça tous les deux à se terrer chez moi, pareils à des lapereaux apeurés. Il m'a juste envoyée porter un message ce matin, très tôt, au débarcadère du coche d'eau en me recommandant d'être très prudente. Moi, je m'en fichais, des risques. Ce qui comptait à mes yeux, c'était qu'on soit ensemble… J'aurais été jusqu'au bout du monde avec lui, s'il me l'avait demandé.

Elle avait lâché cette dernière phrase dans un élan de passion et de naïveté qui toucha Valentin, même s'il s'efforça de n'en rien laisser percevoir. Isidore, pour sa part, demeurait sur sa faim. Quand il comprit que son chef avait épuisé son lot de questions, il ne put s'empêcher d'intervenir :

— Il me semble que vous ne nous avez pas encore tout dit. Qu'en est-il du coffre dans la propriété des d'Orval ? Ouvrard était entouré en permanence. Il a bien fallu que ce soit vous qui vous chargiez d'en dérober le contenu.

La jeune Polonaise écarquilla les yeux. Soit elle jouait la stupéfaction à la perfection, soit elle ne comprenait vraiment pas ce à quoi son interlocuteur faisait allusion.

— Quel coffre ? s'insurgea-t-elle, une fois remise de sa surprise première. Je n'ai jamais pénétré à l'intérieur de la demeure des d'Orval ! La seule fois où j'ai accompagné Pierre à Saint-Cloud, c'était dimanche dernier pour jouer le rôle de la disparue. Et je suis restée en permanence dans le parc. Vous n'allez tout de même pas chercher à me coller je ne sais quel vol sur le dos !

Valentin eut un vague geste d'apaisement.

— Calme-toi, petite ! Je te crois. (Il se tourna de trois quarts, montrant par là qu'il s'adressait aussi bien à son adjoint qu'à la jeune femme.) D'ailleurs, si vous aviez dérobé l'or et les bijoux des d'Orval, nous les aurions vraisemblablement trouvés, ce soir, dans ton appartement.

À cet instant, la voiture s'immobilisa. Machinalement, Isidore se pencha pour regarder par la fenêtre. Un réverbère perçait l'obscurité de sa pâle clarté et lui permit de se situer. Quelle ne fut pas sa surprise de constater que la voiture ne stationnait pas devant la préfecture de police, rue de Jérusalem, mais devant le siège des Messageries royales, rue Notre-Dame-des-Victoires !

— Sacrebleu ! grogna-t-il. Je me disais aussi que le trajet durait un peu trop longtemps ! Ce fichu cocher s'est fourvoyé. Je m'en vais lui sonner les cloches.

Il agrippait déjà la poignée de la portière pour jaillir au-dehors, lorsque l'inspecteur le retint par le bras.

— Du calme, Isidore ! Inutile de lui souffler dans les bronches, c'est moi qui lui ai indiqué cette destination. Donne-moi plutôt la clé des poucettes.

Isidore se rassit et entreprit de farfouiller dans ses habits. Décidément, Valentin était un policier hors pair, aux capacités fascinantes, mais son adjoint avait parfois bien du mal à suivre le cheminement de sa pensée. Pourquoi avait-il parlé de nouveau d'empoisonnement à Maria ? N'avaient-ils pas écarté de concert l'intervention d'une main criminelle dans le soudain trépas de Ferdinand d'Orval ? Pourquoi aussi se fier à la parole de la jeune femme quand elle niait toute participation au vol, alors qu'elle était la seule à avoir pu s'approcher du coffre ? Et puis, qu'est-ce qui avait bien pu pousser Valentin à effectuer ce détour en pleine nuit, plutôt que de se rendre directement au dépôt ?

Autant de questions auxquelles Isidore cherchait vainement une réponse, tandis qu'il palpait fiévreusement ses poches.

Cependant, le jeune policier n'était pas au bout de ses surprises. Quand il eut enfin confié la clé demandée à Valentin, il vit celui-ci se pencher sur les mains de la ballerine et la débarrasser de ses entraves. Puis l'inspecteur se redressa et jeta un œil à sa montre de gousset.

— Il n'est pas loin de minuit, fit-il en s'adressant à Maria, ce qui est bien tard pour chercher un logement. Cependant, je gage que si tu tambourines assez fort à la porte de l'auberge des Messageries, on ne te refusera pas le gîte et le couvert. La diligence pour Lyon part à huit heures. Je serais à ta place, je ne la manquerais pas.

Une expression abasourdie se peignit sur le visage des deux autres occupants de la berline. Ce fut la jeune femme qui parvint à réagir la première :

— Pour prendre une chambre et un billet, il faudrait des sous. Et où je les trouverais, moi ?

— C'est juste, approuva Valentin en tirant de la poche de son manteau le linge où il avait serré les pièces d'or récupérées sur le cadavre d'Ouvrard. (Il le tendit à la frêle danseuse et, pour faire bonne mesure, y ajouta sa propre bourse.) Voici un petit viatique pour les frais du voyage et pour t'aider à démarrer une nouvelle vie. Et qui sait ? Lyon n'est pas si loin de l'Italie. Tu pourras peut-être t'y rendre un jour.

Maria ne réagit pas immédiatement. Bouche ouverte, elle contemplait l'offrande inespérée sans oser refermer ses mains sur elle. On aurait dit qu'elle n'y croyait pas ou bien qu'elle craignait de voir le rêve se dissiper à l'instant où elle tenterait de le saisir. Puis, peu à peu, une lueur d'espoir vint raviver son regard.

— Vrai ? demanda-t-elle presque timidement. Vous ne m'envoyez pas en prison ?

— Je te l'ai dit, confirma Valentin avec cette expression douce qui conférait à son visage, en de trop rares occasions, un aspect angélique. Tu as jusqu'au départ de la diligence. Après, si tu traînes encore dans les environs, je ne réponds plus de rien. Et maintenant, file donc, avant que je ne change d'avis !

La ballerine ne se le fit pas dire deux fois. Elle gratifia Valentin d'un sourire reconnaissant, puis, avec la grâce propre à toutes ses semblables, elle ouvrit la portière et sauta prestement sur la chaussée. L'instant d'après, elle disparaissait derrière l'épais rideau de pluie et de ténèbres.

— Je ne comprends pas, marmonna Isidore. Non, je ne comprends pas. Elle a reconnu avoir aidé son amant à berner les d'Orval. Pourquoi la laisser filer ?

Un voile de mélancolie recouvrit les prunelles ardentes de Valentin.

— Tu aurais préféré que je la mette sous les verrous ? Je t'accorde que c'est sans doute ce qu'aurait fait un scélérat comme Grondin ou n'importe quel autre collègue soucieux d'ordre et de morale. Seulement vois-tu, Isidore, je ne suis pas devenu policier pour envoyer en prison les pauvres filles un peu trop crédules. Cette petite n'a rien à se reprocher sinon d'être tombée amoureuse d'une arsouille. Ce n'est tout de même pas un crime !

— Mais l'or, les bijoux ?

— Ça, j'en fais mon affaire ! Quelque chose me dit que nous les retrouverons, dès que nous aurons dévoilé les ultimes zones d'ombre de cette sinistre histoire.

— Et vous pensez vous y prendre comment, à présent qu'Ouvrard est mort et que vous avez relâché sa complice ? demanda Isidore d'un ton circonspect.

— Cela fait un petit moment que j'ai mon idée sur les dessous cachés de cette sordide entreprise criminelle. Sans le savoir, Maria vient d'ailleurs de confirmer mes soupçons. À moins que je ne fasse totalement fausse route – ce qui me semble hautement improbable –, je pense pouvoir boucler toute cette affaire demain midi. Mais avant cela, j'ai besoin de mettre la main sur une preuve accablante.

— À en juger par votre ton, j'ai l'impression que vous savez déjà où la trouver.

Valentin fit disparaître les poucettes dans une poche de son manteau et en tira un pli cacheté.

— Tu ne crois pas si bien dire. Tout est écrit là. Trouve-toi un fiacre et dépose cette lettre rue de Jérusalem, à destination du préfet Vivien. Puis rends-toi chez moi et veille sur Aglaé. Demain, l'affaire d'Orval sera résolue et nous devrons alors consacrer toutes nos forces à mettre le Vicaire hors d'état de nuire.

Isidore était bien trop dérouté pour discuter les instructions de son chef. Sans rien y comprendre, il quitta docilement l'habitacle. À peine avait-il refermé la portière que Valentin frappa la paroi avant du pommeau de sa canne. Un claquement de fouet, et la grosse berline s'ébranla en éveillant des échos sonores dans la nuit humide. Isidore aperçut son chef qui se penchait par la portière et lançait une direction au cocher, mais la voiture était déjà trop éloignée pour qu'il saisisse le moindre mot.

Avec un brin de mauvaise humeur, il leva la tête vers le ciel obscur d'où s'abattaient à présent de véritables trombes d'eau, poussa un soupir dépité et resserra les pans de sa cape contre ses flancs.

— Il en a de bonnes, le patron ! maugréa-t-il pour lui-même. Trouver un fiacre à cette heure de la nuit ! Je voudrais le voir à ma place, tiens !

34

Un cimetière sous la pluie

Si un habitant de la commune de Saint-Cloud souffrant d'insomnie avait cru bon, un couple d'heures plus tard, de chercher l'apaisement de ses nerfs dans une promenade nocturne, et si ce même quidam, mettant à profit une fugace accalmie de la pluie qui tombait sans discontinuer depuis la fin du jour, avait poussé jusqu'aux grilles du cimetière, endroit propice d'ordinaire aux méditations et au repos de l'âme, nul doute qu'il aurait vite rebroussé chemin, le cœur au bord des lèvres et les jambes flageolantes, persuadé d'avoir surpris quelque méchante diablerie.

Car cette nuit-là, le calme habituel de l'enclos paroissial fut troublé par une activité pour le moins singulière et des plus inquiétantes, surtout à ces heures sombres où les honnêtes gens trouvent d'ordinaire la paix dans le sommeil et l'oubli d'eux-mêmes. Cela commença par l'apparition de lueurs mouvantes entre les pierres tombales. La pluie traversière détrempait le sol des allées et son crépitement monotone tenait lieu de conversation aux trois ombres silencieuses qui progressaient lentement entre les stèles en s'éclairant de lanternes sourdes. On aurait dit la procession d'esprits errants cherchant désespérément une place où s'allonger.

Si notre hypothétique promeneur avait pu résister à pareille vision d'épouvante, sans doute aurait-il discerné quelque apparence vaguement familière dans la silhouette qui menait le cortège et peut-être aurait-il fini par identifier la stature massive du fossoyeur local. On ne saurait le dire avec certitude car, en guise de spectateur, les acteurs de cette scène étrange durent, en vérité, se contenter d'une vieille chouette perchée au sommet d'un orme, qui veillait, en solitaire vigie, sur la quiétude des morts.

En trente ans de labeur, le tâcheron consciencieux auquel avait été confiée la garde du lieu avait déjà eu à faire face à bien des situations délicates – du mari éploré demandant à passer la nuit dans le caveau de sa femme, au voleur de cadavres travaillant pour le compte de médecins anatomistes et cherchant à l'impliquer dans son trafic –, mais rien ne pouvait se comparer à la demande qu'il s'apprêtait à satisfaire.

Plus d'ailleurs que la demande elle-même, c'était le ton sur lequel celle-ci avait été formulée et la personnalité du solliciteur qui avaient fortement impressionné le fossoyeur. L'homme avait débarqué au beau milieu de la nuit, tambourinant à coups redoublés contre le volet de la masure adossée au mur extérieur du cimetière. Furieux d'être sorti du lit à pareille heure, le croque-mort, qui répondait au doux nom d'Aimé Champfleury, avait à peine pris le temps d'enfiler, par-dessus sa chemise, une culotte en gros drap d'Elbeuf avant d'ouvrir sa porte. Il était bien décidé à dire à l'importun ce qu'il pensait de ses manières de sauvage, avant de l'envoyer au diable et de s'en retourner à sa couche douillette. Cependant, la vision qui l'accueillit au-dehors lui coupa d'un coup toute velléité belliqueuse.

Ils étaient deux à se tenir sur le seuil. Le premier visiteur était revêtu de la longue capote cirée qui tenait lieu quasiment d'uniforme à presque tous les conducteurs de fiacre de Paris. Il brandissait une lampe-tempête dans sa main droite, dont l'éclat arrachait à la nuit des traits grossiers. Du jus de chique maculait son menton et des touffes de poils très bruns recouvraient les extrémités de ses doigts enveloppés dans de vilaines mitaines en laine. Mais Champfleury ne s'attarda pas à examiner ce type des plus quelconques. Son attention fut attirée par l'autre homme dont l'aspect ambigu l'impressionna immédiatement, au point de lui faire ravaler ses protestations et adopter, au contraire, une attitude de déférence craintive.

Le second noctambule portait des habits de gentilhomme en provenance, à l'évidence, des meilleures maisons de la capitale. Tout, dans son maintien et dans ses accessoires – canne à pommeau d'argent, chaîne de montre, épingle de cravate –, témoignait d'une aisance financière et d'un train de vie qui vont d'ordinaire de pair avec l'habitude d'être promptement obéi. Sa relative jeunesse et sa beauté déroutante renforçaient encore cette impression d'avoir affaire à l'un de ces rares privilégiés qui n'ont jamais eu besoin de trimer pour s'élever dans la société et n'ont eu qu'à se donner la peine de naître pour régner sur leur entourage. Et pourtant la physionomie de cet inconnu démentait rapidement cette première impression. Cela tenait en partie aux plis froissés des vêtements, à ce début de barbe blonde qui ombrait les joues et, surtout, à cet air d'intense lassitude qui marquait sa bouche d'un pli amer. On s'avisait alors que ce dandy au visage de séraphin déchu avait vécu de douloureuses épreuves et qu'il appartenait à une espèce singulière, capable de déployer une sombre énergie pour atteindre ses buts mais aussi sujette aux émotions nerveuses et violentes.

Dès que cette saisissante apparition avait ouvert la bouche, Aimé Champfleury avait su qu'il n'aurait pas d'autre choix que de passer par ses quatre volontés. L'expression dure et autoritaire et le ton cassant n'admettaient pas, en effet, la réplique. Cette absolue certitude de ne pouvoir trouver en lui les ressources nécessaires pour s'opposer aux ordres reçus avait glacé le sang du fossoyeur. Il se voyait déjà voué à la damnation éternelle pour avoir prêté son concours aux caprices nécrophiles d'un riche désaxé, lorsque l'exhibition d'une médaille d'inspecteur de la police royale était venue, fort heureusement, apaiser en partie ses craintes.

Cependant, à présent qu'il cheminait entre les tombes, en sentant peser sur sa nuque le regard pénétrant de ce mystérieux policier mi-ange mi-démon, Champfleury sentait croître à nouveau le malaise qui l'avait saisi en découvrant ce dernier sur le pas de sa porte. Il avait la désagréable impression que cet enclos où il turbinait à longueur de journée depuis tant de lustres ne lui était plus aussi familier. Sous le voile noir de la pluie, avec cette présence gênante dans son dos, les lieux lui apparaissaient poisseux, malsains, imprégnés d'une atmosphère de solitude et de désolation. Les croix et les stèles semblaient de noires sentinelles postées là tout exprès pour le tenir à l'œil et veiller à ce qu'il ne dévie pas du chemin le conduisant tout droit à sa perte.

Le trio finit par atteindre un imposant mausolée de pierre blanche. L'édifice, enseveli en partie sous le lierre, se dressait dans la partie haute du cimetière, où un bouquet de frênes formait d'ordinaire un accueillant berceau de verdure. Mais au cœur de cette nuit inhospitalière, dans le halo incertain des lampes, les frondaisons verdâtres prenaient des teintes marécageuses et les branches flexueuses évoquaient des serpents d'eau vaguement menaçants. Quelque part, dans les environs proches, un chien fit entendre une plainte lugubre. C'en était trop pour le malheureux Champfleury qui était désormais convaincu de ne pas atteindre, indemne, le bout de cette étrange nuit. Le front en sueur, le cœur frappant à grands coups dans sa poitrine, il déposa sa lampe sur le sol et se précipita sur la porte du caveau. Puisqu'il n'avait pas le choix et qu'il lui fallait accomplir cette besogne répugnante, autant se hâter pour en finir au plus vite. Et ensuite, advienne que pourra !

Tout en récitant une prière muette, il agrippa à deux mains la barre de fer dont il avait pris soin de se munir, en glissa une extrémité dans l'embrasure et exerça un effet de levier à hauteur de la serrure. L'homme était vigoureux. Le battant céda à la première traction. Le fossoyeur récupéra sa lanterne et vint la pendre à un crochet de fer scellé dans le mur, à l'entrée du mausolée. Puis il fit signe au cocher et au policier d'approcher.

La flamme du lumignon allumait des reflets dansants sur la demi-douzaine de cercueils qui reposaient dans des niches de la paroi. Deux prie-Dieu occupaient l'espace libre face à un vitrail aux couleurs éteintes et à un grand crucifix de bois clair. Une infime odeur d'encens flottait dans l'air.

Champfleury désigna une cavité sur la gauche.

— C'est celui-là, dit-il d'une voix blanche.

— Fort bien, approuva Valentin dont l'indifférence glacée ne faisait qu'accentuer le trouble de son guide. Utilisez les prie-Dieu comme tréteaux et procédez comme nous en avons convenu.

Aidé du cocher qui avait confié sa propre lampe à l'inspecteur, le fossoyeur tira le cercueil hors de sa niche et les deux hommes le transportèrent au centre de la pièce. Avec des ahans de bûcheron, ils parvinrent à le hisser en équilibre sur les accoudoirs capitonnés des deux sièges bas que Valentin avait placés à distance adéquate. Puis chacun se munit d'une barre de fer et ils se mirent en devoir d'ôter le couvercle. Lorsque cette tâche fut accomplie, l'odeur douceâtre de la mort se répandit dans l'espace exigu. Un visage cireux, dont la pureté des traits était encore préservée de la corruption, émergea d'un linceul de satin blanc.

Champfleury détourna le regard et se signa furtivement.

— Bon ben, maintenant que vous avez obtenu ce que vous vouliez, risqua-t-il, je m'en va retourner chez moi. Vous n'aurez qu'à tout r'mettre en place quand vous aurez fini. J'reviendrai d'main matin pour réparer les dégâts d'la porte.

Valentin le toisa sans animosité particulière mais avec cet air d'autorité naturelle qu'il affichait chaque fois qu'un devoir impérieux lui dictait sa conduite.

— Vous n'y pensez pas ! répliqua-t-il froidement. Ce que j'ai à faire nécessite un parfait éclairage. Vous allez tous les deux tenir vos lanternes au-dessus du cercueil pendant que j'opère.

Ayant prononcé ces mots, Valentin sortit de la poche de son manteau une petite trousse de cuir noir qu'il avait récupérée chez lui avant de se faire conduire au cimetière de Saint-Cloud. Il la déposa à la tête du cercueil, en défit les lacets et la déplia soigneusement, exposant une série d'instruments de chirurgien en acier.

En le voyant saisir un bistouri à la lame parfaitement affilée, Aimé Champfleury préféra fermer les paupières, tout en sachant que cette précaution était dérisoire. Cela ne l'empêcherait nullement de revivre, encore et encore, la scène à venir dans les cauchemars qui ne manqueraient pas de le visiter au cours des nuits prochaines.

35

Les incarnations du Mal

Valentin regagna son domicile peu avant l'aube. Il y retrouva Isidore Lebrac qui, faute de pouvoir s'installer dans la seconde chambre, déjà occupée par Aglaé, avait achevé sa nuit sur le sofa du salon. Connaissant son chef, celui-ci s'abstint de l'interroger sur la tâche urgente qui l'avait maintenu au-dehors si longtemps. Il savait que l'inspecteur lui fournirait toutes les explications utiles au moment qu'il jugerait opportun.

Valentin lui sut gré de cette discrétion. Après son excursion morbide à Saint-Cloud, il se sentait incroyablement las et tout à fait incapable de narrer par le menu ses activités des dernières heures. Ses paupières le brûlaient et son crâne le lançait sous la forme de douloureuses pulsations. Il avait besoin de récupérer un minimum de forces avant de s'enfermer dans son laboratoire puis de gagner, en fin de matinée, l'appartement déserté de Maria Popielski pour mettre un point final à l'affaire d'Orval. Avant de rejoindre sa propre chambre, il s'assura simplement qu'Isidore le réveillerait trois heures plus tard.

Étendu tout habillé sur son lit, il ne parvint pas à s'endormir tout de suite en dépit de son extrême fatigue. La pensée qu'Aglaé logeait chez lui depuis la veille le troublait. Lui-même n'y avait fait qu'un saut, peu après minuit, pour y récupérer la trousse avec son matériel de dissection. À cette heure-là, la comédienne était déjà couchée et devait se reposer après sa prestation sur la scène du théâtre de Mme Saqui. Il n'avait pas osé la déranger en toquant à sa porte. Ce chassé-croisé lui laissait un goût amer dans la bouche. Était-ce là leur lot désormais ? Étaient-ils condamnés, depuis que son corps lui avait fait défaut, à s'éloigner inexorablement l'un de l'autre ?

Comme il se représentait la jeune femme assoupie, à l'autre bout de l'appartement, si loin et si proche à la fois, il ne put s'empêcher de songer que sa présence chez lui n'était due qu'à la menace terrible du Vicaire. Prendre conscience que son ennemi intime était ainsi peut-être le dernier lien qui les empêchait de se détacher l'un de l'autre le bouleversa. Il plongea alors dans un état de confusion extrême dont seul le sommeil parvint à le délivrer.

La pendule sur la cheminée venait de sonner la demie de neuf heures lorsqu'un rayon de soleil lui caressa le visage. Isidore qui s'est chargé d'ouvrir les rideaux s'approcha du lit pour le secouer à l'épaule.

— Je vous aurais bien laissé dormir un peu plus longtemps, dit le rouquin, mais ces dames se rendent au marché. Comme vous m'avez recommandé de ne pas lâcher Mlle Aglaé d'une semelle, je vais les accompagner.

— Comment ! sursauta Valentin. Aglaé prend le risque de s'exposer pour de simples courses ! Eugénie ne pouvait pas se débrouiller toute seule ?

— Je me doutais que vous ne seriez pas d'accord. C'est ce que j'ai dit à votre amie, mais elle m'a rétorqué que vous n'étiez ni son père ni son mari et qu'elle n'était pas en prison. Vous l'auriez vue. Une véritable furie ! J'ai bien cru qu'elle allait me foudroyer avec ses yeux.

L'espace d'une fraction de seconde, Valentin fut tenté de s'opposer à ce qu'il considérait comme un caprice inutilement dangereux. Cependant, il connaissait trop bien le caractère vif et indépendant de la comédienne. Tenter de la maintenir sous cloche était encore le meilleur moyen de la faire fuir et donc de lui faire prendre des risques encore plus inconsidérés. Or, tant que le Vicaire sévirait en toute liberté, il devait assurer la sécurité d'Aglaé et, pour cela, il devait demeurer au courant de ses moindres faits et gestes.

— C'est bon, finit-il par lâcher dans un soupir résigné. Accompagne-les au-dehors. Mais veille surtout à ne pas perdre Aglaé des yeux un seul instant. Dès cet après-midi, j'en aurai fini avec le cas d'Orval et nous pourrons nous épauler pour la protéger. Car je suis convaincu que, tôt ou tard, le Vicaire va tenter de s'en prendre à elle.

Tandis qu'Isidore rejoignait les deux femmes dans le vestibule, Valentin fit un brin de toilette et se rasa à la hâte. Puis il gagna son laboratoire de chimie. Dans une petite enceinte en cuivre, il avait rangé, quelques heures plus tôt, ce qu'il était allé chercher dans le caveau des d'Orval à Saint-Cloud. Il lui fallut une bonne heure pour réaliser un certain nombre de manipulations délicates et mener à bien certaines opérations chimiques. Mais quand il sortit de sa pièce secrète, il disposait enfin de la preuve qui lui faisait défaut. Si improbable qu'elle paraisse, l'hypothèse qu'il avait échafaudée dans la nuit du dimanche, à son retour de Saint-Cloud, après avoir assisté à la fantasmagorie mise au point par Ouvrard en s'inspirant du diorama, correspondait bien à la réalité. L'interrogatoire de Maria Popielski lui avait ôté ses derniers doutes, mais il lui manquait encore l'élément probant indispensable pour faire éclater la vérité aux yeux de tous et pouvoir procéder à une arrestation. C'était dorénavant chose faite. Et juste à temps !

Quand il referma la porte secrète de sa bibliothèque, des voix et des éclats de rire lui parvinrent en provenance de l'autre bout de l'appartement. Il traversa le couloir à grandes enjambées et gagna la cuisine où l'attendait un tableau domestique quelque peu cocasse. Tandis que la pantagruélique Eugénie s'affairait devant ses fourneaux, Isidore, revêtu d'un tablier plutôt ridicule, s'appliquait à éplucher des légumes qu'Aglaé lavait ensuite dans une bassine d'eau claire.

Lorsque l'inspecteur parut sur le pas de la porte, son adjoint s'interrompit dans sa tâche et piqua un fard, tandis que l'actrice l'accueillait avec ironie :

— Voilà enfin notre hôte invisible ! C'était bien la peine de me demander de venir te rejoindre ici si tu files sans arrêt par monts et par vaux. Heureusement que ce cher Isidore est de meilleure compagnie que le premier policier que tu m'avais envoyé. Un vrai benêt, celui-là !

Valentin avait trop de choses à faire pour entamer une

passe d'armes à fleuret moucheté avec son amie. Il préféra ignorer la pique et s'adresser directement à Isidore :

— C'est ma foi vrai, où est-il, ce deuxième ange gardien ? J'espère qu'il est à son poste, lui au moins, et qu'il ne se laisse pas distraire par des futilités !

Confus d'avoir été surpris dans une posture bien peu martiale, Isidore lâcha son couteau et se leva de son siège en balbutiant :

— Je... je l'ai posté à l'entrée de l'immeuble pour... pour surveiller les allées et venues aux alentours et signaler toute présence suspecte.

Passant derrière lui, Eugénie le força à se rasseoir en plaquant sa main sur son épaule. Elle agita ensuite sa cuillère de bois en direction de Valentin, tout en faisant semblant de tancer Isidore de sa surprenante voix haut perchée :

— Asseyez-vous donc, mon garçon, et finissez d'éplucher les légumes ! Libre à monsieur Valentin de qualifier de futile la confection d'un bon plat, lui qui ne cesse de sauter les repas et de mener une existence de patachon. Mais, foi d'Eugénie, il ne sera pas dit que je laisserai quiconque débaucher mes commis en plein travail !

— Voilà qui est bien parlé, Eugénie ! l'approuva Aglaé en ponctuant son intervention du poing sur la table. J'ai tout de suite vu que vous étiez une femme de caractère. Il est temps que nous montrions à ces messieurs que nous ne sommes plus disposées à leur obéir en servantes dociles !

Les deux femmes échangèrent un sourire complice.

— C'est bon, c'est bon, concéda Valentin, ravi tout

au fond de lui de constater la bonne humeur qui régnait dans la pièce. Puisque vous vous liguez tous les trois contre moi, je vous laisse entre vous. Les devoirs de ma charge m'appellent à l'extérieur. Mais vous ne perdez rien pour attendre… Je compte bien reprendre en main cette maisonnée dès mon retour. (Redevenant sérieux, il planta son regard dans celui de son adjoint.) Je compte sur toi pour ouvrir l'œil, Isidore. Garde en permanence une arme chargée sur toi et, au moindre danger, n'hésite pas à ouvrir le feu !

Aglaé abandonna à son tour son ton primesautier. Ce n'était pas de la peur qu'exprimait son visage, mais plutôt de la circonspection.

— Tu crois vraiment que ce monstre oserait venir s'en prendre à moi jusqu'ici ?

— J'espère que non, répondit Valentin. Mais le Mal absolu a ceci de particulier qu'il ne possède aucune limite. Aussi je me permets d'insister : ne commettez aucune imprudence et restez bien tous les trois sur vos gardes !

Sur cette ultime recommandation, Valentin quitta l'appartement et remonta vers le nord à grands pas, en balançant sa canne. Il comptait héler un sapin[1] rue de Seine, afin d'atteindre la rue Barbette avant la demie de onze heures. La pluie de la nuit précédente avait lavé le ciel de ses nuages et le soleil timide de ce dernier jour de mars faisait miroiter les pavés encore humides. Plusieurs gamins se couraient après sur le trottoir en piaillant. Des charrettes chargées à ras bord de barriques

---

1. Mot familier utilisé alors pour désigner un fiacre.

de vin ou de victuailles assuraient le ravitaillement des nombreux estaminets et marchands de vin du Quartier latin. Lorsqu'elles se croisaient, leurs conducteurs échangeaient des saluts sonores et des plaisanteries grivoises. Un vitrier avançait à la rencontre de l'inspecteur en lançant ses appels enjoués. Les carreaux de verre, accrochés dans son dos et dont l'extrémité dépassait son crâne, captaient les maigres rayons et les diffractaient dans toutes les directions.

Toute cette animation heureuse, cette clarté printanière et cette joie de vivre faisaient contraste avec les pensées de l'inspecteur et le but qu'il poursuivait. Il ne put s'empêcher de se faire la réflexion que le métier qu'il avait choisi et la quête de justice qui le poussait en avant contribuaient à le maintenir en marge de la société. Enfant, le Vicaire l'avait privé de liberté, contraint à un enfermement qui n'était pas seulement physique mais mental. Il s'était retrouvé, à son corps défendant, retranché du monde des vivants. Mais lui-même, en décidant de vouer son existence au combat contre le Mal, n'avait-il pas fait le choix de la solitude et d'une existence à l'écart de ses semblables ? Car celui qui voulait combattre le crime et, plus encore, extirper le mal à sa racine, devait y consacrer toute son âme. Il devait accepter de patauger dans la fange la plus immonde, de plonger en d'obscurs abîmes où le commun des mortels ne se risquait pas. Il lui fallait apprendre à se méfier de tout et de tous, car le vice aimait à se travestir, à se parer des apparences de la vertu. Il pouvait tout aussi bien s'incarner sous la soutane d'un prêtre ou revêtir une blancheur virginale. C'était la raison pour laquelle l'esprit devait toujours demeurer en éveil, être prêt à voir en chaque passant croisé un suspect potentiel, un assassin en puissance. Comment dès lors envisager de vivre une existence ordinaire, de nouer une relation amoureuse, de fonder une famille ? Ne valait-il pas mieux faire son deuil de ces chimères et accepter de se comporter en véritable moine-soldat ?

Tout en poursuivant sa marche en avant, Valentin acheva de s'abstraire de son environnement immédiat pour s'enfermer totalement dans ses pensées. Il était assez lucide pour comprendre que celles-ci lui étaient dictées par sa relation contrariée avec Aglaé. Tout à l'heure, dans la cuisine de son appartement, il avait eu la nette sensation qu'une barrière invisible le séparait des trois autres occupants de la pièce. C'était comme s'il était le seul à percevoir réellement toute l'étendue du danger, à sentir le fauve sanguinaire rôder dans l'ombre. Il avait même un instant jalousé l'insouciance de son adjoint et sa connivence avec les deux femmes. Tout aurait été tellement plus simple s'il n'avait pas en permanence ce poids sur les épaules, s'il pouvait tirer un trait sur les cauchemars du passé ! Il aurait pu tout quitter et partir au loin avec Aglaé, comme celle-ci le lui avait suggéré lorsqu'il était passé la voir chez elle, le lundi précédent.

Valentin agita la main pour chasser cette vaine tentation, tel un insecte inopportun. Ce n'était pas le moment de s'égarer dans des songes chimériques. Il lui fallait, au contraire, conserver toute sa lucidité pour affronter l'adversaire qui, sans le savoir, s'apprêtait à venir à lui. Car, cette fois, il n'aurait pas besoin de forcer la bête malfaisante dans ses retranchements. Elle allait elle-même sortir du bois. Il suffisait de s'embusquer au bon endroit. Cette certitude le délivra, en partie, de ses ruminations intérieures. Il aspira profondément l'air printanier et s'efforça de faire le vide dans son cerveau pour se préparer à la confrontation décisive. L'heure de la vérité et de la justice avait sonné.

36

Des pas dans l'escalier

Rien n'avait bougé dans l'appartement de Maria Popielski depuis qu'il l'avait quitté la nuit précédente. En franchissant le seuil, Valentin jeta un coup d'œil à sa montre de gousset. Midi moins vingt minutes. Si la ballerine lui avait bien fidèlement rapporté les propos d'Ouvrard, il n'aurait guère longtemps à patienter.

Pour tromper son attente, il tira la table et une chaise dans l'angle mort de la porte et déposa sur le plateau ciré une fiasque de vieil armagnac, une paire de menottes, ainsi que sa canne-épée dont il avait déjà fait pivoter la virole pour pouvoir en faire usage plus rapidement. Puis, même s'il ne pensait pas avoir affaire à forte opposition et parce que deux précautions valent mieux qu'une, il sortit son pistolet et en vérifia le bon fonctionnement. Il s'était muni d'une arme dite « de voyage » à double silex et deux canons en table. En vérifiant la charge, il lui revint en mémoire que c'étaient deux chimistes, l'un pharmacien, Vauquelin, et l'autre médecin, Berthollet, qui avaient permis de remplacer le salpêtre des poudres par des substances beaucoup plus explosives et efficaces comme le fulminate d'argent ou le fulminate de mercure. Leurs travaux avaient ainsi permis de réduire considérablement les faiblesses inhérentes à la platine à silex.

Cette pensée le ramena à ses premières amours pour les sciences et la pharmacie. Il songea à son ancien maître, l'éminent professeur Pelletier, découvreur notamment de la quinine. Le brave homme aurait sans doute été effaré de voir ce que son ancien élève était devenu. Il avait longtemps espéré que Valentin prendrait sa suite et se hisserait à son tour au rang de grand savant et de bienfaiteur de l'humanité. Oui, il n'aurait pas aimé savoir que ce garçon si brillant et pour lequel il nourrissait une affection quasi paternelle se chargeait à présent de basses besognes, comme tendre une souricière pour procéder à l'arrestation d'une créature dépravée. Et pourtant, c'était bien grâce au précieux enseignement de son maître que Valentin avait réussi à boucler son enquête. Pour combattre le crime et assurer l'ordre et la justice, la science serait, à l'avenir, une arme au moins aussi redoutable que sa lame d'acier ou les pistolets les plus perfectionnés.

Songeur, il caressa du bout des doigts le flacon en argent et finit par verser un peu de liquide ambré dans le bouchon qui servait aussi de gobelet. Il engloutit d'un trait l'armagnac et suivit attentivement le trajet du feu liquide dans son organisme. Il n'avait jamais été un grand buveur, mais il lui arrivait souvent d'avaler une rasade d'alcool juste avant d'affronter le danger. Cela lui chauffait le sang et lui procurait une sorte d'exacerbation des sens, propice au passage à l'action.

Des échos assourdis de musique, en provenance de la rue, lui firent tourner la tête. Le soleil se situait à présent à la verticale de la fenêtre. Sa clarté tiède baignait toute la pièce. Valentin se leva et vint jeter un œil au-dehors. Un joueur d'orgue de Barbarie s'était posté sur le trottoir d'en face et tentait d'attirer le badaud en poussant la goualante[1]. L'inspecteur reconnut les paroles de la chanson *Les Gueux* de Béranger.

D'un palais l'éclat vous frappe,
Mais l'ennui vient y gémir.
On peut bien manger sans nappe ;
Sur la paille on peut dormir.
Les gueux, les gueux,
Sont les gens heureux ;
Ils s'aiment entre eux.
Vivent les gueux !

Il médita un instant sur ces vers qui faisaient l'éloge des existences modestes et songea que c'était, en définitive, la fortune de Ferdinand d'Orval qui avait été la cause véritable de son malheur. Durant quelques instants, il demeura ainsi, immobile à la croisée, se laissant distraire par les cabrioles du chimpanzé qui accompagnait le musicien des rues. L'animal, vêtu de frusques ridicules et relié à l'orgue par une longue chaîne, suivait les passants en multipliant courbettes et grimaces. Certains s'en amusaient, mais d'autres le houspillaient et tentaient de le chasser à coups de pied. En poussant

1. Synonyme de « chanson populaire ».

des cris exagérément effrayés, le singe battait alors en retraite et courait s'agripper au pantalon de son maître.

Lorsqu'il commença à se lasser du spectacle, Valentin constata qu'il était déjà midi passé de dix minutes. Un doute s'insinua en lui. Et si personne ne venait ? Même si son esprit rationnel lui soufflait qu'il ne pouvait pas s'être trompé à ce point, chaque minute qui passait renforçait son inquiétude. Encore un quart d'heure et il se demanda si son erreur n'avait pas été d'accorder sa confiance à la petite danseuse polonaise. Quelle certitude avait-il, au fond, que Maria lui avait bien dit toute la vérité ? Et même si c'était le cas, elle avait eu le temps de réfléchir par la suite. Peut-être avait-elle fini par deviner, elle aussi, pourquoi Ouvrard s'attendait à toucher le pactole aujourd'hui. Elle avait pu croire qu'il était encore possible de monnayer le peu qu'elle savait auprès de la personne adéquate. Prévenue du décès de l'ancien saltimbanque et de la présence de la police dans les parages, cette dernière avait peut-être renoncé à se déplacer. Mais alors, il y avait fort à redouter que la malheureuse Maria ne soit déjà venue grossir le rang de ses victimes. Supprimer un témoin gênant ne devait pas peser bien lourd sur sa conscience, au regard des crimes déjà commis.

Il était en train de se dire que l'attente sollicitait par trop son imagination, lorsqu'un bruit suspect en provenance de la chambre attira son attention. On aurait dit un tintement métallique. Aussitôt, le policier fut en alerte. Il vint récupérer son pistolet et sa canne sur la table et se rapprocha à pas de loup de la porte qui séparait les deux pièces. Tout en retenant sa respiration, il colla son oreille contre le battant. Il lui semblait percevoir un son très léger, comme un froissement d'étoffe. Il se morigéna intérieurement pour ne pas avoir cru bon de visiter tout l'appartement dès son arrivée. Quelqu'un était-il embusqué dans l'autre pièce ? Dans ce cas, cette personne ne pouvait ignorer la présence du policier dans l'appartement et, si elle ne s'était pas déjà montrée, c'est qu'elle ne tenait pas à ce qu'on découvre sa présence sur place.

Valentin en était là de ses suppositions, lorsque soudain un cri incongru retentit dans la chambre. On aurait dit un appel improbable, entre la plainte d'un nourrisson affamé et le feulement d'une bête sauvage. Sans hésiter davantage, le policier ouvrit la porte en grand et, tout en maintenant son corps à l'abri du mur pour ne pas s'exposer bêtement à un éventuel agresseur, il braqua le canon de son arme et risqua un œil à l'intérieur de la pièce.

Il eut ainsi le temps d'apercevoir deux chats de gouttière abandonner le cadavre d'une souris qu'ils se disputaient et détaler par la fenêtre à la sauve-qui-peut, après s'être faufilés sous le lit. Valentin poussa un soupir de soulagement et vint refermer la croisée. Il n'avait pas songé à le faire quelques heures plus tôt et les matous du quartier en avaient largement profité si l'on en jugeait par les nombreuses traces de griffures sur le sommier et l'odeur forte d'urine qui imprégnait les couvertures roulées en boule sur le parquet.

La peste soit de ces maudits greffiers ! Ils m'ont donné une belle suée !

Il revint s'asseoir à la table et commença à se balancer

doucement sur les pieds arrière de sa chaise. Non loin, les cloches d'une église sonnèrent la demie de midi. Il se donnait encore un quart d'heure. Après quoi, il renoncerait à rester sur place, mais se rendrait tout de même au commissariat du septième arrondissement pour exiger une surveillance discrète de l'appartement.

Par dépit anticipé, il s'apprêtait à se verser une nouvelle dose d'armagnac lorsque, cette fois, il entendit nettement des pas dans l'escalier.

Valentin cessa aussitôt de se balancer. Il se pencha légèrement en avant et se concentra pour épier les bruits qui montaient vers lui. Il n'y avait pas le moindre doute. Il s'agissait bien de pas très légers, qu'on aurait dit presque circonspects. Quelqu'un gravissait les marches précautionneusement, observant une courte halte à chaque demi-palier. Encore quelques minutes de tension extrême et il y eut une sorte de frôlement furtif derrière la porte.

L'inspecteur arma de nouveau les chiens de son pistolet et braqua celui-ci en direction du seuil. Un silence presque trop parfait régnait à présent. Comme si, de l'autre côté de la mince cloison de bois, on retenait son souffle, tout en cherchant à anticiper un possible danger. Puis deux coups brefs retentirent. Assez curieusement, l'absence de réponse n'incita pas leur auteur à récidiver ou bien à appeler. Un nouveau silence, toujours aussi pesant, s'installa. Le temps resta ainsi suspendu pendant d'interminables minutes. Puis, au moment où Valentin allait se résoudre à prendre l'initiative, la poignée de la porte commença à bouger avec un léger grincement.

Doucement, inexorablement, la clenche de métal

brun se déplaçait en accrochant la lumière du soleil et en faisant jouer de pâles reflets sur le plateau ciré de la table. Cela dura une petite éternité. Et le battant finit par s'écarter, projetant sur le parquet blond une ombre aux contours encore indistincts. Valentin sentit un courant d'air lui balayer le visage. La certitude d'avoir vu juste et d'approcher enfin du dénouement de cette étonnante et pitoyable affaire d'Orval lui tira un sourire amer.

La porte acheva de pivoter vers l'intérieur, masquant en partie la table et le policier, et une silhouette sombre fit son apparition. Dans un bruissement de jupes, elle avança de trois pas à l'intérieur de la pièce. Valentin se glissa alors subrepticement dans son dos et claqua le battant, tout en prenant appui dessus des deux épaules afin d'en interdire l'accès.

— Je vous en prie, madame d'Orval, dit-il d'une voix faussement engageante, prenez le temps de vous installer. Nous avons à parler, vous et moi.

37

Un voile se lève

Mélanie d'Orval, en tenue de grand deuil, sursauta, puis se retourna d'un bloc et releva la voilette de son chapeau. Elle présentait la même apparence menue et fragile que lors de leur première rencontre, trois semaines plus tôt, dans le bureau de la rue de Jérusalem, mais l'expression de son visage était tout autre. Les yeux brillant d'une lueur mauvaise, les sourcils froncés, les lèvres réduites à une mince estafilade, les traits crispés en un rictus qui parvenait presque à l'enlaidir, elle incarnait une sauvagerie froide, quelque chose d'assez effrayant qui faisait penser à une vipère ou bien à une mante religieuse.

— Inspecteur ? C'est bien vous ! Mon Dieu, comme vous m'avez fait peur ! Je ne m'attendais pas du tout à vous trouver ici.

Déjà, elle s'était reprise. Le premier instant de stupeur surmonté, elle affichait de nouveau cet air de petite fille vulnérable qui avait tant frappé et presque attendri Valentin lorsqu'elle était venue le trouver à la préfecture pour lui faire son numéro d'épouse dévouée et désireuse de venir en aide à son mari. Mais le policier savait désormais à quoi s'en tenir. Il n'était plus dupe de ses mines à la fois faussement candides et effarouchées. La femme qui lui faisait face était prête aux pires vilenies pour atteindre les buts qu'elle s'était fixés.

— Je pourrais vous retourner la remarque, fit-il d'un ton volontairement dur. Comment avez-vous eu cette adresse ? Et, surtout, que venez-vous y faire ?

Mélanie réussit à ne presque rien laisser voir de son trouble. Ce fut à peine si ses paupières frémirent et si les jointures de sa main blanchirent sur la poignée du petit sac de voyage qu'elle avait apporté avec elle. Elle donnait l'impression de ne pas avoir remarqué l'arme que l'inspecteur avait gardée en main.

En dépit de l'aversion que la jeune femme lui inspirait depuis qu'il l'avait percée à jour, celui-ci fut impressionné par son sang-froid et ses étonnantes facultés d'adaptation.

— C'est idiot, reconnut-elle en adoptant un air penaud, comme une gamine prise en faute. Je sais que je n'aurais pas dû prendre le risque de venir seule ici. Mais comprenez-moi. Quand l'un de mes domestiques est venu me confier qu'Ouvrard s'était vanté de fréquenter une danseuse de l'Opéra logeant rue Barbette, j'ai voulu me rendre compte par moi-même. Évidemment, je n'aurais rien entrepris de ma propre initiative et je comptais venir vous trouver aussitôt après m'être assurée que le gredin était bien au gîte.

Valentin se rapprocha d'elle et lui désigna une chaise. Alors qu'elle s'apprêtait à s'asseoir, il fit mine de vouloir l'aider par galanterie et saisit la poignée de son sac comme pour l'en débarrasser. Il sentit qu'elle se tendait imperceptiblement, mais elle ne put faire autrement que de le lui abandonner.

Il contourna alors la table, y déposa sa prise et vint s'asseoir à son tour en face d'elle.

— C'était téméraire de votre part, remarqua-t-il en plaçant son pistolet juste à côté du bagage en cuir. Pour ne pas dire très imprudent. C'est vous-même qui m'avez affirmé qu'Ouvrard était un être vil et capable de toutes les bassesses.

— Précisément. C'est parce que j'ai toujours su de quoi il était capable que je tenais à m'assurer qu'il n'avait pas déjà disparu. Il ne doit pas échapper au juste châtiment qu'il mérite !

— Soyez rassurée sur ce point, madame. Pierre Ouvrard est décédé cette nuit en tentant de fuir.

La poitrine de Mélanie se gonfla et elle exhala un gros soupir avant de s'exclamer :

— Que m'apprenez-vous là ? Ouvrard, mort ? Je sais bien que, comme tout bon chrétien, je devrais faire preuve de miséricorde, mais je ne peux m'empêcher de louer le Seigneur pour cette punition divine.

Valentin n'en revenait pas de tant de duplicité et d'aplomb. En même temps, il avait parfaitement remarqué que la jolie veuve ne quittait pas des yeux son sac sur la table. L'inquiétude conférait à ses traits une intensité presque fiévreuse.

— C'est étonnant que vous vous soyez ainsi encombrée pour venir ici, observa-t-il en se saisissant à nouveau de l'objet et en manipulant le fermoir. Vous prétendez avoir quitté Saint-Cloud dans l'intention de vérifier qu'Ouvrard logeait bien chez sa maîtresse. Alors pourquoi un tel bagage ? Mais voyons voir un peu ce que vous transportez à l'intérieur…

La face pâle de Mélanie devint cadavérique. Une lueur de panique passa fugitivement dans son regard.

— Comment osez-vous ? protesta-t-elle en se raidissant sur sa chaise. Je ne vous permets pas !

Sans se donner la peine de répliquer, Valentin fixa sur elle le feu glacé de ses yeux gris. Son beau visage exprimait une autorité si implacable que la jeune femme se laissa retomber en arrière. On aurait dit qu'elle renonçait brusquement à lutter face à un adversaire par trop supérieur.

— Du diable si je m'attendais ! s'exclama Valentin en tirant du sac une bouteille de vin de Champagne et un foulard noué par les quatre coins. (Il déplia l'étoffe et fit apparaître un joli tas de bijoux dont les pierres colorées se mirent aussitôt à resplendir dans le soleil.) Ne serait-ce pas une partie des biens censés avoir disparu du coffre de feu votre époux ?

— Je… je peux tout vous expliquer…

Elle avait prononcé ces mots d'une voix désabusée, les paupières à demi fermées, comme si elle se rendait compte elle-même de l'inutilité de la chose mais ne voulait pas encore s'avouer vaincue. Valentin décida de cesser de jouer avec elle au chat et à la souris.

— Ne vous donnez pas cette peine. Je sais que c'est vous qui avez engagé Ouvrard pour duper votre mari. Et c'est également vous qui avez vidé le coffre de son bureau en lui subtilisant sa clé, probablement durant son sommeil. J'imagine que vous n'avez apporté ici qu'une fraction du butin, celle promise à Ouvrard, et que vous avez conservé la plus grosse part.

Mélanie releva la tête et porta la main à son cou délicat. Une ride de contrariété barrait son front.

— Quand avez-vous deviné ?

— Le soir où la prétendue Blanche est apparue sur le bord de l'étang. En rentrant à Paris cette nuit-là, j'étais irrité de ne pas avoir compris par quel stratagème Ouvrard était parvenu à ses fins. Aussi ai-je repassé toute l'affaire dans ma tête et c'est alors que m'est apparue la seule petite erreur que vous ayez commise.

— Je serais curieuse de savoir laquelle, dit-elle en arquant les sourcils.

Elle disait vrai. Il lisait sur ses traits de l'impatience mais aussi une étrange frivolité, tout à fait incongrue. Comme s'il s'agissait d'obtenir la réponse à une simple charade ou de s'adonner à tout autre divertissement de l'esprit.

— J'ai toujours su que les pouvoirs extralucides d'Oblanoff étaient une illusion. Dès votre première venue à la préfecture, j'étais convaincu que le spiritualisme relevait de la pure mascarade. La science nous permet d'affirmer que nul ne peut communiquer avec les morts et encore moins ramener l'un d'entre eux à la vie. Par conséquent, l'expérience de la table que vous nous aviez décrite ne pouvait être qu'une tromperie et j'en ai dévoilé aussitôt l'explication à mon adjoint. Oblanoff – ou plutôt Ouvrard – s'était servi d'une vis coudée pour ébranler la table à l'aide de sa chevalière. Je vous ai d'ailleurs confié que cette bague était la clé de tout. Or, vous êtes une femme d'une redoutable intelligence…

Mélanie inclina la tête comme si elle cherchait à s'assurer qu'il était sincère et un petit sourire étira ses lèvres.

— Venant de vous, c'est un compliment appréciable.

— Une femme d'une redoutable intelligence mais à l'âme d'une noirceur sans égale, compléta Valentin sans paraître y mettre d'affect, se bornant à énoncer un fait et non un jugement de valeur. Vous avez tout de suite compris que j'avais percé à jour l'astuce employée par votre comparse. Or, vous ne vouliez pas que celui-ci soit démasqué trop tôt. Vous comptiez, au contraire, instaurer un climat de plus en plus étrange, propice à vos desseins. Et c'est en voulant préserver cette aura de mystère que vous avez commis une erreur. Vous avez fait procéder au remplacement de la fameuse table. Voilà pourquoi Isidore a trouvé le plateau intact lorsqu'il l'a examiné quelques jours plus tard. Mais à vouloir trop bien faire, vous avez fini par éveiller mes soupçons. J'étais persuadé d'avoir vu juste quant à la méthode employée par Ouvrard. La chevalière arborée par celui-ci le confirmait. Dès lors, puisque la table ne portait aucune trace de trou, c'est qu'on l'avait changée. Et qui avait pu le faire ? Une seule personne pouvait, à la fois, savoir que j'avais éventé la supercherie et ordonner le remplacement du meuble à l'identique. Vous !

— Votre réputation naissante n'est décidément pas usurpée, inspecteur. Vous êtes un policier hors pair.

Valentin regarda la jeune femme d'une étrange façon. Il y avait de la tristesse et de l'amertume dans sa voix quand il reprit la parole :

— Hélas ! Je suis loin de partager votre opinion, madame. Dans la présente affaire, j'ai, au contraire, l'impression d'avoir toujours eu un temps de retard. Lorsque j'ai saisi que vous aviez partie liée avec Ouvrard, il me restait à comprendre quel intérêt vous poursuiviez. Après tout, c'est vous-même qui étiez venue me trouver pour me lancer sur sa piste. Dans quel but aviez-vous fait cela ?

— Je ne doute pas que vous allez me le dire.

— Il n'y avait, à bien y réfléchir, qu'une explication possible. Vous aviez besoin à la fois d'un écran de fumée et d'un bouc émissaire. La prétendue escroquerie d'Ouvrard visait en réalité à dissimuler le véritable crime que vous vous apprêtiez à commettre, à savoir l'assassinat de votre époux !

Mélanie tressaillit, mais elle se reprit très vite. Sa bouche se déforma en un sourire plus ironique que mauvais.

— Cette fois, je crains que vous ne fassiez fausse route, inspecteur. Moi qui voyais en vous un phénomène de froide rationalité, vous vous égarez à présent dans le mélodrame de boulevard.

— Permettez que je reconstitue à présent toute l'histoire et nous verrons à la fin qui de nous deux cultive le goût du drame sanglant. Vous êtes née au sein d'une famille qui fut jadis aisée mais se retrouva ruinée à la Révolution. Peut-être avez-vous été élevée dans un esprit de rancœur et dans la nostalgie d'un luxe à jamais enfui. À défaut d'excuse, cela pourrait expliquer votre soif de richesse. Car il faut aimer et désirer l'argent à un degré extraordinaire pour échafauder un plan aussi machiavélique que le vôtre.

« Il y a trois ans, vous arrivez à Paris en provenance de votre Anjou natal. Vous n'êtes alors qu'une petite provinciale de vingt-cinq ans sans le sou, mais gonflée d'ambition et non dépourvue de charmes. Vous trouvez à vous faire engager par un riche veuf, Ferdinand d'Orval, qui cherche une dame de compagnie pour sa fille tendrement aimée. Une fois dans la place, je ne doute pas que vous déployez des trésors de séduction pour conquérir votre employeur. Et vous parvenez à vos fins puisque douze mois plus tard vous voici devenue la nouvelle Mme d'Orval. Vous pourriez vous contenter de cette position avantageuse. Mais non ! Vous aspirez à bien plus encore. C'est toute la fortune des d'Orval qu'il vous faut ! Cependant, si supprimer l'homme qui vous a offert son amour et son nom ne vous effraie pas, il est hors de question pour vous de prendre le moindre risque. Vous songez alors au moyen d'éviter d'être soupçonnée. J'ignore quand exactement vous avez fait la connaissance d'Ouvrard, mais je suppose qu'à ce moment-là vous aviez déjà les grandes lignes de votre machination en tête.

Mélanie d'Orval acquiesça, vaguement admirative. Elle avait retrouvé toute sa maîtrise et semblait presque amusée de le voir exposer à haute voix sa duplicité.

— Je l'ai rencontré en septembre dernier. Ferdinand et moi avions assisté à son numéro de divination et de transmission de pensée, à l'entracte du spectacle du diorama. Mon époux avait toujours été attiré par le spiritualisme et la nécromancie. Je me suis dit qu'il y avait là quelque chose à creuser et suis revenue seule, un autre jour, pour m'entretenir avec Ouvrard. Très vite, j'ai compris qu'il serait le complice idéal. Un ancien repris de justice avide de revanche, mais possédant un véritable talent pour l'illusion.

— Je me doute qu'il n'a pas été trop difficile à convaincre, reprit Valentin. Une fois votre partenaire trouvé, vous pouvez donc mettre votre plan à exécution. Ouvrard se fait passer pour un médium et devient rapidement un familier de votre mari que le décès de sa fille ne cesse de tourmenter. Dans le même temps, vous manifestez une nette hostilité à l'encontre de celui que vous qualifiez de charlatan et d'escroc. Qui pourrait dès lors vous soupçonner d'être sa complice ? Vous avez programmé avec lui les manifestations de plus en plus saisissantes du fantôme de Blanche. J'imagine même que vous lui avez confié que l'ultime apparition de celle-ci servirait de diversion pour faire main basse sur le contenu du coffre de Ferdinand. En revanche, ce que vous vous êtes bien gardée de lui dire, c'est que vous comptiez supprimer votre mari et qu'en prévenant la police à son insu vous espériez lui faire endosser votre crime. Voilà pourquoi vous n'avez cessé de me prédire l'imminence d'un grand malheur et d'en rendre Ouvrard responsable à l'avance.

— Encore cette folie ! Vous êtes décidément bien entêté. Votre histoire ne tient pas debout. Si Ouvrard avait été arrêté à cause de moi, il aurait pu tout avouer et me compromettre. Et puis vous oubliez une chose, votre adjoint a assisté au trépas de Ferdinand. Son témoignage suffira à me disculper. Il pourra affirmer que je n'ai à aucun moment pu empoisonner mon époux.

Ignorant l'interruption, l'inspecteur poursuivit son exposé. Il était sûr de son fait et les protestations de Mélanie lui paraissaient aussi vaines que les gesticulations d'un insecte prisonnier d'une toile d'araignée.

— Voilà qui explique votre présence ici. Vous n'aviez donné à Ouvrard que quelques pièces d'or en attendant le partage du butin qui devait avoir lieu aujourd'hui. D'où les bijoux dans votre sac qui visaient à endormir sa méfiance. Quant au champagne censé célébrer votre réussite, nul besoin d'être grand clerc pour deviner qu'il contient le même poison que celui que vous avez administré à votre malheureux époux. Ouvrard mort, il devenait le coupable idéal et vous étiez convaincue que je ne chercherais pas plus loin.

— Vous oubliez un détail d'importance, inspecteur… J'ai bu à la même tasse que Ferdinand. Comment expliquerez-vous que lui seul s'en soit trouvé mal ?

Valentin soupira. La jeune femme se défendait pied à pied et pliait sans se résoudre à rompre devant ses assauts. Mais cette énergie désespérée ne suffisait pas à l'émouvoir. À ses yeux, elle n'était qu'un monstre d'égoïsme, cupide et vaniteux, l'une des nombreuses incarnations de ce Mal qu'il s'était juré de combattre jusqu'au bout de ses forces. Cependant, avec la nuit chaotique qu'il avait passée, il se sentait incroyablement las et il avait hâte, à présent, d'en finir.

— Je reconnais que, sur le coup, cette apparente impossibilité m'a perturbé. Et puis, je me suis souvenu que votre grand-père avait vécu dans un de nos comptoirs d'Afrique. Mon ancien maître, le professeur Pelletier, m'a naguère parlé des poisons végétaux utilisés par certains marabouts du golfe de Guinée. L'un d'entre eux, tiré d'une liane sacrée, sert aux ordalies. Dans ces lointaines contrées, les sauvages ont recours à ce type d'épreuve quand il s'agit de trancher un contentieux entre deux adversaires. Ce sont des jugements censés être rendus directement par les esprits de la forêt.

— Que viennent faire vos sorciers africains dans notre affaire ? l'interrompit Mélanie d'un ton cassant qui trahissait son irritation croissante. Vraiment, vous déraisonnez !

— Patience ! rétorqua Valentin. Je suis presque arrivé au bout de mon exposé. Je disais donc que ce type d'ordalie vise à établir qui des deux protagonistes est un menteur. Pour cela, le sorcier leur fait boire la même mixture. Celui qui a dit la vérité s'en sort indemne et l'autre entre dans d'affreuses convulsions qui peuvent être mortelles si l'enjeu du litige le justifie. Il se trouve en effet que le poison tiré des fèves de cette fameuse liane présente la particularité d'être inactivé en milieu acide[1]. Celui qui se sait innocent engloutit le liquide avec avidité, persuadé que les esprits en pénétrant dans son corps révéleront la pureté de son âme. L'acidité du suc gastrique neutralise alors l'effet toxique. Au contraire, celui qui se sait coupable hésite à avaler la décoction. Le poison a le temps de traverser la muqueuse buccale pour

1. Ce poison existe réellement et était extrait des fèves de Calabar (voir la note de l'auteur en fin d'ouvrage).

arriver directement dans le sang et provoquer les effets fatals. Pour votre époux, la chaleur du breuvage a joué le même rôle que la crainte ressentie par les indigènes envers les esprits de la forêt. Vous, vous avez avalé le liquide brûlant d'un seul coup. Cela a dû être douloureux mais vous saviez que le jeu en valait la chandelle. Votre époux, qui n'avait pas la même motivation, a bu à petites gorgées en patientant avant de déglutir. Et c'est ainsi que vous êtes parvenue à le tuer sous les yeux de mon adjoint !

Valentin savait qu'il se reprocherait longtemps d'avoir cru que la présence d'Isidore suffirait à empêcher Mélanie de passer à l'acte et lui laisserait le temps de mettre la main sur Ouvrard pour recueillir ses aveux. C'était ce qui lui avait fait remonter un goût de fiel dans la bouche lorsqu'elle l'avait qualifié de policier hors pair.

La voix de la jeune femme le tira de ses pensées.

— Et vous pensez vraiment parvenir à convaincre un tribunal avec pareille fable ?

— Ce n'est pas moi qui convaincrai vos juges, mais l'implacable vérité scientifique. Voyez-vous, je me fais fort d'apporter la preuve que ce champagne renferme la même substance mortelle que l'estomac de votre époux.

Mélanie jeta un œil noir en direction de la bouteille. Elle venait à l'instant de comprendre qu'elle s'était elle-même perdue en apportant celle-ci. L'inspecteur crut qu'elle allait tenter de s'en emparer pour la briser et il était prêt à la devancer. Mais au lieu de cela, elle s'effondra d'un coup, se prit la tête dans les mains et se mit à sangloter.

Valentin se leva, la paire de menottes en main, et se rapprocha d'elle en faisant le tour de la table.

— Allons ! dit-il sans ménagement. Ayez au moins le courage d'assumer vos actes et épargnez-moi les pleurs et les remords tardifs.

Elle releva son visage ravagé par les larmes et le contempla avec toute la détresse du monde au fond des yeux. Sa poitrine tressautait comme si elle était sur le point de suffoquer. Elle dut faire un effort pour parler :

— Eh bien oui, j'avoue ! C'est moi qui ai tué Ferdinand. Mais pas pour les basses raisons que vous me prêtez. Oh non ! Mais évidemment, vous êtes un homme et vous ne pouvez pas savoir ce que c'est…

Tout en parlant, elle se leva péniblement et lui fit face, les reins coincés contre la table. Valentin avait de nouveau devant lui la petite fille en détresse, tragiquement belle et désemparée. Il murmura :

— Dites-moi…

— Oui, j'ai épousé Ferdinand, mais pas pour son argent ! Juste dans l'espoir d'en finir avec la torture morale qu'il m'infligeait. Vous ne pouvez pas comprendre ce que cela signifie d'être une jeune femme pauvre au service d'un homme puissant qui a jeté son dévolu sur elle. Ferdinand d'Orval n'était pas l'être falot qu'il laissait paraître. C'était, au contraire, un pervers, prêt à tout pour assouvir ses vices les plus répugnants.

— Ayant fait connaissance de votre époux à la Hêtraie, permettez-moi de m'étonner. Cet homme semblait le chagrin incarné.

— Je me doutais que personne ne pourrait me croire.

Pourtant, dès mon arrivée chez lui, ce monstre n'a eu de cesse de me harceler pour me soumettre à ses désirs. Au début, j'ai résisté puis il m'a fallu céder. Si je suis restée alors, ce fut uniquement à cause de Blanche pour laquelle je m'étais prise d'affection. Je suis allée jusqu'à accepter d'épouser mon bourreau en espérant qu'il témoignerait plus d'égards à la femme qui porterait son nom. Mais ça n'a fait qu'exacerber son sentiment de possession. Au décès de sa fille, il s'est enfermé dans une folie mortifère et je n'ose vous détailler les choses infâmes auxquelles il m'a contrainte. Mon existence est devenue un véritable enfer !

Elle était à présent tout contre lui et Valentin pouvait sentir son souffle chaud et le parfum de violette qui imprégnait sa chair palpitante. Un autre que lui se serait peut-être laissé berner, mais il savait pertinemment qu'elle continuait de jouer la comédie. Tout en l'écoutant calomnier sans vergogne l'homme qu'elle avait assassiné, il demeurait froidement à l'affût de ses moindres gestes. Il sentit son corps se crisper lorsqu'elle tendit la main en arrière pour tenter, à l'aveugle, d'attraper le pistolet demeuré sur la table.

— Aïe ! Espèce de brute ! Vous me faites mal !

Au dernier instant, il avait saisi son bras et exercé une forte torsion de façon à l'obliger à pivoter et à se plier en deux, le buste écrasé contre la table. Insensible à ses protestations et à ses cris de douleur, il referma les menottes autour de ses poignets. Quand il la retourna de nouveau face à lui, elle risqua une ultime tentative :

— Je vous en prie, ayez pitié ! Je n'ai fait que me défendre comme je le pouvais. Laissez-moi m'en aller.

Je vous jure que je disparaîtrai et que vous n'entendrez plus jamais parler de moi.

Le policier la toisa avec un infini mépris. Quand il daigna lui parler, sa voix avait la netteté et le tranchant d'une lame de guillotine.

— Est-ce aussi pour vous défendre que vous avez commencé par empoisonner cette pauvre Blanche que vous prétendez avoir tant aimée ? Voyez-vous, madame, il y a encore une petite chose que je ne vous ai pas dite. Je me suis rendu cette nuit au cimetière de Saint-Cloud et j'ai prélevé plusieurs organes sur son cadavre. Leur analyse a mis en évidence les traces du poison que j'évoquais à l'instant. Vous qui parliez de fable, madame d'Orval, je crains que la vôtre ne parvienne pas à préserver votre charmante tête sur vos épaules.

Pour toute réaction, Mélanie lui cracha à la figure. Valentin ne répliqua pas immédiatement. Sans sourciller, il tira un mouchoir de sa poche et prit tout le temps de s'essuyer. Puis, sans quitter la jeune femme des yeux mais le visage toujours aussi imperturbable, il lui asséna une formidable paire de gifles.

38

Disparitions

Après avoir conduit Mélanie d'Orval au dépôt de la rue de Jérusalem, Valentin aurait souhaité pouvoir rentrer chez lui au plus vite pour retrouver Aglaé. Il était épuisé par sa confrontation avec cette criminelle et n'aspirait plus qu'à oublier cette lamentable affaire d'Orval. Même s'il avait fini par percer l'épais mystère et permis à la justice de triompher, cette enquête demeurerait à jamais un échec à ses yeux. Il n'était pas parvenu à confondre la meurtrière assez vite pour l'empêcher de nuire et cela avait coûté la vie à deux hommes : Pierre Ouvrard et Ferdinand d'Orval. L'assassinat de ce dernier, surtout, pèserait longtemps sur sa conscience. Il éprouvait un mélange de vains remords, d'angoisse et de fatigue physique. Le sang battait à ses tempes et la tête lui tournait.

Il lui fallut toutefois faire bonne figure face au préfet Vivien. Ce dernier, apprenant l'arrestation de Mme d'Orval et la présence au sein de la préfecture de son chef du bureau des affaires occultes, avait insisté pour lui parler sans délai. L'inspecteur s'attendait à essuyer une volée de bois vert, mais il n'en fut rien. Bien au contraire ! Le haut fonctionnaire se déclara impressionné par le rapport que Valentin lui avait fait parvenir la nuit précédente par le truchement d'Isidore. Les explications scientifiques apportées aux fantasmagories de Saint-Cloud et au meurtre apparemment impossible commis sur la personne de Ferdinand d'Orval démontraient, s'il en était besoin, l'utilité de ce service spécial et les qualités exceptionnelles de celui qui le dirigeait.

Le préfet tint aussi à se faire raconter par le menu l'arrestation de la femme Passegrain, veuve d'Orval. À l'entendre, le ministère serait enchanté de faire taire les rumeurs qui commençaient à courir Paris au sujet d'une résurrection miraculeuse. Quant à l'assassinat d'un homme de bien comme l'était Ferdinand d'Orval, il témoignait de la nécessité de remettre de l'ordre dans la société. La circonstance que la meurtrière soit une simple roturière, petite-fille et fille de failli, ayant réussi à s'élever au-dessus de sa condition par le biais du mariage, allait dans le même sens d'une indispensable reprise en main du pays. Casimir Perier saurait témoigner sa gratitude aux services de la préfecture et Vivien rassura l'inspecteur : celui-ci n'avait plus le moindre souci à se faire au sujet de la pérennité du bureau des affaires occultes.

Valentin accueillit toutes ces louanges qu'il jugeait imméritées avec une indifférence qui déconcerta son supérieur. « Décidément, songea Vivien, ce jeune inspecteur est un bien étrange personnage. Impossible de savoir avec certitude ce qui le motive et le fait avancer. »

Et comme finalement il éprouvait un malaise diffus en présence de ce policier hors normes, il finit par le congédier en lui recommandant de prendre un peu de repos. Selon ses propres termes, Valentin avait « une mine à faire peur » !

L'inspecteur ne se le fit pas dire deux fois et héla un fiacre pour se faire conduire chez lui, dans le onzième arrondissement. L'après-midi inclinait doucement vers le soir et une belle lumière poudrait d'or les feuilles des platanes. Il faisait si doux que Valentin remonta les rideaux de cuir des portières et s'affala sur la banquette en humant les parfums légers des bords de Seine. Il était si harassé qu'en dépit de la brièveté du trajet il faillit s'endormir avant d'être rendu.

Après avoir retrouvé ses esprits et renvoyé la voiture, il inspecta les environs du regard, dans l'espoir de repérer le policier en charge de surveiller sa porte. Il fut étonné de ne pas le voir. Mécontent de constater que ses mesures de sûreté n'étaient pas respectées, il gravit l'escalier quatre à quatre, bien décidé à passer ses nerfs sur le pauvre Isidore, même si celui-ci n'y était peut-être pour rien.

Ce qui le frappa d'emblée en ouvrant la porte de son appartement, ce fut le silence.

Un silence total, presque trop parfait. Oppressant.

Pris d'un mauvais pressentiment, il appela. Nul ne répondit. Il passa alors rapidement en revue toutes les pièces, il n'y avait personne. Aglaé, Isidore et Eugénie avaient disparu. Pas le moindre message d'explication. Pas de désordre ou de trace de lutte non plus. Absolument rien ! Tout semblait parfaitement normal…

sauf que les trois occupants de l'appartement s'étaient volatilisés !

Comment expliquer ce nouveau mystère ? Un malheur était-il arrivé ? Mais lequel ? Les gens ne s'évanouissent tout de même pas en fumée ! Valentin sentit son sang pulser dans ses veines et une moiteur désagréable imprégner ses aisselles. Il se dit qu'il avait regardé trop rapidement. Les autres avaient forcément laissé un mot pour lui quelque part. Il se mit à fouiller les pièces avec fièvre, cherchant non seulement dans les endroits les plus en évidence mais aussi dans tous les recoins où l'on avait pu dissimuler un appel de détresse.

Toujours sans le moindre résultat…

Il ne lui restait plus que la bibliothèque à explorer lorsque le heurtoir de la porte d'entrée se fit soudain entendre. Pris d'un fol espoir, il traversa le corridor et le vestibule au pas de course et ouvrit en grand le battant, prêt à extérioriser son angoisse sous la forme d'une avalanche de reproches.

Sur le palier se tenait un parfait inconnu, brun de poil et de peau, en redingote grise et chapeau tromblon.

Valentin ravala ses protestations et dévisagea l'homme qui semblait, pour une raison difficilement compréhensible, comme soulagé de le voir.

— Vous désirez ?

— Inspecteur Verne ! J'suis bien content d'vous savoir chez vous. C'est qu'je commençais à craindre une vilaine entourloupe.

— Qui êtes-vous ? interrogea Valentin, de plus en plus interloqué. De quelle entourloupe voulez-vous parler ?

L'inconnu se raidit, les bras le long du corps, un peu à la manière d'un militaire au garde-à-vous. Son ton devint presque martial.

— Sous-brigadier Bellière, du commissariat du onzième. À vos ordres, monsieur l'inspecteur. Je suis le policier qui se trouvait chargé de monter la garde au bas de votre domicile.

— Se trouvait ? souligna Valentin avec mauvaise humeur. Où diable étiez-vous donc passé ? Pourquoi ne vous ai-je pas vu à votre poste lorsque je suis rentré tout à l'heure ?

Le fonctionnaire perdit de sa superbe et son visage se troubla. Visiblement, l'agressivité de son supérieur le désarçonnait. Quand il reprit la parole, l'assurance de sa voix avait dégringolé plusieurs degrés :

— C'est-à-dire que… précisément… c'est ce qui m'faisait craindre un coup tordu… Enfin, ça en avait tout l'air, reconnaissez… Une diversion, ce genre de choses, quoi !… J'veux dire que c'est c'que j'ai pensé… Mais puisque vous voilà, c'est qu'tout va pour le mieux, non ?

— Sous-brigadier Bellière, si j'ai un conseil à vous donner, c'est de mettre un peu d'ordre dans vos propos et de m'expliquer clairement la situation. Je ne suis pas d'humeur à supporter vos bafouillages incompréhensibles.

Le policier piqua un fard et rectifia de nouveau la position.

— Mille excuses, monsieur l'inspecteur. Mais j'y comprends rien. C'est votre amie, la jolie comédienne qu'j'ai accompagnée ces deux derniers soirs au théâtre.

Y a d'ça environ trois heures, elle m'a descendu un billet d'vot' part m'ordonnant d'vous rejoindre au commissariat du cinquième, à l'autre bout de Paris. Sauf que quand j'suis arrivé là-bas, ils n'étaient au courant de rien. C'est tout juste si l'commissaire connaissait vot' nom. Vous pensez si ça m'a secoué ! J'me suis dit : mon p'tit Bellière, on aurait voulu t'éloigner qu'on s'y s'rait pas pris autrement ! Alors j'me suis dégrouillé pour rappliquer dare-dare ici.

— Ce billet, vous l'avez conservé ?

L'homme brun tira de sa poche une feuille pliée en deux. La rédaction était des plus laconiques et le nom de Verne apparaissait sous la forme d'un paraphe fantaisiste.

— Ce ne sont ni mon écriture ni ma signature.

— Encore une fois, faites excuse, monsieur l'inspecteur, mais qu'est-ce que j'pouvais en savoir, moi ? J'espère juste que c'était une mauvaise plaisanterie.

Valentin se mordit les lèvres. Qu'est-ce que tout cela signifiait ? D'abord l'appartement déserté, et puis ce message trompeur transmis par Aglaé. Ça n'avait aucun sens !

— C'est bon, mon brave, dit-il pour se débarrasser du policier. Retournez faire le guet et, cette fois, ouvrez l'œil et ne quittez votre faction que si je vous en donne l'ordre personnellement !

Tout heureux de s'en tirer à si bon compte, le dénommé Bellière effectua un semblant de salut militaire et entreprit de dévaler les escaliers avec un zèle empressé.

Resté seul, Valentin sentit une angoisse affreuse

l'envahir et son cœur cogner à grands coups contre ses côtes. Il avait l'impression de vivre un mauvais rêve. Il devait pourtant y avoir une explication logique à tout cela, mais il ne la trouvait pas. Rien ne lui venait.

Il naviguait en plein brouillard.

39

Les métamorphoses

Ayant refermé la porte, il se dirigea, faute de mieux, vers la bibliothèque, dernière pièce qu'il n'avait pas encore examinée à fond. Il était presque six heures et la lumière du jour déclinait. Une partie de l'espace se trouvait déjà plongée dans la pénombre. Pourtant, quand il dirigea son regard vers les rayonnages qui dissimulaient l'accès à son laboratoire, il remarqua tout de suite ce qui lui avait échappé quelques instants plus tôt, quand il avait virevolté d'une porte à l'autre de l'appartement : une tache sombre qui maculait le parquet. Un frisson glacé parcourut sa moelle épinière. Il s'approcha presque à reculons, priant intérieurement pour que ce ne soit pas ce qu'il redoutait.

Mais tout au fond de lui, il savait déjà…

Du sang ! Une flaque allant s'élargissant sur le sol et de minces rigoles imprégnant le bas du meuble. Valentin crut que le souffle allait lui manquer. Tétanisé, refusant d'imaginer ce qui l'attendait de l'autre côté, il actionna le mécanisme de la porte secrète.

Le cadavre d'Isidore gisait contre l'un des pieds de la

table où s'entassait le matériel de chimie de l'inspecteur. Le jeune homme avait été poignardé en pleine poitrine et le manche d'un couteau de boucher dépassait encore de l'horrible blessure. Autant qu'on pouvait en juger, la frappe avait été portée avec une rare violence et la mort avait dû survenir sur le coup.

Atterré, Valentin tomba à genoux à côté de la dépouille de son jeune adjoint et écarta une mèche de ses cheveux roux. Le visage de celui-ci était pâle et lisse, semblable à celui d'un tout jeune enfant. On aurait presque pu croire qu'il dormait, n'étaient ses paupières à moitié ouvertes qui ne laissaient voir que le blanc de ses yeux. Valentin se souvint de ce que lui avait conté, autrefois, la servante de son père, la vieille Ernestine. Elle prétendait qu'il suffisait de révulser les yeux assez longtemps pour réussir à voir en face le vrai visage du Mal. À cette évocation, une brusque nausée interrompit le fil des pensées de Valentin. Il porta la main à sa bouche, mais cela ne suffit pas à contenir les vomissures qui jaillissaient entre ses doigts.

Il était encore secoué par de violents haut-le-cœur lorsqu'il remarqua la lettre scellée de cire noire, en partie coincée sous la tête du cadavre.

Mon cher enfant,

Je sais combien tu appréciais ce petit écureuil roux. Et c'est pourquoi je lui ai ôté la vie. Puisque tu m'as refusé, autrefois, ton amour, je me contenterai de ta haine. La sens-tu qui brûle en toi ? Qui te dévore de l'intérieur ? Eh bien, sache qu'elle n'est qu'un minuscule feu de paille comparé à l'incendie qui m'a ravagé le cœur quand tu m'as quitté.

Mais ne parlons plus de cela. Car le moment approche de nos retrouvailles. Cette fois, je ne vais pas seulement t'offrir la mort d'un être cher. J'ai laissé un autre petit caillou dans le tiroir de ta table de chevet. Juste pour que tu penses à moi à l'instant de t'abandonner au sommeil. Si tant est que tu puisses encore trouver le repos ces prochaines nuits… ce dont j'ai quelques raisons de douter, mon tout mignon…

S'essuyant du revers de la main, Valentin se releva, inspira à grandes goulées et se dirigea en titubant vers sa chambre, les yeux embués. Il n'arrivait plus à réfléchir. Il n'était plus qu'une boule de douleur, de colère et d'égarement. Avoir perdu Isidore et savoir qu'Aglaé était tombée entre les mains du Vicaire lui tordait les boyaux et lui mettait la tête à l'envers. Il était littéralement dévasté.

Une fois parvenu dans la chambre, ses mains tremblaient quand il manœuvra le tiroir de la table de chevet. Il y avait une autre feuille à l'intérieur, ainsi qu'un foulard roulé en boule. Valentin déplia ce dernier et laissa échapper un cri de bête blessée. Sur le tissu blanc teinté de rouge reposait un doigt dont l'extrémité amputée laissait voir, au milieu des chairs sanguinolentes, la blancheur de l'os.

Un annulaire à la peau claire et délicate.

Valentin se sentit happé par une horreur sans nom. Un voile écarlate s'abattit sur ses yeux. Il fut secoué par un nouveau hoquet, mais son estomac était vide désormais et un flot de bile lui brûla la gorge. Il lui fallut deux ou trois minutes pour trouver la force de réagir et parvenir à lire la seconde partie du message du Vicaire.

... Alors mon enfant ?

J'espère que ma petite surprise ne t'a pas déçu. Évidemment, ta tendre amie Aglaé a dû payer de sa personne pour te faire cette offrande, mais ce n'est que le début. Nous arrivons au terme du jeu que j'ai concocté spécialement pour toi. Au moment où j'écris ces lignes, la pendule de ta chambre vient tout juste de sonner cinq heures. Si tu tiens vraiment à ta jolie comédienne, tu vas devoir maintenant entamer une course contre le temps. Tant que tu ne m'auras pas rejoint, toutes les douze heures, je couperai un nouveau morceau de son corps de pécheresse pour te l'envoyer.

Apprécies-tu toute l'ironie de la situation ? Toi qui m'as fui jadis, tu vas devoir remuer ciel et terre pour me rejoindre le plus vite possible.

Mais vois comme je suis bon prince : comme pour les énigmes précédentes, je vais te faciliter un peu la tâche. Tu trouveras, dans les rayons de ta bibliothèque, l'édition de 1806 des Métamorphoses *d'Ovide, chez Gay et Guestard. Je t'invite à consulter sans retard la page DIX du deuxième volume.*

Hâte-toi, mon adoré. Et n'oublie pas qu'à cinq heures, cette nuit, je serai contraint de faire souffrir à nouveau cette brebis que tu as confiée à un bien piètre berger. J'avoue que j'hésite encore sur la partie de son anatomie qu'il me faudra sacrifier. Un nez ? Une oreille ? Un œil ? Un téton ou même un sein entier ? Je vais y réfléchir dès à présent.

Un dernier petit conseil : quand tu auras trouvé l'emplacement exact de mon refuge, ne t'avise pas de venir accompagné. Ce serait signer l'arrêt de mort de ta protégée.

À tout bientôt (du moins Aglaé et moi l'espérons ardemment !).

Le Vicaire

Les pensées s'entrechoquaient à toute vitesse dans le crâne de Valentin. Cependant, s'il voulait porter secours à Aglaé, il ne pouvait se permettre de laisser ses émotions amoindrir ses capacités de raisonnement. Il devait au contraire s'efforcer à tout prix de rester calme et agir avec discernement. Et en tout premier lieu, mettre la main sur ce volume des *Métamorphoses*…

L'ouvrage figurait bien dans sa bibliothèque et dans la bonne édition. Quatre grands volumes in-octavo reliés en plein veau glacé rouge. Valentin s'empara avec nervosité du tome indiqué et alla directement à la dixième page. Il s'agissait d'une version bilingue du texte d'Ovide. Il relut quatre fois les phrases sans rien déceler qui puisse lui fournir la moindre indication sur le lieu où le Vicaire avait pu entraîner Aglaé.

Comme pour les énigmes précédentes, je vais te faciliter un peu la tâche…

Le policier se rappelait que son vieil ennemi aimait jouer avec les mots. Se pourrait-il que la solution de cette nouvelle devinette fasse appel aux précédents messages qu'il lui avait laissés ? Emportant le précieux volume, il retourna dans sa chambre où les fameuses missives se trouvaient enfermées dans un bonheur-du-jour. Il les sortit toutes, les étala sur la couverture de son lit et entreprit de les relire avec attention. De temps à autre, il jetait un coup d'œil inquiet à la pendule qui trônait sur la cheminée… Jamais la course des aiguilles autour du cadran ne lui avait paru aussi rapide !

Repoussant la panique qui menaçait de le submerger, il dut faire un terrible effort sur lui-même pour ne pas penser aux épreuves qu'endurait Aglaé et se concentrer sur le contenu des documents. Durant plus d'une heure, il échoua, toutefois, à en tirer quoi que ce soit d'intéressant. Les mots finissaient par perdre leur sens. Ils dansaient devant ses yeux rougis et fatigués, le narguaient, pareils à des lutins d'encre facétieux. Et puis, peu à peu, émergeant des brumes de son cerveau, quelque chose commença à se mettre en place. Certaines phrases se détachèrent sur le papier et entrèrent en résonance avec des images, des moments vécus ou des paroles prononcées récemment.

Ce qu'il entrevit alors ne concernait pas le lieu caché où l'attendait le Vicaire, mais c'était tellement sidérant, tellement effroyable qu'il n'arrivait pas à y croire et qu'il dut tout reprendre plusieurs fois dans sa tête pour enfin admettre que ce n'était pas le fruit de son imagination. Que c'était bien la sinistre vérité et qu'il était coupable de n'avoir pas su voir ce qui était juste là, sous ses yeux, depuis si longtemps.

Un policier, même brillant, n'est peut-être pas le plus apte à résoudre les énigmes cachées.

Oui, le Vicaire n'avait cessé de s'amuser à ses dépens depuis qu'il avait compris qui était vraiment le policier qui le traquait. Il était le maître du jeu, ne s'adressant à lui que par énigmes, le perdant ou le guidant selon son bon vouloir. Le regard de Valentin accrocha le miroir posé à côté de la cuvette en faïence et du nécessaire de toilette.

Parmi tout ce qui réfléchit en ce bas-monde, y a guère que les miroirs qui soient vraiment utiles.

Lorsque la phrase anodine d'Eugénie l'avait mis sur la piste de la clé de RYAJUBICEF, il se souvenait d'avoir pensé que c'était la deuxième fois que le hasard lui venait en aide et que de telles choses ne se produisent jamais. Comme il s'en voulait à présent de n'avoir pas tiré toutes les conséquences de ses propres constatations !

Il faut toujours se glisser dans l'ombre de son ennemi avant de le frapper.

C'était pourtant l'évidence même ! Le Vicaire devait garder constamment un œil sur lui pour suivre la progression de son enquête, pouvoir adapter son plan en fonction des propres agissements de Valentin. Avec amertume, celui-ci se souvint de ce que Foutriquet lui avait appris mais dont il n'avait pas saisi l'importance sur le moment : le Vicaire avait pénétré chez lui un soir, mais il n'en était pas ressorti de la nuit. L'explication lui semblait à présent tellement évidente ! Comment avait-il pu être aveugle à ce point ?

Nous sommes plus proches l'un de l'autre que tu ne le crois.

Valentin se souvint de son étonnement quand Aglaé

lui avait présenté Eugénie pour la première fois. Cette grosse femme aux allures de mastodonte, toujours boudinée dans ses robes, avec ses bajoues et son nez épaté, et cette voix si bizarre, tellement haut perchée. Depuis qu'enfant il avait échappé aux griffes du Vicaire, il avait toujours cru qu'il saurait reconnaître ce monstre en toutes circonstances : sa haute taille, son visage acéré, son nez busqué, ses longues mains blanches et non rougies par les travaux domestiques et cette voix chaude et grave qui, longtemps, avait hanté ses nuits. Il savait à présent qu'il s'était trompé et que sa présomption, pour partie au moins, avait causé la mort de ceux qui lui étaient chers et plongé la femme qu'il aimait dans le plus terrifiant des cauchemars.

Désemparé par cette révélation, il ferma le livre que le Vicaire avait choisi tout exprès à son intention et fit glisser lentement l'extrémité de ses doigts sur le titre en forme d'ultime pied-de-nez : *Les Métamorphoses*.

40

À la merci du Vicaire

Il était le Mal absolu.

Aglaé en avait acquis la certitude lorsqu'elle l'avait vu, encore dissimulé sous les traits faussement débonnaires d'Eugénie, planter ce couteau de cuisine droit dans le cœur de l'infortuné Isidore.

Tout avait basculé peu après quatre heures de l'après-midi. Celle qu'elle prenait encore pour une domestique bourrue mais dévouée était venue la trouver dans la bibliothèque où Aglaé, en attendant l'heure de se rendre au théâtre, parcourait le dernier discours imprimé de Claire Démar. Eugénie avait prétendu se souvenir seulement à l'instant que M. Valentin lui avait laissé un billet à remettre au policier en faction à l'extérieur de l'immeuble. Comme elle était en train de préparer le dîner[1] et qu'elle avait un plat à surveiller sur le feu, elle voulait savoir si Aglaé acceptait de se charger de la commission

1. À Paris, à l'époque, le dîner se prenait vers cinq ou six heures. Quant au souper, c'était un repas froid consommé pendant ou après les grandes soirées, vers une ou deux heures du matin.

pour elle. Ravie de pouvoir prendre un peu l'air, ne serait-ce qu'un court instant, la jeune femme avait consenti de bon cœur et profité de ce qu'Isidore était de nouveau réquisitionné à la cuisine pour s'éclipser discrètement et s'acquitter de sa mission. Ce n'était que bien plus tard qu'elle avait regretté amèrement d'avoir agi avec une coupable légèreté. Il était évident en effet qu'elle avait elle-même contribué à éloigner l'un de ses anges gardiens. Mais comment pouvait-elle imaginer alors ce qui allait suivre ?

À son retour dans l'appartement, elle avait dû faire face aux reproches d'Isidore qui s'était rendu compte de son absence et avait, un instant, redouté le pire. Elle était en train de lui faire son grand numéro de charme pour l'amadouer, lorsque l'après-midi avait basculé dans l'horreur. Les deux jeunes gens se trouvaient à ce moment-là dans le vestibule où Isidore, s'efforçant à la fermeté, l'avait interceptée pour lui rappeler les consignes de prudence de Valentin. Eugénie était sortie de sa cuisine, un grand couteau à la main et un sourire aux lèvres. Rien dans son attitude ne laissait deviner ce qu'elle s'apprêtait à faire. D'un pas tranquille, elle avait marché droit sur eux et, sans même prendre la peine de prononcer un mot, avait froidement poignardé Isidore. Le malheureux garçon s'était écroulé comme une masse.

Aglaé avait entendu une plainte déchirante.

La sienne.

Elle avait voulu se précipiter en direction de la porte, mais, avec une promptitude étonnante compte tenu de sa corpulence, Eugénie lui avait barré le chemin. Et comme Aglaé tentait de la contourner, elle lui avait asséné un terrible coup de poing qui l'avait cueillie à la tempe et l'avait proprement assommée.

Quand elle avait repris conscience par à-coups, elle se trouvait dans le laboratoire de Valentin. Ses poignets étaient étroitement liés avec de la cordelette à rideau. Ses chevilles étaient entravées elles aussi et sa bouche bâillonnée à l'aide d'un torchon. Le cadavre d'Isidore gisait à côté d'elle, sur le sol. Du sang coulait encore de sa blessure. Sa chemise en était tout imprégnée.

Aglaé avait replié ses jambes pour tenter de se mettre debout, mais les forces lui manquaient. Au moindre de ses mouvements, des aiguilles lui transperçaient le crâne et les nœuds à ses poignets étaient serrés si fort que la circulation s'était interrompue. Ses doigts étaient devenus bleus et douloureux et elle préférait ne pas imaginer ce qui se passerait si elle commettait la bêtise de prendre appui dessus. En se tortillant à la façon d'un ver de terre, elle était seulement parvenue à s'asseoir, le dos calé contre un pied de la table.

C'était dans cette position qu'elle avait assisté à l'entrée d'Eugénie. Une Eugénie bien différente, qui avait déjà ôté son improbable perruque étagée et dont le crâne chauve reluisait d'une sueur malsaine.

— Alors, ma belle, grinça-t-elle d'une voix d'homme, basse et bien timbrée, on est revenue de son petit tour au pays des songes ? C'est bien, ça ! J'aime autant que tu sois pleinement consciente de tout ce qui va se passer dorénavant.

Aglaé avait tenté d'avaler sa salive, mais sa bouche était aussi sèche qu'une prune oubliée sur l'arbre. La grosse femme s'était agenouillée près d'elle et lui avait enlevé son bâillon.

— Ne t'avise surtout pas de gueuler ou je t'estourbis à nouveau !

La jeune comédienne aurait voulu ne rien laisser voir de sa peur, mais elle avait été prise de tremblements incoercibles. Et les mots s'étaient péniblement frayé un chemin jusqu'à ses lèvres :

— Qui… qui êtes-vous ?

— Allons ! Ne me dis pas que tu n'as pas déjà deviné. Ton Valentin n'a cessé de te mettre en garde contre moi. Il sait parfaitement, lui, ce dont je suis capable. Et ce sera bientôt à ton tour de l'apprendre à tes dépens.

Tout en parlant, il avait commencé à défaire lentement son tablier et les attaches de sa robe. Quand il s'en était complètement dépouillé, ainsi que de ses jupons, il avait fondu de moitié. Ses bourrelets monstrueux n'étaient rien d'autre que des coussinets cousus à la doublure de ses vêtements. Puis, avec un mauvais sourire, il avait retiré plusieurs boules de coton de ses narines et de l'intérieur de ses joues. Son faciès en était littéralement transformé. Aglaé s'était rappelé la fidèle description que lui en avait faite Valentin : un visage en lame de couteau, de petits yeux profondément enfoncés, des lèvres minces et cruelles…

— Tu ne peux pas savoir le plaisir que j'éprouve à me débarrasser pour toujours de tous ces oripeaux et artifices. S'il y a quelqu'un que je ne regretterai pas, c'est bien cette encombrante Eugénie. Vivre dans sa peau était un calvaire de chaque instant. Mais il faut savoir souffrir pour ceux qu'on aime. Qu'en penses-tu ?

Cette lueur au fond de ses yeux quand il avait prononcé ces derniers mots ! Aglaé ne devait jamais l'oublier, comme elle garderait toujours en mémoire les minutes écarlates qui avaient suivi. Pourtant, quand il lui arriverait plus tard d'y repenser, elle serait incapable de se remémorer la scène de son amputation en détail. Dans sa mémoire, celle-ci prendrait toujours l'apparence d'un épais brouillard rouge qui avait fondu sur elle. Elle se rappellerait le Vicaire lui ordonnant de ne pas bouger si elle ne voulait pas perdre plusieurs doigts, le hachoir qu'il avait promené devant ses yeux pour la narguer, le bruit sourd de la lame s'enfonçant dans le bois de la table après avoir tranché chairs et os, la douleur, atroce, pulsatile, qui n'était pas venue tout de suite mais qui l'avait, ensuite, envahie.

Elle émergea de cette horreur sans nom l'esprit en déroute et une sensation de brûlure au niveau de sa main gauche. Un linge maculé de sang enveloppait cette dernière. Le Vicaire, assis à la table, achevait de rédiger un billet. Il y en avait un autre déjà cacheté à la cire noire, posé à côté d'un mouchoir replié et teinté de rouge lui aussi. Aglaé frémit en imaginant ce qu'il contenait. Sa vue se brouilla et un gémissement larmoyant lui échappa.

L'homme se retourna vers elle et lui expliqua alors tranquillement, presque sur le ton d'une conversation normale, qu'ils allaient quitter l'immeuble ensemble et rejoindre un fiacre qui stationnait dans une rue proche. Il lui montra un couteau qu'il tenait dissimulé dans sa manche et la prévint qu'à la moindre incartade elle subirait le même sort qu'Isidore. Puis il lui demanda si elle avait compris. Comme elle ne répondait pas, il se leva et la gifla, mais sans y mettre véritablement de brutalité, un peu comme un médecin qui n'aurait que ce moyen pour calmer une crise de nerfs. Elle hocha la tête. Oui, elle avait compris et elle ferait ce qu'il dirait. Ce fut alors seulement qu'il la débarrassa de ses liens.

Lorsqu'ils sortirent de l'appartement, un peu plus tard, elle espéra qu'une occasion se présenterait de lui échapper. Mais le Vicaire la serrait de trop près et elle sentait la pointe de son couteau s'enfoncer légèrement dans sa hanche. Au bas de l'escalier, un rideau s'écarta sur leur passage et elle eut le temps de voir le concierge, le père Mathurin, qui lui adressait un petit salut de la main, mais il ne sortit pas de sa loge.

Petite rue du Bac, comme son ravisseur l'avait dit, un fiacre les attendait, probablement volé la nuit précédente à son légitime propriétaire. Il la poussa à l'intérieur, puis la ligota et la bâillonna à nouveau. Cette fois, il lui attacha les poignets dans le dos et relia ces derniers à ses chevilles, de façon à lui interdire quasiment tout mouvement. La portière claqua et elle sentit les suspensions ployer au moment où il grimpa sur le siège du cocher. Elle entendit ensuite un claquement de fouet et la voiture s'ébranla pour prendre peu à peu de la vitesse.

Tassée au fond de la banquette, elle réprima un tremblement nerveux, cherchant vainement dans son cerveau paralysé par la peur et la douleur ce qu'elle pourrait tenter pour échapper aux griffes de ce monstre. Ses pensées se tournèrent vers Valentin. Elle imaginait l'épouvante qui serait la sienne lorsqu'il découvrirait le cadavre d'Isidore, sa propre disparition et l'abominable surprise que le Vicaire lui avait réservée. En songeant à son annulaire amputé, une violente nausée la plia en deux et la crainte de s'étouffer si elle se mettait à vomir vint, un instant, éclipser tout le reste.

Lorsqu'elle arriva enfin à contenir son malaise, elle essaya d'arracher son bâillon en frottant sa joue contre la paroi de l'habitacle. Mais elle ne parvint à rien. Le Vicaire l'avait contrainte à ouvrir la bouche pour enfoncer le torchon entre ses lèvres avant de le nouer très serré sur sa nuque. Il était absolument impossible de le faire glisser. Alors, elle se contenta de se contorsionner pour se rapprocher de la portière et écarter le rideau de cuir avec son front.

Faute de pouvoir lui échapper, elle se dit qu'elle pouvait toujours essayer de repérer le parcours qu'ils suivaient. En formulant une prière muette pour que ce ne soit pas un chemin sans retour.

Ils quittèrent Paris par l'ouest et suivirent la vallée de la Seine pour gagner les hauteurs de Puteaux. Au-delà des coteaux couverts de vignes, ils gravirent une colline en partie boisée, au sommet de laquelle se dressait un vieux moulin à l'abandon. Les murs étaient encore vaillants mais le toit de chaume présentait de nombreux trous et une aile manquait. Cela devait faire plusieurs lustres que l'édifice n'était plus utilisé pour moudre le grain.

Le Vicaire la fit descendre, lui ôta son bâillon et libéra ses chevilles avant de l'entraîner vers l'unique porte de la tour. Quand il la poussa à l'intérieur, elle perçut de minuscules couinements et des fuites éperdues à ras de terre. Des toiles d'araignée pendaient du plafond et de la poussière jouait dans les rayons du soleil. Mais Aglaé n'y prêta pas attention. Ses yeux se portèrent sur les barils de poudre entassés dans un coin et reliés entre eux par des mèches courtes, puis sur la cage en acier, de la taille d'une grosse niche de chien, qui trônait au centre de l'espace, près de l'ancienne meule.

— Ne t'inquiète pas, la rassura le Vicaire qui avait capté son regard, je n'allumerai ce joli feu d'artifice que si Valentin commettait la folie de ne pas venir seul. Quant à la cage, elle n'est pas pour toi. Elle est réservée à mon petit protégé. Voilà des années qu'elle l'attend et je compte bien qu'il viendra de lui-même, docilement, y reprendre sa place auprès de moi.

— Vous êtes complètement fou ! trouva-t-elle le courage de rétorquer. Valentin n'est plus un enfant sans défense. Tôt ou tard, c'est lui qui vous fera payer tous vos crimes.

L'homme sourit sans entrouvrir les lèvres. Son visage laissait transparaître une telle cruauté, une telle jouissance à faire le mal, que la jeune femme se demanda comment elle avait pu n'en rien discerner plus tôt, même sous l'improbable déguisement d'Eugénie Poupard.

— Crois-moi, il viendra ! Et plus vite que tu ne penses !

C'est alors qu'il lui expliqua ce que son esprit pervers avait imaginé pour attirer Valentin à lui, l'obliger à venir se jeter dans la gueule du loup. Aglaé se sentit glacée par l'effroi. Elle aurait voulu pouvoir s'extraire de ce cauchemar en fermant les yeux, découvrir que tout ce qui s'était passé depuis qu'elle avait assisté au meurtre d'Isidore n'était qu'une hallucination. Mais le moignon de son doigt qui la lançait douloureusement était là pour lui rappeler, à chaque instant, qu'elle ne rêvait pas.

Une échelle de meunier permettait d'accéder, via une trappe dans le plafond, à une sorte de grenier qui devait servir autrefois à stocker les sacs de farine. Il l'aida à se hisser jusque-là en la soutenant sous les aisselles, puis il l'abandonna en lui promettant de revenir à cinq heures du matin.

— D'ici là, susurra-t-il avec sadisme, je te laisse réfléchir au petit présent que nous ferons parvenir demain matin à ce cher Valentin. C'est toi en effet qui choisiras. Après tout, tu es la mieux placée pour savoir quel morceau de toi sera le plus à même de stimuler ses facultés intellectuelles et l'incitera à nous rejoindre au plus vite.

Sur ces entrefaites, il la quitta et referma la trappe derrière lui. Aglaé entendit un verrou claquer. Brisée par ses émotions, elle aurait aimé pouvoir s'abandonner au sommeil, y trouver un refuge salvateur contre l'angoisse et la douleur. Espérance illusoire. Les épreuves effroyables qu'elle venait de traverser ces dernières heures ne la laissaient pas en repos. Des visions sanglantes menaient une ronde infernale dans son cerveau, tandis que le sort promis par le Vicaire la tourmentait et paralysait toutes ses pensées.

Par les trous dans la toiture, elle avait d'abord pu estimer le passage des heures, mais à présent la nuit était tombée et elle se retrouvait plongée dans l'obscurité. Incapable de se repérer dans l'espace et le temps, privée de toute liberté de mouvement, elle avait l'impression, cette fois, de basculer vraiment dans la folie. Le moindre bruit la faisait tressaillir. Elle se disait à chaque fois que le délai fatidique avait expiré, qu'il devait être cinq heures et que le Vicaire revenait la martyriser. Et sa moelle épinière se liquéfiait, car dans sa détresse elle n'avait plus qu'une seule certitude…

… cet homme était le Mal absolu.

41

Expiation

Sous la clarté cendrée de la lune, la silhouette du moulin se détachait nettement au sommet de la colline. L'endroit avait été bien choisi. Le sous-bois s'interrompait à mi-pente et laissait un vaste espace à découvert tout autour de l'édifice. De là-haut, il devait être facile de surveiller les environs. Impossible à une troupe d'approcher sans éveiller l'attention. Quand bien même la chose aurait été possible, le Vicaire avait dû prendre ses précautions pour pouvoir faire face à une attaque en force. Il avait sans nul doute préparé un méchant tour à sa façon pour recevoir d'éventuels assaillants. Et il était plus que probable qu'il préférerait se faire tuer sur place plutôt que de se laisser arracher sa captive.

Embusqué derrière un tronc situé en lisière, Valentin évaluait depuis un petit moment les rares possibilités qui s'offraient à lui. Il était arrivé sur place, seul, aux alentours de quatre heures du matin. En dépit d'une intense réflexion, la dernière énigme du Vicaire lui avait résisté plusieurs heures. Il n'en était venu à bout qu'au milieu de la nuit, se fustigeant intérieurement de n'avoir pas compris plus tôt. Il s'agissait en fait d'une simple petite astuce, mais l'angoisse qui tenaillait l'inspecteur au sujet du sort d'Aglaé l'avait empêché de réfléchir sereinement. Le plus insupportable était de se dire que c'était précisément le but recherché par le Vicaire. Ce démon avait tout fait pour l'ébranler et le plonger dans des affres sans fin. Il devait prendre un plaisir pervers à le torturer ainsi à distance, à jouir du pouvoir qu'il était parvenu à reprendre sur celui qui avait été si longtemps sa chose.

Tu trouveras, dans les rayons de ta bibliothèque, l'édition de 1806 des Métamorphoses *d'Ovide, chez Gay et Guestard. Je t'invite à consulter sans retard la page DIX du deuxième volume.*

Pourquoi avoir écrit le numéro de la page en lettres majuscules ? Se poser la question, c'était faire le pas décisif vers la solution. Ovide était un auteur latin. Il écrivait donc les nombres… en chiffres romains. Selon cette antique graphie, DIX signifiait 509 ! Valentin avait ouvert le tome II des *Métamorphoses* à cette nouvelle page. Il avait déchiffré le texte dans sa version originale sans déceler le moindre indice. Cependant, il était tellement persuadé d'être sur la bonne voie qu'il s'était entêté jusqu'à déceler une infime odeur de citron qui semblait imprégner le papier. Le cœur battant, redoutant de commettre une maladresse fatale et d'enflammer la feuille, il avait soumis celle-ci à la flamme d'une bougie.

Parsemées sur la page, des lettres avaient été soulignées à l'aide d'une plume trempée dans de l'acide citrique. La chaleur avait fait apparaître les traits en les colorant en brun. Mises bout à bout, ces lettres désignaient avec précision le lieu où le Vicaire avait emporté Aglaé : le moulin des Gâtines, à Puteaux. C'était là que ce misérable attendait Valentin, là qu'il lui donnait rendez-vous pour cette ultime confrontation dont l'un d'eux ne sortirait pas vivant. De cela, au moins, Valentin était convaincu.

Le policier réprima un frisson. Il avait longtemps imaginé que ses retrouvailles avec le monstre de son enfance lui procureraient une sombre excitation, celle du chasseur qui aperçoit enfin sa proie au soir d'une longue traque. Mais là, c'était différent. Il n'était plus seul à entrer en ligne de compte. Si Aglaé venait à souffrir de nouveau dans sa chair à cause de lui, jamais il ne se le pardonnerait. Un rapide coup d'œil à sa montre lui confirma qu'il ne pouvait plus se permettre de tergiverser. Dans moins d'une heure, le Vicaire mettrait sa folle menace à exécution. Pour l'en empêcher, Valentin n'entrevoyait qu'une seule façon d'agir. Elle était incroyablement risquée, mais il n'avait pas vraiment le choix.

Aglaé se réveilla en sursaut.

Elle n'avait pas eu conscience de céder à la fatigue. Mais ses nerfs si rudement éprouvés avaient fini par lâcher et elle avait sombré d'un seul coup. Il lui fallut plusieurs secondes pour reprendre contact avec le monde extérieur et se rappeler où elle se trouvait. Puis, tout lui remonta à l'esprit, en une marée nauséabonde. Et la douleur physique l'envahit. Le moignon de son annulaire la lançait, ses poignets attachés dans son dos la tiraillaient et ses bras étaient tout ankylosés.

En étouffant un gémissement, elle roula sur le sol pour tenter de trouver une position plus confortable. Ce fut alors seulement qu'elle prit conscience d'un bruit incongru à proximité immédiate. On aurait dit des craquements légers. Assez semblables aux crépitements d'un feu de cheminée.

Prise d'une frayeur soudaine, elle tordit le cou en tous sens pour fouiller l'obscurité du regard. Pas la moindre lueur d'incendie. La jeune femme ne ressentait pas non plus de chaleur anormale. En partie rassurée, elle demeurait néanmoins sur le qui-vive, car le bruit persistait. Aglaé en vint à se demander si ce n'était pas cela qui l'avait tirée du sommeil. Elle fit un effort pour se concentrer davantage. L'absence de repères visuels ne facilitait pas les choses. Pourtant, elle finit par se convaincre que l'origine des craquements se situait au-dessus de sa tête. Était-ce un rongeur quelconque qui allait et venait dans la toiture de chaume ? Elle leva les yeux, essayant de suivre la progression du petit animal qui se baladait entre les poutres. Bien qu'elle soit dérisoire, cette compagnie invisible lui procurait un semblant de réconfort. La prisonnière avait ainsi l'impression de ne plus être totalement livrée à elle-même.

Son soulagement céda la place à une intense surprise lorsqu'elle vit soudain un visage humain s'encadrer dans l'une des crevures du chaume. Son cœur fit un bond dans sa poitrine quand elle reconnut les traits de Valentin. Elle faillit laisser échapper une exclamation de stupéfaction et de ravissement mêlés, et dut se mordre les lèvres au sang pour ne pas risquer d'attirer l'attention de leur ennemi commun.

Déjà, l'inspecteur avait passé ses jambes et son tronc par l'ouverture du toit. Il se laissa pendre par les bras à l'une des solives et se balança pour viser un tas de paille susceptible d'amortir le bruit de sa chute. À peine se fut-il réceptionné sur le vieux plancher qu'il se précipita auprès de la jeune comédienne et la serra avec ferveur dans ses bras.

— Oh, ma douce ! Dieu merci, tu es vivante ! J'ai eu si peur de te perdre !

Aglaé avait envie de rire et de pleurer à la fois. Mais elle se contenta de chuchoter à son oreille :

— Moi aussi, j'ai bien cru ne jamais te revoir. Mais comment as-tu fait pour arriver jusqu'ici ?

— Le Vicaire a laissé chez moi toutes les indications utiles pour que je vous retrouve tous les deux. Depuis le début, il avait sans doute imaginé se servir de toi pour m'attirer à lui. Le plus dur était de se hisser jusqu'au toit sans attirer son attention.

— Comment diable y es-tu parvenu ? Quand nous sommes arrivés tout à l'heure, j'ai remarqué que les murs étaient lisses et n'offraient pas la moindre prise.

— J'ai d'abord rejoint le moulin en rampant. De loin, j'avais remarqué qu'une des ailes était quasiment verticale et descendait à moins d'une toise du sol. Il paraissait possible de prendre appui des pieds à la base du mur pour se projeter en l'air et en saisir l'extrémité au vol. Mais il fallait réussir dès la première tentative. Si je m'étais manqué, les risques auraient été trop grands d'alerter le Vicaire. Dieu merci, cela a parfaitement fonctionné ! Et l'ossature de l'aile était suffisamment solide pour me servir d'échelle improvisée. Malgré tout, à cause de l'obscurité, j'ai failli me rompre le cou deux ou trois fois.

Une ombre inquiète vint assombrir le beau visage de la comédienne.

— Malheureusement, dit-elle, avec l'état de ma main, nous ne pourrons pas emprunter la même voie pour sortir d'ici. Comment allons-nous faire ? La trappe est verrouillée et le Vicaire a entassé suffisamment de poudre dans la pièce du bas pour transformer ce moulin en fumée.

À l'évocation de la blessure de celle qu'il aimait, Valentin sentit une onde de colère et de révolte le parcourir des pieds à la tête. Il aurait souhaité ne plus lui faire courir le moindre risque, mais elle avait raison : il leur était impossible de s'échapper par le toit.

— Nous allons devoir attendre que le Vicaire remonte ici, se résigna-t-il. Cela ne devrait d'ailleurs pas tarder, car il va bientôt être cinq heures. Je serai tapi derrière lui de façon que la trappe relevée me dérobe à sa vue. Il ne doit se douter de rien. Crois-tu être capable de lui donner le change ?

Un éclair farouche fit miroiter les yeux d'Aglaé. Revoir Valentin lui avait permis de retrouver toute sa combativité.

— Oublierais-tu qu'on me prête quelques talents d'actrice ?

— Fort bien ! Je vais détacher tes poignets, mais tu devras les garder derrière toi pour qu'il ne se méfie pas. Il doit faire quelques pas dans ta direction avant que je n'intervienne, afin que je puisse me glisser entre lui et l'ouverture du plancher et lui couper ainsi toute retraite. Mais ne t'inquiète pas, je ne le laisserai plus te toucher.

— Je n'ai pas peur, le rassura la jeune femme en relevant bravement le front. J'ai juste hâte que tout soit fini et que ce monstre soit mis définitivement hors d'état de nuire.

Valentin se pencha dans son dos pour lui détacher les mains, mais il n'eut même pas le temps de desserrer le premier nœud. Les barreaux de l'échelle de meunier firent entendre de sinistres craquements et le verrou grinça dans son logement.

Le policier plongea derrière le volet de bois. Déjà celui-ci se relevait et la clarté dansante d'une lanterne vint éclairer Aglaé qui s'était blottie aussi loin que possible de l'ouverture.

Retenant son souffle, Valentin aperçut d'abord une main tenant un fanal qui dépassait le rebord supérieur de la trappe. Une main fine et blanche dont la simple vue lui glaça les os. Comment avait-il fait pour ne pas remarquer ce détail physique chez la soi-disant Eugénie ? Il dut chasser le sentiment de culpabilité qui menaçait de se raviver en lui. Ce n'était pas le moment de se laisser dominer par ses émotions. Il devait, au contraire, garder tout son sang-froid pour agir avec efficacité.

— Eh bien, ma jolie, ironisa le Vicaire en prenant pied sur le plancher. On dirait que ce cher Valentin n'est pas aussi finaud que je le pensais. Tu vas devoir payer de ta petite personne pour le motiver davantage.

Aglaé frissonna et se recroquevilla contre le mur, comme si elle avait voulu s'y enfoncer. Ses grands yeux écarquillés reflétaient un effroi qui ne devait être qu'en partie seulement simulé. Le nouvel arrivant accrocha sa lampe à un clou planté dans la poutre centrale et empoigna un grand couteau glissé sous sa ceinture. Il en éprouva le tranchant sur le gras de son pouce, tout en approchant lentement de sa proie.

— As-tu décidé de la partie de toi dont nous allons lui faire offrande ? questionna-t-il avec une ironie grinçante. Tu as tout intérêt à…

Sa voix se brisa net. Le canon froid d'un pistolet venait de s'enfoncer dans le creux de sa nuque.

— C'est vous qui avez intérêt à lâcher immédiatement ce couteau, le menaça Valentin d'une voix qui vibrait d'une tension difficilement contenue. Au moindre geste suspect, je vous fracasse le crâne, misérable !

Durant quelques secondes, le temps sembla suspendre son cours. Le Vicaire s'était figé et il paraissait peser le pour et le contre. Valentin appuya davantage son arme contre la chair blafarde.

— Ne me donnez pas une bonne raison de tirer, insista-t-il. Vous n'imaginez même pas quel effort surhumain il me faut déployer pour résister à la tentation de loger tout de suite une balle dans votre cerveau malade.

Son ton devait être suffisamment convaincant, car le Vicaire haussa les épaules avec fatalisme, avant d'écarter les doigts et de laisser échapper son couteau qui vint se planter à ses pieds en vibrant. Puis, très lentement, l'homme commença à se retourner.

L'inspecteur le laissa faire, mais prit prudemment ses distances en reculant de trois pas pour pouvoir parer à toute éventualité. Il n'avait, cependant, pas prévu le choc que lui procurerait la vision du visage non grimé de son vieil ennemi. Près d'une douzaine d'années s'étaient écoulées depuis qu'il était parvenu, encore enfant, à lui fausser compagnie et le criminel devait approcher désormais la cinquantaine. Son visage s'était ridé et tanné, mais ses petits yeux exprimaient toujours la même joie sombre et féroce. Un rictus sinistre retroussait ses lèvres minces.

— Ainsi, tu es donc venu, mon cher enfant ! Si tu savais combien ta présence me réchauffe le cœur. Nous voici de nouveau réunis, comme autrefois, sans masque, sans fard. Reconnais que j'ai particulièrement soigné nos retrouvailles.

Le Vicaire ne semblait pas plus impressionné que cela par le pistolet que Valentin braquait à présent sur son torse. Il ne le voyait même pas, ses yeux demeuraient plantés dans ceux de Valentin. Sa figure taillée à la serpe exprimait une méchanceté railleuse et diabolique.

— Vous n'êtes qu'un pauvre dément dépravé, articula froidement Valentin. Mais l'heure est venue pour vous d'expier vos crimes. Si vous avez connu un jour une prière chrétienne, voici le moment de vous en ressouvenir et de recommander votre âme à Dieu.

— De quels crimes parles-tu, mon enfant ? rétorqua le Vicaire. Ces petits cailloux que j'ai semés pour que tu retrouves le bon chemin, celui qui t'a mené jusqu'à moi ? Ils n'étaient que le prix à payer pour ta trahison d'autrefois. Toi seul en portes le fardeau ! À moins que tu ne penses à ces doux agneaux que j'ai serrés contre mon sein après ta fuite ? Ils n'ont été qu'une piètre consolation et je puis t'assurer leur avoir donné tout l'amour qu'abritait encore mon cœur brisé.

— Vous êtes abject ! Vos crimes n'autorisent pas le moindre pardon !

— Mais qui parle ici de pardon ? susurra son vis-à-vis en adoptant un ton doucereux. Pour avoir à pardonner, il faut avoir été offensé. Est-ce vraiment ton cas, mon enfant ? Pour une fois, ose regarder la vérité en face. Tu me dois d'être l'homme que tu es devenu. Je t'ai façonné à mon image. Cette solitude dans laquelle tu te complais, ce rejet des autres, cette dureté au fond de ton regard, cette main ferme sur la crosse de l'arme, c'est à moi que tu les dois. Même si tu te décidais à faire feu, tu ne pourrais pas effacer cette part de moi inscrite pour toujours dans ta chair. Y as-tu jamais songé ?

Valentin ressentit une morsure atroce dans sa poitrine. L'autre avait touché juste. En dépit de la haine qu'il éprouvait à son égard, l'inspecteur conservait assez de lucidité pour comprendre que le Vicaire disait vrai. Il l'avait marqué au fer rouge.

— Peu importe ma propre personne ! tenta-t-il de riposter avec une indicible expression de lassitude et de tristesse. C'est au nom de mon père, Hyacinthe Verne, que je viens, cette nuit, réclamer justice, et aussi de cette femme que vous avez si atrocement mutilée.

Le Vicaire eut un geste du revers de la main, comme pour balayer quelque futilité. Puis il sourit à nouveau méchamment.

— Ton père ? Que la chose est plaisante à entendre ! Depuis qu'on t'a donné à moi, tu n'as pas eu d'autre père que moi. Ton père, ton amant, ton maître, je fus et je resterai tout cela pour toi.

Au fond de lui, Valentin savait qu'il aurait dû mettre un terme à cet échange. À quoi bon écouter les divagations de ce monstre ? Il n'avait qu'à crisper très légèrement son doigt pour appuyer sur la détente de son arme et tout serait accompli.

Tout ? Bien sûr que non ! L'autre venait d'entrouvrir une porte qu'il ne pouvait laisser se refermer. Plus maintenant. Il était déjà trop tard !

— Que voulez-vous dire par « on m'a donné à vous » ? interrogea Valentin d'une voix blanche.

Le sourire du Vicaire s'élargit.

— Allons, mon enfant ! Tu ne vas pas me faire croire que tu ne t'es jamais demandé pourquoi, il y a seize ans, j'ai fait cette longue route pour venir te chercher, toi. Précisément toi ! Il y a tant de gosses abandonnés dans les rues de la capitale ! Mais c'est toi qu'on m'avait désigné !

Valentin crut que son cœur allait cesser de battre. Il dut respirer à fond comme s'il manquait d'air et se trouvait sur le point de suffoquer. Il était tout à coup affreusement pâle. Le sang semblait s'être retiré de son visage.

La voix d'Aglaé lui parvint comme à travers une brume épaisse :

— Ne l'écoute pas ! Il serait prêt à raconter n'importe quelle fable pour gagner un répit !

Mais ce fut à peine si Valentin perçut le sens de ces mots. Quelque chose venait de se briser en lui. Il se sentait presque aussi vulnérable que le garçonnet de huit ans qu'on était venu arracher à sa maison du Morvan. Insensiblement, son bras armé se relâchait. Millimètre par millimètre, le canon de son pistolet s'abaissait.

— Qui est ce « on » ? demanda-t-il en éprouvant toutes les peines du monde à arracher ces quatre syllabes à son gosier étranglé.

Les prunelles ardentes du Vicaire s'animèrent d'une joie malsaine.

— Tu aimerais le savoir, pas vrai ? Mais pour cela, il faudrait que tu renonces à me tirer dessus. Une vie contre un tel secret, c'est un marché qui vaut qu'on s'y arrête, non ?

Dès qu'il eut formulé cette question, le Vicaire pivota brusquement sur lui-même. Sa jambe se détendit et faucha Valentin sur le côté. À l'instant où il perdait l'équilibre, ce dernier entrevit l'opportunité de tirer sur sa cible à bout portant. Il hésita une seconde de trop et laissa ainsi passer son unique chance. Déjà, le Vicaire plongeait sur lui avec la rapidité et la souplesse d'un félin et saisissait le revers de sa redingote pour le remonter sur sa gorge dans le but manifeste de l'étrangler.

Immobilisé sur le ventre, Valentin tenta de rouler sur lui-même pour se dégager. Il avait beau être plus jeune et plus fort que son adversaire, il n'y parvint pas. L'autre avait emprisonné ses jambes entre ses cuisses et la prise qu'il avait assurée sur son cou était beaucoup trop ferme. L'inspecteur fit encore plusieurs ruades, mais celles-ci se révélèrent tout aussi inefficaces. Il avait l'impression d'être prisonnier d'un véritable étau. Le tissu tendu par une poigne de fer lui comprimait la trachée et le sang irriguait de plus en plus difficilement son cerveau. Le rire cruel du Vicaire lui parvenait, étouffé, comme venant de très loin. Il flottait tout autour de lui, pareil à un vol de charognards. Ce fut seulement quand son champ de vision commença à se rétrécir et à se brouiller que Valentin prit conscience qu'il était en train de mourir.

Un horrible râle d'agonie. Un râle qui n'était pas le sien.

Aussitôt après, le policier sentit que l'étreinte du Vicaire se relâchait. D'une secousse des épaules, il se débarrassa de la masse qui l'accablait et, tout suffocant, s'agenouilla et se retourna pour tenter de comprendre ce qui venait de se passer.

Son agresseur gisait sur le côté, les yeux révulsés. Du sang moussait à la commissure de ses lèvres. Le manche de son propre couteau était planté entre ses deux omoplates. Aglaé, quant à elle, se dressait au-dessus de la Bête abattue. Ses mains, encore entourées des liens qu'elle avait coupés à la hâte pour venir en aide à Valentin, masquaient sa bouche grande ouverte sur un long cri silencieux.

En entendant le Vicaire pousser un faible soupir, Valentin se prit à espérer qu'il n'était pas encore trop tard pour découvrir la vérité. Il roula sur lui-même et se pencha sur le mourant. Une intense souffrance déformait les traits de celui dont il avait mille fois souhaité la mort. Pourtant, en cet instant, Valentin aurait donné tout ce qu'il possédait pour que son ancien bourreau s'accroche encore un peu à la vie.

— Le nom ! implora-t-il. Vite ! Dites-moi le nom ! Qui est ce « on » ?

Les lèvres livides du Vicaire frémirent. Sa pomme d'Adam roula sous la peau comme s'il déglutissait pour pouvoir parler. Sa tête se souleva légèrement du sol. Valentin glissa la main sous sa nuque pour la soutenir et vint coller son oreille contre la bouche de son ennemi.

— Cela…, articula difficilement le Vicaire. Cela… c'est mon petit bagage et… je… je l'emporte avec moi.

Il fut alors secoué par une sorte de hoquet, sa tête roula sur le côté et il lâcha un flot de sang en même temps que son dernier soupir.

Épilogue

Un peu après l'aube, tous deux émergèrent du moulin maudit en se soutenant l'un l'autre.

Tous deux, vraiment ?

Valentin crut distinguer une ombre qui se coulait dans leur sillage. Il n'eut pas besoin de se retourner pour savoir que la chétive silhouette d'un gamin d'une douzaine d'années les accompagnait. Le Vicaire mort, sa première proie lui échappait elle aussi. Dans le secret de son cœur, l'inspecteur lui souhaita bonne chance. Car il savait qu'il leur faudrait bientôt se séparer pour suivre chacun leur route. Le fantôme de Damien avait encore un long chemin à faire pour rejoindre le Morvan. Si un certain garde champêtre avait tenu sa promesse, il y avait là-bas, dans un petit cimetière de campagne, un carré de terre fraîchement retournée où l'enfant pourrait enfin s'allonger et reposer auprès de celle qui l'avait si longtemps attendu.

En disant adieu à cette autre part de lui-même, l'inspecteur sentit sa poitrine se serrer. Si l'on ne peut ramener les morts à la vie, du moins est-il possible de les porter longtemps en soi. Et ce voisinage intime peut être une bénédiction ou, au contraire, une sorte de punition à laquelle il est vain d'espérer se soustraire.

Le soleil dardait ses premiers rayons timides à travers le sous-bois vers lequel Valentin et Aglaé dirigeaient leurs pas. Cependant, l'humidité de la nuit les enveloppait toujours de son haleine froide. Le policier sentit un frisson parcourir la jeune femme. Il détacha sa cape, la lui plaça sur les épaules et l'étreignit pour lui transmettre un peu de sa chaleur.

Des lambeaux de brume nocturne se balançaient encore mollement entre les troncs d'arbres. Il se dégageait de ces formes mouvantes et imprécises une impression étrange d'irréalité. Valentin ne put s'empêcher de voir en elles ces autres fantômes impalpables qui lui feraient désormais escorte. Les fantômes de ces êtres que le Vicaire avait assassinés uniquement parce qu'ils étaient proches de lui et qu'il éprouvait pour eux de tendres sentiments : Jeanne, Foutriquet et Isidore. Le spectre de Ferdinand d'Orval les accompagnait. Valentin pourrait-il reprendre le cours de son existence avec, au fond de lui, la culpabilité de n'avoir pas su les protéger ? Était-il maudit et condamné à toujours vivre avec le remords de ses fautes ?

Ses pensées se tournèrent alors vers Aglaé. La jeune femme venait de vivre des heures atroces. Non seulement elle avait été sauvagement mutilée, mais, pour le sauver, elle avait dû frapper le Vicaire et lui ôter la vie. L'homme avait beau être un horrible prédateur, arriverait-elle à supporter le poids de ce qu'elle avait fait ? Ne finirait-elle pas, tôt ou tard, par en vouloir à Valentin de l'avoir mise en situation de devoir affronter pareille épreuve ?

Alors qu'il était tout près de succomber à ses démons

intérieurs, le jeune homme sentit la main meurtrie d'Aglaé chercher la sienne. Une main douce mais ferme aussi, où palpitait, sous la peau diaphane, un sang généreux et bouillonnant. Il l'enveloppa avec délicatesse, en prenant garde de ne pas effleurer sa blessure. Puis il tourna la tête vers elle et éprouva un choc en découvrant l'étonnante résolution qui faisait briller ses yeux. Il ignorait depuis combien de temps elle le regardait, mais il comprit tout de suite qu'elle avait percé à jour ses pensées. Lorsque ses traits creusés par la fatigue et la douleur s'éclairèrent pour lui adresser un sourire complice, il comprit qu'il avait d'ores et déjà la réponse aux questions qui venaient de l'assaillir. Il ignorait encore si leur amour pourrait un jour s'épanouir librement, mais il était certain au moins d'avoir trouvé une partenaire capable de l'accompagner dans sa lutte contre le Mal. Ils seraient deux désormais à oser affronter les ténèbres.

Ensemble, ils s'enfoncèrent dans la brume du sous-bois.

NOTE DE L'AUTEUR

Le succès rencontré par le premier volet du *Bureau des affaires occultes* fait partie de ces moments de grâce dont rêve tout écrivain. Je l'ai d'autant plus apprécié que l'enthousiasme des lecteurs m'a aidé à traverser une période particulièrement douloureuse. Cette première aventure de Valentin Verne, c'est moi qui l'ai écrite, mais plusieurs personnes l'ont soutenue pour qu'elle parvienne à toucher un aussi large public. Je remercie donc Pascale, qui est à la fois mon épouse et ma première lectrice ; mon agent littéraire, Isabelle, dont les remarques si pertinentes m'ont permis de faire de Valentin un redoutable séducteur ; mon éditrice, Maëlle, qui a tout de suite été emballée par le projet, mais aussi toute la fabuleuse équipe d'Albin Michel qui a cru immédiatement au manuscrit et s'est mobilisée pour lui offrir un magnifique écrin et une diffusion bien au-delà de mes espérances. Ma reconnaissance va aussi à tous les libraires, les chroniqueurs et les blogueurs littéraires qui ont soutenu avec une rare constance *Le Bureau des affaires occultes*. Quant à vous, lecteurs, cette deuxième enquête de Valentin m'a semblé la meilleure façon de vous remercier et j'espère ne pas vous avoir déçus.

Comme pour tous mes livres, je me suis efforcé de respecter le contexte historique, mais les exigences de l'intrigue romanesque m'ont contraint à prendre quelques petites libertés avec la chronologie. L'intrigue de ce second volet est ainsi centrée sur les débuts du spiritisme en Europe. Or, la vogue de ce que l'on appelait alors le « spiritualisme » est un peu plus tardive que ne le laisse supposer le roman. C'est seulement à partir de 1848 qu'aux États-Unis des pratiques comme celles des tables tournantes vont être popularisées par les sœurs Fox. En France, c'est un instituteur lyonnais, Allan Kardec, qui inventera le nom de « spiritisme » et en fera une doctrine à la mode, notamment après la publication en 1857 de son œuvre majeure : *Le Livre des Esprits*. Toutefois, la nécromancie ou divination par l'évocation des morts remonte, elle, à la plus haute Antiquité et les traditions anciennes évoquées par Théophile Gautier dans le roman sont parfaitement avérées.

L'idée d'associer spiritisme et photographie s'est d'autant plus facilement imposée à moi que de nombreux pionniers de cette dernière commencent, à partir des années 1850, à réaliser des trucages (double impression de la plaque sensible) et des retouches à la gouache de leurs clichés pour persuader un public crédule de la possibilité de capturer par l'image l'esprit d'une personne disparue. Nicéphore Niépce est aujourd'hui reconnu comme le véritable inventeur de la photographie à laquelle il consacre d'importantes recherches dès 1816. En 1825, il obtient enfin les premières images stabilisées en utilisant notamment une plaque d'étain et du bitume de Judée. Les premiers contacts avec Louis Daguerre remontent, eux, à 1826 et les deux hommes s'associent en décembre 1829. Niépce apporte son invention et Daguerre ses relations et son esprit d'entreprise. C'est le décès soudain du premier, en 1833, qui va permettre au second de s'approprier, un temps, la paternité de l'invention, d'où le nom de « daguerréotypie » donné au premier procédé photographique. Daguerre apportera toutefois de nombreux perfectionnements à la réalisation de son ancien associé. C'est à lui qu'on doit, entre 1833 et 1839, l'usage de l'iode comme agent sensibilisateur et de la vapeur de mercure comme révélateur de l'image latente. La technique présentée dans le roman n'existait donc pas encore en 1831, mais il s'en faut de quelques années seulement.

Si Daguerre n'est pas à l'origine du procédé qui portera son nom, c'est bien lui qui invente, en revanche, le diorama, encore appelé « polyorama panoptique », spectacle d'illusion à base de toiles peintes animées par des jeux de lumière. La salle qu'il ouvre à Paris en 1822 est bien située place du Château-d'Eau et le dispositif est en tous points conforme à la description qui en est donnée au cours de l'intrigue. Ce divertissement connaît d'emblée un très grand succès. Cependant, pour les besoins du roman, j'ai dû, cette fois, retarder de quelques années cette réussite, afin que Valentin puisse être bluffé par un spectacle supposé encore méconnu en 1831.

La toxicologie occupe aussi une place importante dans le roman. Le poison employé contre les d'Orval était effectivement utilisé lors des ordalies par certaines peuplades africaines. Il était tiré d'une graine dite fève de Calabar, elle-même issue d'une liane nommée *Physostigma venenosum*. À partir de cette graine, les chercheurs modernes ont isolé plusieurs alcaloïdes toxiques. Le plus important est l'ésérine, qui possède une fonction carbamate relativement fragile. C'est cette particularité chimique qui explique que la toxicité de cette drogue diminue considérablement, voire disparaisse, en milieu acide. À noter qu'en 1831 les analyses toxicologiques à partir de prélèvements de tissus humains ne sont pas encore d'usage lors des enquêtes criminelles. Elles ne le deviendront qu'au tournant du siècle. Cependant, compte tenu de sa formation de chimiste et de pharmacien, il n'est pas anachronique de faire de Valentin Verne un précurseur en la matière. Nombre de connaissances scientifiques indispensables à de telles analyses étaient en effet déjà disponibles à son époque.

Enfin, comme toujours, le lecteur curieux trouvera ci-dessous quelques références bibliographiques pour aller plus loin dans sa connaissance de la monarchie de Juillet.

Léon Abensour, « Le féminisme sous la monarchie de Juillet. Les essais de réalisation et les résultats », *Revue d'histoire moderne et contemporaine*, 1911, n° 15-2, p. 153-176 ; n° 15-3, p. 324-347.

Laure Adler, *La Vie quotidienne dans les maisons closes, 1830-1930*, Hachette Littératures, 1990, rééd. Fayard, 2013.

Jacques Aubert, Michel Eude, Claude Goyard *et al.*, *L'État et sa police en France, 1789-1914*, Librairie Droz, 1979.

Jean-Marc Berlière et René Lévy, *Histoire des polices en France. De l'Ancien Régime à nos jours*, Nouveau Monde Éditions, 2011.

Jean-Marc Berlière, *La Police des mœurs*, Perrin, « Tempus », 2016.

Philippe Berthier, *La Vie quotidienne dans « La Comédie humaine » de Balzac*, Hachette Littératures, 1998.

Gabriel de Broglie, *La Monarchie de Juillet*, Fayard, 2011.

Sébastien Charléty, *Histoire de la monarchie de Juillet (1830-1848)*, Perrin, 2018.

Frédéric Chauvaud, *Les Experts du crime. La médecine légale en France au XIXe siècle*, Aubier, 2000.

Louis Chevalier, *Classes laborieuses et classes dangereuses*, Hachette, « Pluriel », 1984.

François-Laurent-Marie Dorvault, *L'Officine ou répertoire général de pharmacie pratique (éd. 1844)*, Hachette Livre/BnF, 2012.

Adolphe Gronfier, *Dictionnaire de la racaille. Le manuscrit secret d'un commissaire de police parisien au XIXe siècle*, Horay, 2010.

André Jardin et André-Jean Tudesq, *La France des notables (1815-1848)*, 2 vol., Le Seuil, « Nouvelle histoire de la France contemporaine », t. 6 et 7, 1973.

Sophie-Anne Leterrier, *Béranger. Des chansons pour un peuple citoyen*, Presses universitaires de Rennes, 2013.

Frédérick Myatt, *Encyclopédie visuelle des armes à feu du XIXe siècle*, Bordas, 1980.

Marie Petitot, « Danseuses de l'Opéra au XIXe siècle. L'envers du décor », blog plume-dhistoire, https ://plume-dhistoire.fr/danseuses-de-lopera-au-xixeme-siecle-lenvers-du-decor/

Hervé Robert, *La Monarchie de Juillet*, PUF, « Que sais-je ? », 1994, rééd. CNRS Éditions, « Biblis », 2017.

Bruno Roy-Henry, *Vidocq. Du bagne à la préfecture*, L'Archipel, 2001.

André-Daniel Tolédano, *La Vie de famille sous la Restauration et la monarchie de Juillet*, Albin Michel, 1943.

Jean Tulard, « La préfecture de police sous la monarchie de Juillet », *Annuaire de l'École pratique des hautes études*, 1964, p. 427-431.

Eugène-François Vidocq, *Les Voleurs*, Éditions de Paris, 1957.

Découvrez le début du nouveau roman
d'Éric Fouassier, disponible
aux éditions Albin Michel :

Le Bureau des affaires occultes

3

Les Nuits de la peur bleue

Prologue

Le sang ruisselait.

Lentement. Inexorablement. Un flux épais qui semblait couler à rebours, fuir les ombres du soir pour rejoindre le soleil rougeoyant à l'horizon. L'astre à son déclin ouvrait une blessure écarlate dans le ciel et teintait les eaux de la Seine de lueurs fatales. Ce fleuve de sang remontant à sa source offrait un spectacle grandiose. Toutefois, les rares silhouettes qui se découpaient encore sur ses berges étaient bien trop occupées pour en profiter. Il y avait là des portefaix se hâtant pour achever leur besogne avant la nuit, quelques marchands à la sauvette en train de replier leurs éventaires et un charretier qui menait boire ses chevaux d'un pas traînant. Dans un bateau-lavoir ancré en face de l'île de la Cité, des femmes riaient aux éclats en rassemblant leur linge, histoire d'oublier sans doute le chemin qu'il leur faudrait parcourir pour rejoindre leur logis en ployant sous une charge accablante.

Indifférent au charme mélancolique qui se dégageait de ce tableau vespéral, le marquis de La Fayette peinait à masquer son impatience. À l'instant de poser le pied sur le quai, il ne prononça aucune de ces paroles mémorables qui vous ouvrent en grand les portes de la postérité, mais étouffa une toux glaireuse dans le coude de sa veste. Puis il se tourna avec impatience vers la passerelle quelque peu instable qu'il venait d'emprunter. Une Mme de Pompadour bouffie de graisse tentait de le rejoindre en se retenant des deux mains à la rambarde pour ne pas tanguer.

— Pressez-vous donc un peu, ma mie ! geignit l'homme frêle dont les traits rappelaient vaguement ceux du plus américain des Français, le « héros des deux mondes », l'ancien commandant de la Garde nationale adulé des Parisiens. Si nous tardons davantage, la soupe sera déjà servie à la pension et vous savez bien que je déteste l'avaler tiède.

La grosse femme accéléra l'allure au risque de perdre l'équilibre et rejoignit non sans mal son avorton de mari qu'elle aurait pu aisément ensevelir tout entier sous ses jupons. Le grincheux manifesta son impatience en jetant à ses pieds le panier d'osier et l'ombrelle dont il l'avait soulagée juste le temps de gagner la terre ferme. Puis il s'éloigna sans attendre qu'elle les ait ramassés, l'obligeant à se dandiner tel un dindon grotesque pour rester dans son sillage.

Un trio de femmes observait d'un œil moqueur ce couple si mal assorti depuis la galerie supérieure des bains flottants Mennetier, un établissement amarré juste en amont du port au Bled. L'endroit n'était pas aussi prisé que les célèbres thermes Vigier au pied du pavillon de Flore ou les bains de la Samaritaine installés au Pont-Neuf. Il était plutôt fréquenté par une clientèle d'avoués, de boutiquiers et d'artisans aisés qui imaginaient se grandir en copiant les usages et les manières de la nouvelle classe dirigeante.

La plus âgée des trois observatrices, une matrone à la peau brune et au caractère bien trempé, se prénommait Mélie. Elle avait la responsabilité de la remise en état des cabines une fois les derniers clients partis. C'était elle qui avait pris l'habitude de désigner ceux-ci en fonction de leur ressemblance plus ou moins affirmée avec des célébrités de l'époque ou des temps jadis. Après avoir accompagné d'un ultime quolibet prononcé à mi-voix le départ de La Fayette et de sa moitié, elle tourna vers ses jeunes compagnes un regard interrogateur.

— C'étaient bien les derniers ? Parce qu'il serait temps qu'on attaque le grand nettoyage, sinon on y sera toujours passé dix heures !

— Reste encore le Petit Caporal, répondit une rousse à la face tavelée de taches de son. Je suis allée frapper à sa porte tout à l'heure, mais ce fichu bourgeois s'est même pas donné la peine de me répondre !

Mélie fit la grimace. Ses yeux se durcirent comme de petites billes de verre.

— La peste soit de l'épateur[1] ! s'exclama-t-elle. C'est pas parce qu'il a vaguement la tête du défunt empereur qu'il doit se croire tout permis. Y a marqué partout que les cabines doivent être libérées au plus tard à huit heures de relevé. J'm'en vas lui apprendre à lire, à ce jean-foutre ! Allez ! V'nez, les filles. On va lui sonner les cloches, à ce drôle.

Joignant l'action à la parole, la maîtresse femme entraîna ses subordonnées jusqu'à l'escalier qui

1. Terme d'argot de l'époque désignant un homme qui fait de l'embarras.

permettait de gagner le pont inférieur. Comme la plupart des bains flottants de la capitale, les établissements Mennetier étaient constitués d'une sorte de barge ouverte dans toute sa longueur pour faciliter l'accès au fleuve et la circulation de l'eau à l'intérieur. Munie d'un étage, l'installation permettait, via une galerie centrale, d'accéder à une soixantaine de cabines individuelles disposées sur tout le périmètre. Chacune disposait de sa propre baignoire en cuivre rouge et était éclairée par une fenêtre donnant sur le fleuve. Des moteurs à vapeur permettaient de chauffer l'eau à bonne température et offraient un confort tel que nombre de clients aimaient à y prendre leurs aises et, engourdis par la douce moiteur, les bésicles bien affermies sur le nez, transformaient leur compartiment de bains en salon de lecture. Mais de là à oublier l'heure et à passer outre les rappels au règlement, il y avait tout de même une limite que Mélie se faisait fort de rappeler au pseudo-Napoléon !

La cabine occupée par ce dernier se situait dans la partie basse du navire, tout à la poupe. Parvenue devant la porte, la brune vindicative ne s'embarrassa pas de précautions oratoires et se mit à tambouriner du poing contre le bois verni.

— Holà, à l'intérieur ! Faudrait voir à respecter les consignes ! Toutes les cabines devraient être libérées depuis déjà dix minutes. Vous êtes le dernier à traîner. Dépêchez-vous donc un peu !

Aucune réponse. Pas même un clapotis témoignant d'un mouvement à l'intérieur et d'une sortie imminente de la cuve en cuivre. Ce silence insupportable acheva de faire monter la moutarde au nez de Mélie. Elle ne détestait rien tant que ces bourgeois parvenus qui se poussent du col et se croient tout permis au seul motif qu'ils ont de quoi se payer du pain blanc et de la viande tous les jours.

— J'vous préviens : si vous n'répondez pas immédiatement, j'utilise mon passe et j'ouvre la porte. Faudra pas vous plaindre ensuite qu'on a pas respecté votre intimité !

Devant les regards interloqués des autres filles qui savaient fort bien qu'elle ne disposait pas d'une telle clé sur elle, Mélie haussa les épaules et plissa le nez, l'air de dire : « Faut bien trouver un moyen de le faire bouger, ce sans-gêne ! »

Mais la menace n'eut pas plus d'effet que les coups assenés contre la porte. Une lueur d'inquiétude s'alluma alors dans le regard de la plus frêle du trio, une jeune fille à peine sortie de l'adolescence.

— Toujours rien, dit-elle. Et s'il s'était trouvé mal ?

— Manquerait plus que ça ! gronda Mélie en fronçant les sourcils. C'est vrai qu'il avait pas l'air bien solide quand j'l'ai aperçu à l'entrée. C'est d'ailleurs sa p'tite taille et sa façon d'se masser constamment l'estomac sous son gilet qui m'ont fait penser à Napoléon. Qui d'vous deux s'est occupée de lui ensuite ?

L'employée au visage envahi par les taches de rousseur leva un doigt timide.

— C'est moi qui lui ai apporté son linge de toilette ainsi qu'un broc d'eau froide.

— Et tu n'as rien remarqué d'anormal ?

— C'est vrai qu'à bien y réfléchir, il avait pas l'air

tout à fait dans son assiette. J'lui ai trouvé le teint bistre et ses jambes flageolaient pareilles à celles d'un vieillard. J'me suis même fait la réflexion qu'il devait encore jamais avoir mis le pied sur un bateau pour se déplacer si maladroitement sur un ponton fluvial.

Mélie ne put s'empêcher de blêmir en entendant ces paroles. Elle foudroya du regard sa compagne qui sembla brusquement se ratatiner sur elle-même comme si elle devançait les reproches et cherchait à se rouler en boule pour les esquiver.

— Tu lui as trouvé le teint bistre ? répéta la matrone en détachant chaque syllabe. Et aussi l'allure pas bien vaillante ? Bougre d'idiote ! Par les temps qui courent, l'idée ne t'est pas venue qu'il pouvait avoir attrapé la peur bleue[1] ?

— Sainte mère de Dieu ! s'étrangla la pauvre fille.

Et elle se signa d'une main peu assurée.

Cela faisait un peu moins d'un mois qu'une terrible épidémie de choléra s'était abattue sur Paris. Les premiers décès suspects étaient survenus au tout début du mois de mars, mais il avait fallu attendre le 26, cinq jours plus tôt, pour que les autorités reconnaissent officiellement la nature du fléau. Depuis, la peur de la contagion gagnait quotidiennement du terrain au sein de la population. Le spectre des grandes mortalités du passé hantait les esprits. Mélie se rappelait presque

---

1. Expression populaire désignant le choléra et faisant référence à la cyanose livide qui précédait la mort. On parlait aussi de « trousse-galant » dans la mesure où cette maladie pouvait s'attaquer aux hommes jeunes.

mot pour mot l'article glaçant du *Constitutionnel* dans son édition du 29 mars : « Le choléra morbus est plus dangereux que la peste ; il empoisonne l'air et marche avec les vents ; partout il répand la désolation et la mort ; les malades éprouvent des convulsions, des coliques, l'âme perd ses forces… Alors les parents, les amis, tout s'éloigne, car, deux heures après l'invasion du mal, le mourant n'est déjà plus qu'un objet d'horreur et de contagion. »

— Un malade à bord et qui se trouve mal, qui plus est ! reprit Mélie en fixant tour à tour dans les yeux chacune de ses filles. Ce serait un coup à faire fermer l'établissement et à nous priver toutes de notre emploi ! Vous imaginez un peu l'tableau ?

Ces mots suffirent à frapper de stupeur les deux malheureuses. Étonnamment, ce fut la plus jeune et la plus fluette qui s'arracha la première à son émoi et rompit leur silence consterné :

— Si c'est bien le choléra, qu'est-ce qu'on va pouvoir faire ?

— Faut d'abord en avoir l'cœur net, répondit Mélie en s'ébrouant pour libérer son énergie. Si c'est juste un malaise, pas l'choix, faudra quérir un docteur. Par contre, si l'type est déjà passé, c'est une autre chanson. M'est avis qu'on aurait tout intérêt à faire motus jusqu'à la nuit noire, puis à balancer l'corps à la baille. Qui y aurait pour v'nir s'en plaindre, hein ? J'vous l'demande ! (Comme aucune de ses compagnes n'osait protester, elle en conclut que la cause était entendue et frappa dans ses mains pour les faire activer.) Toi, la Roussette, va vite prévenir l'Eugène, qu'il se ramène dare-dare avec le passe qu'est dans l'bureau du patron. Et toi, la Petiote, cours chercher un de ces grands draps qui servent à chemiser les baignoires des dames. Au besoin, on flanquera le corps dedans, ni vu ni connu.

Ayant paré au plus pressé, Mélie demeura sur place et, tout en pestant intérieurement contre ce mauvais coup du sort, elle trompa son inquiétude en s'obstinant à tambouriner contre le battant.

PAPIER À BASE DE FIBRES CERTIFIÉES

Le Livre de Poche s'engage pour l'environnement en réduisant l'empreinte carbone de ses livres. Celle de cet exemplaire est de :
400 g éq. CO_2
Rendez-vous sur www.livredepoche-durable.fr

Composition réalisée par Soft Office

Achevé d'imprimer en avril 2023 en Espagne par
BLACKPRINT
Dépôt légal 1re publication : mai 2023
LIBRAIRIE GÉNÉRALE FRANÇAISE
21, rue du Montparnasse – 75298 Paris Cedex 06

83/3758/8